金學叢書

第二輯 13

吳敢
胡衍南 霍現俊
主編

葉桂桐《金瓶梅》研究精選集

葉桂桐 著

臺灣學生書局印行

金學叢書第二輯序

2013 年 5 月第九屆（五蓮）國際《金瓶梅》學術討論會期間，胡衍南、霍現俊忙裏偷閒，時而小聚，漢書下酒，就中便有本叢書編輯出版一事。當時即擬與吳敢商談，以期盡快成議。只是吳敢當時會務繁多，此議終未提及。2013 年 7 月 3 日，胡衍南到徐州公幹，當晚至吳敢舍下小酌，此事即進入操作程序。此後電郵往來，徐州、臺北、石家莊三方輾轉，叢書編撰框架日漸明朗。2013 年 11 月 23 日，胡衍南再度到徐州公幹，代表臺灣學生書局與吳敢詳盡商談編輯出版事宜，本叢書遂成定案。

此「金學叢書」之由來也。

中國古代小說研究，重大課題眾多。近代以降，紅學捷足先登。20 世紀 80 年代，金學亦成顯學。明代長篇白話小說《金瓶梅》是中國文學史上一部里程碑式的重要作品，其橫空出世，破天荒打破以帝王將相、英雄豪傑、妖魔神怪為主體的敘事內容，以家庭為社會單元，以百姓為描摹對象，極盡渲染之能事，從平常中見真奇，被譽為明代社會的眾生相、世情圖與百科全書。幾乎在其出現同時，即被馮夢龍連同《三國演義》《水滸傳》《西遊記》一起稱為「四大奇書」。不久，又被張竹坡譽為「第一奇書」。《紅樓夢》庚辰本第十三回脂評：「深得《金瓶》壼奧」。魯迅《中國小說史略》認為「同時說部，無以上之」。

自有《金瓶梅》小說，便有《金瓶梅》研究。明清兩代的筆記叢談，便已帶有研究《金瓶梅》的意味。如明代關於《金瓶梅》抄本的記載，雖然大多是隻言片語的傳聞、實錄或點評，但已經涉及到《金瓶梅》研究課題的思想、藝術、成書、版本、作者、傳播等諸多方向，並頗有真知灼見。在《金瓶梅》古代評點史上，繡像本評點者、張竹坡、文龍，前後紹繼，彼此觀照，相互依連，貫穿有清一朝，形成筆架式三座高峰。繡像本評點拈出世情，規理路數，為《金瓶梅》評點高格立標；文龍評點引申發揚，撥亂反正，為《金瓶梅》評點補訂收結；而尤其是張竹坡評點，踵武金聖歎、毛宗崗，承前啟後，成為中國古代小說評點最具成效的代表，開啟了近代小說理論的先聲。明清時期的《金瓶梅》研究，具有發凡起例、啟導引進之功。

20 世紀是人類歷史上可足稱道的一個百年。對中國人來說，世紀伊始，產生了驚天動地的兩件大事：1911 年封建王朝的終結，1919 年「五四」新文化運動的興起。中國人心裏承接有豐富的傳統，中國人肩上也負荷著厚重的擔當。揚棄傳統文化，呼喚當代文明，這一除舊佈新的文化使命，在中國用了大半個世紀的時間。觀念形態的更新、研究方法的轉變、思維體式的超越、科學格局的營設一旦萌發生成，便產生無量的影響，具有劃時代的意義。《金瓶梅》研究即為其中一例。

以 1924 年魯迅《中國小說史略》出版，標誌著《金瓶梅》研究古典階段的結束和現代階段的開始；以 1933 年北京古佚小說刊行會影印發行《金瓶梅詞話》，預示著《金瓶梅》研究現代階段的全面推進；以 30 年代鄭振鐸、吳晗等系列論文的發表，開拓著《金瓶梅》研究的學術層面；以中國大陸、臺港、日韓、歐美（美蘇法英）四大研究圈的形成，顯現著《金瓶梅》研究的強大陣容；以版本、寫作年代、成書過程、作者、思想內容、藝術特色、人物形象、語言風格、文學地位、理論批評、資料彙編、翻譯出版、藝術製作、文化傳播等課題的形成與展開，揭示著《金瓶梅》的研究方向。一門新的顯學——金學，已經赫然出現在世界文壇。

20 世紀 70 年代以來的當代金學，中國的吳曉鈴、王利器、魏子雲、朱星、徐朔方、梅節、孫述宇、蔡國梁、甯宗一、陳詔、盧興基、傅憎享、杜維沫、葉朗、陳遼、劉輝、黃霖、王汝梅、周中明、王啟忠、張遠芬、周鈞韜、孫遜、吳敢、石昌渝、白維國、陳昌恆、葉桂桐、張鴻魁、鮑延毅、馮子禮、田秉鍔、羅德榮、李申、魯歌、馬征、鄭慶山、鄭培凱、卜鍵、李時人、陳東有、徐志平、陳益源、趙興勤、王平、石鐘揚、孟昭連、何香久、許建平、張進德、霍現俊、陳維昭、孫秋克、曾慶雨、胡衍南、李志宏、潘承玉、洪濤、楊國玉、譚楚子等老中青三代，辨章學術，考鏡源流，營造了一座輝煌的金學寶塔。其考證、新證、考論、新探、探索、揭秘、解讀、探秘、溯源、解析、解說、評析、評注、匯釋、新解、索引、發微、解詁、論要、話說、新論等，蘊含宏富，立論精深，使得金學園林花團錦簇，美不勝收，可謂源淵流長，方興未艾。中國的《金瓶梅》研究，經過 80 年漫長的歷程，終於在 20 世紀的最後 20 年登堂入室，當仁不讓也當之無愧地走在了國際金學的前列。

此「金學叢書」之要義也。

本叢書暫分兩輯，第一輯為臺灣學人的金學著述，由魏子雲領銜，包括胡衍南、李志宏、李梁淑、鄭媛元、林偉淑、傅想容、林玉惠、曾鈺婷、李欣倫、李曉萍、張金蘭、沈心潔、鄭淑梅，可說是以老帶青；第二輯為中國大陸 20 世紀 80 年代以來學人的《金瓶梅》研究精選集，計由徐朔方、甯宗一、傅憎享、周中明、王汝梅、劉輝、張遠芬、周鈞韜、魯歌、馮子禮、黃霖、吳敢、葉桂桐、張鴻魁、陳昌恆、石鐘揚、王平、李時人、趙興勤、孟昭連、陳東有、孫秋克、卜鍵、何香久、許建平、張進德、霍現俊、曾慶雨、楊國玉、潘承玉、洪濤諸位先生的大作組成，凡 31 人 30 冊（其中徐朔方、孫秋克，傳憎享、楊國玉，王平、趙興勤，因字數兩人合裝一冊），每冊 25 萬字左右。

天津師範學院（今天津師範大學）朱星是中國大陸金學新時期名符其實的一顆啟明星，他在 1979 年、1980 年連續發表多篇論文，並於 1980 年 10 月由百花文藝出版社結集出版了中國大陸新時期《金瓶梅》研究的第一部專著《金瓶梅考證》。朱星的研究結論不一定都能經得住學術的檢驗，但朱星繼魯迅、吳晗、鄭振鐸、李長之等人之後，重新點燃並高舉起這一支學術火炬，結束了沉寂 15 年之久的局面，這一歷史功績，應載入金學史冊。遺憾的是，朱星先生 1982 年逝世，後人查訪困難，只能闕如。

香港夢梅館主梅節可謂《金瓶梅》校注出版的大家，1988 年由香港星海文化出版有限公司出版《全校本金瓶梅詞話》；1993 年由梅節校訂，陳詔、黃霖注釋，香港夢梅館出版《重校本金瓶梅詞話》（該本後由臺灣里仁書局 2007 年 11 月初版，2009 年 2 月修訂一版，2013 年 2 月修訂一版八刷）；1998 年梅節再為校訂，陳少卿抄寫，香港夢梅館出版《夢梅館校定本金瓶梅詞話》。前後三次合共校正詞話原本訛錯衍奪七千多處，成為可讀性較好的一個本子。梅節由校書而研究，關於《金瓶梅》作者、傳播、成書、故事發生地等問題的認識，亦時有新見。可惜的是，梅節先生的論文集《瓶梅閒筆硯——梅節金學文存》2008 年 2 月由北京圖書館出版社出版，版權協商匪易，未能入選。

上海音樂學院蔡國梁 20 世紀 50 年代末即開始研習《金瓶梅》，寫下不少筆記，1980 年前後即依據筆記整理成文，1981 年開始發表金學論文，1984 年出版第一部專著[1]，累計出版金學專著 3 部[2]、編著 1 部[3]，發表論文多篇，內容涉及《金瓶梅》的思想、源流、人物、作者、評點、文化等諸多研究方向，是早期《金瓶梅》研究的主力成員。無奈聯繫不上，不得已而割愛。

國人研究《金瓶梅》的論著，最早是闞鐸的《紅樓夢抉微》[4]，但其只是一個讀書筆記。天津書局 1940 年 8 月出版之姚靈犀《瓶外卮言》，嚴格說也只是一個資料彙編。香港大源書局 1961 年出版之南宮生著《金瓶梅》簡說，算得上是一個原著導讀。臺北時報文化出版公司 1978 年 2 月出版之孫述宇著《金瓶梅的藝術》，可說是第一部文本研究的學術著作。該書全文收入石昌渝、尹恭弘編選的《臺港金瓶梅研究論文選》[5]。2011 年 3 月上海古籍出版社再版，增加了一篇作者自序，更名為《金瓶梅：平凡人的宗教劇》。

---

1 《金瓶梅考證與研究》，西安：陝西人民出版社，1984 年。

2 另兩部為：《明清小說探幽——明人、清人、今人評金瓶梅》，杭州：浙江文藝出版社，1985 年；《金瓶梅社會風俗》，天津：百花文藝出版社，2002 年。

3 《金瓶梅評注》，桂林：灕江出版社，1986 年。

4 天津大公報館 1925 年 4 月鉛印。

5 南京：江蘇古籍出版社，1986 年。

孫述宇先生本已與上海古籍出版社洽商同意編入金學叢書，並授權主編代理，忽中途撤稿，原因還是版權問題。

還有其他一些因故未能入選的師友：或已作仙遊[6]，或礙於本輯叢書的體例[7]，或因為版權期限，或失去聯繫等。凡此種種，均為缺憾。

儘管如此，第二輯連同第一輯 14 人 16 冊總計所入選的此 45 人 46 冊，已經是中國當代金學隊伍的主力陣容，反映著當代金學的全面風貌，涵蓋了金學的所有課題方向，代表了當代金學的最高水準。

此「金學叢書」之大略也。

臺灣學生書局高瞻遠矚，運籌帷幄，以戰略家的大眼光，以謀略家的大手筆，決計編撰出版「金學叢書」，實金學之幸，學術之福。主編同仁視本叢書為金學史長編，精心策劃，傾心編審。各位入選師友打造精品，共襄盛舉。《金瓶梅》研究關聯到中國小說批評史、中國小說史、中國文學史、中國文學評點史、中國文學批評史等諸多學科，是一個應該也已經做出大學問的領域。為彌補本叢書因為容量所限有很多師友未能入選的不足，特附設一冊《金學索引》[8]，廣輯金學專著、編著、單篇論文與博碩士論文，臚列學會、學刊與所舉辦之金學會議，立此存照，用供備覽。本叢書的編選，既是對過往的總結，也是對未來的期盼。本叢書諸體皆備，雅俗共賞，可以預測，將為金學做出新的貢獻。

此「金學叢書」之宗旨也。

金學已經不是一座象牙塔，而是一處公眾遊樂的園林。三百多部論著，四千多篇學術論文，二百多篇博碩士論文，既有挺拔的大樹，也有似錦的繁花，吸引著越來越多的研究者與愛好者探幽尋奇。不容置疑，傳統的金學，加上以文化與傳播為標誌的、以經典現代解讀為旗幟的新金學，必然展示著甯宗一先生的經典命題：說不盡的《金瓶梅》。

此「金學叢書」之感言也。

吳敢、胡衍南、霍現俊（吳敢執筆）

2014 年元旦

6　如王啟忠、鮑延毅、孔繁華、許志強諸先生等，駕鶴西去的徐朔方先生的精選集由其高足孫秋克代為編選，劉輝先生的精選集由其摯友吳敢代為編選。

7　本輯叢書乃論文精選集，字典、詞典與小塊文章結集便未能入選，《金瓶梅》語言研究的幾位專家如白維國、李申、張惠英、許仰民等因此失選。

8　吳敢編著，分上下兩編。

葉桂桐《金瓶梅》研究精選集

目　次

第四編　《金瓶梅》人物

第五編　《金瓶梅》的藝術

附　錄

第一編
《金瓶梅》成書年代與地理環境

《金瓶梅》成書年代新線索

《金瓶梅》問世不久，當時的兩位重要知情人屠本畯和沈德符就說作者是嘉靖朝人，寫的是嘉靖年間的事，書亦當成嘉靖年間，正因為他倆是《金瓶梅》的知情人，所以《金瓶梅》成書於嘉靖年間便似乎成了定論。

20 世紀三十年代，鄭振鐸、吳晗先生著文提出《金瓶梅》成書於明代萬曆中期。此說一出，盛行了幾百年的「嘉靖」說為之動搖，《金瓶梅》成書年代問題似成定論，海內外信從者頗多。但近些年來，情況有了很大改變，人們對於鄭、吳二位先生立論的依據逐一作了辯證，認為這些論據並不能構成《金瓶梅》成書於萬曆中期的鐵證。

談到《金瓶梅》的成書年代，有一個重要問題不能不涉及，這就是抄本《金瓶梅》與初刊本《金瓶梅》以及現存萬曆本《新刻金瓶梅詞話》之間的關係問題。因為如果《金瓶梅》在傳抄以及刊刻過程中，像某些研究者的推論那樣在不斷地被修改著，那麼其成書年代難以斷定，因而必然會出現各種不同的結論。據筆者考證，現存文獻所著錄的各種《金瓶梅》抄本系統之間，根本沒有重大的區別，而只有個別字句的不同，所謂在內容上有較大的不同的南方系統抄本與北方系統抄本根本不存在；初刊本（即有萬曆丁巳年東吳弄珠客序的所謂丁巳本）用的是劉承禧系統的抄本作底本，除第五十三回至五十七回之外，與劉承禧系統之抄本基本一致；而現存萬曆本《新刻金瓶梅詞話》是初刊本之翻刻。對此，我將在〈金瓶梅抄本考〉中加以敘述，讀者可以參見。

《金瓶梅》成書年代既然不易確定，所以近年來，中外學術界在探討這一問題時普遍採取儘量縮小範圍的做法，將其成書年代之上限與下限分別加以論證，這無疑是正確的。

《金瓶梅》成書年代之下限，當不會晚於萬曆二十四年，這有此年袁宏道寫給董其昌的借抄《金瓶梅》的信可以作證。能否再向前推呢？劉輝同志以為似可提前到萬曆二十年左右，或更早一點[1]；徐朔方先生則定為萬曆十七年[2]，這自然都不無道理，但仍屬推論，尚缺乏鐵證。

關於《金瓶梅》成書年代之上限，海內外學術界意見似乎比較一致，即不會早於嘉靖二十六年。這至少有兩條證據：其一為《金瓶梅》中引用之〈五戒禪師私紅蓮記〉刊行於嘉靖二十六年；其二為《金瓶梅》中曾多處引用了李開先的傳奇《寶劍記》中的曲詞，而李開先在〈市井豔詞又序〉中說「《登壇》及《寶劍記》脫稿於丁未夏」，即嘉靖二十六年（1547）。除此之外，不少研究者從《金瓶梅詞話》中所大量引用的時調小曲的流行年代，以及當時戲劇演唱之情況等等來推論《金瓶梅》的成書年代，這確實不失為一條重要途徑。但這種推論往往跨度較大，難以確指較為具體之年代，只能推測出一個大致的年代範圍。

我們認為，探求《金瓶梅》之成書年代，由於現存的文獻缺乏確鑿的記載，這就不能不從作品本身尋找內證，因此我們便不能不對《金瓶梅》所涉及到的內容作所謂「全方位」的考證。在這種考證過程中，我們發現，《金瓶梅》中寫到的於史有載的明代人物可以幫助我們確定該書的成書年代。

但是，在使用這些材料之前，我們不能不對《金瓶梅》中所描寫的人物情況，做一大致的敘述，即對使用這種材料的可靠性問題加以簡要說明。

《金瓶梅》中寫到的各種人物，據不完全統計，已在800人以上。在這些人物中，確有不少是作者為了創作需要而編造出來的人物，諸如第三十四回、三十五回中寫到的城市遊民遊手、郝賢等等。但是《金瓶梅》中提到的文武官員，就我們現在所掌握的材料來看，卻似乎絕大多數都是見於宋、明兩代之正史或野史筆記中的真實歷史人物，包括張竹坡認為是用諧音法造出來的何其高、宋喬年等人在內。當然，《金瓶梅》中寫到的這些官員，與史籍相核，不僅往往籍貫不對，而且有明顯的移花接木、張冠李戴的現象，比如書中的重要人物狄斯彬其鄉貫為溧陽人，祖籍為天水（詳下文），而《金瓶梅》卻說他本貫河南舞陽縣人，他似乎也根本未曾做過陽穀縣丞等等。但我們以為這並不完全妨礙我們通過這些人物來考求《金瓶梅》的成書年代。當然我們在使用這些材料時需要採取審慎的態度。

我們在對《金瓶梅》中寫到的文武官員進行考證的過程中，發現這些人中有五位嘉

1　劉輝《金瓶梅成書與版本研究》，遼寧人民出版社1986年。

2　徐朔方〈《金瓶梅》的成書以及對它的評價〉，載徐朔方、劉輝編《金瓶梅論集》，人民文學出版社1986年。

靖年間的進士，他們是曹禾（四十九回）、淩雲翼（六十五回）、狄斯彬（四十九回、六十五回）、黃甲（六十五回）、趙訥（六十五回、七十七回）。將《金瓶梅》一書中對上述五人的描寫與他們的生平行事相核，基本相符，因此我們認為上述《金瓶梅》中寫到的五人正是歷史中的真實人物，因之可以用來幫助我們推求《金瓶梅》的成書年代。現據《金瓶梅》一書對上述五人之描寫，結合其生平行事，按年代先後次序，對《金瓶梅》成書年代上限推衍考證如下：

一、嘉靖二十六年至二十九年

上述五人中，曹禾、淩雲翼、狄斯彬為嘉靖二十六年進士，黃甲為嘉靖二十九年進士。這四人在中進士之前，即「釋褐」之前，基本上是默默無聞，不為世人所知。《金瓶梅》這樣集中地寫到嘉靖二十六年與二十九年的四位進士，必當在此四人中進士或謂「釋褐」之後，儘管其所任職官並非與《金瓶梅》中所寫一致。由此我們可以推斷，《金瓶梅》成書之上限必在嘉靖二十六年、嘉靖二十九年之後。

二、嘉靖三十一年

上述四人中，《金瓶梅》中描寫較多的是狄斯彬。其第四十八回中寫到：

府尹胡師文見了上司批下來，慌得手腳無措。即調委陽穀縣縣丞狄斯彬。——本貫河南舞陽人氏。為人剛且方，不要錢，問事胡突，人都號他做狄混。明文下來，沿河查訪苗天秀屍首下落。也是合當有事，不想這狄縣丞率領一行人，巡訪到清河縣城西河邊。正行之際，忽見馬頭前一陣旋風，團團不散，只隨著狄公馬走。狄縣丞道：「怪哉！」遂勒住馬，令左右公人：「你去隨此旋風，務要跟尋個下落。」那公人真個跟定旋風而來，七八將近新河口而止，走來回覆了狄公話。狄公即拘了里老來，用鍬掘開岸上深數尺，見一死屍，宛然頸有一刀痕，命仵作檢視明白，問其前面是那裏。公人稟道「離此不遠就是慈惠寺。」縣丞即令拘寺中僧行問之，皆言：「去冬十月中，本寺放水燈兒，見一死屍從上流而來，漂入港裏，長老慈悲，故收而埋之。不知為何而死。」縣丞道：「分明是汝眾僧謀殺此人，埋於此處。想必身上有財帛，故不肯實說。」於是不由分說，先把長老一箍、兩拶、一夾、一百敲，餘者眾僧都是二十板，俱令收入獄中，回覆曾公再行報看。各僧皆稱冤不服。（本文中引《金瓶梅》之文，均用人民文學出版社 1989 年版《金瓶梅詞

話》）

第六十五回寫得極為簡單：

那日午間，又是本縣知縣李拱極，縣丞錢斯成，主簿任良貴，典吏夏恭棋，又有陽穀縣狄斯杇，共五員官，都門了分，穿孝服來上紙帛吊問。

按：四十八回中狄斯彬為縣丞，此處寫為知縣；此回中之「彬」字誤刊為「杇」。狄斯彬，《明史》有傳，附馬從謙傳之後，只有一句話：「斯彬，從謙同邑人也。」

據《明清進士題名碑錄索引》載：狄斯彬，應天府溧陽人，軍籍，明嘉靖二十六年榜三甲第一二七名進士。

關於狄斯彬之生平，我們請教了溧陽縣縣誌辦公室，他們將清嘉慶《溧陽縣誌・宦績》中所載的狄斯彬傳轉抄給了我們，現照錄如下：

狄斯彬，字文仲，沖從子也。嘉靖二十六年登進士第，授行人，擢御史（據舊縣誌）。會光祿少卿馬從謙以奏論中官杜泰乾沒光祿銀，坐誹謗。斯彬劾泰如從謙言，竟下從謙法司，而謫斯彬邊方雜職（據《明史・楊允繩傳》）。得宣武典吏，尋擢南京兵部主事。日本入寇，陪都震驚，斯彬面陳方略於某尚書，江上籍無恐。繼而備兵荊湖間，九溪蠻素交通豪民，肆行剽掠。至是，憚斯彬威信，屏跡無敢復嗥。擢本省參議。致仕歸，修輯家乘，別撰《山居野志》，實即縣誌也。其賦役門，首斥四司重複之稅，並東南、西北鄉科斂不均，所駁正一準巡撫歐陽鐸書冊。萬曆三年應天府尹汪宗伊見此書，乃毅然照舊改派，計減平米九千三百餘石、編銀六千三百餘兩，實有功一邑云。著書備見《藝文志》（據舊縣誌及鍾于序所作〈釐弊實績〉），祀鄉賢。

此外，溧陽縣誌辦附了一條有關材料，現亦照錄如下：

另查《嘉慶溧陽縣誌・始遷》載狄氏祖先：「狄英字天秀，天水人，隨宋高宗南渡，舉賢良方正，任江浙省副使，開府溧陽。致仕，遂居胥渚里，今狄氏祖也。」

就狄斯彬生平來看，他根本沒有任過陽穀縣丞或知縣，陽穀縣誌亦無此種記載；且已如上所述，狄之鄉籍為溧陽，祖籍為天水，但《金瓶梅》卻說他「本貫河南舞陽人氏」，顯然有誤。又據美國學者韓南在〈《金瓶梅》素材探源〉中考證：《金瓶梅》中所寫苗青苗員外一案，實本於公案故事〈港口漁翁〉，其最早版本見之於《百家公案全傳》。〈港口漁翁〉敘述揚州一位樂善好施的富翁蔣天秀在乘船前往京城的途中為僕人和艄公所害，後來凶手和艄公被捉拿歸案償命，而那位僕人董某卻逍遙法外，甚至成了一位富商，只是過了幾年之後，自己也碰上了強盜而死於非命。《金瓶梅》第四十七回和第四十八回中所敘述的此故事雖主要來源於〈港口漁翁〉，但作了不少改動。蔣天秀變為苗天秀，僕人董某變成了苗某，故事中的若干細節亦作了改動。在《金瓶梅》中，苗青向西門慶行賄以使自己免受懲罰，而西門慶買通恩主蔡京，反而使清廉的曾御史被貶。因此《金瓶梅》中的苗員外一案雖本於〈港口漁翁〉，實則已是再創作，而首理此案的官吏則冠到狄斯彬頭上。

儘管如此，我們認為《金瓶梅》作者是熟悉狄斯彬的。書中關於狄「為人剛而且方，不要錢」的描寫，也大體符合狄的行事。因之，從《金瓶梅》關於狄斯彬的描寫以及狄的生平行事來看，無疑可以推求《金瓶梅》創作年代之上限，這就要看狄斯彬是何時才可能被寫進書中。

就狄斯彬的生平來看，對照《金瓶梅》對他的描寫，狄被寫進書中，恐怕只能是其與馬從謙彈劾杜泰以後。馬從謙奏劾杜泰一事，《明史·馬從謙傳》有較詳之記載：

> 馬從謙，字益之，溧陽人。嘉靖十年舉順天鄉試第一。越三年成進士，授工部主事。出治二洪，有政績。改官主客，擢尚寶丞，掌內閣制誥。章盛太后崩，勸帝行三年喪，不報。稍進光祿少卿。提督中官杜泰乾沒歲銀鉅萬，為從謙奏發，泰因誣從謙誹謗。巡視給事中孫允中、御史狄斯彬劾泰，如從謙言。帝方惡人言醮齋，而從謙奏劾及之，怒下從謙及泰詔獄，所司言誹謗無佐證，帝益怒，下從謙法司，以允中、斯彬黨庇，謫邊方雜職。法司擬從謙戍遠邊。帝命廷杖八十，戍煙瘴，竟死杖下。而泰以能發謗臣罪，宥之。時三十一年十二月也。

狄斯彬中進士前默默無聞，難為世人所知，中進士後，授行人，擢御史，根本沒有馬上做地方官。《金瓶梅》謂其為陽穀縣丞，雖事出無稽，但只能在彈劾杜泰之後，因為一則彈劾杜泰一事影響遍及朝野，二則其在被謫後充邊方雜職，所以狄斯彬最早只能在嘉靖三十一年十二月之後才可能被寫進《金瓶梅》中，由此可以推知，《金瓶梅》成書年代之上限必在嘉靖三十一年十二月之後。

三、嘉靖三十八年

《金瓶梅》第六十五回、第七十七回均提到趙訥。趙訥為嘉靖三十八年進士，中進士前亦少為世所知。他被寫進《金瓶梅》之中，必當在中進士作官之後。此可證《金瓶梅》成書年代之上限必在嘉靖三十八年之後。

四、嘉靖四十年

《金瓶梅》中寫到的上述五位嘉靖年間的進士，寫到其人之事蹟較多的，除了狄斯彬，還有曹禾。其四十九回寫道：

> 蔡御史道：「老母到也安，學生在家，不覺荏苒半載。回來見朝，不想被曹禾論劾，將學生敝同年一十四人之在史館者，一時皆黜授外職，學生便選在西台，中斷點兩淮巡鹽，宋年兄便在貴處巡安，也是蔡老先生門下。」西門慶問道：「如今安老先生在哪裏？」蔡御史道：「安鳳山他已升了工部主事，往荊州催攢黃木去了，也待好來也。」

《金瓶梅》既明言曹禾論劾了一大批人，因此，我們便不能不涉及到曹禾的生平行事。據《嘉興府志》載：

> 曹禾，字世嘉，父渭以椽為驛丞。禾以進士知鄱陽縣，入為工科給事中，奏請蠲浙直被倭郡縣田租，從之。進工科都給事中，尋坐累外謫，遷松江府推官，歷知韶州府。

又據國立中央圖書館編印之《明人傳記資料索引》載：

> 曹禾，字世嘉，號龍田，浙江平湖人，嘉靖二十六年進士。由江西鄱陽知縣，選工科給事中，降直隸無為州判官，仕至廣東韶州府知府，以憂歸。

由《金瓶梅》關於曹禾論劾之描寫，對照曹禾之生平行事，則不僅可以看出《金瓶梅》對於曹禾之描寫基本符合其實際，而且似可推知曹禾之被寫進《金瓶梅》中，必在其「坐累外謫」，「降直隸無為州判官」之後。

據直隸《無為州志》載，曹禾作無為州判官時，其前任為黃正色（河南光山人，由進士以御史謫任），其後任為沈哲（浙江仁和人，由例貢任）。曹禾任是職之準確年代尚未查出，但曹禾由無為州判官而遷松江府推官。曹禾任松江府推官，據《松江府志》載，在嘉靖四十二年，則曹禾之任無為州判官當在嘉靖四十至四十一年。由此似可推知《金瓶梅》成書年代之上限當不早於嘉靖四十年。

五、隆慶初年以後

上面我們提到，狄斯彬之被寫進《金瓶梅》，當必在嘉靖三十一年十二月以後。那麼到底以後到何時呢？

《明史·馬從謙傳》中寫到：

> 久之，光祿寺災，帝曰：「此馬從謙餘蘖所致耳。」隆慶初，恤先朝建言杖死諸臣。中官追恨從謙，沮之。給事中王治、御史龐尚鵬力爭，帝以從謙所犯，比子罵父，終不許。

《金瓶梅》的作者雖然指斥時政，甚至把矛頭直接向皇帝，但就全書來看，卻沒有針鋒相對地直接冒犯當朝皇帝之詔命的表現。而就嘉靖對馬從謙的仇視憤怒來看，《金瓶梅》作者似乎亦並敢於頂著煙直上。又就《金瓶梅》全書中對中官之憎惡態度而言，將馬從謙之同黨寫進書中，似亦應在「隆慶初，恤先朝建言杖死諸臣」之後。杜泰為中官，其吞沒巨銀之劣跡當然為《金瓶梅》作者所不齒，但更為作者憎惡的當為對從謙死且不赦。總之揆之情理，馬從謙同黨狄斯彬之被寫進《金瓶梅》中，必當為「隆慶初，恤先朝建言杖死諸臣」之後。此時，穆宗雖仍痛恨馬從謙，但似未盡及其同黨狄斯彬，所以狄斯彬「得宣武典史，尋擢南京兵部主事」。後來，無論是「日本入寇」，狄「面陳方略於某尚書」；或「備兵荊州湖間」，均有功於王室。此時將狄寫入《金瓶梅》中，絕不致引起皇上的追究。

由此似可推求《金瓶梅》成書之上限當不早於「隆慶初」。

又據聊城《金瓶梅》研究學會同仁王螢、王連州和閻增山同志考證，《金瓶梅》中西門慶所居地名為清河，實為臨清。《金瓶梅》以臨清為背景，作者是個臨清通（詳見筆者主編《金瓶梅考論》第一輯，寧夏人民出版社出版）。這不僅因為清河無論過去或現在，都沒有《金瓶梅》中寫到的那種大場面，只有臨清才可當之，而且因為《金瓶梅》中的地名不僅與臨清地名（現多有遺址）相同甚多，而各地名之間的位置組合也與臨清相同；更為有力的證據是《金瓶梅》後二十回中，作者還常將清河與臨清相混。清河無獅子街，而臨清則實有之。從《金瓶梅》中對獅子街的描寫（包括其方位）來看，亦正同於臨清的獅子街。但臨清之獅子橋和街建於隆慶元年。康熙年間編撰之《臨清州志·孝義王勳》記道：

> 官巡撫，好義喜施。先是臨清諸街水道咸匯。大寺門前，居民受患者，不下千餘家，隆慶元年，勳獨捐資，力修溝渠，建石橋於衛河東岸，名獅子橋，至今賴之，有碑文載其事。

1934 年編撰之《臨清縣誌》云：

> 獅子橋，衛河北岸，明隆慶時州人王勳建為大街，兩水匯歸入衛之處。

若然，則此殊不失為《金瓶梅》成書年代考證的一條重要線索，其亦可作為《金瓶梅》成書在隆慶初年之後的一條旁證。

六、萬曆八年前後

《金瓶梅》第六十五回寫到黃甲，只云其為「登州府黃甲」，為山東八府之官。

黃甲，鄉貫江西上猶，戶籍南京興武衛，軍籍，明嘉靖二十九年二甲第三十一名進士。《中國人名大字典》謂：「黃甲，（明）南京人，字首卿，嘉靖進士，仕至通判。為人傲兀使氣，以文章自負。與李攀龍、王世貞等七子同時而不相附麗。有《鳳岩集》。」

據光緒年間編撰之《上猶縣誌》記載，黃甲任過南京吏部稽勳司主事；據錢謙益《列朝詩集小傳・黃運判甲》載黃甲「官吏部驗封左宦鹽運」，似乎從未任過登州府知府。

關於黃甲的生平行事，迄今未搞清楚。尚知者為黃甲還著有《獨鑒錄》《鳳岩編年稿》《蜇南選稿》二十六卷，有《自賞集》。我以為黃甲之被寫進《金瓶梅》中，而且冠以知府之職，似當在其任吏部驗封左宦鹽運之時或其後，這不僅因為從《金瓶梅》中可以看出作者對當時鹽運情況很熟，而且對運河及河道治理情況很瞭解（詳見下文），對當時南京的官吏亦較清楚，可惜一直未查到黃甲任是職之年代。僅據錢謙益小傳謂黃甲「與七子同時而不相附麗」，及「官吏部驗封左宦鹽運，迄以不振」等語以及其著作篇目推之，似當在萬曆初年尚任是職。但不知確否，只好暫付闕如，待以後補入（這裏提供一點線索，希望得到知情人之賜教）。

《金瓶梅》第六十五回與黃甲同時被列為山東八府之官的還有凌雲翼，書中稱其為「兗州府凌雲翼」，即凌為兗州府知府。

凌雲翼，《明史》卷二二二有傳。傳較詳，不錄，中有云：

> 召為南京工部尚書，就改兵部，以兵部尚書兼右副都御史總督漕運，巡撫淮揚，河臣潘季馴召入，遂兼督河道。

凌雲翼似乎未曾任過兗州知府。《金瓶梅》冠以此職，考凌之生平，似只宜在其被召為南京工部尚書以後，即以兵部尚書兼右副都御史總督漕運、巡撫淮揚及兼督河道之時。查凌雲翼之被召為南京工部尚書，事在萬曆六年十月，則其總督漕運等等均在是年之後。自萬曆六年以後至萬曆十五年左右，凌雲翼在總督漕運、巡撫淮揚及兼督河道期間，曾大力治理過運河。這方面的材料很多，除有關典籍記載之外，尚存有凌所寫的若干疏文等等，這裏不錄。從《金瓶梅》一書中多次寫到的運河情況，以及作者對治理運河情況的反復提及來看，作者對漕運情況，以及運河治理情況相當熟悉，因此作者說凌雲翼為「兗州府」知府，則不僅地域與凌雲翼之為官處沾邊，而且作者似只有此時或其後才較有可能將其寫入書中。

這種推斷的另一個證明是趙訥。趙訥之生平如下：

> 趙訥，字孟敏，孝義人，嘉靖乙未進士。初授定興令，賑饑有法，調江都。時權貴欲以其邑稅糧派鄰邑，不從，升刑部主事，服闋，補戶部，差管徐州倉。出羨餘修呂梁洪橋，升四川保甯府知府。甫三月，乞歸，囊橐蕭然，束帶無飾金銀者。訥秉性儉約，不注家人生產，嗜讀書，寒暑不輟，教人以孝友為先，實行副之。刻語錄詩文三十卷，郡縣舊志續纂。年七十九卒，門人私謚文直先生。（《山西通志》卷一百三十七）

《金瓶梅》作者給趙訥加了個山東廉訪使的官職，這是很耐人尋味的。更為值得人們注意的是在第七回中，在山東巡按監察御史宋喬年舉劾地方文武官的題奏中說：「廉使趙訥綱紀肅清，市民服習。」據我們考證，宋喬年的這個題奏中涉及到的於史有考的歷史人物，其評語皆與其人之生平行事相符，我們只要將宋喬年對趙訥之評語與上述趙訥之傳記相核，就不難看出《金瓶梅》之作者對趙訥是熟悉的。而就趙訥的生平行事來看，則《金瓶梅》的將其寫入書中，當在趙訥「補戶部，差管徐州倉」時或其後，這不僅因其在任是職時修建運河上的重要津口呂梁橋，在當時影響較大，而且也才與「山東廉訪使」在地域上沾邊，在性格上相符。

趙訥差管徐州倉之準確年代尚未考出。但已考知其前任為進士李燧，其後任為進士姜士昌。姜士昌《明史》有傳，較詳，不錄。其中進士在萬曆八年，中進士後官戶部。徐州倉正是由戶部分管，趙訥亦是補戶部而差管徐州倉，則姜士昌之差管徐州倉必在萬曆八年或八年以後無疑。當時此職是三年一任，可見趙訥是萬曆六年至八年間任是職。《金瓶梅》既然只有在此時或其後方能將趙訥寫入書中，則其成書年代之上限必不早於萬曆六年至八年。

通過上述考證我們認為《金瓶梅》成書年代之上限當不早於萬曆六年至八年，其下限絕不晚於萬曆二十四年，其成書年代大約是萬曆九年至萬曆二十年之間。因此，我們認為五十年前，文學史家鄭振鐸先生、明史專家吳晗先生推斷《金瓶梅》成書於萬曆中期或萬曆年間（二位先生似未舉出萬曆二十四年袁宏道給董其昌的借抄《金瓶梅》的信，而只見到萬曆三十四年丙午袁宏道給謝在杭的信，因此吳晗先生將《金瓶梅》成書年代之下限定為不晚於萬曆三十四年）的結論是正確的，是經得起歷史的檢驗的。

獨特的文化地理環境
——《金瓶梅》「清河」考

典型人物是在典型環境中孕育生成的。典型環境可大致分為自然環境和社會環境。這裏首先要考察的是潘金蓮生活的自然環境，或叫做地理背景。其次，在此基礎上考察一下該地域的文化與風俗，因為文化與風俗的歷史遺傳必然對該地域的人物發生著某種或隱或顯的影響，乃至潛在的決定作用。

一、《金瓶梅》中的清河

《金瓶梅》中西門慶的家在清河縣。但這清河縣卻並非是現在歸屬於河北省邢台地區的清河縣。《金瓶梅》中的清河與《水滸傳》中的清河有相同處，但又有不同。《水滸傳》中的武大郎兄弟和潘金蓮原籍是清河縣，西門慶則是陽穀縣人。武大郎和潘金蓮從清河縣移居到陽穀縣，西門慶與潘金蓮的故事出在陽穀縣。

《金瓶梅》中的西門慶、潘金蓮是清河縣人氏，武氏兄弟則是陽穀縣人氏，後來遷居到清河縣，西門慶與潘金蓮的故事發生在清河縣。

《水滸傳》中將陽穀縣與清河縣說成是毗連之縣，屬東平府所轄。這已經有點令人費解，因為一則陽穀縣與清河縣相距二百餘里，並非毗連；二則清河縣從來就不曾屬東平府所轄。在歷史上的行政區劃中，宋代有兩個清河縣，北清河縣屬河北東路，南清河縣為南宋咸淳九年（1273）置，治所在今江蘇淮陰西南。明代仍有兩清河縣，一在今河北省，屬邢台地岡，明屬廣平府；一在今江蘇淮陰地區，明屬淮安府，早已廢置。南清河與陽穀更是相去千里之遠。

《水滸傳》中的清河已是撲朔迷離，《金瓶梅》作者又做了如上改動，這就更令人覺得幻中生幻，頗費猜想了。況且，就《金瓶梅》中關於清河的具體描寫來看，不僅規制遠非歷史上的兩個清河縣所可比擬，而且就書中關於清河與其他地方，比如東京、泰山、東昌等的位置關係來看，歷史上壓根兒就不存在這樣的清河。

那麼《金瓶梅》中的清河方位在哪裏呢？作者是以哪裏為模式來構思這個清河的呢？

又為什麼要這樣構思呢？這是幾百年來，人們一直在猜測、推斷並爭論不一的老大難問題。為了弄清我們要研究的書中人物的活動空間，有必要先把幾百年來人們對此問題的各種看法加以梳理。以往關於《金瓶梅》的地理環境或清河方位的看法大致如下：

(一)京師說

這裏的京師，不是指宋代京都開封，而是指明代都城北京。

1. 萬曆四十二年袁中道說：

> 舊時京師，有一西門千戶，延一紹興老儒於家。老儒無事，逐日記其家淫蕩風月之事，以西門影其主人，以餘影其諸姬。（袁中道《遊居柿錄》卷九）

2. 萬曆四十四年謝肇淛說：

> 相傳永陵（即嘉靖）中，有金吾戚里，憑怙奢汰，淫縱無度，而其門客病之，采摭日逐行事，匯以成編，而托之西門慶也。（謝肇淛〈金瓶梅跋〉，見《小草齋文集》卷二十）

按：所謂「金吾戚里」，人們以為可能是指劉承禧父親劉守有的中表和兒女姻親梅國楨。梅國楨（1542-1605），字客業，號衡湘，湖北麻城人。萬曆十一年（1583）進士，官至兵部右侍郎，總督宣大山西軍務。袁中道〈梅大中承傳〉說：

> 游金吾戚里，歌鐘酒兕，非公不歡。……下至三河年少，五陵公子，走馬章台，校射平原，酒後耳熱，相與為裙簪之遊，調笑青樓，酣歌酒肆。……後房姬侍繁多，亦無華飾，頗有夏侯妓衣之誚。……公為孝廉時，時太塚宰王公為子覓禮經師。……王公明日往謁麻城劉大金吾守有，曰：「公邑有梅孝廉否？」劉公曰：「有之，不佞兒女姻也。」（袁中道《珂雪齋前集》）

3. 吳曉鈴先生說：

> 書（指《金瓶梅》）中出現的49個街道名稱都是北京地名，全都保留存至今。如兵部窪、兵馬司、白塔寺等。據書中描寫可判斷西門慶家住現在東單附近。[1]

1　吳曉鈴〈金瓶梅作者新考〉，轉引自朱一玄編《金瓶梅資料彙編》，南開大學出版社2002年。

(二)江南說

臺灣魏子雲先生以為《金瓶梅》中的西門慶的生活習俗是南方的生活習俗，則西門慶家自然應在江南。詳見其〈從金瓶梅的問世演變推論作者是誰〉。[2]

(三)南清河說

香港梅節先生說：

> 《金瓶梅》沿用北宋年號名色，刻畫明季人情世態，書中的清河，當是運河沿岸一個城鎮，生活場景較接近南清河（今蘇北淮陰）。（梅節〈全校本《金瓶梅詞話》前言〉）

(四)徐州說

一丁先生說：

> 那麼，被作者當作清河和臨清來寫的究竟是什麼地方呢？我們認為不是別處，正是向有「五省通衢」之稱的古彭城徐州。[3]

(五)徐州、揚州、淮安說

陳詔先生說：

> 綜上所述，《金瓶梅》作者筆下的清河縣，既不像河北清河縣，也不像山東陽穀縣，它給人的印象是：
> 1. 它或許是一個省城，至少是一個府治的所在地；
> 2. 它的地理位置不在山東，而在山東以南；
> 3. 它靠近運河或淮河，是一個水陸交通要道；
> 4. 它擁有眾多人口，市面繁榮，是明代晚期的一個欣欣向榮的商業城市。
> 如果這些推測可以成立的話，那麼，我覺得下列城市不但符合上述條件，而且在《金瓶梅》中多次出現，敘述都非常正確，它們可能是《金瓶梅》中真正的創作地

---

2 魏子雲〈從金瓶梅的問世演變推論作者是誰〉，胡文彬編《金瓶梅的世界》，北方文藝出版社 1987 年。

3 一丁〈金瓶梅詞話的地理觀念與徐州〉，《徐州師範學院學報》，1987 年第 3 期。

點和描寫背景。揚州……徐州……淮安……[4]

(六)濮州、東平說

葉桂桐、閻增山曾以為《金瓶梅》中的外景有濮州城的影子，西門慶家中花園的規制近乎李先芳的花園規制。[5]清河的地理位置則在山東今東平縣一帶，與陽穀縣毗鄰。[6]

(七)臨清說

臨清籍學者王螢、王連州兄弟二人力主《金瓶梅》中的清河實為臨清。他們不僅考證出《金瓶梅》中的近百處地名為臨清地名，而且其中相當多地名的方位與臨清實有地名相符，《金瓶梅》中人物活動的若干線路也可找到佐證。他們依據這些考證及臨清史志地名、現存地名，比較詳細地繪製了《金瓶梅》中的「清河」主要地名位置圖。[7]

王螢同志還以為《金瓶梅》的寫作地點是在趙康王府中，西門慶家庭的建築規制，生活習俗與當地趙康王府有關（見上文）。

十分明顯，上述關於《金瓶梅》的清河的位置以及西門慶生活的地埋背景的各種說法都有一定的依據，因之也都具有一定的合理成分。但是意見卻如此歧異，難道《金瓶梅》中清河的位置是寫得不具體，不清楚嗎？在作者構思小說時清河的地理位置是不確定的嗎？

為了解決這一難題，我們對《金瓶梅》中的幾乎所有地名，都進行了一番認真的考察，結果發現：①《金瓶梅》的清河的方位是很明確的；②與《水滸傳》相較，《金瓶梅》在寫到各地名之間的距離時，計算是相當精確的；③《金瓶梅》中的地理描寫，表面上看來錯誤舛亂，似乎矛盾百出，實際上卻並不如此，舛亂的原因不是作者失誤，而是我們沒有把握其內在規律。下面，我們就來具體地予以敘述。

要考察《金瓶梅》中的清河的方位，首先要找出其座標，其次要考察它的各個參照物，這些參照物與座標構成了一個系統。

《金瓶梅》中清河的方位的座標是以黃河和運河構成的。我們可以把東西向的黃河視為 X 軸，把南北向大運河視為 Y 軸，先看清河與 X 軸之間的關係。

4　陳詔〈金瓶梅故事地點考〉，《徐州師範學院學報》，1987 年第 3 期。

5　葉桂桐、閻增山著《李先芳與金瓶梅》，寧夏人民出版社 1988 年。

6　閻增山〈《金瓶梅詞話》地理考〉，葉桂桐主編《金瓶梅作者之謎》，寧夏人民出版社 1988 年。

7　王螢〈《金瓶梅》地理背景為今山東臨清市考〉、王連州〈金瓶梅臨清地名考〉，葉桂桐主編《金瓶梅作者之謎》，寧夏人民出版社 1988 年。

作為X軸的黃河，由北宋末年至明中葉，曾多次改道，《金瓶梅》中的黃河的走向大致相當於譚其驤先生主編之《中國歷史地圖冊》中明代部分的 82-83 河南一圖中的位置。

《金瓶梅詞話》中的清河在黃河以南，這有第九十一回的一段話為證：

> 玉樓道：「你衙內有兒女沒有？原籍那裏人氏？誠恐一時任滿，千山萬水帶去，奴親都在此處，莫不也要同他去？」陶媽媽道：「俺衙內老爹身邊，兒花女花沒有，好不單徑。原籍是咱北京真定府棗強縣人氏，過了黃河不上六七百里。」

那麼清河在黃河以南多遠呢？大約六七十里，絕對不到百里。這有第七十二回西門慶自己從東京回來時的一段話為證：

> 有日後晌午時分，西門慶來到清河縣。分付賁四、王經跟行李先往家去，他便送何千戶到衙門中，看著收拾打掃公廨乾淨，住下。他便騎馬來家，進入後廳，吳月娘接著，拂去塵土，舀水淨面畢，就令丫鬟院子內放桌兒，滿爐焚香，對天地位下告許願心。月娘便問：「你為什麼許願心？」西門慶道：「昨日十一月二十三日，剛過黃河，行到沂水縣八角鎮上，遭遇大風，那風那等凶惡，沙石迷目，通不放前進。天色又晚，百里不見人，眾人多慌了。況垛又多，誠恐鑽出個賊怎了？前行投到古寺中……」

十一月二十四日，西門慶是天大亮以後才又上路的。第七十一回說：

> 西門慶與何千戶入寺中投宿……過得一宿。次日風止，天氣始晴，與了老和尚一兩銀子相謝，作辭起身，往山東來……

西門慶一行人，「裝馱垛又多」，而且是與帶著眷屬的何千戶以及西門慶的夥計賁四、王經一起走的，又只走了半天多一點兒（日後晌時到清河），所以那路程可以推算出來，大約不會超過六七十里，絕對不會超過百里，而這正是清河距 X 軸黃河的距離（「沂水縣公用鎮」為「水關八角鎮」之誤刻）。

再看清河與Y軸京杭大運河之間的關係。毫無疑問，清河在距離大運河不遠的地方，或者說基本上是在運河岸邊。這在書中有過多次描寫，不待細說。那麼清河又在大運河的哪一段呢？

第一，清河不在徐州南，而在徐州以北。因為書中第四十七回寫苗員外是由揚州沿運河北行，往東京（實即北京）而去。他在徐州洪被害，屍體向北漂流，儘管作者可能忽視了運河水流在山東南旺鎮南北分流這一細節（這並非是作者的無知，這可能與作者的這段故事源於公案小說〈港口漁翁〉有關，在此不多涉），但按作者的意圖來看，屍體的漂流時間當不少於十天（不管事實上有無可能）。這從作者所敘苗員外的行期中可作大致推算。苗員外「起行正值秋末冬初之時，從揚州馬頭上船，行了數日，到徐州洪」（第四十七回）。屍體是在「去年冬十月中」被發現。北方（山東在內）以古曆十月初一算作冬天正式開始，這一天是北方的大節。從十月初到十月中，除去由揚州到徐州洪的「數日」，約計十天左右。這案件由東平府差遣陽穀縣丞狄斯彬處理，可見苗員外的屍體是已漂流到陽穀縣境內。作者既已將清河屬東平府所轄，又與陽穀毗鄰，設若清河在陽穀以南，則清河的位置必在由徐州到陽穀縣之間的運河岸邊。設若清河在陽穀以北，那麼清河在陽穀以北的運河岸邊。

關於清河的方位是在運河東岸還是兩岸，作者沒有明確的交代。這就難以斷定清河在座標中應屬第三象限，還是應屬第四象限。但因清河既距運河不遠，則可視其大致在 Y 軸運河上。那麼在座標中，清河的位置就非常明確了，即在黃河與運河相交處以南的六七十里路遠的地方。

清河在座標中的方位既已明確，那麼我們再來看看清河與其參照物如京師、泰山、臨清、陽穀、東昌、兗州、棗強之間的關係，看其是否準確。

1.京師（東京）

《金瓶梅》中的東京，從其規制與街道的描寫方面來看，是兼具北宋的開封和明代北京的特點。有人以為是僅以北京為依據，這是不確的（這裏不去細說）。但就其方位而言，則主要指明代的北京，有時也指過開封，比如在東京與懷慶府的關係中就是。而在東京與清河的位置關係中，則主要指北京。在《金瓶梅》中清河到東京的距離要走半個月，按每日 35 至 40 公里計，大約是 600 公里。

2.泰山

《金瓶梅詞話》中的清河在泰山的正西邊，而不是西北邊，也不是西南邊。

第九十八回：

> 陳經濟臨清開大店，登樓遠眺：「四望雲山疊疊，上下天水相連。正東看，隱隱青螺堆岱嶽；正西瞧，茫茫蒼霧鎖皇都（按：此顯然指東京為開封）；正北觀，層層甲第起朱樓；正南望，浩浩長淮如素練。」

此段文字亦可證作者心目中之清河，在黃河以南，且在淮河以北，因南望不見黃河，而只見長淮。有人據南望「浩浩長淮如素練」，因此以為清河必距淮河不遠，此言謬矣。不要忘了這是遠眺，而且實在是想像之詞，所見之物除樓房外，均為目力所難達者，如泰山和皇都。

3.臨清

《金瓶梅詞話》中的清河在臨清以北，因為凡沿運河南來的船總是先要經過臨清鈔關。清河距臨清 35 公里。第九十三回，王杏庵對陳經濟說道：

> 「此去離城不遠，臨清馬頭上，有座晏公廟。那裏魚米之鄉，舟船輻輳之地，錢糧極廣，清幽瀟灑。屆主任道士，與老拙相交極厚，他手下也有兩三個徒弟徒孫。我備份禮物，把你送與他做個徒弟。」……他便乘馬，雇了一匹驢兒與經濟騎著，安童、喜童跟隨，兩個人抬了盒擔，出城門，徑往臨清馬頭晏公廟來。止七十里，一日路程，比及到晏公廟來，天色已晚……王老到於馬頭上，過了廣濟閘大橋，見無數舟船停泊在河下。來到晏公廟前，下馬，進入廟來。

據《臨清州志·河渠》載：臨清「橋四：曰廣濟、弘濟、永濟、通濟。廣濟在衛河中，明兵備副使陳壁創」。又，《臨清州志·廟祀》載：「晏公廟在會通河西，傳聞有崔道士者在此升仙。」據王螢同志考證，《金瓶梅詞話》此回寫王杏庵帶領陳經濟去臨清晏公廟，不僅路線與實際相符，且所述的地名之位置與當時的地理位置相合。（王螢〈金瓶梅地理背景為今山東臨清市考〉，見葉桂桐主編《金瓶梅作者之謎》，寧夏人民出版社）

這就存在一個臨清本身的方位問題。如同把清河南移一樣，臨清也同時在座標上南移，但清河與臨清之間的相對位置沒變，這種位移我們在後邊談清河與東昌府的關係時還要談到，而這正是理解《金瓶梅》中清河方位以及作者究以何地為創作背景的關鍵之所在。

4.東平府

《金瓶梅》中既明言清河屬東平府所轄，因此關於東平之歷史沿革，不能不予以涉及。《嘉慶一統志》卷一百七十九〈泰安府〉載：

> 東平州：春秋時，魯附庸須句國，戰國屬齊，秦薛郡地，漢初屬梁國。甘露二年，為東平國，治無鹽。後漢因之。晉移治須昌，宋改為東平郡，後魏因之。北齊郡廢縣徙，隋初復置須昌縣，屬東平郡。唐初屬鄆州。貞觀八年，移州來治。天寶初，改曰東平郡；宋曰東平府，屬京東西路，金屬山東西路，元改為東平路，明降為州，省須城縣入，屬兗州府。本朝雍正十三年，改屬泰安府。

可見，東平府是趙宋稱謂，明初也曾一度用過，但很快就降為東平州了，至《金瓶梅》創作時代，早已經降為州了。

明代東平州州治在今山東省東平縣境內，去今縣城不遠。

《金瓶梅詞話》不僅明言清河屬東平府所轄，而且對清河到東平府治的距離也交代得比較清楚。第四十二回說：

> （西門慶）因叫過李銘、吳惠來，每人賞了一大巨杯酒與他吃。分付：「我且不與你唱錢。你兩個到十六日，早來答應。還是應二爹三個，並眾夥計當家兒，晚夕在門首吃酒。」李銘跪下道：「小的告稟爹：十六日和吳惠、左順、鄭奉三個，多往東平府，新升的胡爺那裏到任，官身去，只到後晌才得來。」西門慶道：「左右俺每晚夕才吃酒哩，你只休誤了就是了。」二人道：「小的並不敢誤。」

李銘等人十六日早晨出發到東平府侍候，後晌就能回到清河縣，可見清河距東平府不遠。

第七十六回寫道：

> 到次日，臘月初一日，（西門慶）早往衙門中去，同何千戶發牌開廳畫卯，發放公文。一早辰才來家，又打點禮物豬酒，並三十兩銀子，差玳安往東平府胡府尹去。胡府尹收下禮物，即時討過劄付來。西門慶在家，請了陰陽徐先生，廳上擺設豬羊酒果，燒紙還願心畢，打發徐先生去了。因見玳安到了，看了回帖，已封過劄付來，上面用著許多印信，填寫喬洪本府義官名目。

玳安一日內除了辦事，尚可從清河到東平府走個來回。

第六十五回寫西門慶等大小官員迎接黃太尉，寫道：

> 黃太尉大紅五彩雙掛繡蟒，坐八抬大簇銀頂暖轎，張打茶褐傘，後邊名下執事人役跟隨無數，皆駿騎咆哮，如萬花之燦錦，隨路鼓吹而行，黃土墊道，雞犬不聞，樵采遁跡。人馬過東平府，進清河縣，縣官黑壓壓跪於道旁迎接，左右喝叱起去。隨路傳報，直到西門慶家中大門首。

這樣大隊人馬，八抬大轎，又隨路鼓吹而行，當然走不快，但用不上半天即可過東平府，進清河縣，可見距離不遠。由上述材料我們已不難推知，清河縣城離東平府府治距離甚近，大概至多也不過幾十公里。

5.陽穀縣

陽穀縣從宋代至明代，一直屬東平府所轄，宋屬東平府，明屬東平州，《金瓶梅》中多次出現東平府「一府兩縣」即陽穀、清河，二縣毗鄰。

陽穀縣舊址在今山東省平陰縣之東阿鎮，在東平縣縣北，僅25公里許。東平又距清河不甚遠，說陽穀縣與清河毗鄰，前後並不相悖。又東平府附近雖無清河縣，但東平府即處大清河上，《水滸傳》之陽穀、清河毗鄰之說雖屬子虛，但亦不無所據。《金瓶梅》因襲之，亦不謂空谷來風。

6.東昌府

明代東昌府府治在今山東省聊城市。

《金瓶梅詞話》中的清河（包括臨清在內）在東昌府的南邊，所有從京城去南方而經過清河的，必先過東昌府。

第三十五回：

> 夏提刑道：「昨日所言接大巡的事，今日學生差人打聽，姓曾，乙未進士，牌已行到東昌地方。他列位每都明日起身遠接。你我雖是武官，系領敕衙門，提點刑彼，比軍衛有司不同。咱後日起身，離城十里尋個去所，預備一頓飯，那裏接見罷。」

第四十九回迎接蔡御史：

> 留下來保，家中定下果品，預備大桌面酒席，打聽蔡御史舡到。一日，來保打聽得他與巡按宋御史舡，一同京中起身，都行至東昌府地方，使人先來家通報。這裏西門慶就會夏提刑起身。知府州縣及各衛有司官員，又早預備祇應人馬，鐵桶相似。來保從東昌府舡上，就先見了蔡御史，送了下程。然後西門慶與夏提刑出郊五十里迎接，到新河口，地名百家村，先到蔡御史舡上拜見了，備言邀請宋公之事。

第六十五回寫迎接六黃太尉：

> 早辰，西門慶正陪應伯爵坐的，忽報宋御史老爹差人來送賀黃太尉一桌金銀酒器……傳報太尉船隻已到東昌地方，煩老爹這裏早先預備酒席，准在十八日迎請。

第一百回寫金兵南侵：

> 卻說大金人馬搶過東昌府來，看看到清河縣地界。只見官吏逃亡，城門晝閉，人民逃竄，父子流亡。

總之，《金瓶梅詞話》中凡從北至南經過清河者，必先到東昌，再到清河。而凡由南而北者，無論旱路，還是水運，凡到清河，則先到臨清，而不過東昌，如第四十八回寫苗員外之家僕苗青作案後亦先到臨清，後到清河；第五十八回韓道國到杭州置緞匹，以及第八十一回西門慶死後韓道國從南方回來拐財遠遁，亦無不先到臨清鈔關，後到清河。可見在作者心目中，清河設置在東昌府以南無疑。

那麼清河在東昌府以南多遠呢？

由上引第四十九回迎接蔡御史「西門慶與夏提刑出郊五十里迎到新河口，地名百家村」一句可知，東昌與清河必相距五十里以外。而這一天來保先在東昌得知蔡御史船到，使人來家通報之後，西門慶與夏提刑方出郊五十里迎接，則東昌與清河又不會太遠。由通報而出迎來推算，東昌與清河約在 75 公里左右，而這正是東昌到東平的實際距離。

7.兗州府

《金瓶梅詞話》第七十八回寫道：

> 西門慶道：「你明日就同小價往兗州府走遭。」李三道：「不打緊，等我去，來回破五六日罷了廣。」

第七十九回寫道：

> 卻說來爵、春鴻同李三，一日到兗州察院，投下了書劄。……隨即差快手拿牌，趕回東平府批文來，封回與春鴻書中，又與了一兩路費，方取路回清河縣。往返十日光景。

《金瓶梅》中一般情況下一人一天路程，是按 35 公里上下計算，這一點不僅在第九十二回中明確地敘述過「止七十哨，一日路程」，而且其中西門慶去東京，以及別人的活動，基本上都以此速度計算的。這樣李三等除去辦事所用時間外，大約往返清河與兗州府的時間為四五天，即走 140 至 175 公里左右，清河到兗州府之距離即為 140 至 180 公里左右，上面已經論述過，《金瓶梅》中的清河距離東平府府治不遠，而東平府到兗州府的距離則史志有明確的記載。《明史・地理志二》說：

> 東平州，太祖吳元年為府。七年十一月降為州，屬濟寧府，以州治須城縣省，十八年改屬（兗州府）。東南距府為五十里。

這與我們上面的推算若合符節。

8.棗強縣

上面我已述及《金瓶梅》中清河到棗強縣的距離是「過了黃河，不下八七百里」，學術界不少同志以為這是《金瓶梅》作者地理訛誤的最明顯的例證，被當作笑柄傳說。其實作者既然把清河放置在東平附近，那麼從東平算起，到河北棗強縣的距離，剛好是六七百里，作者之計算半點不錯。

現在我們再回頭來看看《金瓶梅》中的黃河的位置及與作者所說黃河與清河之關係，就比較清楚了。

《明史・河渠一》說：「黃河，自唐以前，皆北入海。宋熙寧中，始分趨東南，一合泗人淮，一合濟人海。」明代黃河或南入海，或北入海，來回滾動。而東平正在其由北道入海河道之南，北距黃河剛好不到百里，清河既距東平甚近，其在黃河以南，且距黃河不上百里，由此知作者計算之精確。

要之，《金瓶梅》中之清河在今山東省東平縣附近。

二、「破落」與「暴發」：《金瓶梅》地理背景的特點

《金瓶梅》作者將遠在河北省的清河移到山東省的東平一帶，表面上看來，這是俯就《水滸傳》中的清河與陽穀毗鄰，二縣同屬東平府所轄。實際上卻遠遠不止如此，作者這樣做實有深意存焉。這深意之一就是要寫出《金瓶梅》中的主人翁之一「破落戶」出身的「暴發戶」西門慶生活的地理背景的特點：破落與暴發。

何以見得？首先從《金瓶梅》對《水滸傳》的改動談起。上面我們已經說過，《水滸傳》中潘金蓮和西門慶的故事發生在陽穀縣，而《金瓶梅》則將其改寫為清河縣。這樣一來，西門慶、潘金蓮，乃至武氏兄弟的籍貫，便不得不隨之更改。而武松在《水滸傳》中是在陽穀縣的景陽崗打虎，《金瓶梅》卻不得不將景陽崗陽穀縣屬改為清河縣轄。作者既在整體構架上借用《水滸傳》中這一段故事，很多文字抄錄不改，為什麼單單要做這樣的故事發生地的改變呢？如無深意何必要費這種周折呢？長時間以來，《金瓶梅》研究者對此感到惶惑，或對作者的用意進行種種解釋與猜測，但迄今難有定論。

我以為要探究《金瓶梅》作者做上述改動的用意，要聯繫作者在地理方面的其他改動才容易看得清楚。

《金瓶梅》作者在地理方面對《水滸傳》的其他改動中，最為重要的地方之一就是清河與臨清的關係。《水滸傳》中的清河縣與臨清無涉，而《金瓶梅》中的清河與臨清之關係，實在是太惹人注目了。如上所述，臨清也被作者隨清河移到了東昌府以南，而就作者所描寫的臨清與清河之關係來看，清河簡直成了臨清的附庸，人們南來也好，北去也好，做官也好，經商也罷，雖去清河，但卻始終離不開臨清。而到後二十回，作者乾脆把很多事件直接安排在臨清。不僅如此，作者有時甚至疏漏到臨清、清河不分。如謝家酒樓，洒家店，原說在臨清碼頭，孫雪娥也被賣到洒家店為娼的，但第九十四回本來設在清河的守備府的張勝往河下買酒麴，並未交代去臨清，卻平白地碰上了洒家店的孫雪娥。同回中的陳經濟明明在臨清晏公廟當道士，是王杏庵親送來的，走了一日路程，但在謝家酒樓宿娼被人捉住，並未交代去清河，卻被押到守備府來，「清晨在府前侍候」這一日路程之隔也不知到哪裏去了。《金瓶梅》敘事向以寫實著稱，這些疏漏實在太不相稱。而如上所述，《金瓶梅》中寫到的地名，竟然有近百處為臨清地名，且其中人物

活動的重要路線迄今按圖考之，居然與臨清相合。這個事實太惹人注意了。而且，就《金瓶梅》中所描寫的清河之規制，場面之博大，也遠非清河（包括南清河在內）所可比擬的，而臨清則無不當之。因此，我們有理由懷疑清河與臨清之關係是二而一或一而二之關係，有理由懷疑作者在構思此書時是以臨清為背景，當然不排除作者將北京、開封以及其他作者所熟悉的地方的特點融於其中，但主要以臨清為背景，則是可信的。

明史專家吳晗先生在論述《金瓶梅》的「社會背景」時，只列舉了他以為比較典型的能夠說明當時「商業發展情況和社會風氣的變化，及其生活」的《金瓶梅》時代的社會背景為例子，這就是《博平縣誌》和《鄆城縣誌》中的兩段文字。博平縣今罷治，歸山東省茌平縣，南距聊城 20 公里，屬聊城市所轄，西北距臨清 30 公里，鄆城與鄄城相毗鄰，明代鄄城屬濮州，受轄於東昌府。濮州現屬河南省。

這一帶正是冀魯豫交界處。各縣之歸屬，時歸河南，時歸山東，而臨清在新中國成立後還曾歸屬過河北省。這一帶，特別是東昌、臨清，在明代尤其到嘉、隆、萬時期，也是「暴發戶」。這裏當初是趙、齊之故地，亦為大同，多王者之城，帝王之墟，可謂世家。但後來破落了，衰敗了，到明初已經破落衰敗到「當時土著少，詔徙旁郡民填實之」。破落衰敗的主要原因，除政治因素外，主要是戰爭與水災。但這一帶在明代卻又「暴發」了起來，對於其「暴發」的原因以及「暴發」情況，我們下一章還要詳敘，這裏不贅。正是如此，《金瓶梅》作者把西門慶這樣一個破落戶出身的暴發戶，安置在一個同樣破落又暴發的臨清一帶這樣的典型環境之中。

三、黃河文化與運河文化的交匯——《金瓶梅》的文化背景

《金瓶梅》作者對《水滸傳》故事發生地的另一重要改動是強調清河在黃河以南，距黃河不遠，更強調清河在運河的岸邊或距運河很近的地方。西門慶的經商也好，社交活動也好，乃至舉凡家中的吃穿日用都與運河有著密切關係。這種強調與改動，不能不使人思考作者這樣做的用意所在。我以為作者是將《金瓶梅》人物活動的文化背景置放在中國黃河文化與運河文化交匯的大背景之上。

記得金開誠先生在一篇短文中將長城說成是中國封閉文化的象徵，而將運河說成是開放文化的象徵。我以為黃河與運河可以作為中國歷史上兩種重要的基本文化——農業文化與商業文化的象徵。黃河是中華民族的搖籃，黃河用它沖積而成的平原為中華民族的早期居民們準備的生產基地，用它的乳汁澆灌著大地和中華民族的兒女。向以勤勞儉樸著稱的中華民的先民們用自己的辛勤勞作在黃河流域創造了燦爛的中國古代文化。馬

克思在論述到中國的社會組織形式和政治生活時曾說到它們與治理黃河之間的內在關係。黃河是中國農業文化的代表或象徵。

大運河的開鑿始於隋代，歷來人們對於隋煬帝開鑿大運河的目的與功過，就有著不同的評論。但不管怎樣，大運河開鑿後的直接結果是促進了中國南北文化的交流。中華民族的古代文化「場」或文化「圈」，不止一個，中華民族的文化是由多元的文化「場」或文化「圈」相互影響交匯時成的。黃河流域形成的中原文化在中華民族文化發展史上是比較先進的文化。六朝時期，晉室南徙使中原文化在南方得以發展。宋代京都遷杭，使中原文化再次向南方擴展。由於南方的自然條件的優越，而且相對於北方的戰亂頻仍則比較安定，這就為南方的經濟文化發展創造有利的條件，並使之超過了北方。大運河則對南北文化之交流起到了重要的橋樑作用。明代以來，伴隨著海禁的相對開放，東南沿海帶的文化更有了長足的發展。而大運河則把這較進步的文化流叫北方。這種文化的特質主要是商業文化。因此，我以為將大運河作為中國中世紀後期商業文化的象徵與事實並不相悖。商業文化是在農收文化的基礎上首先發展起來的。黃河有時直接與運河合流，有時用它的黃水為運河提供水源，有時用它存積起來的淤水作為運河的航路，它是運河的母親。但黃河這奔騰不息難以控制的野馬脾氣過於暴躁，時常發怒，無情地衝擊淤毀著運河，使運河的命運立即受到它的影響，時斷時續，時枯時榮，發展起來那樣的曲折艱難。這又多麼像中國的農業文化與商業文化之間的關係啊！

《金瓶梅》作者將自己故事中的人物安置在黃河文化與運河文化交匯撞擊的大背景之下，比較著重敘述的是商業文化。關於《金瓶梅》中這種文化背景的歷史淵源關係，我將在下文中加以敘述。

《金瓶梅》與「鄭衛之風」
——從民俗史的角度看《金瓶梅》與傳統文化

在中國，一提「淫書」，人們會首先提到《金瓶梅》，不管這是否公平，是否符合實際，以及造成的原因如何；而一提民風之「淫亂」，人們也會首先想到「鄭衛之風」。那麼這二者之間，有無內在的聯繫呢？這兩個問題或現象，其產生的時代相隔兩千年，表面看來似乎是風馬牛不相及，但一旦確定了《金瓶梅》的地理背景以及其方言歸屬為冀魯豫交界之處，而這正是鄭衛之風故地（包括一部分齊地），那麼說它們之間有聯繫，便不會是無端的猜想了。下面就來談談這個問題。

一、《金瓶梅》中習俗的地域特點

我的導師張紫晨先生指出：

> 我國民俗地區性很強，主要表現在大量的民俗事象都有地區的限制性：「十里不通風，百里不同俗。」「走一鄉，要問一俗。」這些說法都反映民俗的地區性特點。[1]

正因為我國民俗地區性很強，所以通過對《金瓶梅》中所描寫的習俗事象的研究，我們便可以大致推論出《金瓶梅》的地理環境。

《金瓶梅》中所描寫的民俗事象非常廣泛。張紫晨先生將中國民俗事象之種類大體分作如下十大類：

1. 巫術民俗；
2. 信仰民俗；
3. 服飾、飲食、居住之民俗；

---

1 張紫晨《中國民俗與民俗學》，浙江人民出版社 1985 年。

4. 建築民俗；
5. 制度民俗；
6. 生產民俗；
7. 歲時節令民俗；
8. 人生禮儀民俗；
9. 商業貿易民俗；
10. 文藝遊藝民俗。[2]

這十大類民俗事象，《金瓶梅》中都涉及到了，而且都寫得比較具體生動。這裏不可能也不想對這十大類習俗全面述及（對《金瓶梅》中的民俗的全面系統地研究，我將用專文加以敘述），而僅就其中地區性最強，而且在《金瓶梅》研究中人們用以判別其習俗地區性時經常引用過的一些事象加以敘述。

(一)飲酒習俗

《金瓶梅》中多次提到金華酒，這是書中主人公所飲酒中的主要品種之一。金華酒無疑就是浙江金華產的歷史名酒，於是有人不僅據此推斷《金瓶梅》作者為南方人，而且推論《金瓶梅》中的習俗為南方習俗，比如臺灣的《金瓶梅》研究專家魏子雲先生就是這樣做的（評見其所著《金瓶梅探源》）；張遠芬同志則以為《金瓶梅》中所寫的金華酒根本不是浙江金華產的，而是山東的陵酒，並將此作為證成自己《金瓶梅》作者為嶧縣人賈三近的說法的重要證據之一。[3]

李時人同志則斷定金華酒不是蘭陵酒，並也將此作為反駁張遠芬的《金瓶梅》作者為賈三近說的重要證據之一。由此，我們已不難看出，《金瓶梅》中的飲酒習俗已經成了《金瓶梅》研究中的一個引起人們廣泛注意的重要問題。

關於《金瓶梅》中的飲酒風尚，「小題大作」作得最為漂亮，最為出色，也最見功力的是美國學者鄭培凱先生，文章的題目叫做〈《金瓶梅詞話》與明人飲酒風尚〉，徐朔方先生已將其收入他所編的《金瓶梅西方論文集》中[4]。這裏把鄭先生的結論引錄如下：

> 綜上所述，我們可以看出，《金瓶梅詞話》的作者在書中敘述各種飲酒場合之時，

---

2 同註 1。

3 張遠芬《金瓶梅作者新探》，齊魯書社 1984 年。

4 〈《金瓶梅詞話》與明人飲酒風尚〉，徐朔方先生已將其收入他所編的《金瓶梅西方論文集》，上海古籍出版社 1987 年。

> 都能符合北方人的飲酒習慣，根本不曾「荒腔走板」，「洩露」出南方人的飲酒習慣。當然，這只證明作者寫明代的山東、河北一帶的飲酒風尚，寫得不走樣，合乎情理，並不能就此證明作者即是山東人。可是，反過來說，我們更沒有證據去說作者是南方人。

鄭先生這裏所說的山東、河北一帶，實際上坯是河南與山東、河北交界的地方，因為鄭先生在文章中曾將李綠園之《歧路燈》與《金瓶梅》中的飲酒風尚作過敘述，鄭先生說：

> 由李綠園在《歧路燈》中對酒類的描寫，我們可知，到了18世紀，在河南計封，金華酒與紹興酒並行，都被北方人視作南方來的好酒。

可見鄭先生所說的山東、河北一帶，實際上就是山東、河北、河南交界一帶，《金瓶梅詞話》中的飲酒風尚止是冀魯豫交界一帶的飲酒風尚。

(二)飲食習俗

魏子雲先生說：

> 寫在《金瓶梅詞話》中的飲食，十九都是江南人所慣用。如白米飯、粳米粥，則餐餐不少，饅頭、烙餅則極少食用。菜蔬如鮝魚、豆豉、酸筍、魚酢、各類糟魚；醃蟹以及鮮的、糟的、紅糟醉過的鰣魚，都是西門家常備之味。[5]

《金瓶梅詞話》中的西門慶家中的主食雖然比較重視大米、粳米，但實際上米麵食兼用，這跟不怎麼吃麵食的江南習俗根本不同。比如烙餅，南方人不怎麼吃，西門慶家中是吃的，如第二十一回：

> 卻說次日雪晴，應伯爵、謝希大受了李家燒鵝瓶酒，恐怕西門慶動意擺佈他家，敬來邀請西門慶進裏邊陪禮。月娘早辰梳妝畢，正和西門慶在房中吃餅。

西門慶不僅自己吃餅，而且以此招待應伯爵、謝希大：

> 西門慶道：「你教小廝把餅拿了前邊，我和他兩個吃罷。」（同上回）

西門慶家中不僅吃麵食，而且有一種典型的北方吃法。第五十二回中這樣寫道：

5 魏子雲〈從金瓶梅的問世演變推論作者是誰〉，胡文彬編《金瓶梅的世界》，北方文藝出版社1987年。

西門慶道：「你兩個打雙陸。後邊做著個水麵，等我叫小廝拿面來咱們吃。」不一時，琴童來放桌兒。畫童兒用方盒拿上四個靠山小碟兒，盛著四樣小菜兒：一碟十香瓜茄，一碟五方豆豉，一碟醬油浸的鮮花椒，一碟糖蒜；三碟蒜汁，一大碗豬肉鹵，一張銀湯匙，三雙牙箸。擺放停當，西門慶走來坐下。然後拿上三碗面來，各人自取澆鹵，傾上蒜醋。那應伯爵與謝希大拿起著來，只三扒兩咽，就是一碗。兩人登時狠了七碗。

這段文字中有兩處最值得注意：一是「個水麵」；一是「蒜汁」。這兩處又有著內在關係：

先說「個水麵」。

一般讀者會認為這裏的「個」字是個量詞，即用來修飾「水麵」的，「水麵」是中心詞。其實這種理解錯了。這裏的「個」字，其音義均同於「過」字。「個水麵」，即「過水麵」，做法是將麵條煮好後，放到冷水裏浸過後再往碗裏盛的，因此稱為「涼麵」「冷麵」（當然細講究起來，這麵條也不同於一般的麵條，其配料跟一般麵條有異，這兒不去細說）。把「個」理解為「過」字，是有充分的依據的。《金瓶梅同話》中的「個」「過」「顧」「故」四字同音，時常互相借用。「不過意」可寫作「不顧意」，如第七十二回：「咋日下大人甚是不顧意」。「過賣」可寫作「顧賣」，如第五十五回：「喚顧賣打上兩角酒來。」「只顧」又寫作「只個」，如第八回：「只個亂打鼓搨鈸不住」，「還只個搨打怎的」。「作故」會誤作「作過」，如第六十五問：「他也聞知令夫人們作過。」又，只有涼麵，才可以直接傾上蒜汁，如面熱就會有臭味。對此書中已寫到。如就在西門慶與應伯爵、謝大人這次吃麵時，當時吃完麵後，作者寫道：應、謝吃的熱上來，「把衣服脫了，搭在椅子上。見琴童兒收家活，便道：『大官兒，到後邊取些水來，俺每漱漱口。』謝希大道：『溫茶兒又好，熱的燙的死蒜臭。』」

再說「蒜汁」。

「蒜汁」略異於「蒜泥」，「蒜汁」是把蒜搗得細碎，再加涼水拌成。

吃「過水麵」，加「蒜汁」，這正是典型的北方人吃法。如果說暴發戶西門慶家中是米麵兼食，較重大米、粳米的話，那麼一般小戶人家則顯然是以麵食或雜糧為主食。別的人家，且不說，我們看看西門慶的夥計韓道國老婆王六兒是如何敬心掛意地招待西門慶的吧。

第三十七回西門慶第一次到王六兒家裏去時，書中寫道：

那婦人聽見西門慶來，收拾房中乾淨，薰香設帳，預備下好茶水。不一時，婆子（馮媽媽）拿籃子買了許多雞魚嗄飯菜蔬果品，來廚下替他安排端正。婦人洗手剔甲，又烙了一著麵餅。明間內，揩抹桌椅光鮮。

婦人笑吟吟道了萬福，旁邊一個小杌兒上坐下。廚下老媽將嗄飯果菜，一一送上。又是兩箸軟餅，婦人用手揀肉絲細菜兒裹捲了，用小碟兒托了，遞與西門成吃。

用「箸」作量同來形容烙餅用面的數量，這也是典型的北方用語。對此量詞，人多不解，有人以為就是「箍」字，一箸就是一箍。其實不確。在山東方言中，一箸與一箍，大不相同。一箍的原意是指用兩手一卡，是指一把（現在一般多為一市斤）或一小捆麵條。箸是筷子，一箸麵，正指一般用筷子一次能撈到的煮好的麵條，一箸麵餅，正是指能煮成這樣一挑（山東方言）麵條所用的麵粉的數量用詞。其意已包含有一個用麵不多的意思在內。這餅是個小餅。

王六兒不僅用麵食招待最尊貴的客人，也用面招待一般客人。第三十七回寫道：

婆子（馮媽媽）打發西門慶出門，做飯吃了，鎖了房門，慢慢來到牛皮巷婦人家。婦人開門，便讓進裏邊房裏坐，道：「我昨日下了些麵，等你來吃，就不來了。」婆子道：「我可知要來哩！到人家，便就有許多事，掛住了腿子，動不得身。」婦人道：「剛才做的熱騰騰的飯兒，炒麵筋兒，你吃些。」

王六兒正是用麵條和麵筋這樣典型的北方食品來招待馮媽媽的。

魏子雲先生看來對北方習俗很不熟悉，在中原一帶甚至在北方，大米與同白麵一樣是叫做細糧的。因為大米較少，所以大米比白麵更顯得嬌貴，西門慶是腰纏萬貫的暴發戶、大財主，所以家中將大米、粳米時作主食，這是一般小戶人家做不到的。因之。西門慶家中經常吃大米、粳米，而一般人家較少食用，這正是忠實地寫出了北方的特定習俗。

至於書中所寫到的艾窩窩、角兒等，更是北方的食品，不待說了。

而魏子雲先生舉出的副食中的所謂各種糟魚之類，則更是冀魯豫交界一帶靠近河或湖的地方的常見食品。直到現在，東昌府（現為聊城市）坯在賣各種糟魚，而且到處都有賣的。有興趣的話，人們很可以去親自領略一番。

關於瓜果。

魏子雲先生說：

在瓜果方面，如龍眼、荔枝、橄欖、香榧、楊梅、白雞頭，這些江南特產，均西門家慣常食用。但在北方各季中行世的瓜果，如初夏時的麥黃嗇，盛夏時的大小西瓜，還有入秋時的桃李、深秋時的鮮棗、柿子、栗子以及小蜜桃與花紅、石榴、梨，還有入冬後的山楂果，作水果食用的各色蘿蔔，該書卻絕少寫入。這些也都

> 足以說明這位作者不是一位慣養了北方生活習俗的人。[6]

對於《金瓶梅》中的食用水果，魏子雲先生的考證實在太粗心，在這方面，倒是浙江籍的戴鴻森先生比較細心。戴先生說：

> （《金瓶梅詞話》）水果有柑子、金橙、蘋婆（蘋果）、雪梨、紅菱、烏菱、石榴、橄欖、大棗、荸薺、李子、雪藕等，亞熱帶果品只有乾製的荔枝、龍眼，隻字未見香蕉、鳳梨等鮮果，自是因交通運輸上的極大不便，為當時條件所不能克服，枇杷已被詑為珍奇難得之物，吃遍豪門的大清客應伯爵矜張地說：「還有活到老死，還不知此是什麼東西兒哩！」（第五十二回）

所以戴先生說：

> 《金瓶梅詞話》……作者對明代北方城市生活極為熟悉，知識淵博，筆底波瀾起伏，滔滔不絕，如數家珍，大都信實可證，為瞭解十六、十七世紀中國社會實況的不可多得的史料。[7]（以上引文均見戴鴻森〈從《金瓶梅詞話》看明人的飲食風貌〉）

戴鴻森先生認真地校點過《金瓶梅詞話》，人民文學出版社本的《金瓶梅詞話》就是由他校點的。而《金瓶梅詞話》中的飲食習俗為北方生活習俗，正是他的結論。

《金瓶梅詞話》在飲食習俗方面涉及的內容非常廣泛，限於篇幅，這裏不再去廣泛的旁證博引，最後只就兩種地區性極強的食品的食用情況談點看法，作為這一問題的收束。

第一是大蔥。山東人生吃大蔥是出了名的。冀魯豫交界一帶的人同樣喜歡生吃大蔥。《金瓶梅詞話》中對這一重要的民俗現象涉及不算太多，但也透露了其中的消息。第五十五回寫山村小店時就有這一細節。

整體上來看，補寫五十三回至五十七回的作者對北方習俗是非常瞭解的，但因作者畢竟不是在冀魯豫一帶長期生活過的，因此在這五回中，對於北方的習俗描寫便難免有時「荒腔走板」。但有一個問題是非常明確的，就是補作者不僅在方言上極力摹擬原作者的語言，使用北方方言（當然也時作吳語），而且在習俗描寫上也盡力在猜摹北方習俗，這寫北方人的生吃大蔥就是其中的表現之一，因為這幾乎是人盡皆知的事實。所以由此我們也不難看出補作者是把《金瓶梅詞話》原作看作寫的是北方習俗，他自己也正是努力在寫北方習俗。

6　同註5。

7　戴鴻森〈從《金瓶梅詞話》看明人的飲食風貌〉，《中國烹飪》1982年第4、5期。

第二，關於饊子。《金瓶梅詞話》第三十五回在平安畫童被西門慶用了拶刑之後，作者寫道：

> 眾人又笑了一回。賁四道：「他（指平安）便為放進人來，這畫童兒卻為什麼也陪拶了一拶子。是好吃的果子兒，陪吃個兒？吃酒吃肉，也有個陪客，十個指頭套在拶子上，也有陪的來？」那畫童兒揉著手，只是哭。玳安戲道：「我兒少哭，你娘養的你忒嬌，把饊子兒拿繩兒拴在你手兒上，你還不吃。」

饊子是一種用麵製作的油炸食品，有方形的，有圓形的，那外形有點近似北京的油餅，不過中間分割的道道兒要多得多，因此有很多條條，每條直徑約半釐米左右。比油餅薄而脆。現在冀魯豫交界一帶，特別是聊城、臨清一帶，仍是很常見的一種食品。拶子是一種刑具，新編《詞海》上就有注釋。那刑具大體上是用繩子拴住幾根細棍，用刑時，將細棍放在人的兩手的手指之間，然後拴緊，受刑者痛疼難禁。如果再用別的東西敲一敲，則倍加疼楚。玳安這裏是跟畫童開玩笑，但卻生動形象地寫出了這種刑具的用法，又就地取譬，毫不費力，充分顯示了玳安的性格。

在中國所有的古代文藝作品中，對於飲食風尚的描寫最具體、最生動、最形象，對於中國人在飲食文化方面的高超藝術（技藝），以及上層社會（或謂富人階層）的豪華奢侈的生活描寫最細微，最真實，場面也最大的，無過於《紅樓夢》和《金瓶梅》。而《紅樓夢》的作者顯然曾廣泛地借鑒了《金瓶梅》的寫作經驗。但二書所寫主人翁的地位身分不同，《紅樓夢》寫的是貴族社會的生活，《金瓶梅》寫的是大商人、暴發戶的生活。因此研究《金瓶梅》中的飲食習俗，對於研究中國古代的飲食習俗，對於發揚光大中國古代飲食文化，無疑有著特殊的意義。但是限於種種原因，這裏不可能較多地涉及。

(三)居住習俗

西門慶家中的住房是門面五間，到底七進。花園內，後有捲棚，翡翠軒；前有山子，山頂上臥雲亭；半中間藏春塢雪洞。我在《李先芳與金瓶梅》一書中已經論述過，西門慶家之花園規制，乃至名稱，很像李先芳家中的花園。它不是南方的財主家的花園。

第七回寫孟玉樓前夫楊家的住房是：

> 門面屋四間，到底五層。坐南朝北一間門樓，粉青照壁。西門慶勒馬在門首等候，薛嫂先入去，半日，請西門慶下馬進去。裏面儀門，紫牆竹影壁。院內擺設榴樹盆景，台基上靛缸一溜，打布凳兩條。薛嫂推開朱紅隔扇，三間倒坐客位，正面上供養著一軸水月觀音、善財童子，四面掛名人山水，大理石屏風，安著兩座投

箭高壺。上下桌椅光鮮，簾攏瀟灑。薛嫂請西門慶正面椅子上坐了，一面走入裏邊。片響出來，向西門慶耳邊說：「大娘子梳妝未了，你老人家請先坐一坐。」

張遠芬同志〈《金瓶梅》詞語選釋〉釋「倒坐」一詞說：

屋山牆開門的房子，嶧縣人稱倒坐。

董紹克先生釋「倒坐」說：

細考魯西方言，房子套間，建於房側者，謂之「挎耳」，建於房後者，謂之「倒坐」。《金瓶梅》中之「倒坐」，實指這種套間。[8]

我以為「三間倒坐客位正面供養著……」之「倒坐客位」一句，可有兩種斷句法，一種可斷為「三間倒坐客位，正面供養……」；另一種可斷為「三間倒坐，客位正面供養……」。據臨清方言之將「客廳」叫做「客位」，現在仍如此，讀音為 qie wei（切位），則似乎以第二種斷句法為宜，但討論時我們則可將兩種斷句法都加以考察。

首先孟玉樓的丈夫楊宗錫是個饒有家產的中等商人。薛嫂向西門慶介紹說：

說起來，你老人家也知道，是咱這南門外販布楊家的正頭娘子。手裏有一份好錢，南京拔步床，也有兩張。四季衣服，妝花袍兒，插不下手去，也有四五隻箱子。珠子箍兒，胡珠環子，金寶石頭面，金鐲銀釧不消說，手裏現銀子也有上千兩，好三梭子布也有三二百筒。（第七十一回）

當年楊宗錫開的鋪子，「一日不算銀子，搭錢兩大簸籮」，還搭著兩個雇有二三十名染工的染房（第六十七回）。所以他家的房子，到底五層，從上述引文中便不難看出其住宅相當講究。所以他絕不會用一處從山牆上開門的房子作客廳。而楊宗錫活著時，其父母已死，他弟弟又小而未婚，他是一家之主，所以他和他的正頭娘子絕不會住在一個從山牆上開門的房子裏。如果說這房子是客廳連著住室，那麼如果從山牆上開門，那很顯然只能是廂房。他也不可能住在廂房裏。所以無論如何斷句，張遠芬同志的「倒坐」解釋都不能成立，這說明楊家的住宅不是嶧縣的住宅習俗。

董紹克先生對「倒坐」的解釋是對的，說明這種住宅習俗是魯西一帶的習俗。

---

8 《金瓶梅作者之謎》，聊城《水滸》《金瓶梅》學會編，寧夏人民出版社 1988 年。

(四)器用習俗

關於《金瓶梅》中的器用，這裏主要談一談「榪子」（馬桶）問題，因為這已成了不少人判定《金瓶梅》習俗是南方習俗的重要證據。魏子雲先生說：

> 在起居方面，有一件最足以代表江南人生活必需的事，便是便溺用「榪子」（馬桶），北方人便溺，用的是「茅廁」，與盆、罐、壺，不用榪子（馬桶）。但西門家則用榪子便溺。如吳月娘小產，胎兒摔在榪子裏，李瓶兒排血，也排在榪子裏。其他也有多處寫著使用榪子。西門慶世居清河，怎的能具有南方的生活習尚？光是這一點，已顯然地說明了這位作者，必是一位習慣了江南生活的人。[9]

事實並不像魏子雲先生說的那樣。對《金瓶梅》中的榪子（馬桶），我們作過認真的深入的調查，這就是東昌、臨清一帶過去也用榪子（馬桶），而在臨清，就叫做「榪子」。（詳見張鶴泉同志的調查報告〈說《金瓶梅》中的「榪子」〉，已收入《金瓶梅作者之謎》一書）我也曾作過調查，其中被調查人之一就是籍貫為東昌府的李士劍先生，他就對我說：舊時東昌一帶，婦女出嫁，榪子是必備的陪嫁物之一，用紅絨布包裹，送榪子的人，單有一份賞錢。

事實充分說明，過去東昌、臨清一帶沿運河的城鎮，也使用榪子，而且《金瓶梅》中正是榪子、茅廁並用，其習俗正同於這一帶的習俗。

(五)服飾習俗

在中國古典小說中，對於服飾習俗的描寫，無論就生動形象、真實細緻而言，還是就豪華奢侈而言，除了《紅樓夢》，就要算《金瓶梅》了。關於《金瓶梅》的服飾，這裏不去詳說。其實僅一種頭飾，就足以判定其地域特點。這裏亦僅舉出書中的一個平凡的人物王六兒的頭飾為例。

第九十八回寫道：

> 那何官人又見王六兒長挑身材，紫膛色瓜子面皮，描眉鋪鬢，大長水鬢，涎鄧鄧一雙星眼，眼光如醉，抹的鮮紅嘴唇，料此婦人一定好風月，就留下一兩銀子，在屋裏吃酒，和王六兒過了一夜。

9　魏子雲〈從金瓶梅的問世演變推論作者是誰〉，胡文彬編《金瓶梅的世界》，北方文藝出版社 1987 年。

這種「大長水鬢」的髮飾（髮式）最值得注意。所謂水鬢，人多不解，其實就是在梳頭時，留下鬢邊的一綹頭髮不梳，讓它在鬢角邊飄動，形如流水之波動，故名曰「水鬢」。這種大長水鬢的髮式，在冀魯豫交界一帶，特別是山東、河南交界處，在已婚婦女中十分普遍。我在 1964 年還見到過這種髮式。

綜上所述，我們已不難看出，《金瓶梅》中的習俗，正是冀魯豫交界一帶的習俗。

二、「鄭衛之風」與《金瓶梅》

(一)「鄭衛之風」的源淵

談到「鄭衛之風」，不能不涉及它與「鄭衛之聲」的關係。「鄭衛之聲」其源蓋出於孔子的「鄭聲淫」「惡鄭聲之亂雅也」和「放鄭聲」等話。孔子只講鄭聲，衛聲與鄭聲相似，於是後儒鄭衛並稱。鄭聲，這在孔夫子，原本指的是音樂上的事，而這「淫」字到底應如何訓釋，它是否涉及到男女之情，甚至男女淫亂，人們的看法很不一致。《白虎通・禮樂篇》解釋孔子的「鄭聲淫」，以為孔子說的「淫」就是指男女淫亂。這實在經不起推敲，但它卻這我們留下了關於鄭國風俗的較早記載：

> 鄭國土地民人，山居谷浴，男女錯雜，為鄭聲，以相悅懌，故邪僻，聲皆淫色之聲也。

又《太平御覽》卷八百十六引〈韓詩〉章句：

> 鄭國之俗，三月上巳之辰，於兩水（指溱、洧兩水）之上，招魂續魄，拂除不祥。

可見《白虎通》的解釋「鄭聲淫」不是沒有根據的，而這種民俗事象，其實正是一種祓禊活動，即在每年的三月上巳日（後來固定為三月初三日）男女臨水洗手洗澡，洗去不潔，祛除不祥。這種活動最初大約是氏族間每年開春後固定的大規模男女社交活動的一種形式，它一方面是洗澡，祛除不祥；另一方面也是男女結合求愛的機會，於是便自然與得子聯繫在一起。

後來這種社交活動逐漸演變成一種純粹的氏族活動。在唐代，杜甫的〈麗人行〉所說的「三月三日天氣新，長安水邊多麗人」，正是這種活動。它一直延續到建國前後。

與鄭聲淫相似的是「桑間濮上」。「桑間」與「濮上」人們習慣上總是相提並，這自然不無道理，因為它們都涉及到男女情亂，但實際上它們並不盡相同。濮上，當指濮水之上，即在濮水河邊。濮水流經衛地，鄭人在溱洧水邊搞祓禊活動，在「洧之處，溝汙且樂！」[10]而衛人則在濮水邊（自然也包括淇水邊），或「衛女思歸」（《詩·衛風·竹竿》），或「送子涉淇」（《詩·衛風·氓》）。

「桑間」則可能是祭社活動。《詩·鄘風·桑中》，人們多以為此桑中指一般桑樹林。其實「桑林」最早正是商的社名。據史載，商以「桑林」名社，商之後，周遷商王室後裔至宋，「以奉桑林」。社正是土地神。社周圍要植樹，而且據《周禮·地官·大司徒》說是「各以其野之所宜木，遂以名其社及其野。」《尚書·禹貢》注說，衛地「尤宜蠶桑」。由此已不難看出「桑林」「桑間」「桑中」最先正是指衛的社。這種祭社活動，大概在舉行過某種儀式之後，這種儀式本身就同時是歌舞共舉，開始男女之間談情說愛。這我們不僅從目前一些少數民族的風俗中可以推知，而且從《詩經》中的一些詩中可以窺見這消息。比如《鄘·桑中》：

> 爰采唐矣，沫之鄉矣。云誰能思？美孟姜兮。期我乎桑中，要我乎上宮。送我乎淇之上矣。沫之北矣，云誰之思？美孟弋矣。期我乎桑中，要我乎上宮。送我乎淇之上矣。爰采葑矣，沫之東矣。云誰之思？美孟庸矣。期我乎桑中，要我乎上宮。送我乎淇之上矣。

《詩》之〈小序〉謂：

> 桑中，刺奔也。衛之公室淫亂，男女相奔，至於世族在位，相竊妻妾。其於幽遠，政散民流，而不可止。

《桑中》未必如〈小序〉云僅指公室，但云刺奔是無疑的。這正是衛之風俗。

這種祭社活動同時也是男女交往場合，我們在周人那裏亦可得到些消息。聞一多先生〈姜女原履大人跡考〉釋姜女原履大人跡說：

周初人傳其先祖感生故事曰：

> 厥初生民，時惟姜女原，生民如何？克克祀，以弗無子，履帝武敏歆，攸介攸止，載震載風，載生載育，時惟后稷。（《詩·大雅·生民》）

> 武名家皆訓跡，敏《爾雅》訓拇，謂足大趾，然「武敏」雙聲，疑係連語，總謂足跡耳。歆名家多讀為欣，訓喜，疑字本作喜，祀子喜止四字為韻。「克克祀，以弗無子」，弗讀為，毛鄭皆以為祀郊謀之祭，《御覽》一三五引《春秋元命苞》「周本姜女原，游悶宮，其地扶桑，履大跡，生后稷」，悶宮即謀宮，說與毛鄭同。

10 《詩·鄭風·溱洧》。

上云祀，下云履跡，是履跡乃祭祀儀式之一部分，疑即一種象徵的舞蹈。所謂「帝」實即代表上帝之神尸。神尸舞於前，姜女原尾隨其後，踐神尸之跡而舞，其事可樂，故曰「履帝武敏歆」，猶言與尸伴舞而心甚悅喜也。「攸介攸止」，小林義光讀為愒息也，至確。蓋舞畢而相攜止息於幽閒之處，因而有孕也。[11]

這種與祭祀活動關係至密的交往方式，大概隨著時代的推移，祭祀的性質逐漸減少，而逐漸成為男女定期相會的習俗活動。

與鄭衛相同的還有宋、趙、齊。

《禮記》（樂記）引子夏的話說：

鄭音婦濫淫志，宋音燕女溺志，衛音趨數煩志，齊音敖辟喬志：此四者皆淫於色而害於德，是以祭祀弗用也。

關於這種風俗的淵源，我們首先從其地域上來看。鄭衛皆商人之故地。衛為殷紂畿內之地。宋為商之後裔。齊衛是甥舅之國，趙為衛之故地。由此，我們似不難看出這種風俗與商人之關係。

當然單從地域上來看問題，未免太表面化，難免形而上學之嫌，而且這上述的殷商之故地，後來又都歸屬於周人，所謂「普天之下，莫非王土」嗎！所以我們理應從本質上予以考察。

馮潔軒同志在其碩士論文〈論鄭衛之音〉中說：

關於商族起源的傳說，就是原始祓禊活動和圖騰崇拜的結合。商人把種族起源、繁衍與祓禊活動聯繫在一起，他們祭祀祖先的樂的內容也與之有關（均另文探討）。足見祓禊最早只是局限在商族的一種頗具規模的社會活動。[12]

馮潔軒同志在這裏提出了一條通過音樂的研究探討民俗起源或民俗淵源的途徑，這是很有見地的。因為樂與詩本來是二而一，一而二的，而樂與詩正是民俗的質的現顯。樂的淵源與詩的淵源，進一步說，與風——民俗的淵也有著內在的不可分割的聯繫。

在樂的考證方面，馮潔軒同志通過對出土編鐘的考證（從時代最早的陝西長安縣普渡村出土的長田墓編鐘，時代不詳的寶雞茹家莊出土的弓魚伯墓編鐘，到西周晚期的一套八枚柞鐘），得出結論說：

---

11 聞一多〈姜女原履大人跡考〉，昆明《中央日報》1940 年 3 月 5 日，《文學副刊》第 72 期。

12 〈論鄭衛之音〉，中國藝術研究院首屆研究生《碩士學位論文集》（音樂卷），文化藝術出版社 1987 年。

總之，除極少數一時無法弄清楚的殘缺特例外，至今所知西周乃至春秋早期編鐘的音列都是從羽音開始，止於宮音，其音階則為「宮——角——徵——羽」，都沒有商音。編鐘是雅樂的重要樂器，數百年間一律如此，應是可以說明問題的。可是與西周雅樂相反，商樂卻都有商音。這從考古材料中同樣可以得到證明。安陽商鐘構成「商——角——徵——宮」四聲音階，雖然也是四聲，但有商音，與周人的體系不同。而溫縣商鐘即使第二鐘缺鼓音，也已構成了完整的五聲音階，何況，商鐘還有五枚一套的，目前尚無測音資料，從安陽小屯殷墓出土武丁時代五音孔陶塤的驚人測音資料來看（已可具有十一律），五枚組成的商鐘的音階或當不限於五聲音階呢？

鄭衛音樂繼承的是商音樂的傳統，而不是周音樂的傳統，這從近代出土的鄭編鐘的音列上就不難看出。新鄭城關出土殘存的六枚春秋時代的甬鐘的測音結果表明：不管從新音階或舊音階的角度來看，它的隧音和鼓音結合起來，均可構成完整的七聲音階，如果是五聲音階，則可按 a^1 為角，f^1 為商，或 f^1 為羽分別構成三個不同宮系，也就是說，可以轉調。這樣的音階排列，與前引西周鐘的固定為「宮——角——徵——羽」的形式大相徑庭，當是鄭衛地方音樂影響到宮廷的結果。如果我們把這一音階形式和前引安陽商鐘，溫縣商鐘的音階相比較，卻可以發現，它們之間關係比較親近，新鄭鐘所反映的，應是商鐘音階形式的繼承和發展形態。這種繼承和發展，正是鄭衛音樂對於商音樂的繼承和發展的體現。[13]

這種對編鐘音階考證的結果，我們完全可以在文獻中得到證明。《周禮·春官·大司樂》：

凡樂，圜鐘（鄭玄、賈逵以為夾鐘，馬融以為應鐘）為宮，黃鐘為角，太簇為徵，姑洗為羽。

凡樂，函鐘為宮，大簇為角，姑洗為徵，南呂為羽。

凡樂，黃鐘為宮，大呂為角，太簇為徵，應鐘為羽。

絕口不提商音。《禮記·樂記·賓牟賈》：

賓牟賈侍坐於孔子，孔子與之言，及樂。曰：「夫《武》之備，戒之已久，何也？」對曰：「病不得其從也。」……「非《武》坐至右憲左，何也？」對曰：「非《武》坐也。」「聲淫及商，何也？」對曰：「非《武》音也」子曰：「若非《武》音，則何音也？」對曰：「有司失其傳也。若非有司失其傳，則武王之志荒矣。」子

13　同前註。

曰：「唯，丘之聞諸萇弘，亦若吾子之言是也。」

可見商音非《武》音，說明《武》在實際表演時，沒有商音。

(二)「鄭衛之風」與《金瓶梅》

「鄭衛之風」的淵源既已查清，我們現在就來看看「鄭衛之風」與後世冀魯豫交界一帶的風俗——《金瓶梅》風俗的內在關係。

為了弄清「鄭衛之風」與後世冀魯豫交界一帶風俗之間的關係以及其演變過程，我們有必要對這一帶的風俗作一地域性的史的考察。而為了使這種考察更為準確，不致失之偏頗，為了便於比較，同時也為了進一步論證《金瓶梅》中風俗的地域特徵，為了進一步論述我在上一章中述及的《金瓶梅》與黃河漢文化和運河文化之間的內在關係的合理性，我們索性以冀魯豫交界一帶的中心東昌府為出發點，將黃河與大運河聯結的歷史上的大府、名府的風俗均作一史的考察。但這種考察雖然必要，卻無疑繁瑣冗長，讀者看起來也會生厭的，因此，我將「黃河與運河連接的大府之風俗史考察」作為附錄，放在書後，而這裏直接對東昌府——冀魯豫交界一帶的中心，作風俗史的考察。

東昌府

《漢書》：

周末有子路夏育，民人慕之，故其俗剛武尚氣力。

《隋書》：

舊傳太公康叔之教，亦有周孔遺風。今此數郡其人尚多好儒學，性質直懷義，有古之風烈。

《元史・方輿志》：

人尚勁悍，民事漁獵。

元《濮州志》：

其民樸厚，好稼穡，務蠶桑織。

《明一統志》：

俗近敦厚，家知禮遜，習俗節儉，人多讀書，士風彬彬，賢良宏博。

俗故漸習尚父康叔之遺教，累世凡幾變，以至春秋戰國，當諸侯冠裳兵車之會，故其人矜功名，尚氣力。漢韓延壽為東郡太守，表孝弟，修治學宮，間行，縣召長老問以謠俗，因與雜定嫁娶喪祭儀品，教令文學校官諸生，皮弁執俎豆，為吏民倡。是時政教大行，最號易治。唐宋之季，分土各據，前後數百年。至明初，滌垢振靡，曠然一新。當時土著少，詔徙旁郡民填實之。俗務纖嗇治生，不喜為吏，有司召之試，輒跳去。成化間盛修詩書之業，服食樸素，士宦遊歸里，徒步，不張車蓋。嘉靖間生齒滋蕃，蓋藏露積，庠序之間，斷斷如也。里黨宴會，少長不均，茵席而坐。隆慶後風恣侈靡，庶民轉相仿效，器服詭不中度，游閑公子，輿馬相矜，盛飾蜉蝣之習，意氣揚揚，女雩鄙閭里。瀕河諸城尤甚。自武城、堂邑、茌平諸君子正身表率，分鄉黨循慕其跡，浸浸向化，三加禮久廢。士人子弟甫佩韘，率紒而冠，雜用唐晉諸制。婚喪不純依古葬，好為下里僞物，飾禺車禺馬相炫耀，墓法以昭穆為敘。近稍信青烏家言，已葬復徙。祀非品官家不廟，歲時薦食隴上，秋晚務閑，里社醵金征會，盂酒豚蹄，歌烏烏相勞苦。又時裹贏糧走泰山、武當，渡海，謁普陀，祈請無虛歲。往者黠猾嘗陰藉里人過失，投旁郡之偵事者，以張威於里。自上官訪察乃止。少年喜樗博，善家子失計，時墮黨中，有司往往痛繩子，尋引曹呼盧如故。百性急公趨賦，雖甚窶齎貸子錢家，應期而輸租課。山以東，獨郡屬無逋負。萬曆己亥，兩榷使駐境上，訛言蜂起，小民蹙額相弔。自城市以至村落，多奉無為等教，持齋諷唄，闔境回應，識者以為亂萌。語曰：百里不同風，州縣屬各列於左。

聊城縣

為府治，居雜，武校，服室器用，兢崇鮮華，公訟嚴於三尺，士夫逡巡自愛，百性訟稀少。然多貲竄，寡積聚。由東關溯河而上，李海務、周家店，居人陳椽其中，逐時營殖。

堂邑縣

士風嫺秀，善唇齒，婚喪動循古儀。雖華弗佻，百姓勤身服，不業非其分。

臨清州

州綰汶衛之交而城，齊趙間一都會也。五方商賈鳴棹轉轂，聚貨物坐列販賣其中，號為冠帶衣履天下。人仰機利而食，暇則置酒征歌，連日夜不休。其子弟亦多椎埋剽掠，不恥作奸。士人文藻翩翩，猶逾他郡。

對於東昌府，特別是府治東昌及臨清的風俗演變，尤其是明隆慶以後的巨大變化，很容易讓人想到《金瓶梅詞話》中的西門慶。「風姿侈靡，庶民轉相仿效，器服詭不中度，游閑公子，輿馬相矜，盛飾蜉蝣之習，意氣揚揚，嫭鄙閭里。」這府志中的話，移來形容西門慶，真是再確切不過了。西門慶是一個破落戶出身的暴發戶。破落戶與暴發戶的二重性，在西門慶身上表現得很充分。以往的《金瓶梅》研究者，不僅注意到了西門慶的破落戶的特點，也注意到了他的暴發戶的特點，但是對於這二者的集於一身，以及這二者之間的內在關係，則似乎注意的不夠，至少缺乏深入的研究。

這西門慶「原是清河縣一個破落戶財主」，「從小兒起也是個好浮浪子弟」。在「大宋國山東清河縣縣牌坊居住。」盧興基先生說《金瓶梅》給西門慶「按了個世代經商的往史」（盧興基〈十六世紀一個新興商人的悲劇故事〉，《金瓶梅研究集》，齊魯書社 1988 年 1 月）他在引了下述一段《金瓶梅》的原文：

> 這來興兒本姓田，在甘州生養的。西門慶父親西門達往甘州販絨去，帶來家使喚，就改名叫甘來興兒。

之後說道：

> 這裏暗示，西門家族可能是在他父輩時跌落過，但早已開始長途販運，西門慶繼承了父業，可謂不墜家聲。

細分析起來，盧先生的這段話多少有些毛病，說西門慶子承父業，「可謂不墜家聲」是對的，說「西門家族可能是在他父輩時跌落過」，也是不錯的，但說成「世代經商」，則很值得考慮。《金瓶梅》第三十九回說，西門慶的祖父叫西門京良，但是否經過商，書中無半點交待，那麼說成「世代經商」就有點不夠準確，至少是缺乏證據。把一個大財主或商人家族的衰落，說成是破落戶，自無不可，但習慣上破落戶的含義並不僅如此，而多指世家名族的破落。西門慶家族原本應是「世家」或名族，在他父親西門達時及以前就已經破落了。西門慶家族破落的原因，書中沒有交代，但對西門慶發跡的歷史則有所敘述：

> 原是清河縣一個破落戶財主，就縣門前開著個生藥鋪。從小兒也是個浮浪子弟，使得些好拳棒，又會賭博，雙陸象棋，抹牌道字，無不通曉。近來發跡有錢，專在縣裏管些公事，與人把攬說事過錢，交通官吏，因此滿縣人都懼怕他。那人複姓西門，單名一個慶字，排行第一，人都叫他做西門大郎。近來發跡有錢，人都稱他做西門大官人。（第二回）

「專在縣裏管些公事，與人把攬說事過錢，交通官吏」，雖然放在「近來發跡有錢」之後，但實際上也正是西門慶發跡有錢的重要手段，當然還有個生財的生藥鋪。

總之，在西門慶這個典型人物身上，破落戶與暴發戶的特性都表現得比較充分。

對於西門慶這個典型人物，人們已經說過不少很好的意見了；對於這個典型人物產生的社會背景，人們也同樣說過不少很有分量的意見，比如魯迅、吳晗、鄭振鐸等老一代學者，就都曾專門予以論述；但是對於這個典型人物產生的地理文化背景，或者說對於更為具體的社會環境，則似乎研究得很不夠。

東昌、臨清的暴發，最根本的原因是由於南北交通大動脈京杭大運河的開鑿。在隋唐宋之時，南北大運河不經過東昌，它由淮安的清江浦西向而抵開封、洛陽。元建都北京，南北大運河才南起杭州，北達北京，中間經過東昌、臨清。就連「東昌」這個名稱也是元代才有的。元至元十三年才出現了「東昌路」的稱謂。但元末運河淤塞，已廢置不用（見《明史・河渠志》），至明洪武二十四年之後，才又復通。

關於臨清在明代的「暴發」，明末王輿在《臨清州治記》中說得非常明白：

> 夫臨清有縣，自後魏始，隋唐以來，廢置相尋，未為要地。至元始開會通河……至縣境與衛河合流，置閘河滸，以通漕運，永樂遷都北平，復加疏鑿……於是薄海內外舟航之所畢由，達官要人之所遞臨，而民兵集雜，商賈萃止，駢檣列肆而雲蒸霧湧，其地遂為南北要衝，歸然一重鎮矣。

《水滸傳》的寫定者把西門慶說成是陽穀縣人氏，武氏兄弟和潘金蓮的原籍是清河縣，陽穀與清河毗鄰，根本沒有涉及到臨清。而《金瓶梅》雖然與《水滸傳》重迭的部分，往往襲用《水滸傳》原文，但卻將西門慶的家說成是清河縣，武氏兄弟原藉陽穀，移住清河。不僅如此，而且明明白白地說清河與臨清相距七十里，後二十回的很多情節就明明白白地說是在臨清發生的。而且據敝學會的同仁王螢同志的考徵，《金瓶梅》後二十回中作者甚至時常將清河與臨清混淆。[14]《金瓶梅》作者有意把故事地點安排在臨清或臨清附近，不管他是否意識到，他正是把西門慶這樣一個破落戶出身的暴發戶，安排在一個同樣破落而又暴發的臨清這樣一個典型環境之中。這正是我們對《金瓶梅》民俗與上述各府民俗演進所得出的第一個結論。

第二，通過上面對以東昌府為出發點所作的地域性的史的民俗考察，我們不難發現，在這一帶的民俗演進中，如果我們以尚侈靡和重古樸這樣兩種可說正是對立的兩極的民

---

14 王螢〈《金瓶梅》地理背景為今山東臨清市考〉，見《金瓶梅作者之謎》，寧夏人民出版社 1988 年。

風為標準來看其消長與變化，那麼風俗變化比較急劇的正是春秋戰國和明中葉以後，也就是鄭衛之風大熾和《金瓶梅》產生的那個時代。這兩個時代的共同特點就是民風尚侈靡，而古樸之風被破壞的時代。（另一個習俗激變的時代，是魏晉六朝，主要是崇尚浮屠之風的大熾，這裏不去詳說。）

風俗的一個重要特點就是具有傳承性，那麼鄭衛之風與《金瓶梅》時代的風俗之間的傳承表現在哪裏呢？或者它們二者之間的內在聯繫是什麼呢？

1. 春秋戰國時期和明中葉以後的時期，都是我國社會處於大變動的時代。春秋戰國時期我國的奴隸社會已經走到了盡頭，封建前期即將開始。鄭衛之風實際上就是封建前期開始的預兆或表現。它是獲得了成功的，所以魏文候問子夏時就曾說：

> 吾端冕而聽古樂，則唯恐臥；聽鄭衛之音，則不知倦。敢問古樂之如彼，何也？新樂之如此，何也？（《樂記》）

這裏所謂的古樂，就是西周雅樂。鄭衛之樂正是對西周雅樂的一種反動。不過，它正是商樂的繼承和發展。它在內容方面則表現為對以原始祓禊活動和祭祀活動，即原始歌舞的復蘇與張揚。

《金瓶梅》時代，則是中國封建社會已經日薄西山，行將就木的時代，這也是一個社會制度將要發生變動的時代。資本主義萌芽開始發展，這所謂的侈靡之風，實際上是對封建時代的（中世紀的）所謂古樸之風的一種反動。在內容上則表現為對以宋代以來的道學壓抑個性的理性的抗爭。它是當時商業發展的直接產物，是代表了當時的資本主義萌芽時期的新的要求和觀念。不過，它後來失敗了，清的建立把它給扼殺了。

2. 就這兩個時代民俗的內容上來看，也是有很多共同之處，或傳承關係的。這首先就表現在男女之間的情愛上。鄭衛之風，在後世人看來，至少在漢人已如此，就是以男女情愛為重要內容，所謂多涉及男女之情。鄭衛之風的所謂桑間濮上之舉，實際上是對男女之間自由的愛情的追求，是要擺脫人為的禮教的束縛。《金瓶梅》的時代是一個所謂淫風大熾的時代。對這種時尚的風氣，當然需要加以具體分析，不可一概而論。在上層社會，這不過是封建社會已經走上窮途末路，而統治階級已經極端腐朽沒落，這種淫逸之風，正是統治者的心態的表現；而在民間，則顯然是對理學的滅人欲的一種反叛。但不管在上層，還是在下層，都應視作是人的意識覺醒的一種表現。而在士大夫，特別是知識分子階層，淫逸之風亦極盛行。這上中下三個層次的人實際上都要受到「詩論」的遣責，都要受到精神上的壓力。

其次，與此緊相關聯的是女樂的盛行。鄭衛之風的一個重要特點是女樂的盛行。在典籍中，最早擁有女樂的似乎是晉。《韓非子·內儲說下》說：

晉獻公伐虞、虢，乃遺之屈產之乘，重棘之壁，女樂二八，以榮其意而亂政。

晉獻公滅虢，事在西元前655年。當然其擁有女樂的時間還要早一些。但女樂是否真正最早在晉出現則恐怕很難說。不管怎樣，女樂是極為盛行的，這種記載太多了。西元前500年齊贈女樂給魯季桓子，則見於《論語·微子》。「鄭姬」「趙女」屢屢見於典藉。《金瓶梅》時代更是不僅女樂盛行，而且出現了職業女樂。（鄭衛時代的女樂雖以歌舞為業，但不是自由職業者，而是宮廷樂人。）這不僅在《金瓶梅》中有所描述，正史中也有所記載，用不著多說。

再次是日夜的晏飲歌舞。《史記·楚世家》說：

莊王即位（前613年），三年不出號令，日夜為樂……左抱趙姬，右抱越女，坐鐘鼓間。

所謂鄭姬當然就是鄭的女樂。《金瓶梅》中的西門慶也是如此，日夜晏飲，飲必有女樂。而當時的文人也多如此。董其昌、王世貞、李開先，甚至謝榛，亦無不如此。隆慶帝的太傅、東阿的於慎行在為其鄉前輩李先芳所寫的墓誌銘中就說李先芳：

雅精計然策廢著，饒足而嗇於用，時時不具饗客，竽揳瑟，二八迭侍，仰天嗚嗚，樂而相忘也。[15]

作為學生輩的邢侗在其所撰之〈奉訓大夫尚寶司少卿北山先生濮陽李公行狀〉中說李先芳：

未一日而廢酒，未一日而廢詩書，未一日詩書而廢管弦絲竹也。[16]

而且還說李氏「家蓄聲伎，倍蠻素園」。由此我們已不難看出《金瓶梅》時代的風氣。

3. 關於服飾。在鄭衛之風盛行的時代，人們對於服飾是比較講究的。這裏不談衣服的用料，因為這跟生活水準有關，而只談顏色與款式。在顏色上，《詩經·邶風》中有「綠衣黃裳」，《鄭風》中有「青青子衿」[17]。「有緇衣」[18]，在《風》（七月）中有「載玄載黃，我朱孔陽，為公子裳。」可見這是一個喜尚大紅大綠的時代，人們比較注意衣

15 《濮州志》卷八，葉桂桐、閻增山《李先芳與金瓶梅》，寧夏人民出版社1988年。

16 同前註。

17 《詩·鄭風·子衿》。

18 《詩·鄭風·緇衣》。

服顏色的鮮豔。《金瓶梅》中的婦女，無論是西門慶的妻妾，還是婢女，同樣喜歡大紅大綠，這裏用不著多說。

在款式上，鄭衛之風盛行的時代，人們是比較講究衣服的款式新奇和美觀。這在《詩·鄭風·羔裘》中表現得比較突出：

> 羔裘如濡，洵直且侯。彼其之子，捨命不渝。黑裘豹飾，孔武有方。彼其之子，邦之習直。羔裘晏兮，三英粲兮。彼其之子，邦之彥兮。

羔裘而豹飾，三英粲粲，可見對衣著款式之講究。

〈鄭風〉〈豐〉中寫道：

> 衣錦褧衣，裳錦褧裳，叔兮伯兮，駕予與行。
> 裳錦褧裳，衣錦褧衣。叔兮伯兮。駕予與歸。

據高亨先生解釋說，「褧」（jiong）是用麻紗做的單罩衣。[19]由此我們不難看出鄭人對服裝款式的講究。《金瓶梅》中的服裝的款式之新異自不待說，隨便翻開一回就可以看到，光是潘金蓮的鞋子的樣式和精緻，就可以引出一大篇文字來，我們就不再細說。而看看史志中的記載就很清楚東昌府一帶在《金瓶梅》的時代對於衣服樣式的追求了。上引明一統志云：東昌府之庶民亦仿效侈靡，「器服詭」，「士人子弟甫佩，率紒而冠，雜用唐晉諸制。」由此我們便已不難窺見其對衣服款式之追究。

在服飾方面，鄭衛之風與《金瓶梅》時代的東昌府一帶還有一個共同特點就是「不中度」。這所謂的不中度，就是指越禮。我國封建時代對於服飾的顏色、質料及款式，都是根據等級或身分來決定的，是有規制的，不能超越。關於鄭衛之風盛行時代服飾之越度，孔子已很不滿，他在「惡鄭聲之亂雅」的同時，亦「惡紫之亂朱」，這意思就是說人們的衣服的顏色不合禮制。關於《金瓶梅》中的主人翁衣服之越禮，我們下邊還要談到，而上述明一統志中就明說：「不中度」。

總之，我們不難看出鄭衛之風與《金瓶梅》所反映的民俗事象之間的內在關係。

第三，在上述的地域性的史的民俗考察中，我們不難發現，造成民俗中崇尚侈靡華麗，而使古樸之風遭到破壞的重要原因就是商業的發展。對此，古人已經意識到，在上述所引鄒守益〈學田記〉中就明確說道：「揚俗尚侈，蠹自商始」，這個結論是非常正確的。

我們在上邊敘及鄭衛之風的淵源關係時已經說過，鄭衛之風實際上是遠承商音樂

---

19 高亨《詩經今注》。

——實際上是商文化發展而來的。殷商所以被人稱為商人，大概就正是因為他們善於經商。典藉中不僅有商人重錢帛尚鬼神的記載，而且有不少這方面的傳說，比如關於商先人王亥的傳說，就正是涉及到王亥經商的事情。而鄭衛之風的大熾，也正是商業發展刺激起來的。

魏源《詩古微·檜鄭答問》說：

> 三河為天下都會，衛都河內，鄭都河南……據天下之中，河山之會，商旅之所走集也。商旅集則貨財盛，貨財盛則聲色輳。

《史記·貨殖列傳》說：

> 趙中山地薄人眾，猶有沙丘紂淫地餘民，民俗懁急，仰機利而食。丈夫相聚遊戲，悲歌慷慨，起則相隨椎剽，休則掘塚作巧奸冶，多美物，為倡優。女子則鼓鳴瑟，跕屣，游媚富貴，入後宮，偏諸侯。
>
> 今夫趙女鄭姬，設形容，揳鳴琴，揄長襪袂，躡利跕，目挑心招，出不遠千里，不擇老少者，奔富厚也。趙都邯鄲為衛之故地。

鄭衛如此，齊更典型。《戰國策·齊策》說：

> 臨淄之中七萬戶，臨淄甚富而厚，其民無不吹竽、鼓瑟、擊缶、彈琴、鬥雞、走犬、六博、蹴鞠者……

用不著多舉，甚至不用加一字，鄭衛之風與商業發展之關係就昭然如揭。

至於《金瓶梅》的時代風俗與商業之關係，我們在上邊已經述及，這裏不再贅言。

三、小結

我們在上面的〈獨特的文化地理環境——《金瓶梅》「清河」考〉中敘述的是《金瓶梅》作者有意把書中的人物活動的中心地點放在黃河與大運河的交界處，即把故事放置在黃河與運河文化的交匯點上；這裏我們又論證了《金瓶梅》與「鄭衛之風」的關係，即《金瓶梅》與我國歷史上的風俗文化之間的關係。這些意見是否正確，自然可以討論，但無論如何，《金瓶梅》在中國文化史上是有著自己的獨特的地位的，這似乎毫無疑義。

第二編
《金瓶梅》版本與作者

《金瓶梅》抄本考

《金瓶梅》最早是以抄本方式流傳的，因此研究一下《金瓶梅》抄本（雖然現在俱已不存）情況的記載，對於探討《金瓶梅》的成書年代、成書過程、原貌及作者，無疑都是有益的。

一、抄本流傳時代

關於《金瓶梅》抄本之流傳時代，這裏只涉及兩個方面：一是抄本流行的最早年代，二是抄本在初刻本之前的最晚流行年代。前者將有助於《金瓶梅》創作年代下限之斷定，後者將有助於最早刻本出現的年代的斷定。

關於《金瓶梅》抄本的最早流傳時間的探討，近來有新的進展。前段時間一般以萬曆二十四年袁宏道給董其昌的那封信，作為《金瓶梅》抄本流傳的最早記載。劉輝同志則認為這個時間還可以往前推：

> 屠本畯過金壇獲見這二帙抄本的時間，我們是可以考知的。王肯堂萬曆十七年（1589）中進士後，即在京為官，他與屠本畯的結識始於此。萬曆二十年（1592）王肯堂引疾請告歸里，居住金壇。而這時的屠本畯恰任兩淮運司。據萬曆二十九年序刊本《揚州府志》所載，屠在萬曆二十年至萬曆二十一年任是職。兩淮都轉運鹽使司衙門就駐揚州，與金壇隔江相望，往來極便。因此屠本畯在這個時候獲見王肯堂所購抄本二帙《金瓶梅》，應當說出入不大。這個時間比袁宏道從董其昌

> 處借觀的《金瓶梅》抄本（萬曆二十四年——引者注），約早三、四年，這才是見於記載的《金瓶梅》抄本流傳的最早時間。[1]

劉輝同志又據王肯堂抄本與董其昌抄本數量一致，均為《金瓶梅》前半部，以及王肯堂與董其昌之關係，進一步推論，董其昌之抄本可能抄自王肯堂，時間為王、董二人在翰林院供職期間，即萬曆十七年（1589）至萬曆二十年（1592）之間。而王肯堂購得抄本的時間還要早一些，「很有可能在隆慶末、萬曆初年，這位博學多識，善於收藏的王宇泰，乘外出行醫之便，有緣出重資購得了二帙抄本《金瓶梅》。」[2]

我以為王肯堂獲得《金瓶梅》抄本的時間雖可能早於萬曆十七年至二十年，但不會早至隆慶末，甚至萬曆十年以前。據我考證，《金瓶梅》成書年代之上限當不早於萬曆六至八年（詳見拙作〈金瓶梅成書年代新線索〉）。但現在看來，《金瓶梅》抄本最早流傳的年代不晚於萬曆二十年（1592），是否更早，尚可繼續探究。

刊本出現之前，最晚的關於《金瓶梅》抄本的流傳記載，當推李日華和謝肇淛。李日華著《味水軒日記》卷七云：

> 萬曆四十三年乙卯，（正月）五日，伯遠攜其伯景倩所藏《金瓶梅》小說來，大抵市諢之極穢者，而鋒焰遠遜於《水滸傳》，袁中郎極口贊之，亦好奇之過。

馬泰來先生在〈諸城丘家與《金瓶梅》〉一文中說：

> 因此有萬曆丁巳冬季（1617年12月-1618年1月）東吳弄珠客序的《金瓶梅詞話》應該是《金瓶梅》的最早刊本。刊本流通後，謝肇淛即無訪尋釐正抄本的必要。我們可以精確地指出：謝肇淛是萬曆四十四年（1616）至四十五年（1617）這兩年內，在北京自其工部同僚丘志充處借得《金瓶梅》抄本，並撰寫〈金瓶梅跋〉。按：謝肇淛在〈金瓶梅跋〉中已經明言：「此書向無鏤版。」[3]

可見，抄本流傳至萬曆四十四至四十五年，初刊本出，抄本已基本完成歷史使命。

二、抄本之擁有者及寓目者

據現存資料統計，擁有《金瓶梅》抄本的共12人，為王世貞、徐文貞、王肯堂、王

---

1 劉輝《金瓶梅成書與版本研究》，遼寧人民出版社1986年。

2 同前註。

3 馬泰來〈諸城丘家與《金瓶梅》〉，《中華文史論叢》，1984年第3期。

穉登、劉承禧、謝肇淛、董其昌、袁宏道、沈德符、袁中道、丘志充、文在茲。

上述之 12 個抄本的傳抄關係情況，可列表如下：

王世貞

徐文貞→劉承禧→袁中道→沈德符

王肯堂↓（？）

董其昌→袁宏道→謝肇淛

丘志充↑

王穉登

文在茲

看到過上述抄本的除抄本擁有者外，尚有屠本畯、薛岡、李日華、馮夢龍、馬仲良。

既見過抄本，又見過初刊本的為沈德符、薛岡，其中沈見過兩種抄本。

《金瓶梅》抄本擁有者及寓目者的簡要情況，見本文末之附表。

由此簡表，我們不難看出《金瓶梅》抄本擁有者及寓目者多為中上層官吏，社會知名人士，且一般都有較高之文學修養；書畫家與收藏家占了相當的比重。

就抄本之流傳地點來看，中心地有三：北京、蘇州一帶、湖北。北京又以翰林院最可注意。

三、抄本分析

抄本之見於記載者雖有十二，但仔細分析一下其內在關係，實可大為簡化。

王世貞擁有之抄本，雖云為全本，但兩位著錄者屠本畯、謝肇淛卻都未曾拜讀過。屠本畯雖云「王大司寇鳳洲先生家藏全書，今已失散」，但他實未讀過，所以他看到了王肯堂與王穉登之抄本後說「恨不得睹其全」。屠與王世貞之交往不會晚於萬曆十七年至二十年，王所藏既為全書，屠當在其未失散前即應看到，但若看到則不會發此感慨。而且屠既然記敘看到過王肯堂、王穉登的抄本的情況，他若看到過王世貞的抄本，亦當記之。謝肇淛雖云「唯州家所藏者最為完好」，但亦未讀過，他看到的是袁宏道與丘志充的抄本，加起來共得《金瓶梅》之十八。王世貞所藏者既然最為完好，他若看到，亦不會不予記錄。

有人曾據王穉登與王世貞同郡且相友善出發，推論王穉登之抄本可能來之於王世貞[4]，然並無實據。且王穉登之抄本僅有二帙，王世貞既然同意讓王穉登抄寫二帙，則斷

---

4 李錦山〈《金瓶梅》最早付刻人淺探〉，《金瓶梅研究》，復旦大學出版社 1984 年。

不至於僅讓其抄寫二帙，而不讓其抄寫全本。

由此，我們不難看出，王世貞所藏之抄本，就目前所存材料而言，其實誰都未曾真正見過。其有無，實正在不可知之數。

徐文貞之是否真正有過《金瓶梅》抄本，亦於史難考，但這無礙大體，因為其抄本即有，亦正同於劉承禧之抄本。劉的抄本抄自徐家，這消息由知情人沈德符錄出，自當有相當的證據。這消息的準確與否，倒還無關宏旨，重要的是劉承禧的這個抄本到底是否為完本（或全本）。

這個問題國內外學術界從未有人懷疑過，似乎劉承禧所藏《金瓶梅》抄本為全本已成定論。其實恐怕並不是這麼回事。下面就讓我們來認真審察一下當時的有關記載吧！

記載劉承禧有全抄本的是沈德符，他在《萬曆野獲編》中說：

> 袁中郎《觴政》以《金瓶梅》配《水滸傳》為外典，予恨未得見。丙午，遇中郎京邸，問：「曾有全帙否？」曰：「第睹數卷，甚奇快。惟麻城劉延白承禧家有全本，蓋從其妻家徐文貞錄得者。」又三年，小修上公車，已攜有其書，因與借抄挈歸。吳友馮夢龍見之驚喜，慫慂書坊以重價購刻。馬仲良時榷吳關，亦勸予應梓人之求，可以療饑。予曰：「此等書必遂有人板行，但一刻則家傳戶到，壞人心術，他日閻羅究詰始禍，何辭置對？吾豈以刀錐博泥犁哉！」仲良大以為然，遂固篋之。未幾時，而吳中懸之國門矣。然原本實少五十三回至五十七回，遍覓不得，有陋儒補以入刻，無論膚淺鄙俚，時作吳語，即前後血脈，亦絕不貫串，一見知其贋作矣。

袁中郎是在丙午年，即萬曆三十四年（1606）說劉承禧家有全本《金瓶梅》抄本的，但此時他並未見到。「小修上公車，已攜有其書，因與借抄挈歸」，沈德符是萬曆三十八年（1610）擁有這個抄本的。沈德符的上述記載中，最值得注意的是「然原本實少五十三回至五十七回，遍覓不得」這句話，而其中「原本」二字最耐人尋味。

這裏的「原本」，顯然是指《金瓶梅》初刊本即萬曆丁巳年東吳弄珠客序的刻本所用的底本。這個底本用的是誰人手中的抄本呢？現在尚不能確定，但肯定用的是劉延白（承禧）這個系統的抄本。這一點我們下面再來敘述。既然用的是劉氏這個系統抄本，則既云「原本」實少五十三回至五十七回，則袁用小修、沈德符之抄本亦不至單單不抄這五回。若然，則《金瓶梅》之全抄本至少有此三本（劉氏、袁氏、沈氏），怎麼會「遍覓不得」呢？

又，當《金瓶梅》之初刊本在吳中懸之中門之時，沈德符就在吳中（詳下），沈與馮夢龍關係至密，馮又在沈德符處見過其抄本，並慫恿書坊以重價購刻，而馮與當時吳中書坊又有一種特殊的關係，——我們暫且不認為像有的研究者所說的東吳弄珠客就是馮夢龍，或馮龍就是初刊本《金瓶梅》的付刻人，——但既有上述種種關係，則吳中書坊自可通過馮夢龍找到沈德符的抄本，若沈之抄本不少此五回，那怎麼會「遍覓不得」呢？

而據沈德符自云：「去年抵輦下，從丘工部六區（志充）得寓目焉（指《玉嬌李》）。……丘旋出守去，此書不知落何所。」丘氏之出守時間係萬曆四十七年，由此亦可得知萬曆四十五年，當《金瓶梅》在吳中懸之國門時，沈即在吳中。

由上述分析，可以看出劉承禧抄本亦並不是完完全全的「全本」。王肯堂與王穉登《金瓶梅》抄本各二帙。見過這兩個抄本的屠本畯說：

> 按《金瓶梅》流傳海內甚少，書帙與《水滸傳》相埒。……往年予過金壇，王太史宇泰出此，云以重貲購抄本二帙。予讀之，語句宛似羅貫中筆。復從王徵君百穀家，又見抄本二帙，恨不得睹其全。（《山林經濟籍》）

從這段記敘中，我們不難考知：

(一)王肯堂與王穉登之各二帙抄本應基本上不復出重迭，即不會是書之相同部分的抄本。

(二)從其閱讀順序看，先是看的王肯堂的抄本，之後看的是王穉登的抄本，但沒有感到閱讀不便，則王肯堂之二帙抄本當為《金瓶梅》之前半部書之抄本，而王穉登之抄本則為後半部書之抄本。這從「語句宛似羅貫中筆」一語亦可看出，因為《金瓶梅》前若干回來之《水滸傳》者正多，而時人又以為《水滸傳》為羅氏手筆，此亦可證王肯堂之抄本為前半部書之抄本。

(三)上述四帙抄本加在一起仍不是全本，所以屠云「恨不得睹其全」。但從此四帙抄本已可窺其全書，所以屠氏才云「書帙與《水滸傳》相埒」。

袁宏道與董其昌手中之抄本為《金瓶梅》一書之前半部抄本，這有袁給董信中的話可證明：「後段在何處，抄竟當於何處倒換，幸一的示。」而由此，我們又不難推知丘志充手中之抄本當為《金瓶梅》之後半部書之抄本。謝肇淛說：

> 《金瓶梅》一書，不著作者名氏。……書凡數百萬言，為卷二十，……此書向無鏤版，抄寫流傳，參差散失。唯州家藏者最為完好。余於袁中郎得其十三，於丘諸城得其十五，稍為釐正，而闕所未備，以俟他日。（〈金瓶梅跋〉）

由這段文字，我們亦不難考知：

(一)袁宏道之抄本與丘志充之抄本亦基本不復重迭，為《金瓶梅》之不同部分之抄本。否則，謝將無以知「書凡數百萬言，為卷二十」。

(二)袁宏道之抄本既為全書前半部之抄本,則丘氏之抄本當為書之後半部抄本無疑。

(三)袁、丘之抄本合起來雖得書之十八,但仍不全,所以謝云「闕所未備,以俟他日。」袁氏之二帙抄本為全書之十三,未及半;丘之抄本已得全書之十五。又謝氏既云「聚有自來,散有自去」,而《金瓶梅》前半部寫「聚」,後半部才敘「散」,可見謝已看到過後半部《金瓶梅》,即丘志充的抄本。

文在茲所藏不全《金瓶梅》抄本,我們現在已難斷定它到底不全到什麼程度,即其抄本之卷帙數量如何。但見到此抄本的薛岡說:「余略覽數回,謂吉士曰:此雖有為之作,天地間豈容有此一種穢書!當急投秦火。」我們知道《金瓶梅》後二十回,淫穢之描寫較少,而且所謂輪回報應,善有善報,惡有惡報,幾絲毫不爽,則薛岡所覽數回,必不為後二十回無疑。又,薛岡是看到初刊本後才得知西門未受顯戮,而是病死的,則其初所覽者亦不是七十八至七十九回無疑。再者,薛岡讀文在茲之抄本,雖云略覽,但亦未感到閱讀之不遍,則其所覽之本當為前半部書或含有前半部書之不全抄本無疑。

通過上述分析,我們不難看出,在所有見於記錄的 12 個《金瓶梅》抄本中,除去誰也未曾真正見過的王世貞的全抄本之外,在社會上流傳之抄本,則為劉承禧之原少五十三回至五十七回的所謂「全本」,餘下的則有三個前半部抄本:王肯堂本、董其昌本、文在茲本;二個後半部抄本:王穉登本、丘志充本。

上面曾引述過劉輝同志的考證,即董其昌之抄本可能抄自王肯堂。文在茲之抄本,既云不全,則不會只是像劉承禧抄本那樣僅少數回,我們說其為半部,當出入不大。文在茲與王肯堂、董其昌之間的關係尚未考知,但就王肯堂之抄本擁有時間為萬曆十七年至萬曆二十年,地點是在北京翰林院。而文在茲之抄本擁有時間,據胡文彬在《金瓶梅書錄》中所言,在萬曆二十五年前後,並亦在都門示人,亦當為《金瓶梅》之前半部抄本,則文在茲之抄本或許與王肯堂、董其昌之抄本有某種關係。若然,則《金瓶梅》前半部書之抄本,實只有一個系統。

王穉登抄本與丘志充抄本有無關係,現尚難完全考知,但其卷帙相當,且均為後半部書之抄本,則其或許亦為一種系統之抄本。屠本畯所見之抄本,一為王肯堂之前半部抄本,其正同於謝肇淛所見之袁宏道抄本,二者又可能為同一系統之抄本;二為王穉登之抄本,亦正近於謝肇淛所見丘志充之抄本。屠云「恨未睹其全」,謝曰「闕所未備,以俟他日」;屠云「書帳與《水滸傳》相埒」,謝曰「書凡數百萬言,為卷二十」。由此似不難看出王穉登之抄本與丘志充之抄本當十分相近,若然,則所謂兩個後半部書之抄本,亦將只有一個系統。

談到各種《金瓶梅》抄本之間的關係,我們不能不涉及這樣一個重要問題,即各種抄本之間是否有重大區別?有無所謂內容出入較多之南方抄本與北方抄本存在?見到過不只一種抄本的人有屠本畯、袁小修、謝肇淛。屠本畯看到的王肯堂與王穉登之抄本，因為不復出重迭，為前、後兩半部抄本，所以難以比較二種抄本有無重大不同。但屠既已涉及到「語句」風格，而不言二種抄本之有區別，則其較為一致正不言而喻。

袁小修既看到過董其昌之抄本，又有劉承禧抄本之抄本，後者為僅少五回之全本，這兩種抄本正可比較。若這兩種抄本之相同章回內容有較大區別，或為不同系統，當必述及，因為袁氏之論已涉及到《金瓶梅》之內容。而從其關於所見董其昌抄本內容的敘述來看，則其正同於現存萬曆本《金瓶梅詞話》。現存本《金瓶梅詞話》為萬曆丁巳本《金瓶梅》之翻刻（詳後），後者之底本又正同於袁小修手中之全抄本。這就不難看出董其昌抄本與袁氏手中全抄本一致。

謝肇淛在〈金瓶梅跋〉中說：「此書向無鏤版，抄寫流傳，參差散失。惟州家藏者最為完好」。「散失」不必多說，且看「參差」二字。「參差」二字很容易給人造成一種各種抄本內容大有出入的誤解。其實謝氏所見的抄本只有袁宏道借抄之董其昌抄本和丘志充的抄本，這「參差」的結論，在這裏只有有二解：(一)董其昌之抄本與丘志充的抄本不相銜接，中有復出者；(二)抄本本身內容上有不同或重出。但謝既云「稍為釐正」，則顯然「參差」是指後一種情況。既曰「稍微」，則顯然只是個別字句而已。

既見到抄本，又見到初刊本《金瓶梅》的是薛岡和沈德符。薛岡看到的抄本與初刊本所用之底本，屬不同系統之抄本，但其並未述及抄本與初刊本有何區別。其所見抄本與刻本有較大之區別，則必當述及，因為他已經涉及到《金瓶梅》之情節、人物、思想。相反，就其所述抄本與初刊本內容之一致，則適可證明抄本之無大區別。

沈德符不僅手中有「全」抄本，當亦在丙午年與袁宏道相見時見到袁氏借抄於董其昌的抄本。沈、袁二人交談過《金瓶梅》，但未述及董氏抄本與自己手中抄本的不同。而對初刊本亦只說五十三回至五十七回與原本不同，可見其餘部分相同。由此我們不難看出董其昌抄本、沈德符手中抄本與初刊本之底本是一致的。

總之，我們現在拿不出任何證據可以說明各種抄本在內容上有重大不同；相反，若干事實表明，各抄本是一致的，內容上有重大區別之所謂南方系統抄本與北方系統抄本根本不存在。

四、抄本《金瓶梅》與現存「萬曆」本《金瓶梅詞話》之關係

敘述抄本《金瓶梅》與現存萬曆本《金瓶梅詞話》之關係，首先不能不涉及現存萬曆本《金瓶梅詞話》跟有東吳弄珠客序的萬曆丁巳本（初刊本）《金瓶梅》之關係。

版本學家普遍認為，除了「欣欣子」序與「廿公」跋以外，現存萬曆本《金瓶梅詞話》為萬曆丁巳本《金瓶梅》之翻刻。原北京圖書館藏（現存臺灣）《新刻金瓶梅詞話》與日本德山毛利氏棲息堂所藏之《新刻金瓶梅詞話》第五回末頁異版，有十行文字明顯不同。這說明現存萬曆本《新刻金瓶梅詞話》不止有一種版本。此正可反證現存萬曆本《金瓶梅詞話》與萬曆丁巳本《金瓶梅》相同。

又，薛岡在《天爵堂》卷二中云：「後二十年，友人包岩叟以刻本全書寄敝齋，予得盡覽。初頗鄙嫉，及見荒淫之人皆不得其死，而獨吳月娘以善終，頗得勸懲之法。但西門慶當受顯戮，不應使之病死。簡端序語有云：讀《金瓶梅》而生憐憫心者菩薩也。序隱姓名，不知何人所作，蓋確論也。」其所說之序顯為東吳弄珠客序。就薛氏所敘《金瓶梅》內容來看，亦正同於現存萬曆本《金瓶梅詞話》。

最為有力的證據，我們認為不能不是沈德符關於丁巳本《金瓶梅》原少五十三回至五十七回的敘述。沈德符說這五回是贋作，是陋儒補以入刻，提出的三條理由是：(一)膚淺鄙俚；(二)時作吳語；(三)即前後血脈，亦絕不貫串。檢視現存萬曆本《金瓶梅詞話》，無一不確。這實在是探求丁巳本《金瓶梅》與現存萬曆本《金瓶梅詞話》之關係的關鍵。對這五回的研究，雖然已有不少研究者談過不少很好的意見，但還不夠全面、不夠深入。這是一個專門的問題，在此不贅。

其次，這裏不得不涉及丁巳本《金瓶梅》是否為初刊本《金瓶梅》的問題。

現在人們已考證出馬仲良榷吳，事在萬曆四十一年，則萬曆庚戌本不復存在而丁巳本即為《金瓶梅》之初刊本已成不刊之論。

下面我們就來看看初刊本《金瓶梅》與抄本《金瓶梅》之關係。上已述及，所有的《金瓶梅》抄本，現均已蕩然無存。因之，要探求初刊本與抄本之關係，便只能依據現存萬曆《金瓶梅詞話》一書本身，以及當時既見到抄本，又見到初刊本的人的記敘。

薛岡雖見過抄本，也見過初刊本，但所見抄本不全，且只略覽數回，因此難以為憑。沈德符則見到兩種抄本，其一為所謂「全本」，又見到過初刊本，因此他的記敘參考價值最大。而且沈氏對初刊本之刊刻過程十分清楚，因此他的記敘也最為可信。

要弄清抄本《金瓶梅》與初刊本《金瓶梅》之關係，有兩個問題至關重要：(一)誰是《金瓶梅》初刊本的付刻人；(二)初刊本用的是何種抄本為底本。而後者尤其是關鍵。關於《金瓶梅》初刊本的付刊人，現尚未考明，不少研究者以為就是馮夢龍，這自然不無道理，但因缺乏確鑿的材料證實，尚不能作定論，我們也暫且不去管他。我們現在就來看看初刊本《金瓶梅》所用底本這個關鍵問題。

我們以為初刊本《金瓶梅》所用之底本，正是劉承禧所藏抄本系統。《金瓶梅》以抄本方式流傳時，或許有超出上述記載的 12 種抄本之外的抄本，但因於史無考，不敢妄論。那麼關於初刊本《金瓶梅》所用底本，現在只能從上述見於記錄的 12 種抄本中去推尋。這樣做亦有相當的根據，因為其一，當時見到抄本的人曾說「今惟麻城劉承禧家有全本」，「惟州家藏者最為完好」等等，可見其他不見於記載的抄本即使有，也當甚少；其二，正是上述抄本與初刊本《金瓶梅》發生了直接的關係。

上已敘明，在見於著錄的 12 種抄本中，除兩種系統的所謂「全」抄本之外，其餘各種不全之抄本就是全加在一起，仍然不為全本。因之初刊本之底本只能到所謂「全」本中去找。

先看王世貞抄本。如上所述此種抄本的有無，尚在不可知之數。退一步講，就是真有，但到初刊時之丁巳年間早已失散。當然這裏必然牽扯到屠本畯說王世貞抄本「已失散」，而謝肇淛則謂「唯州家藏者最為完好」這一公案。對於這樁公案之評斷，我以為劉輝同志的下述一段話最為切中要害：

> 屠本畯，字田峻。生於明嘉靖二十年（1541）。與王世貞相友善。他在《山林經濟籍》中為袁中郎《觴政》所作跋語，寫於萬曆三十五年（1607），是肯定無疑的。而謝肇淛則生於隆慶元年（1567），王世貞去世時（1590），只有二十歲多一點，他與王世貞似無交往；即或有，也不能是深交。何況他的〈金瓶梅跋〉寫於萬曆四十四年（1616）至萬曆四十五年（1617）之間，較屠本畯所作跋語，整整晚了十年。他們都說到王世貞家藏《金瓶梅》，但謝說「最為完好」，似不足信，而屠謂「今已失散」，應是事實。故應以屠本畯的記載，來糾正謝肇淛之失誤。我們還可以找到一個旁證，即萬曆三十四年（1606）時，袁宏道已告訴沈德符：「今惟麻城劉承禧延白家有全本，蓋從其妻家徐文貞錄得者。」也說明了王世貞家藏全書，是時已不存人世。[5]

王世貞家所藏之全書至初刊時既已失散，則初刊之《金瓶梅》所用底本，只有劉承禧抄本這個較全本系統無疑了。何況這個抄本至少除劉氏以外，袁小修、沈德符都有。

這種推論有無證據呢？當然是有的。沈德符手頭既有劉承禧抄本的再抄本，他自然對此本很熟悉。他與馬仲良的那段對話就可充分證明他對這抄本之熟悉。而他所謂「然原本實少五十三回至五十七回，遍覓不得，有陋儒補以入刻，無論膚淺鄙俚，時作吳語，即前後血脈，亦絕不貫串，一見知其贋作矣」，很顯然他是將初刊本與自己的抄本兩相比較後才得出的結論。這個結論如上所述首先證明了他自己手中的抄本就少五十三回至五十七回。對此，我們這裏還可作一補充論證：如果沈德符手中的抄本（包括劉承禧、袁

---

5 劉輝《金瓶梅成書與版本研究》，遼寧人民出版社 1986 年。

小修抄本在內）有此五回，那麼他根本用不著去推論此數回為陋儒補以入刻，他只要敘出自己的抄本（或看到過的抄本）中此數回是什麼樣子就可以了。

其次，沈德符將初刊本與自己的抄本兩相比較後得出的結論也證明，除五十三回至五十七回外，初刊本正同於他自己手中的抄本，不然，若有重大區別，揆之常理，他既已涉及到此五回，亦必將涉及，絕不會不置一詞。

「然原本實少五十三回至五十七回，遍覓不得」這十八個字太重要了。一個「遍覓不得」，充分洩漏了沈德符清清楚楚地知道初刊本的刊刻過程；「然原本」三個字則充分洩漏了他明明白白地瞭解初刊本《金瓶梅》所用之底本。這個底本無論是誰付刻的，正同於他自己、袁小修、劉承禧的抄本。

關於初刊本與抄本之一致，或謂初刊本保存了抄本《金瓶梅》之原貌，這從屠本畯與謝肇淛關於抄本的卷帙的記敘，以及謝的所謂「聚有自來，散有自去」等等敘述，亦可得到進一步的證明，因為這些記敘正與初刊本相符合。

我們花這麼大的氣力來論證抄本《金瓶梅》與初刊本《金瓶梅》、與現存萬曆本《金瓶梅詞話》相一致，有什麼必要呢？很有必要。別的且不說，首先可以證明現存萬曆本《金瓶梅詞話》並不是由多種抄本「拼集而成」，因為抄本也是並無大區別的。

其次，這對於像臺灣《金瓶梅》研究專家魏子雲先生所主張的《金瓶梅詞話》本是在傳抄過程中，由原稿多次刪改而成的結論也將是極為不利的。

附錄：

《金瓶梅》抄本寓目者情況簡表

姓名	籍貫	生卒年	仕官情況	著作	材料出處	備註
屠本畯	浙江鄞縣（寧波）	1542-?	以蔭曆太常典簿，長州知府	《太常典錄》《田叔詩草》等	《山林經濟籍》	閱過王肯堂及王百穀各二帙抄本
薛岡	浙江鄞縣（寧波）	1561-1641?	少以事客於長安，負盛名	《天爵堂集》	《天爵堂集》	閱過文在茲所藏抄本，看過《金瓶梅初刊本》
馮夢龍	長洲（常州人）	1574-1646	崇禎中貢生，曾官壽甯知縣	輯「三言」《掛枝兒》《山歌》《太霞新泰》，改湯顯祖李玉傳奇多種，彙編為《墨憨齋定本傳奇》，劇本《雙雄記》，另有《智囊》《古今譚概》等	《萬曆野獲編》	見過沈德符所藏之抄本
馬仲良	河南新野		1610 年進士		同上	應見過沈德符所藏之抄本
李日華	浙江嘉興	1565-1635	萬曆二十年進士	《味水軒日記》	《味水軒日記》	見過沈之抄本

《金瓶梅》抄本擁有者情況簡表

姓名	籍貫	生卒年	仕官情況	著作	證明人	抄本情況	備註
沈德符	浙江嘉興（秀水）	1578-1642	萬曆進士	《萬曆野获編》等	沈德符 李日華	全本	精音律，熟悉掌故
袁中道	公安	1570-1623	萬曆進士，官南京吏部郎中	《珂雪齋集》	袁中道 沈德符	全本	
邱志充	山東諸城	?-1632	萬曆四十一年進士，河南汝甯府知府，官至山西布政司右布政使		謝肇淛	半部	家藏《玉嬌李》
文在茲			萬曆二十九年進士，初授翰林院庶吉士		薛岡	不全	善八分楷
王世貞	太倉	1562-1590	嘉靖二十六年進士，任刑部主事，累官刑部尚書	《弇州山人四部稿》及續稿《觚不觚錄》《鳳洲筆記》等	屠本畯 謝肇淛	全本	

徐文貞	松江華亭	1503-1583	嘉靖進士，授翰林院編修，首輔	《經世堂集》《少湖文集》	沈德符	全本	
王肯堂	金壇	1549-1613	萬曆十七年進士，翰林院庶吉士第一人	《論語義府》《尚書要旨》等	屠本畯	二帙	精於岐黃學，善收藏
王穉登	祖籍太原，生於武進，後移蘇州	1535-1612		《吳社編》《吳郡丹青志》《王百穀全集》《吳騷集》	屠本畯	二帙	好交遊，善結納，與王世貞同郡相友善
劉承禧	麻城	1560?-1621	萬曆八年武進士，襲父職錦衣衛千戶		沈德符		生性好古玩書畫
謝肇淛	福建長樂	1567-1624	萬曆二十年進士，除湖州推官，移東昌，遷南京刑、兵部，轉工部郎中，官至右布政	《五雜俎》《小草齋文集》《詩集》及續集《文海披沙》等	謝肇淛	不全	
董其昌	松江華亭	1555-1636	萬曆十七年進士改庶吉士，授編修，督湖廣學政，擢太常寺卿、侍讀學士、禮部右侍郎、南京禮部尚書	《畫禪室隨筆》《容台文集》《詩集》《別集》等	袁宏道 袁中道	半部	善書畫
袁宏道	公安	1568-1610	萬曆進士，知吳縣，官終稽勳郎中	《殤政》《瓶花齋集》《袁中郎集》《瀟碧堂》	袁宏道 袁中道	半部	

從《續金瓶梅》看《金瓶梅》的版本及作者

版本問題，無疑是批評研究一部作品的最基礎的工作之一。談到《金瓶梅》的版本，不少研究者總以為它比《紅樓夢》的版本問題要簡單得多。這種判斷其實並不十分準確，因為關於《金瓶梅》版本的許多問題，諸如見於記載的當時流行於刊本之前的各種抄本間的關係問題，初刊本與抄本之間的關係問題，以及初刊本與《新刻金瓶梅詞話》（所謂現存萬曆本）之間的關係問題等等，我們迄今並不清楚。這怎麼能匆匆忙忙地下斷語呢？而版本問題，又直接牽扯到《金瓶梅》的成書過程、成書年代，以及作者等重大問題，因此不可不予注意。

探討《金瓶梅》版本，自然有多種途徑，這裏則想從丁耀亢的《續金瓶梅》入手。《續金瓶梅》是現存《金瓶梅》續書中最早的一部。它的作者丁耀亢生於 1599 年，卒於 1671 年。萬曆四十五年，當《金瓶梅》初刊本（即載有東吳弄珠客序本）在吳中刊行時，丁耀亢已經二十二歲。他不僅曾從《金瓶梅》抄本較早的擁有者董其昌遊，而且與其同鄉，也是《金瓶梅》抄本擁有者，並且與最早的《金瓶梅》續書《玉嬌李》的擁有者丘志充及其子丘石常關係非同尋常。何況丁耀亢既然為《金瓶梅》寫續書，稱《金瓶梅》為前集，則必然要認真地研究《金瓶梅》，並收集與《金瓶梅》有關的材料，這從他在《續金瓶梅》中不時地敘述《金瓶梅》中的故事、人物及有關材料中就不難看出。因此，從丁耀亢的《續金瓶梅》來推求《金瓶梅》的版本情況及作者情況，實在不失為一條可靠的重要途徑。

一、丁耀亢看的是詞話本《金瓶梅》

丁耀亢在〈續金瓶梅後集凡例〉中說：「小說類有詩詞，前集名為《詞話》。」由此，我們便不難得出一個結論：丁耀亢讀的是《金瓶梅詞話》，他是為《金瓶梅詞話》這個「前集」寫續書。

這個顯然正確的結論，很容易被人忽視，以為這沒什麼價值。其實不然，它實在可以澄清學術界爭論不休的若干重要問題。

首先，它說明所謂說散本（或稱作崇禎本）《金瓶梅》出現以後，並沒有完全取代《詞話》本《金瓶梅》，即《詞話》本《金瓶梅》並沒有因此消歇，它至少曾與說散本同時流傳過一段時間。這一點，我們從傅惜華先生原藏之《繡刻八才子詞話》殘本是清順治八年（1651）印本（日人長澤規矩也認為是詞話本的原版），就不難得到進一步的證明。

其次，迄今為止，對《詞話》本內容敘述的最為詳細的莫過於丁耀亢的《續金瓶梅》了。從丁氏的這些敘述中，我們不難看出，《金瓶梅詞話》原本就有大量的淫穢描寫，這些描寫絕不是後加上去的。這樣，以朱星先生為代表的一些研究者的所謂先有潔本，後有增加了淫穢描寫的繁本的結論也就很難成立了。

再次，關於「崇禎本」《金瓶梅》，目前學術界意見仍不一致。而丁耀亢的《續金瓶梅》是在順治十八年（1662）六十三歲所作，直到此時，丁氏似乎未見到所謂「崇禎本」《金瓶梅》，這也可能是「崇禎本」已經有了，他並未見到，但不應排除另一種可能，即「崇禎本」還沒有問世。不管是何種情況，丁耀亢沒見過說散本，似可作為研究「崇禎本」問題的一個旁證材料。

最後，自本世紀四十年代以來，馮沅君先生從《金瓶梅詞話》本中錄有大量詞曲以及以韻代散等現象，懷疑《金瓶梅詞話》是演唱藝人的腳本，或由腳本加工而成。自馮氏之後，特別是近些年來，支持並發展馮氏的這一懷疑結論的人越來越多，口氣也由懷疑而變成肯定。但是早在三百多年前，即《金瓶梅詞話》問世後不過四十餘年，與《金瓶梅詞話》有著密切關係的丁耀亢肯定地說「小說類有詩詞，前集名為《詞話》」。用不著細辨，丁耀亢這裏所說的「小說」，已不是唐宋人口中的「小說」，而是近現代意義上的「小說」。他把自己的《續金瓶梅》就視為這種含義上的「小說」。不僅如此，他還為人們進一步敘述了《金瓶梅詞話》大量引用詞曲的特點是「多用舊曲」。因此我們希望持上述見解的人認真讀一下丁氏〈續金瓶梅後集凡例〉中的這一條例。

二、《新刻金瓶梅詞話》與初刊本《金瓶梅詞話》不同

丁耀亢讀過的並據以寫續書的是《金瓶梅詞話》，那麼探求一下丁耀亢讀的是初刊本《金瓶梅詞話》，還是《新刻金瓶梅詞話》便是很有意義的事情了，因為這不僅有利於判定《新刻金瓶梅詞話》的刊行年代，而且可以幫助我們瞭解初刊本《金瓶梅詞話》與《新刻金瓶梅詞話》之間的關係。

我以為丁耀亢讀的不是《新刻金瓶梅詞話》，而是初刊本《金瓶梅詞話》，理由如下：

第一，《新刻金瓶梅詞話》一個非常突出而醒目的特點就是卷端有用大字刊印的欣欣子序和廿公跋。欣欣子的序中明確斷言《金瓶梅》的作者是蘭陵笑笑生，而這位蘭陵笑笑生是欣欣子的好朋友。但是丁耀亢在寫《續金瓶梅》時，無論在凡例中、序言中，還是在小說中，從未提到過這位蘭陵笑笑生。為一部近百萬字的長篇小說寫續書，總是要涉及到原書的作者的，丁耀亢也不例外，他也涉及到了《金瓶梅詞話》的作者，不過他並不知道作者是什麼蘭陵笑笑生。

《續金瓶梅》第二回開頭有這樣的語句：

> 何如看《金瓶梅》發興有趣？總因不肯體貼前賢，輕輕看過，到了榮華失意，或遭奇禍、身經亂離，略一回頭，才覺聰明機巧無用，歸在天理路上來才覺長久，可以保的身傳後。

很顯然，這裏丁耀亢把《金瓶梅詞話》的作者稱為「前賢」。

《續金瓶梅》第三十四回開頭，在引了一段《圜覺經》曰之後寫道：

> 單說人心原號太虛，生來沒有一點障礙的，能將太虛心不受那欲心、邪心、妒忌心、執著心、狡猾心、貪愛心、怒殺心，種種解脫，自然成佛成聖。今按《太上感應篇》中說，陰賊良善，暗侮君親，貶正排賢，妄逐朋黨，分明說在朝廷。有位君子做《金瓶梅》因果，只好在閨房中言語，提醒那淫邪的男女，如何說到縉紳君子上去？不知天下的風俗，有這貞女義夫，畢竟是朝廷的紀綱，用那端人正士。

丁耀亢在這裏再次提到《金瓶梅詞》的作者，但他只說是「有位君子」。如果他看到過《新刻金瓶梅詞話》，必定知道作者是蘭陵笑笑生。人家已用大字印在卷端，丁耀亢有什麼心要吞吞吐吐呢！

第二，眾所周知，初刊本《金瓶梅詞話》的突出特點是卷端有東吳弄珠客的序，這一點，看過初刊本的薛岡的記敘就是鐵證。東吳弄珠客的序中有這樣一段為大家熟知的文字：

> 《金瓶梅》，穢書也。……讀《金瓶梅》而生憐憫心者，菩薩也；生畏懼心者，君子也；生歡喜心者，小人也；生效法心者，乃禽獸耳。……若有人識得此意，方許他讀《金瓶梅》也。不然，石公幾為導淫宣欲之尤矣。奉勸世人，勿為西門之後車可也。

值得注意的是南海愛日老人題寫的《續金瓶梅》序的開頭也寫道：「不善讀《金瓶

梅》者，戒癡導癡，戒淫導淫。」西湖釣史的〈續金瓶梅集序〉中亦云：「《金瓶梅》懲淫而炫情於色。」這口氣均直承東吳弄珠客而來，與欣欣子序不類，而且亦都不提什麼《金瓶梅詞話》的作者是蘭陵笑笑生，看來，這寫序的南海愛日老人亦唯讀過初刊本《金瓶梅詞話》，未見過《新刻金瓶梅詞話》。

第三，在《金瓶梅詞話》初刊過程中，熟知內情的沈德符曾有一段有趣的議論：

> 此等書必遂有人板行，但一刻則家傳戶到，壞人心術，他日閻羅究詰始禍，何辭置對？吾豈以刀錐博泥犁哉！（《萬曆野獲編》）

更為有趣的是丁耀亢，以及為他的《續金瓶梅》寫序的兩位友人都議論過沈德符的這段議論：煙霞洞曳隱題於定香橋的〈續金瓶梅序〉中說：

> 作者曰：「予生平詩文襲彩炫世，未有可以見閻羅老子者，我將借小說作《感應篇》注，執贄於菩提王焉。知我者，其惟《春秋》乎！」道人笑曰：「然。」

南海愛日老人的序中則說：

> 紫陽道人以十善菩薩心，別三界苦輪海，隱實施權，遮惡持善，從乳出酥，以楔出梢，政復不減讀《大智度論》，何曾是小說家言也。《阿含經》云：「人癡故有生死，本從癡中來。今生為人復癡，不念世間苦，不知犁泥中拷治劇。」

丁耀亢在《續金瓶梅》第一回中又說：

> 把這做書的一片苦心變成撥舌大獄，真是一大罪案！

看來他們不僅熟悉沈德符的上述議論，似乎也知道初刊本《金瓶梅詞話》的刊刻過程。由此也似可看出他們讀過的正是「未幾時，而吳中懸之國門矣」的《金瓶梅詞話》，因此不滿意沈氏的這段話，並把己意在序和小說中表達出來。

第四，《新刻金瓶梅詞話》的另一個突出特點是開篇有四首引詞和四貪詩，「崇禎本」則沒有。丁耀亢讀的不是「崇禎本」，而是《詞話》本。那麼丁氏讀過的初刊本《金瓶梅詞話》的開篇有無這四首引詞和四貪詩呢？

首先值得注意的是《續金瓶梅》第三十七回也引用了《新刻金瓶梅詞話》開篇引的四首詞中的部分詞。據徐朔方先生考證（《論金瓶梅的成書及其他》），這些詞牌是〈行香子〉，《詞林紀事》中曾錄過三首，現在我們來比較一下《續金瓶梅》的引詞和《新刻金瓶梅詞話》中的引詞的異同：

《新刻金瓶梅詞話》：

> 閬苑瀛洲，金谷陵（瓊）樓。算不如茅舍清幽。野花繡地，莫也風流。也宜春，也宜夏，也宜秋。酒熟堪，客至須留。更無榮無辱無憂。退閑一步（是好），著甚來由。但倦時眠，渴時飲，醉時謳。
>
> 短短橫牆，矮矮疏窗。乞查（一方）兒小小池塘。高低迭峰（嶂），綠水邊傍，也有些風，有些月，有些涼（香）。日用家常，竹幾藤床。靠（盡）眼前水色山光。客來無酒，清話何妨。但細烹（烘）茶，熱烘（淨洗）盞，淺（滾）澆湯。
>
> 水竹之居，吾愛吾廬。石磷磷床（亂）砌階除。軒窗隨意，小巧規模。卻也清幽，也瀟灑，也寬（安）舒。懶散無拘，此等何如？倚闌干臨水觀魚。風花雪月，贏得工夫。好炷心香，說（圖）些話（畫），讀些書。
>
> 淨掃塵埃，惜耳蒼苔，任門前紅葉鋪階。也堪圖畫，還也奇哉。有數株松，數竿竹，數枝梅。花木栽培，取次教開。明朝事天自安排，知他富貴幾時來。且優遊，且隨分，且銜杯。

括弧中的文字為《詞林紀事》中與《新刻金瓶梅詞話》不同的地方。標點據徐朔方先生文。

《續金瓶梅》：

> 閬苑瀛洲，金谷瓊樓，算不如茅舍清幽。野花繡地，剩卻閒愁，也宜春，也宜夏，也宜秋。
>
> 酒熟堪醐，客至須留，更無榮無辱無憂。退閑一步，著甚來由，但倦時眠，渴時飲，醉時謳。
>
> 短短橫牆，矮矮疏窗。乞查小小池塘。高低疊嶂，綠水邊傍。也有些風，有些月，有些涼。
>
> 此等何如，懶散無拘，倚闌干臨水觀魚，風花雪月，贏得消除。好炷些香，說些話，讀些書。
>
> 萬事蕭然，樂守安閒，蝴蝶總是虛緣。看來三教一空拳，也不學仙，不學聖，不學禪。

兩相對照，我們不難發現其中的異同，這裏不去細論，只想指出《新刻金瓶梅話》的引詞是雙調（上下片相同），而《續金瓶梅》則是單片。有人或許會說，這是標點排列問題。不對！《續金瓶梅》共引用五片，而且第五片顯然係丁耀亢根據小說中內容需要，依照引詞格式而創造出來的。可見丁氏確是把詞格視為單片。《新刻金瓶梅詞話》是用大字將四首引詞刊於篇首的，如果丁耀亢讀的是這種刻本的《金瓶梅詞話》，並予以轉引，以其詩詞的造詣而言，絕不至於連詞格是單片、雙調都弄不清楚（丁氏不僅擅長詩詞曲，而且是當時著名的傳奇作家）。

其二，丁耀亢在〈續金瓶梅後集凡例〉中說：「小說類有詩詞，前集名為《詞話》，多用舊曲，今因題附以新詞，參入正論，較之他作，頗多佳句，不至有套腐鄙里之病。」丁耀亢在其《續金瓶梅》中確實貫徹了這一原則，他不像《金瓶梅詞話》那樣引用「舊曲」，他不僅對《金瓶梅詞話》中的詩詞不去引用，對別人的作品也極少引用，書中的詩詞一般都是自己創作的「新詞」。因此，如果丁耀亢讀過的是《新刻金瓶梅詞話》，而該書將四首引詞冠於篇首，根據自己制定的上述原則（凡例），他不會再去引用。即使引用時，也會予以提及，因為丁氏在引用這些詞時，已經涉及到了這些詞的出處——作者，但卻說是「有一名人題詞曰」，而絲毫不涉及這些詞與《金瓶梅詞話》的關係。

由上所述，我們不難看出丁耀亢《續金瓶梅》中的這些引詞不是取之於《新刻金瓶梅詞話》，亦不難看出丁氏沒有見過《新刻金瓶梅詞話》，他讀過的初刊本《金瓶梅話》中並沒有這四首引詞。

下面再來談談《新刻金瓶梅詞話》中的「四貪詩」問題。

《新刻金瓶梅詞話》將「酒、色、財、氣」四貪詩冠於篇首，正如同不少研究者指出的那樣，其用意乃在說明《新刻金瓶梅詞話》的主旨在於用四貪詩來勸誡世人。但是丁耀亢在歸結《金瓶梅詞話》的主旨時卻說：

> 單表這《金瓶梅》一部小說，原是替人說法，畫出那貪色圖財，縱欲喪身，宣淫現報的一幅行樂圖。
>
> 一部《金瓶梅》說了個「色」字，一部《續金瓶梅》說了個「空」字，從色還空，即空是色，乃因果報轉入佛法，是做書的本意，不妨再三提醒。

如果丁氏讀過的並為之寫續書的是《新刻金瓶梅詞話》，那麼他在評論歸結《金瓶梅詞話》的主旨時，便不可能不提及《新刻金瓶梅詞話》冠於篇首，並用以顯示全書主旨的「四貪詩」。

丁耀亢讀過的初刊本《金瓶梅詞話》開篇無此四貪詩，我們從另外見過初刊本《金瓶梅詞話》的薛岡和沈德符的記述中亦可得到旁證。

對於《金瓶梅詞話》的主旨，薛岡說：

> 初頗鄙嫉，及見荒淫之人皆不得其死，而獨吳月娘以善終，頗得勸懲之法。但西門慶當受顯戮，不應使之病死。

薛岡僅僅涉及到了一個「色」，毫無「酒」「財」「氣」的影子。而薛岡所見之初刊本

《金瓶梅詞話》之篇首如果就有這四貪詩，薛不至於不予涉及，更不至於「初頗鄙嫉」。

沈德符在敘及初刊本《金瓶梅詞話》主旨時說：

> 指斥時事，如蔡京父子則指分宜，林靈素則指陶仲文，朱勔則指陸炳，其他各有所屬。

如果初刊本上就有此四貪詩，而沈德符又是在論及《金瓶梅詞話》的主旨，當然不應不予涉及。

臺灣魏子雲先生在〈「詞話本」頭上的王冠〉〈詞曰、四貪詩、眼兒媚：《金瓶梅》原貌探索〉等文章中，曾令人信服地論述過四貪詩跟《金瓶梅》的思想不能契合，這是很有見地的，這裏不去贅引。但他以此推論《金瓶梅詞話》一書必出於萬曆十八年正月大理寺評事雒于仁所上〈四箴疏〉之後，則很值得商榷了。因為他沒有注意到四貪詩不僅為抄本《金瓶梅》所沒有，而且初刊本《金瓶梅詞話》中也未刊用。

四貪詩之勸誡思想確乎更接近於欣欣子序、廿公跋對於《金瓶梅》主旨的認識。

第五，丁耀亢在〈續金瓶梅後集凡例〉中說：

> 前集中年月、事故或有不對者，如應伯爵已死，今言復生，曾誤傳其死，一句點過。前言孝哥年已十歲，今言七歲離散出家，無非言幼小孤孀，存其意，不顧小失也。

這裏所說的「前言孝哥已十歲」的「前言」，是指丁氏據以寫續書的初刊本《金瓶梅詞話》，前言即「前集言」，說西門慶與吳月娘的兒子孝哥「年已十歲」，這無論是丁氏看過的並據以寫續書的《金瓶梅詞話》中明確寫到的，還是丁耀亢據書中描寫推算出來的，都非常值得注意，因為這數字說得非常準確。

據朱一玄先生考證（詳見其所編《金瓶資料彙編》），孝哥生於《金瓶梅詞話》故事編年的第七年，即重和元年戊戌（西元 1116 年），到第十六年全書結束時，即南宋高宗建炎元年丁未（西元 1127 年），剛好是十歲，一點都不差。但是《新刻金瓶梅詞話》中卻說：

> 一日，不想大金人馬，搶了東京汴梁，太上皇帝與靖康皇帝，都被虜上北地去了。……那時，西門慶家中吳月娘見番兵到了，……領著十五歲的孝哥兒，把家中前後都倒鎖，要往濟南投奔雲離守。

丁耀亢在寫《續金瓶梅》時，為了內容的需要，將《金瓶梅詞話》（所謂「前集」）中的孝哥的年齡由十歲改為七歲，因為這是至關重要的細節，所以丁氏在〈凡例〉中特別標出。但丁氏既然明確指出孝哥已十歲，因為他讀過的並據以寫續書的是初刊本《金瓶梅詞話》，那就只有兩種可能：第一是書中明確寫到「孝哥年已十歲」；第二是書中未明確寫出，是丁氏根據書中的描寫推算出來。如果是第二種情況，那麼丁氏當必有所說明。但丁氏卻只是說「前言孝哥年已十歲，今言七歲離散出家」，從口氣上來判斷，顯然當為第一種情況，即書中明確寫到孝哥年已十歲。

如果丁耀亢讀過的並據以寫續書的是《新刻金瓶梅詞話》，那麼書中明明白白的說月娘「領著十五歲孝哥兒」，丁氏卻說「前集」中言孝哥已十歲，顯然是原書有誤，那麼丁氏改為十歲，必應有所交代，因為如上所述，孝哥的年歲是個重要細節。由此亦可推知，丁氏讀過的並據以寫續書的不是《新刻金瓶梅詞話》。

綜上所述，我們可以得出如下結論：

第一，丁耀亢讀過的並據以寫《續金瓶梅》的是初刊本《金瓶梅詞話》，那上邊只有東吳弄珠客的序。

第二，丁耀亢沒有見過《新刻金瓶梅詞話》。

三、從《續金瓶梅》看《金瓶梅》的作者與版本

通過上邊的敘述，我們不難看出，直到清順治十八年（1662）丁耀亢寫《續金瓶梅》時，他還不知道，也不認為《金瓶梅詞話》的作者是什麼蘭陵笑笑生。說到《金瓶梅詞話》的作者，他只是說「前賢」，是「有位君子」。眾所周知，《新刻金瓶梅詞話》是用大字把欣欣子的序刊在卷端的，這說明作者已經可以用筆名書寫，丁耀亢如果知道並認為《金瓶梅詞話》的作者是蘭陵笑笑生，他這時實在沒有必要予以隱瞞了。

如果我們再聯繫丁耀亢之前關於《金瓶梅》作者的種種說法，便不能難出丁氏的說法是可信的。如袁中道的紹興老儒說，沈德符的嘉靖大名士說，屠本畯的陸炳仇人說，等等，再聯繫到丁氏之後評點《金瓶梅》的張竹坡的「作者固仁人也，志士也，孝子悌弟也」，「作者不幸，身遭其難，吐之不能，吞之不可，搔抓不得，悲號無益，借此以自泄」，等等，都沒有說《金瓶梅》的作者是什麼蘭陵笑笑生，因此我們今天如果僅以欣欣子序中的說法來推求《金瓶梅》的作者，實在是很值得考慮的。

丁耀亢關於《金瓶梅詞話》的作者所提供的雖僅有片言隻語，而且又是那麼不確定，但因為如上所述的他與《金瓶梅詞話》的特殊關係，還是很值得重視的。首先，他說《金瓶梅》的作者是「前賢」，那麼我們便不難推斷這位作者至少要比丁耀亢早一輩。萬曆四十五年當《金瓶梅詞話》在吳中懸之國門時，丁耀亢已經二十二歲；而且他曾從董其昌遊，說明這位「前賢」——《金瓶梅》作者至少與董其昌是同輩人，按常規說似應比董其昌還要早一輩的人。

其次，這位《金瓶梅詞話》的作者既然被丁氏稱為「前賢」「君子」，則可見他並非是等閒之輩，雖然未必一定是大名士，但也似乎不會是一般的書會才人或說唱藝人。

再次，丁氏說「有位君子做《金瓶梅》」，既云「有位君子」，那就不是什麼集體創作，既言「做」《金瓶梅》，而且《金瓶梅》又是一部「小說」，那就不是什麼加工或寫定。要之，從丁氏的說法我們便只能得出《金瓶梅》是文人獨立創作的小說的結論。現在不少搞《金瓶梅》研究的專家、學者誠摯地勸誡探究《金瓶梅》作者的人不要把《金瓶梅》作為文人的個人創作，否則會走向歧途。據丁耀亢的說法，我倒覺得這種勸誡本身就容易把人引向歧途。

關於《金瓶梅》的版本。直到清順治十八年（1662）年丁耀亢寫《續金瓶梅》時，他還不知道什麼蘭陵笑笑生，還沒有見過《新刻金瓶梅詞話》，這是很值得人們深思的。當然，這有兩種可能，即要麼《新刻金瓶梅詞話》還未問世；要麼已經問世，而丁耀亢沒有見到。但以丁氏與《金瓶梅詞話》的種種關係，以及他的廣泛交遊，如果《新刻金瓶梅詞話》已經問世，而且是萬曆年間刊行的，那麼到丁氏寫《續金瓶梅》時，四十年過去了，丁氏居然毫無所聞，連作者為蘭陵笑笑生這樣重大的問題都一無所知，在情理上似乎也說不過去。

在《金瓶梅》的版本與作者研究中，有一個令人十分難以理解的問題，這就是有明一代與《金瓶梅》發生過這樣那樣的關係的人可謂多矣，但卻從未有一個人涉及到這位蘭陵笑笑生。然而現在論《金瓶梅》版本研究的人，幾乎眾口一詞，說《新刻金瓶梅詞話》是萬曆本，這實在很值得懷疑。首先《新刻金瓶梅詞話》與初刊本《金瓶梅詞話》並不完全是一回事，至少在有無欣欣子序、廿公跋和四引詞、四貪詩上就要打折扣。至於其他地方有無不同，正尚在不可之知數。其次，我們不要忘了明清之際「新刻」一詞的含義或習慣用法。明清之際，刊本上標有「新刻」「新刊」「新鐫」等字樣的書不少，但把它們與舊本相較，則不僅並非原貌，而且往往與舊本大相徑庭。即他們是把整理、改編本也稱為「新刻」「新刊」「新鐫」的，這難道還用得著舉例嗎？要之，《新刻金瓶梅詞話》與初刊本《金瓶梅詞話》之間並不能劃等號。

論《金瓶梅》「廿公跋」的作者當爲魯重民或其友人

所謂「萬曆本」《新刻金瓶梅詞話》卷首有三篇序（跋）言，這就是「欣欣子」序、「廿公跋」「東吳弄珠客」序。其中「廿公跋」最短，只有 92 個字（「廿公書」三字不計）。但這短短的跋語，無論對於理解「崇禎本」系統《金瓶梅》各版本之間的關係、「崇禎本」與「詞話本」之間的關係，還是對於《金瓶梅》作者研究等重大問題，都是關鍵之一。因此有必要加以認真研究。關於《金瓶梅》三篇序言之間的關係問題，我在拙作〈論「萬曆本」《新刻金瓶梅詞話》刻於清順治年間——兼論《金瓶梅》三序言之內在關係〉[1]中，已經作過闡述，但因為不是專門談「廿公跋」，所以有些問題沒有涉及，有些問題雖然涉及了，但只是提了一下，未加論述。現將這些問題一併加以論述。

一、目前學術界關於「廿公跋」的評價與認識

從現藏日本內閣文庫本《新刻繡像批評金瓶梅》卷首收錄「廿公跋」算起，到現在為止，至少有三百五十多年了，但關於「廿公跋」的研究評價卻是近幾十年來的事情。近幾十年來，伴隨著《金瓶梅》作者考證以及整個《金瓶梅》研究的深入，學術界對於「廿公跋」也進行了研究，研究結果大致如下：

1. 普遍認為「廿公跋」與「欣欣子」序、「東吳弄珠客」序都寫於明萬曆年間。

2. 關於這三篇序言之間的關係，主要有兩種見解：第一，認為「欣欣子」序與「弄珠客」序觀點不同，此說以吉林大學王汝梅先生為代表。王先生未涉及「廿公跋」，但從其上下文可以推知，王先生是認為「廿公跋」與「弄珠客」序的觀點一致的，所以「崇禎本」只刪觀點不同的「欣欣子」序，而不刪「廿公跋」。[2]

第二，認為《金瓶梅》三篇序言是一個統一的整體，這以臺灣的魏子雲先生和華中

1　已寄《文學評論》。

2　王汝梅《金瓶梅探索》，吉林大學出版社 1990 年。

師大的陳昌恆先生為代表。魏先生說：「讀《金瓶梅詞話》中的三篇序跋，雖『廿公』之篇有偽託之嫌，但這三篇敘文，必是該書的作者的友人或共商酌之作，或無疑問。」[3]

陳昌恆先生說：「通過上面的剖析，我們可以看到這三篇敘文所涉及到的有關《金瓶梅》的三個方面的問題，構成了一篇完整的評論《金瓶梅》的文章，馮夢龍以三個化名將自己一分為三，目的是要形成對《金瓶梅》有利的社會輿論，為使這部奇書具有保存下來的社會環境；同時也是為了以假亂真，將自己遮掩起來。但是這三篇敘文的整體感及行文語氣的一致性，卻使我們在起字裏行間找到了馮夢龍這個『猶抱琵琶半遮面』的隱身人。」[4]

3. 關於《金瓶梅》三篇敘文的作者，主要有兩種見解：第一，認為這三篇敘文出於一個人之手，如上述陳昌恆先生。第二，認為三篇敘文出之三個人之手，而且對這三個作者都有所推測。「欣欣子」「弄珠客」姑且不說，關於「廿公」，王利器先生以為「廿公」是僧無念[5]，魯歌、馬征先生以為「廿公」是王穉登的第一摯友曹子念。[6]

二、「廿公跋」的矛頭是指向「弄珠客」序的

為了便於讀者閱讀，我們把這篇「廿公跋」引錄出來：

> 《金瓶梅傳》，為世廟時一巨公寓言，蓋有所刺也。然曲盡人間醜態，其亦先師不刪「鄭衛」之旨乎！中間處處埋伏因果，作者亦大慈悲矣。今後流行此書，功德無量矣。不知者竟目為淫書，不惟不知作者之旨，並亦冤卻流行者之心矣。特為白之。廿公書。

關於「廿公跋」與「弄珠客」序之關係，我在上述拙作中已經說過，「廿公跋」的矛頭是直接指向「弄珠客」序的，是投向「弄珠客」序的利劍，是討伐「弄珠客」序的檄文。對此，讀者自可參看。惟我在該文中，把「廿公跋」的第一句話當作該序的中心論點，後來仔細琢磨，覺得不夠準確，現在加以糾正。

「廿公跋」的中心論點應是：《金瓶梅》非淫書也。第一句話，是引起，也從兩個方面對中心論點加以闡述：第一，這是世廟時一巨公寓言，雖不免有點拉大旗作虎皮之嫌，

3　魏子雲〈《金瓶梅》的序跋〉，《金瓶梅探原》，臺北巨流圖書公司 1979 年。

4　陳昌恆《馮夢龍　金瓶梅　張竹坡》，武漢出版社 1994 年。

5　王利器〈《金瓶梅詞話》成書新證〉，杜維沫、劉輝編《金瓶梅研究集》，齊魯書社 1988 年。

6　魯歌、馬征《金瓶梅及其作者探秘》，華嶽文藝出版社 1989 年。

但卻是為《金瓶梅》張本；第二，「蓋有所刺也」，即有為而作。第二句話「然曲盡人間醜態，其亦先師不刪鄭衛之旨乎」，這是用孔子不刪「鄭衛」，來說明《金瓶梅》雖有「鄭衛」，但不是淫書；第三句話「中間處處埋伏因果，作者亦大慈悲矣」，是從作品與作者角度論證《金瓶梅》不是淫書；第四句話「今後流行此書，功德無量矣」，主要是從刻印出售角度說，《金瓶梅》既然不是淫書，流行者也功德無量；第五句話「不知者竟目為淫書，不惟不知作者之旨，並亦冤卻流行者之心矣」，這是反駁《金瓶梅》是淫書的觀點；第六句話「特為白之」，是為作者與流行者辯白。

「廿公跋」的《金瓶梅》非淫書說是針對「弄珠客」《金瓶梅》是「穢書」的中心論點而立論的。（關於「弄珠客」的觀點，詳見上述拙作〈論「萬曆本」《新刻金瓶梅詞話》刻於清順治年間〉，在此不再贅述。）

三、「廿公跋」最早見於內閣文庫本《新刻繡像批評金瓶梅》

「廿公跋」既見於《新刻金瓶梅詞話》，也見之於以日本內閣文庫藏本為代表的「崇禎本」《金瓶梅》，但《新刻金瓶梅詞話》的刻印時間不清楚，不能作為依據，所以要考察「廿公跋」的最早出處，只能從「崇禎本」系統中加以考察。

眾所周知，「崇禎本」系統的《金瓶梅》又可以大別為兩個子系統：一是每半頁 10 行，每行 22 字，無「廿公跋」，這一系統本以通州王孝慈藏本最為有代表性，但如今下落不明，只能以現北京大學圖書館藏本為代表；二是每半頁 11 行，每行 28 字，有「廿公跋」，這一系統以日本內閣文庫藏本為代表。可見，「廿公跋」只見於第二種「崇禎本」系統的《金瓶梅》中。

這種系統的《金瓶梅》明清時期的藏本，有三種：一是首都圖書館藏本（原為孔德學校圖書館所藏），一是日本內閣文庫藏本，一是日本東洋文化研究所藏本。日本的這兩個藏本為同版，而且東洋文化研究社藏本「廿公跋」已佚，所以以內閣文庫藏本為代表就可以了。那麼，只要考察一下內閣文庫本與中國首都圖書館藏本誰早誰晚就可以了。對此，臺灣的魏子雲先生和復旦大學的黃霖先生已經做過比較：

> 最近魏子雲先生將首圖本第一頁書影與內閣本相勘後，認為內閣本「印刷清晰」，首圖本「極其漫漶」，「光憑這一點，亦足以判定（首圖本）後印」。這是正確的。但魏先生在這裏尚稍有疏忽，認為兩書是「同一版式的刻本」，首圖本只是「後印」而已。實際上，首圖本根本是一種將內閣本簡陋化後的後刻本。……近有友

人在首都圖書館翻閱此書後來告說，據其版刻，似為道光以後所出，我頗信之。[7]

既然如此，那麼「廿公跋」最早見之於內閣文庫本《金瓶梅》。

四、「廿公跋」寫於崇禎末年（約崇禎十四至十六年）

日本學者荒木猛先生對內閣文庫本《新刻繡像批評金瓶梅》進行了認真考察，得出了令人信服的結論。[8]

原來，這一刻本裝訂為 20 冊，其封面是用該書肆刻印的別的書的廢書頁折疊起來的，根據這些廢書頁，可以斷定該書肆為杭州魯重民的書肆。

內閣文庫本《新刻繡像批評金瓶梅》即為魯重民所刻印。而那些用作封面的廢書頁，其中一種是該書肆刻印的的《十三經類語》一書的，而《十三經類語》一書序言的署名落款時間是崇禎十三年（1640）。《新刻繡像批評金瓶梅》當然刻於其後。假定《十三經類語》刻於崇禎十三年，那麼《新刻繡像批評金瓶梅》當刻於崇禎十四至十六年。因為崇禎十七年，也就是順治元年，而「廿公跋」云「《金瓶梅傳》，為世廟時一巨公寓言」，顯然是明人的口氣，因此《新刻繡像批評金瓶梅》（內閣文庫本）當刻於崇禎十四至十六年（1641-1643），「廿公跋」亦寫於此時。

五、「廿公跋」出於魯重民或其友人之手

內閣文庫本《金瓶梅》與第一種崇禎本系統的《金瓶梅》相較，主要有三方面的不同：一是改變了版式，即將原來的每半頁 10 行，每行 22 字變為每半頁 11 行，每行 28 字，這就使每頁的容量增加了將近三分之一，全書的頁碼減少了將近三分之一，這樣可以節約紙張，降低成本；二是個別評語有所改動；三是增加了「廿公跋」。

我在上述拙作〈論「萬曆本」《新刻金瓶梅詞話》刻於清順治年間〉中，對於這篇「廿公跋」從人們對《金瓶梅》認識評價的歷史的角度，給予了較高的評價，但如果就刻印者增加此跋語的目的而言，則恐怕主要是在為自己刻印《金瓶梅》辯白、張本，很有點廣告的意味。

---

7 黃霖〈關於《金瓶梅》崇禎本的若干問題〉，中國金瓶梅學會編《金瓶梅學刊》（試刊號），1989 年。

8 荒木猛〈關於《新刻繡像批評金瓶梅》（內閣文庫藏本）的出版書肆〉，黃霖、王安國編譯《日本研究金瓶梅論文集》，齊魯書社 1989 年。

現在我們就來探討這篇「廿公跋」的作者。

這種內閣文庫本《金瓶梅》是杭州書商魯重民所刻，增加的這篇「廿公跋」就出於魯重民之手的可能性極大。

關於這位魯重民，我手頭沒有關於他的生平行事的資料，只知道他是一位明末的杭州書商，他至少刻印過《十三經類語》《輿圖摘要》《官制備考》等書。[9]又，《四庫全書總目提要》在《十三經類語》條，提到過這位魯重民。為了對其人有所瞭解，我現在就把這段文字引錄如下：

> 舊本題羅萬藻編。萬藻字文止，江西人，天啟丁卯舉人。福王時官上杭知縣。唐王僭號於福建，擢為禮部主事。未幾卒。古文至今時文家稱曰「羅儀部」。《明史·文苑傳》附見艾南英傳中。是書因坊本《五經類語》，更取《十三經》廣之，分為一百三十四類。杭州魯民重又為之注。按萬藻雖僅以時文名家，而所學具有原本。其時文幽渺謀深，純以意運，亦決不用此餖飣之功。況其時張溥與張采立復社，艾南英與章世純、陳際泰及羅萬藻立豫章社。會南英選刻時文，塗乙過當，眾所詬，乃取己及三人之文亦分合作摘謬二例，塗乙其半，刊以示眾。溥等因以離間其交，世純、際泰皆為所動，而萬藻恬於名譽，獨不從溥。今此書之首乃有溥序，與當日情事大為乖剌。殆民重托稱萬藻，籍豫章社之名以行，又偽撰溥序，籍復社之名以取重。總之，坊賈之伎倆而已。[10]

按：這段文字中的「魯民重」為「魯重民」之誤刻。

從上述這段文字的敘述，我們已經不難看出魯重民的作派。他刻印《金瓶梅》，為了牟利起見，也為了為自己辯白，於是在《金瓶梅》卷首加上了「廿公跋」。

魯重民為《十三經類語》作過注，也為李日華所撰而由他刻印的《輿圖摘要》作過補訂（四六全書之一）[11]，可見他具有一定的文字功底，完全有能力撰寫「廿公跋」。再從「廿公跋」的書賈口氣來看，我以為「廿公跋」就出於魯重民之手。當然，也不應完全排除魯重民請其友人或者在其書坊刻印書籍的文人代寫「廿公跋」的可能性。

荒木猛先生說：「從李日華的著作於此出版來加以考察，那麼也可判明他（按：指魯重民）李日華（1565-1635）有著某種關係。而且，此人恐怕正是內閣本《金瓶梅》的刊行

9 同註8。

10 《四庫全書總目提要》，中華書局1965年。

11 同註8。

者，而其刊行的年代當在明代氣運將盡的崇禎十三年之後不遠。」[12]

我以為內閣文庫本《金瓶梅》的刊行者不會是李日華，而是魯重民，因為李日華死於崇禎九年，而且李日華認為《金瓶梅》是淫書，不會去刊行它。這有李日華的日記可證：

> 萬曆四十三年十一月五日，沈伯遠攜其伯景倩所藏《金瓶梅》小說來，大抵市諢之極穢者耳，而鋒焰遠遜《水滸傳》。袁中郎極口贊之，亦好奇之過。[13]

按：景倩為沈德符的字。

李日華對《金瓶梅》的評價與「廿公跋」大相徑庭，倒很像「弄珠客」序對《金瓶梅》的評價。因此，我以為李日華刊行《金瓶梅》的可能性很小。

六、尚待解決的問題

(一)關於魯重民的生平行事，所知甚少，估計杭州可能會有這方面的材料，待日後調查。

(二)將內閣文庫本《金瓶梅》的評語與北京大學圖書館藏本《新刻繡像批評金瓶梅》的評語加以比勘。但因為我手頭無內閣文庫本《新刻繡像批評金瓶梅》的影印件，所以暫時難以進行，待日後進行。

---

12 同註 8。

13 《味水軒日記》（節錄），轉引之朱一玄編《金瓶梅資料彙編》，南開大學出版社 1985 年。

中國文學史上的
大騙局、大鬧劇、大悲劇
——《金瓶梅》版本作者新論

一、引言

毫無疑問，無論在中國文學史上還是在世界文學史上，《金瓶梅》都稱得上是具有界碑意義的偉大作品。關於這部偉大作品的作者，現在中外出版的各種《金瓶梅》版本（包括譯本）幾乎毫無例外的都印上了蘭陵笑笑生著，蘭陵笑笑生似乎已經獲得了《金瓶梅》當然的著作權。但是，說蘭陵笑笑生是《金瓶梅》的作者，這不過是三百多年前一位書商搞的一個大騙局，蘭陵笑笑生不是《金瓶梅》的作者，他不過是《新刻金瓶梅詞話》的編校者。現存所謂的「萬曆本」《新刻金瓶梅詞話》，也不是什麼「萬曆本」，它其實刻於清初。

三百多年前這位書商在其所刻印的《新刻金瓶梅詞話》的卷端加上了一篇〈欣欣子序〉，序中說蘭陵笑笑生是《金瓶梅》的作者，這不過是為了贏利的目的，自我標榜，這也是明末清初書商們慣用的伎倆，本不足為怪，他製造這個大騙局的目的最多也不過是「欺世」，即騙騙當時的讀者，他其實並不想欺騙後世的人，也萬萬沒有想到會欺騙後世的人。但是這個騙局卻大大地欺騙了三百年後的《金瓶梅》研究者，他們對蘭陵笑笑生是《金瓶梅》的作者這一騙局信以為真，化大氣力來考證這位蘭陵笑笑生，專著繼出，論文更是連篇累牘。人們為「蘭陵」究屬何地爭論不休，為蘭陵笑笑生究為何人爭得臉紅脖子粗，幾乎揮動老拳，熙熙攘攘，整整熱鬧了二十年，演出了一場大鬧劇。而這大鬧劇的演出是有著深刻的社會文化背景的，是二十世紀中國學術界拋棄傳統的「漢學」精神、鄙視基礎研究的直接結果。演出了歷時二十年的大鬧劇，這已經夠不幸了，而在演出中又出現了那麼多令人苦笑不得的「硬傷」，這實在可以稱得上是中國學術史上的一場大悲劇。

我們現在就來揭穿這個中國文學史上的大騙局，結束這場大鬧劇，並逐漸停演這場學術史上的大悲劇。

二、《金瓶梅》版本新論

我們現在要揭穿《金瓶梅》的大騙局，就要討論《金瓶梅》的版本，而這不能不從頭說起，即從《金瓶梅》手抄本說起。

(一)手抄本《金瓶梅》

關於手抄本《金瓶梅》，我在拙作〈《金瓶梅》抄本考〉[1]與〈《金瓶梅》卷帙與版本之謎〉[2]中，曾經闡述過我的看法，現把主要觀點引錄如下：

在上述拙作中我的結論是《金瓶梅》早期抄本擁有者計十二人，他們是：王世貞、徐文貞、劉承禧、袁中道、沈德符、王肯堂、董其昌、袁宏道、謝肇淛、丘志充、王百穀、文在茲。

雖然不止一個人記述過王世貞手中擁有《金瓶梅》全抄本，但其實記述人均未見過，因此可以不論。餘下的十一人手中的抄本，就其傳抄關係而言，大體上可以分為三個系統，現在分別加以敘述。

第一種子系統為：徐文貞、劉承禧、沈德符、董其昌、袁宏道、謝肇淛、丘志充。

在這個子系統中，擁有所謂「全抄本」的四個人手中的抄本關係是：

徐文貞──→劉承禧──→袁中道──→沈德符

擁有不全抄本的四個人手中的抄本，謝肇淛的抄本來自丘志充和袁宏道，而袁宏道又抄自董其昌。

這個抄本子系統的「全抄本」也好，不全抄本也罷，正是謝肇淛所說的「為卷二十」的系統。

第二種子系統為：王肯堂、王百穀。

記述這種子系統抄本的是屠本畯，他沒有說明這種子系統抄本的卷數，但卻說：「書帙與《水滸傳》相埒。」

第三種子系統為文在茲。

記述這種子系統抄本的是薛岡，他亦未曾說明其卷帙情況。

1　《文學遺產》，1998 年第 3 期。

2　中國金瓶梅學會主編《金瓶梅研究》第六輯，知識出版社 1999 年。

下面我們來探究一下這三種子系統抄本之間的關係。

薛岡記述的文在茲的抄本，即第三種子系統的抄本，正同於初刊本《金瓶梅》，而初刊本《金瓶梅》是以第一種子系統的抄本為底本刊印的（詳見拙作〈金瓶梅抄本考〉）。所以這第三種子系統的抄本實在正與第一種子系統抄本相同，亦應為二十卷本。

第二種子系統抄本由王肯堂與王百穀抄本組成。王百穀的抄本與丘志充的抄本均為《金瓶梅》後半部抄本，其間之關係難以明瞭。但王肯堂抄本則與董其昌、文在茲手中的抄本關係密切：

第一，三種抄本均為《金瓶梅》前半部之抄本。

第二，王肯堂的抄本與董其昌的抄本，卷帙相當。

第三，王肯堂與董其昌為同年進士，時為萬曆十七年（1589），董其昌為二甲第一名，王肯堂為三甲第一百八十四名，又一同被選為庶吉士（王肯堂為庶吉士第一），進了翰林院。而且王肯堂與董其昌情深意篤，交往密切。

文在茲為萬曆二十九年（1601）進士，也被選為庶吉士，進了翰林院。薛岡正是於文在茲供職翰林院時見到其手中的《金瓶梅》抄本的。

我們現在雖然還沒有這三人抄本之關係的確鑿記載，但由上述三點，我們似不難推斷王肯堂之抄本與董其昌、文在茲手中抄本同為一個系統的抄本，即亦為二十卷本。

因此，我以為，《金瓶梅》早期抄本說到底，實為同一系統抄本，即均為二十卷本。

(二)初刊本《金瓶梅》

關於現在存世的《新刻金瓶梅詞話》（臺灣故宮博物院一種，日本日光輪王寺慈眼堂一種、德山毛利氏棲息堂一種、京都大學附屬圖書館殘本）是否為《金瓶梅》初刊本問題。

眾所周知，目前海內外學術界聚訟紛紜，莫衷一是，但歸結起來不外兩種意見：一種意見認為《新刻金瓶梅詞話》就是《金瓶梅》初刊本；一種意見認為它只是初刊本的翻刻本，即為《金瓶梅》第二代詞話本。

我在拙作〈金瓶梅抄本本考〉〈從《續金瓶梅》看《金瓶梅》的版本與作者〉[3]等文章中，已經闡述過我的看法，即現在存世的上述《新刻金瓶梅詞話》為初刊本《金瓶梅》之翻刻本，為第二代詞話本。

不但可以確認在現存《新刻金瓶梅詞話》之前，的確有一種詞話本《金瓶梅》刻印過，而且可以對其大致情形加以勾勒：

第一，這個初刊本《金瓶梅》是詞話本。這不僅有「崇禎本」系統《金瓶梅》卷題

3 《吉林大學學報》，1989年第2期。

七、九可以作證，有「崇禎本」系統的《金瓶梅》中絕大部分內容與詞話本相同（甚至錯誤之處亦相同）可以作證，還有丁耀亢〈續金瓶梅後集凡例〉可以作證：

> 小說類有詩詞，前集名為《詞話》，多用舊曲，今因題附以新詞，參入正論，較之他作，頗多佳句，不至有套腐鄙俚之病。

而我在上邊提到的拙作〈從《續金瓶梅》看《金瓶梅》的版本與作者〉一文中，已經論證過丁氏所謂的「前集」，並不是現存《新刻金瓶梅詞話》本。

第二，初刊本《金瓶梅》是以劉承禧系統抄本為底本刻印的（詳見拙作〈金瓶梅抄本考〉），它是二十卷本，而非十卷本。

第三，初刊本《金瓶梅》的名稱當為《金瓶梅詞話》，這有「崇禎本」系統的《金瓶梅》卷題七、九可證另有明代崇禎二年己巳（1629）西湖碧山臥樵纂輯的《幽怪詩譚》卷首的聽石居士所寫的〈小引〉可證：

> ……其餘或仙或禪，或茗或酒，或美人或劍客，以幽怪之致與諸家相掩映者，不可殫述，而總之以百回小說作七十家之語。不觀夫李溫陵賞《水滸》《西遊》，湯臨川賞《金瓶梅詞話》乎！[4]

第四，初刊本《金瓶梅》就是沈德符在《萬曆野獲編》中所說的「吳中懸之國門」的刻本。其刻印時間為萬曆四十五年（1617），這不僅有「弄珠客」的序言可證，有沈德符「未幾，而吳中懸之國門」可證，還有薛岡的話可證。

初刊本《金瓶梅》卷端只有「東吳弄珠客序」，而無欣欣子序、廿公跋，也沒有開頭的四首〈行香子〉引詞和四貪詩。（詳見拙作〈從《續金瓶梅》看《金瓶梅》的版本與作者〉）

(三)「崇禎本」《金瓶梅》

「崇禎本」有兩種子系統，第一種子系統即每半頁 10 行，每行 22 字，無廿公跋的系統，這種系統以通州王氏藏本為最善、最早，可惜今已不知下落，現存者當以北京大學圖書館所藏《新刻繡像批評金瓶梅》為代表；第二種子系統，即每半頁 11 行，每行 28 字，有廿公跋的系統，這種系統以日本內閣文庫藏本為代表。多年從事過「崇禎本」系統研究的黃霖先生與王汝梅先生都認為，「崇禎本」第一種子系統早於第二種子系統。他們的結論都是通過對「崇禎本」系統內部各種版本的校勘對比得出的。

---

4 吳曉鈴〈《金瓶梅詞話》最初刊本問題〉，吉林大學中國文化研究所編《金瓶梅藝術世界》，吉林大學出版社 1991 年。

關於這兩種子系統的「崇禎本」《金瓶梅》刻印的先後，我現在再作些補充論證：

北京大學藏本《新刻繡像批評金瓶梅》第四十六回是第十卷的開始，本應作「第十卷」，但卻刻作「新刻繡像批評金瓶梅卷之九」。天津圖書館藏本、上海圖書館藏本，日本天理圖書館藏本也是如此，唯內閣文庫本及首都圖書館藏本才印作「第十卷」。

北京大學藏本《新刻繡像批評金瓶梅》第七十六回應是第十六卷之起始，但卻印作「新刻繡像批評金瓶梅卷之十五」；上海圖書館藏乙本亦如此，而其館藏甲本則印作「新刻繡像批評金瓶梅之十」。內閣文庫本及首都圖書館藏本方印作「卷之十六」。

北京大學藏本《新刻繡像批評金瓶梅》第五十一回應為第十一卷之開始，按慣例應刻作「新刻繡像批評金瓶梅卷之十一」，但它卻漏掉了「之十一」這個卷數，似乎刻印者不知此處應為多少卷。內閣文庫本方補上了「之十一」這個卷數。內閣文庫本後出，所以改正了前者的錯誤。

關於以內閣文庫本為代表的「崇禎本」《金瓶梅》，我下面還要具體加以論證。

(四)現存所謂「萬曆本」《新刻金瓶梅詞話》

關於現存所謂「萬曆本」《新刻金瓶梅詞話》，我現在要加以論證的是：《新刻金瓶梅詞話》，不是刻於明萬曆年間，而是刻於清順治年間或康熙初年。

1.《新刻金瓶梅詞話》的刻印年代是要害

眾所周知，最早的《新刻金瓶梅詞話》現在存世的共有三種全本（個別缺頁不計）和一種殘本。這些藏本除一種全本現存中國臺灣故宮博物院之外，其餘幾種均在日本。目前中外學術界普遍認為上述幾種早期《新刻金瓶梅詞話》為同版，只是印刷時間不同。對於這幾種藏本的刻印年代，學者們曾作過版本鑒定：鄭振鐸先生以為臺灣故宮博物院藏本是「萬曆間的北方刻本，白綿紙印」；[5]日本學者長澤規矩也氏據字樣推定日本慈眼堂藏本為崇禎年間刻本。[6]大多數學者以為上述這幾種早期藏本是「萬曆本」，個別學者以為可能是天啟年間的刻本，而沒有一個人不認為它們是明代刻本的。但我卻認為《新刻金瓶梅詞話》當刻於清初的順治年間或康熙初年。對此，我們不能不作認真的考證。

《新刻金瓶梅詞話》刻印年代的上限是明萬曆四十五年（1617），因為該書卷端的東吳弄珠客序題署的時間就是這一年；其下限不會晚於清康熙四十七年（1708），因為日本

5 鄭振鐸〈論《金瓶梅詞話》〉，原載《文學》第 1 卷第 1 期，1933 年 7 月，轉引自《論金瓶梅》，文化藝術出版社 1984 年。

6 鳥居久晴〈《金瓶梅》版本考〉，轉引自黃霖、王國安編譯《日本研究金瓶梅論文集》，齊魯書社 1989 年。

德山毛利氏藏本就在這一年被著錄於書目之中了。這一時段跨度較大，要考證其具體年代，我以為應該從《新刻金瓶梅詞話》與「崇禎本」《金瓶梅》之間的關係入手。

2.《新刻金瓶梅詞話》與「崇禎本」《金瓶梅》之關係

關於《新刻金瓶梅詞話》與「崇禎本」《金瓶梅》之關係，以往的中外學者都以為後者是據前者改寫的。對此，五十年代，美國的韓南博士曾提出異議，[7]此後中國學者也有人提出過異議，但都拿不出可靠的依據或者語焉不詳。八十年代末，我曾經寫過一篇〈從《續金瓶梅》看《金瓶梅》的版本與作者〉，刊於《吉林大學學報》1989 年第 2 期，已經透露過我的看法，即《新刻金瓶梅詞話》的刻印時間比較晚，但具體晚到什麼時間沒有弄清楚。而正在此時，香港的梅節先生對此問題的研究卻有了令人矚目的成就。[8]

梅節先生通過對《新刻金瓶梅詞話》與「崇禎本」《金瓶梅》的反復校勘對比得出結論，認為《新刻金瓶梅詞話》晚於「崇禎本」《金瓶梅》。他最重要的論據是認為《新刻金瓶梅詞話》中有很多「重文」，這些「重文」來自「崇禎本」《金瓶梅》，是刻印時校入的。如：

> （王婆將金蓮賣給武二，得了一百兩身價錢，尋思要落他大半），他家大娘子身（只）交我發脫，又沒和我定價錢。我今胡亂與他一二十兩銀子滿纂的就是了。綁著鬼也落他多一半養家。（八十七回）

「滿纂的」為北方方言，意為「滿頂了」，「崇禎本」改寫者怕讀者不懂，改為「就是了」。《新刻金瓶梅詞話》卻都採用了，造成語意重複，是謂「重文」。

另一種「重文」是，按《新刻金瓶梅詞話》之通例是一事一贊，但其二十八回開頭寫西門慶與潘金蓮淫樂卻同時用了詞和詩，這首詞即來之「崇禎本」《金瓶梅》。又如：

> （應伯爵說賁四）「一向撰的錢也勾了，我昨日在酒席上拿言語錯了他錯兒，他慌了。不怕他今日不來求我，送了我這三兩銀子。我且買了幾匹布，勾孩子們冬衣了。」正是：恨小非君子，無毒不丈夫。畢竟不知後來何如，且聽下回分解。正是：
>
> 只恨閒愁成懊惱，如（始）處伶俐不如癡。（三十五回）

這段文字的結尾處，從第一個「正是」到「且聽下回分解」是《新刻金瓶梅詞話》結尾

7　韓南〈《金瓶梅》的版本及其他〉，原載臺灣《國立編譯館館刊》第 4 卷第 2 期，轉引自胡文彬編《金瓶梅的世界》，北方文藝出版社 1987 年。

8　梅節〈《金瓶梅》詞話本與說散本關係考校〉，吉林大學中國文化研究所編《金瓶梅藝術世界》，吉林大學出版社 1991 年。

的慣例；從第二個「正是」到末尾是「崇禎本」之慣例，但《新刻金瓶梅詞話》卻兩用之，即把「崇禎本」的這一段的結尾也抄上了，這是床上加床，且自亂體例。

應該說梅節先生的結論是正確的，但梅節先生最後卻說：「至於今本詞話所據校的，是現存《新刻繡像批評金瓶梅》還是它的原刻本或底本，則可以研究。」梅節先生所據校的是日本內閣文庫藏本，但卻留下了這樣的疑問，可見梅節先生忽視了「廿公跋」這個關鍵，因此不容易使人信服。[9]

3.「廿公跋」是關鍵

《新刻金瓶梅詞話》卷端有三篇序言（跋），即欣欣子序、廿公跋、東吳弄珠客序，我以為要探討《新刻金瓶梅詞話》與「崇禎本」《金瓶梅》之間的關係，可以從這三篇序言的關係入手，即通過判明這三篇序言寫作時間的早晚來加以判斷，而這中間，「廿公跋」則是關鍵。

我們首先來看看這三篇序言的內在關係。

「廿公跋」的矛頭是直接指向「東吳弄珠客」序的。

「東吳弄珠客」序題寫於萬曆四十五年（1617），「廿公跋」題寫於崇禎十四年到十六年之間（詳下）。三百五十多年過去了，卻很少有人認真去思考一下這兩個序言之間的關係。經過認真分析，我認為「廿公跋」的矛頭是直接指向「東吳弄珠客」序的，是對「東吳弄珠客」序的批判。

為了弄清這個問題，我們不能不先來看看這兩篇序言所表述的主要內容。

先看看「弄珠客」序的主要內容：

起：「《金瓶梅》，穢書也。」這是該序的中心論點。

承：「袁石公亟稱之，亦自寄其牢騷耳，非有取於《金瓶梅》也。」直承「穢書」而來，不能因為袁中郎極口稱讚，就改變其「穢書」之性質。

轉：「然作者亦自有意，蓋為世戒，非為世勸也。」指出作者雖作此「穢書」，但目的是為了戒世。

合：「若有人識得此意，方許他讀《金瓶梅》也。不然，石公幾為導淫宣欲之尤矣。奉勸世人，勿為西門之後車可也。」如果不「識得此意」呢？那麼，《金瓶梅》作者和袁中郎就無疑都成了「導淫宣欲之尤矣」。

我們不難看出，「弄珠客」序雖然提示人們，《金瓶梅》作者寫此書的目的是戒世的，但不可否認，《金瓶梅》是「穢書」。

如果我們把「弄珠客」序與沈德符在《萬曆野獲編》中關於《金瓶梅》的那段話對

9　同註8。

照起來看，會看得更為清楚。沈德符說：「吳友馮夢龍見之驚喜，慫恿書坊以重價購刻。馬仲良時榷吳關，亦勸應梓人之求，可以療饑。予曰：『此等書必有人板行，但一刻則家傳戶到，壞人心術，他日閻羅究詰始禍，何辭置對？吾豈以刀錐博泥犁哉！』仲良大以為然，遂固匣之。未幾時，而吳中懸之國門矣。」

沈德符說《金瓶梅》是「穢書」，一旦板行，則壞人心術，罪不可赦。「弄珠客」序超出沈德符的地方是以為《金瓶梅》作者寫作此書的目的在於戒世，但不否認《金瓶梅》是「穢書」。

我們再來看看「廿公跋」的觀點：

起：「《金瓶梅傳》，為世廟時一巨公寓言，蓋有所刺也。」這是中心論點。

承：「然曲盡人間醜態，其亦先師不刪鄭衛之旨乎！」這是說《金瓶梅》中雖然有淫穢之處，但正如《詩經》中的「鄭衛」之風，連孔夫子都不刪。

轉：「中間處處埋伏因果，作者亦大慈悲矣。今後流行此書，功德無量矣。」這是說《金瓶梅》作者、刻印者都功德無量。

合：「不知者竟目為淫書，不惟不知作者之旨，並亦冤卻流行者之心矣。特為白之。」這是說把《金瓶梅》看作「淫書」（「穢書」），這是無知，這是既不瞭解作者心意，也冤屈了刻印者。

把「廿公跋」與「弄珠客」序進行對比，我們不難看出，「廿公跋」的每一句話，都是針對「弄珠客」序言的：「不知者竟目為淫書」是針對「《金瓶梅》，穢書也」；「今後流行此書，功德無量」是針對「不然，石公幾為導淫宣欲之尤」；「蓋有所刺也」是針對「蓋為世戒，非為世勸也」；「然曲盡人間醜態，其亦先師不刪鄭衛之旨乎」是針對「蓋金蓮以姦死，瓶兒以孽死，春梅以淫死」；「中間處處埋伏因果，作者亦大慈悲矣」是針對「借西門慶以描畫世之大淨，應伯爵以描畫世之小丑，諸淫婦以描畫世之醜婆淨婆」。

應該承認「弄珠客」序不僅已經認為《金瓶梅》作者是有意戒世的，而且已經看到了書中所描畫的以西門慶、應伯爵以及諸醜婦為代表的社會丑類，「令人讀之汗下」。但其著眼點或側重點則仍在書中的淫穢描寫，所以始終不能跳出《金瓶梅》是「穢書」的圈子；因此耽心此書流行可能會有「導淫宣欲」之結果。但「廿公」比他站得更高，強調《金瓶梅》不是穢書；強調《金瓶梅》是「有所刺」；認為《金瓶梅》之流行將功德無量。他所最為不滿意於「弄珠客」的就是「弄珠客」給《金瓶梅》所下的「穢書」的斷語，其立論之出發點或基礎也正在於此。

4.「欣欣子」序與「廿公跋」和「弄珠客」序之關係

「廿公跋」是「弄珠客」序與「欣欣子」序之間的橋樑。

分析一下「欣欣子」序的內容，我們不難看出：該序開始是緊承「廿公跋」而來，其「寄意於時俗，蓋有謂也」直承「廿公跋」之「蓋有所刺也」；其「〈關雎〉之作，樂而不淫，哀而不傷」的議論則直承「廿公跋」之「其亦先師不刪鄭衛之旨乎」。也就是說「欣欣子」序充分肯定了「廿公跋」的《金瓶梅》不是淫書的觀點。但「欣欣子」序並沒有停留在「廿公跋」的基點上，他又大大地加以發揮與昇華，他把「欲」與「情」與「人生」連在了一起；不僅如此，他還把個人命運和家國之治，同「時運代謝」連在了一起；他還並不就停留在人生與政治的層面，而上升到哲學的高度：「故天有春夏秋冬，人有悲歡離合，莫怪其然也。合天時者，遠則子孫悠久，近則安享終身；逆天時者，身名罹喪，禍不旋踵。人之處世，雖不出乎世運代謝，然不經凶禍，不蒙恥辱者，亦幸矣。」這就不僅直承和呼應「廿公跋」，而且從更高的層次批評了「弄珠客」之序。

就風格而言，「弄珠客」序雖亦莊亦諧，但不免時露輕佻與油滑；「廿公跋」則充滿激情與義憤，其「特為白之」則近於吶喊；「欣欣子」序則放縱恣肆，而不失曠達。

而如果從上述沈德符的那段關於《金瓶梅》的議論開始，到「弄珠客」序，到「廿公跋」，再到「欣欣子」序，這中間認識進步的層次性與前後因果承襲的連續性昭然若揭。

但以往的研究者，卻以為「弄珠客」序、「廿公跋」與「欣欣子」序是同一時間的東西，把《新刻金瓶梅詞話》當作《金瓶梅》的初刻本，認為這三個序跋同時出現在這個初刻本上，因此便不能回答這樣的詰問：「崇禎本」的改寫者既然見到了「欣欣子」序，為什麼卻不予收錄？魏子雲先生說「非不見也，隱不言也」。王汝梅先生已經看到了「欣欣子」序與「弄珠客」序的觀點不同，這是其灼見，但因為不清楚二者之間的前因後果，卻把因果弄顛倒了。[10]

上面我從《金瓶梅》三序跋內容入手論述了它們之間的內在關係，現在我再從《金瓶梅》書名的角度來看看〈欣欣子序〉和〈廿公跋〉之間的內在關係。

明清兩代人談到《金瓶梅》時，除個別人稱其為《金瓶梅詞話》外，絕大多數人都將書名寫作《金瓶梅》，惟有〈欣欣子序〉和〈廿公跋〉將書名寫作《金瓶梅傳》。這一序一跋關於《金瓶梅》書名的特別稱謂的一致性，正是二者有著內在的前後承襲關係的內證，也是鐵證。

既然〈欣欣子序〉和〈廿公跋〉之間存在著前後承襲的關係，那麼這二者到底誰先誰後？誰是始作俑者？

---

10 魏子雲〈金瓶梅這五回〉，《金瓶梅研究》第一輯，江蘇古籍出版社 1990 年；王汝梅《金瓶梅探索》，吉林大學出版社 1990 年。

我以為〈廿公跋〉先出，〈欣欣子序〉後出並承襲了〈廿公跋〉的一些說法，這同樣也是鐵一般的事實。對於〈欣欣子序〉在內容上對〈廿公跋〉的承襲，我在上面已經闡述過了。為了令人信服，我現在再提出一個證據。〈欣欣子序〉和〈廿公跋〉一開頭都談到了《金瓶梅》的作者，〈欣欣子序〉明言《金瓶梅》的作者是「蘭陵笑笑生」，但〈廿公跋〉卻說是「世廟時一巨公」，並不知其姓名或別號。如果〈欣欣子序〉先出，〈廿公跋〉是承襲了〈欣欣子序〉，那麼〈廿公跋〉絕不應避開〈欣欣子序〉明確提出的《金瓶梅》的作者「蘭陵笑笑生」不談，而另提出並不確定的「世廟時一巨公」這樣的作者。況且〈欣欣子序〉中的「蘭陵笑笑生」不會是甚麼「巨公」。〈欣欣子序〉和〈廿公跋〉關於《金瓶梅》作者的提法，明確地昭示了它們之間的先後關係。因此，〈廿公跋〉作於前，〈欣欣子序〉寫於其後，這同樣也是不爭的鐵一般的事實。

弄清楚了「弄珠客」序、「廿公跋」「欣欣子」序三者之間的前因後果，則《新刻金瓶梅詞話》晚於「崇禎本」《金瓶梅》就比較好理解了。

5.「廿公跋」寫於崇禎十四至十六年，作者是杭州書商魯重民或其友人

對於這個問題的論證，詳見拙作〈論《金瓶梅》「廿公跋」的作者當為魯重民或其友人〉，刊於《煙台師範學學報》1999 年第 4 期。大意為「崇禎本」《金瓶梅》又可以大別為兩種子系統：一為每半頁 10 行，每行 22 字，無〈廿公跋〉；一為每半頁 11 行，每行 28 字，有〈廿公跋〉，後者以日本內閣文庫藏本為代表，後者晚於前者。日本內閣文庫藏本《新刻繡像批評金瓶梅》在裝訂時裝訂為 20 冊，其封面是用該書肆刻印的別的書的廢書頁折疊起來的。日本學者荒木猛先生已經查明這些廢書頁是該書肆刻印的《十三經類語》等書中的，並論證了日本內閣文庫藏本《新刻繡像批評金瓶梅》即為杭州書商魯重民所刻。《十三經類語》的序言的寫作時間為崇禎十三年。日本內閣文庫藏本《新刻繡像批評金瓶梅》當刻於崇禎十四至十六年。我以為〈廿公跋〉亦作於此時，作者為魯重民或其友人。

6.《新刻金瓶梅詞話》當刻印於清初

(1)〈欣欣子序〉寫於崇禎十四至十六年之後

內閣文庫藏本《新刻繡像批評金瓶梅》刻於《十三經類語》之後，那麼其刻印時間已經到了崇禎末年（從崇禎十三年到十七年崇禎帝自縊於煤山，只有三年多一點的時間，而崇禎十七年也就是順治元年）。《新刻金瓶梅詞話》收入了「廿公跋」，證明它又晚於日本內閣文庫本《新刻繡像批評金瓶梅》，則其刻印時間最早只能是順治年間。〈欣欣子序〉正是《新刻金瓶梅詞話》刻印時加上去的。

(2)《新刻金瓶梅詞話》刻印時無任何避諱

如上所述，《新刻金瓶梅詞話》的刻印時間的上限不會早於明萬曆四十五年（1617），

其下限不會晚於清康熙四十七年（1708）。從明萬曆到清康熙這一時期中，刻書很重避諱的是天啟、崇禎、康熙，不十分講究避諱的是萬曆與順治（康熙初年也不特嚴）。《新刻金瓶梅詞話》無任何避諱，證明它只可能刻於萬曆或順治（或康熙初年）。

(3)「欣欣子」已經透露了自己寫作序言的時間

「欣欣子」序言中說：

> 吾嘗觀前代騷人，如盧景輝之《剪燈新話》，元微之之《鶯鶯傳》，趙君弼之《效顰集》，羅貫中之《水滸傳》，丘瓊山之《鍾情麗集》，盧梅湖之《懷春雅集》，周靜軒之《秉燭清談》，其後《如意傳》《于湖記》，其間語句文確，讀者往往不能暢懷，不至終篇而掩棄之矣。

眼光敏銳的鄭振鐸先生已經發現了「欣欣子」序言中這段文字的矛盾，所以他對這段文字加了如下的按語：

> 按《效顰集》《懷春集》《秉燭清談》等書，皆著錄於《百川書志》，都只是成、弘之間作。丘瓊山卒於弘治八年。插入周靜軒詩的《三國志演義》，萬曆間方才流行，嘉靖本裏尚未收入。稱成、弘間的人物為「前代騷人」而和元微之同類並舉，嘉靖間人，當不會是如此的。蓋嘉靖離弘治不過二十多年，離成化不過五十多年，欣欣子何得以「前代騷人」稱丘浚、周禮（靜軒）輩！如果把欣欣子、笑笑生的時代，放在萬曆間（假定《金瓶梅》是作於萬曆三十年左右的罷），則丘浚輩離開他們已有一百多年，確是很遼遠的夠得上稱為「前代騷人」的了。又序中所引《如意傳》，當即《如意君傳》；《于湖記》當即《張于湖誤宿女貞觀記》，蓋都是在萬曆間而始盛傳於世的。[11]

但由於鄭振鐸先生寓於《新刻金瓶梅詞話》當刻於萬曆中期的成見，所以他雖然發現了「欣欣子」序言中這段話的矛盾，卻並沒有真正予以解決，而自己又陷入了自相矛盾之中：萬曆年間的人把萬曆年間的人稱為「前代騷人」。

我以為：第一，從上下文的語氣來看，「欣欣子」的這段話裏的「前代騷人」是包括《如意君傳》和《于湖記》的作者在內的。第二，這些「前代騷人」中，《鶯鶯傳》的作者元微之是唐朝人，《水滸傳》的作者羅貫中是宋元人（那時人們認為羅貫中是宋元人，至少是元人），其餘的作者則是明代人。第三，如果我們把「前代騷人」中的「代」字解為「朝」字，而把「欣欣子」寫序的時間放在清代，那麼這些「前代騷人」中有唐人，

---

11 同註 5，頁 65-66。

有宋元人，有明代人，這就豁然貫通了。

又，〈欣欣子序〉說：

> 故天有春夏秋冬，人有悲歡離合，莫怪其然也。合天時者，遠則子孫悠久，近則安享終身；逆天時者，身名罹喪，禍不旋踵。人之處世，雖不出乎世運代謝，然不經凶禍，不蒙恥辱者，亦幸矣。

這裏的所謂「世運代謝」「凶禍」「蒙恥辱」正是指清人之入關殺戮，明清易幟、改朝換代。

綜上所述，我以為《新刻金瓶梅詞話》當刻於清順治年間或康熙初年。

三、「蘭陵笑笑生」不是《金瓶梅》的作者

(一)恢復「蘭陵笑笑生」的歷史真面目

正如本文開頭所說，近幾十年來，中外學術界的若干《金瓶梅》研究專家，曾花大氣力、費大筆墨來考證的這位「蘭陵笑笑生」其實不過是三百多年前書商搞的一個大騙局。說穿了，「蘭陵笑笑生」不過是個「冒牌貨」，他不是《金瓶梅》的真正作者，而只是《新刻金瓶梅詞話》一書的編校者。

我們應該恢復「蘭陵笑笑生」的歷史真面目，並在此基礎上，對於他的思想、做派以及貢獻，給予科學的歷史的評價。

(二)「蘭陵笑笑生」的來歷

現存明清文獻中，已知的述及到「笑笑生」「笑笑先生」的共有四處：除了《新刻金瓶梅詞話》「欣欣子」序、《山中一夕話》「三台山人」序、《遍地金》「哈哈道士」序之外，還有一處，就是《花營錦陣》中。《花營錦陣》刊於 1610 年，是春宮畫冊，共有春宮畫 24 幅，都配有曲詞。其中第 22 幅畫圖所配的是一首《魚游春水》詞，署名「笑笑生」。24 首詞署了 24 個作者的名字：桃園主人、風月平章、秦樓客、南國學士、探春客、萬花谷主、風流司馬、忘機子、掌書仙、煙波釣叟、擷芳主人、醉月主人、五湖仙客、留香客、玉樓人、惜花人、方外司馬、俠仙、醉仙、適適生、有情癡、笑笑生、花仙、司花史（吏）。很顯然，這 24 個署名實際上是隨意編造的。這也可以證之於刊於 1606 年的另一種春宮畫冊《風流豔暢圖》，其中也有 24 幅春宮畫圖，也配有詩詞，署名也是如此。

下面就讓我們來看一看欣欣子序之外的另兩位「笑笑先生」的情況。

《山中一夕話》序：

> ……春光明媚，偶游勾曲，遇笑笑先生於茅山之陽。班荊道故，因出一編，蓋本李卓吾先生所輯《開卷一笑》，刪其陳腐，補其清新，凡宇宙間可喜可笑之事，《齊諧》遊戲之文，無不備載，顏曰《山中一夕話》。予見之不禁鵲喜。……世之論卓吾者，每謂《藏書》不藏，《焚書》不焚，徒災梨棗，詎意《藏書》《焚書》之外，復有如許妙輯。予固知勾曲茅山為洞天福地，此中多異人，人多異書。不謂邂逅得此。此書行世，行看傳誦海宇，膾炙塵寰，笑柄橫生，談鋒日熾，時遊樂國，黼黻太平，不為無補於世。……

末尾署名為：三台山人題於欲靜樓。

《遍地金》序：

> ……《遍地金》者，為笑笑先生之奇文而名也。……笑笑先生胸羅萬卷，筆無纖塵，縱橫古今，椎鑿乾坤，舉凡缺陷世界，不平之事，遺憾之情，發為奇文，登諸梨棗，傳誦宇內，莫不作金石聲。是先生之文，即大地之金也。《補天石》告成，繼以是編，此《遍地金》之所由名耶。行看是書行世，紙貴洛陽，窮谷遐陬，無人不讀先生之文，斯無地不睹先生之金。名曰《遍地金》，誰曰不宜？……

末尾署名為：哈哈道士題於三台山之欲靜樓。

雖然目前學術界不少人（包括我自己在內）以為這兩位「笑笑先生」與欣欣子序中的「蘭陵笑笑生」關係非常密切，但實在還拿不出足以令人信服的證據。質言之，「笑笑生」「笑笑先生」與「蘭陵笑笑生」還畢竟不是一回事。所以「蘭陵笑笑生」的真正來歷只是《新刻金瓶梅詞話》卷端的欣欣子序。

(三)蘭陵笑笑生不是《金瓶梅》的作者

如上所述，《新刻金瓶梅詞話》實刻於清初，那麼我們來看看此時「蘭陵笑笑生」有多大年歲。

欣欣子序說《金瓶梅》的作者是他的朋友「蘭陵笑笑生」，而且從這序言中我們不難看出，當他寫這篇序言時，這位「蘭陵笑笑生」似乎還健在。那麼，這時「蘭陵笑笑生」應該有多大年紀呢？

如上所述，明代的《金瓶梅》知情人或抄本擁有者雖然關於《金瓶梅》的作者的傳聞不一，但無一例外地都以為作者是嘉靖年間的人，大名士也好，陸炳仇人也好，紹興老儒也罷，他在嘉靖末年不會小於 30 歲。而從嘉靖末年（1566）到清順治元年（1644）共 78 年，那麼「蘭陵笑笑生」在順治元年時就該 108 歲了（而順治十八年，他該 126 歲了；到康熙初年就更大了）。欣欣子既是「蘭陵笑笑生」的朋友，年歲亦不會相差太多，到順治元年，他至少也在 100 歲以上了。

退一步說，即使沈德符等人所說的《金瓶梅》的作者是嘉靖年間的說法不可信，《金瓶梅》的成書是在萬曆年間，那麼，袁中郎在萬曆二十三年已經見到了《金瓶梅》的抄本，而他又抄自董其昌，可見董其昌見到抄本的時間還要早。《金瓶梅》的出現年代大約在萬曆二十年左右。但從《金瓶梅》作者對嘉靖年間的史實以及社會風俗之熟悉而言，則作者在嘉靖末年當不小於 20 歲，那麼，到清順治元年，他也已經 98 歲了，到順治十年，已經 108 歲了。欣欣子也至少是百歲以上的老人。

但我們只要認真研讀一下欣欣子的這篇序言中的如下一段文字，我們就不難看出，這篇序言絕不是百歲以上或七八十歲的老人的口吻：

> 觀其高堂大廈，雲窗霧閣，何深沉也；金屏繡褥，何美麗也；鬢雲斜軃，春酥滿胸，何嬋娟也；雄鳳雌凰迭舞，何殷勤也；錦衣玉食，何侈費也；佳人才子，嘲風吟月，何綢繆也；雞舌含香，唾圓流玉，何溢度也；一雙玉腕綰復綰，兩隻金蓮顛倒顛，何孟浪也。

把已有的書籍稍加改編，或只是改頭換面，便稱作是該書的作者的做法正是明末清初的出版商經常玩弄的把戲。別的書且不說，單單是《金瓶梅》就不只一個人玩弄過。《新刻金瓶梅詞話》刻印後的二百多年的清同治年間，蔣劍人將《金瓶梅》改寫為「潔本」，即所謂「真本金瓶梅」時，就不僅在卷端加上了自己的一篇序言，而且以乾隆年間的王曇的名義寫了一篇序言。後來，書商們為了牟利，又把「真本金瓶梅」變成了「古本金瓶梅」，刻印時書的卷首加上了一篇「觀海道人」的序言，自稱是《金瓶梅》的作者，序言的末尾居然題署為：「龍飛大明嘉靖三十七年，歲建戊午，孟夏中浣，觀海道人並序」。真是活見鬼！

但《新刻金瓶梅詞話》在刻印時玩弄的卻正是這種舊把戲。

(四)「蘭陵笑笑生」的思想與做派

我們說「蘭陵笑笑生」不是《金瓶梅》的真正作者，對於《金瓶梅》的著作權來說，他是「冒牌貨」；但他既然是《新刻金瓶梅詞話》的編校者，那麼他對於《金瓶梅》是做出過貢獻的，因此在中國文學史上便自有他應有的地位。現在我就來談談這個問題。

《新刻金瓶梅詞話》是初刊本《金瓶梅詞話》的翻刻本，但是「蘭陵笑笑生」在編校時也可能參照過手抄本《金瓶梅》，像香港的梅節先生所說的那樣據「崇禎本」《金瓶梅》校改過，雖然我們現在對於他在編校時到底加上了哪些內容還不十分清楚，但他所加上的有些內容則比較清楚，這主要是在《新刻金瓶梅詞話》的卷端加上了一篇「欣欣子」序，四首〈行香子〉引詞和四首「四貪」詞。對此，我在拙作〈從《續金瓶梅》看《金瓶梅》的版本與作者〉一文中曾經做過論證，這裏不再論證了。

關於「欣欣子」序，下邊再談，這裏就先談談「蘭陵笑笑生」所加的四首〈行香子〉引詞。為了便於比較，我把這四首〈行香子〉引詞抄錄如下：

> 閬苑瀛州，金谷陵樓。算不如茅舍清幽。野花繡地，莫也風流。也宜春，也宜夏，也宜秋。酒熟堪醻，客至須留。更無榮無辱無憂。退閑一步，著甚來由。但倦時眠，渴時飲，醉時謳。
>
> 短短横牆，矮矮疏窗。兒小小池塘。高低迭峰，綠水邊傍。也有些風，有些月，有些涼。日用家常，竹幾藤床。靠眼前水色山光。客來無酒，清話何妨。但細烹茶，熱烘盞，淺澆湯。
>
> 水竹之居，吾愛吾廬。石磷磷床砌階除。軒窗隨意，小巧規模。卻也清幽，也蕭灑，也寬舒。懶散無拘，此等何如？倚闌干臨水觀魚。風花雪月，贏得工夫。好炷心香，說些話，讀些書。
>
> 淨掃塵埃，惜耳蒼苔，任門前紅葉鋪階。也堪圖畫，還也奇哉。有數株松，數竿竹，數枝梅。花木栽培，取次教開。明朝事天自安排，知他富貴幾時來。且優遊，且隨分，且銜杯。

沒有比較就沒有鑒別，特點是在比較中顯現的。我們把《新刻金瓶梅詞話》卷端的這四首引詞同《水滸傳》這部大書的書前引詞加以比較，其間發展演進的脈絡及各自的特點就比較清楚了。

《水滸傳》的書前引詞是：

> 試看書林隱處，幾多俊逸儒流。虛名薄利不關愁。裁冰及翦雪，談笑看吳鉤。評議前王並後帝，分真偽占據中州，七雄擾擾亂春秋。興亡如脆柳，身世類虛舟。見成名無數，圖形無數，更有那逃名無數。煞時新月下長川，江湖變桑田古路。訝求魚緣木，擬窮猿擇木，恐傷弓遠之曲木。不如且覆掌中杯，再聽取新聲曲度。

《水滸傳》的引詞對於小說作家、編輯者及出版商本身的自我價值進行了充分的肯定，並自稱為「俊逸儒流」。

這一時期的這種小說作家、編輯者及出版商對於自我價值的肯定，在出版、編輯過

《三國演義》《水滸傳》的通俗小說作家兼出版商的余象斗身上，可以說是達到了極致。余象斗曾多次把自己的圖像刻印在他所刻印的圖書上，對於其中的一幅圖像，王重民先生在《美國國會圖書館藏中國善本書錄》中〈海篇正宗〉提要中作過這樣的描述：

> 圖繪仰止（按：余象斗字仰止）高坐三台館（按：三台館是余象斗的書坊之一）中，文婢捧硯，婉童烹茶，憑幾論文，榜云：「一輪紅日展依際，萬里青雲指顧間，固一世之雄也。」四百年來，余氏短書遍天下，家傳而戶誦，誠一草莽英雄。今觀此圖，仰止固以王者自居矣。

將《新刻金瓶梅詞話》的引詞與《水滸傳》的引詞，特別是同余象斗的以王者自居的態度相比，那麼，「蘭陵笑笑生」借這四首〈行香子〉引詞所表現出來的思想，則未免過於消極。但這只是表面現象。《水滸傳》引詞和余象斗都是大明朝嘉靖、萬曆年間的事情了，而「蘭陵笑笑生」所處的時代或其編校《新刻金瓶梅詞話》的時代則是經歷了血與火的洗禮之後滿族人統治的時代。在正統的儒家知識分子的心目中，明清的易幟，不是一般的改朝換代，明人不僅是亡了國，而是亡了天下。在經歷了無數的反抗鬥爭失敗之後，此時此刻，擺在漢族知識分子面前的其實只剩下了兩條可供選擇的路：降清事清，隱居山林。這兩條路都有人在走。而在這時，在大多數漢人知識分子的心目中，仍然以為前一條路是卑下的，走後一條路的人才是值得讚揚的。「蘭陵笑笑生」借四首引詞所表現出來的思想，就是要走後一條路，因此，從儒家的正統的或傳統觀念來看，也是值得讚揚的，在消極中寄寓著抗爭。

中國是詩的國度，現成的詩詞汗牛充棟，「蘭陵笑笑生」為什麼偏偏要引用這四首〈行香子〉詞呢？因為這四首〈行香子〉詞中至少有三首在當時被認為是宋末元初由俗入僧的明本的作品[12]，而明本所處的時代與「蘭陵笑笑生」所處的時代太相似了，都是異族入主中原的時代。明乎此，則「蘭陵笑笑生」的用意也就十分清楚了。

不僅如此，「蘭陵笑笑生」不僅在消極中寄寓著抗爭，而且其在這樣的時刻編校板行《新刻金瓶梅詞話》還有著更為深刻的政治寓意。

《金瓶梅》最著名的評論家張竹坡在其〈竹坡閒話〉中敘述自己所以要批評《金瓶梅》時說過這樣一段話：

> 邇來為窮愁所迫，炎涼所激，於難消遣時，恨不自撰一部世情書以排遣悶懷，幾

12 《詞林紀事》引陳繼儒《筆記》，詳見徐朔方〈關於《金瓶梅》卷首「詞曰」四首〉，徐朔方《論金瓶梅的成書及其他》，齊魯書社 1988 年。

欲下筆，而前後拮据，甚費經營，乃擱筆曰：我且將他人炎涼之書，其所以前後經營者，細細算出，一者可以消我悶懷，二者算出古人之書，亦可算我今又經營一書，我雖未有所作，而我所以持往作書之法，不盡備於是乎。然則，我自做我之《金瓶梅》，我何暇與人批《金瓶梅》也哉！

張竹坡通過批評《金瓶梅》來「我自做我之《金瓶梅》」是在康熙三十四年，而早在他之前的順治年間或康熙初年，「蘭陵笑笑生」就已經在通過編校板行《新刻金瓶梅詞話》來「寄意於時俗」，「蓋有謂也」了。「蘭陵笑笑生」的所謂「寄意與時俗」「蓋有謂也」的首要內容正是政治寓意：奸臣誤國，導致了金人（清人）南侵、入關，江山易主，亡了天下。

這並非是在牽強附會，搞政治索隱，我們只要看看下述事實，則思過半矣：丁耀亢也是在順治年間與康熙初年因為寫作《續金瓶梅》，就在康熙四年（1665）被關進大獄，坐了一百二十天監獄，雖然沒把命搭上，卻也一目失明。而張竹坡後來批評《金瓶梅》，用的是「崇禎本」《金瓶梅》，但卻不得不把《金瓶梅》中那些太刺清人眼睛的字眼兒加以改換：「胡僧」改作「梵僧」，「虜患」改作「邊患」，「玁狁」改作「太原」，「匈奴」改作「陰山」，「金虜」改作「金國」，「大遼縱橫中國」改作「干戈浸於四境」等等。但《新刻金瓶梅詞話》對這些字眼兒卻一仍其舊，這不僅充分顯示了「蘭陵笑笑生」的用意，而且也是冒著坐牢殺頭的危險，是的確需要很大的勇氣的，而由此我們也不難看出「蘭陵笑笑生」的思想與做派。

(五)「蘭陵笑笑生」的最大貢獻

作為《新刻金瓶梅詞話》一書的編校者，「蘭陵笑笑生」的第一大貢獻就是使「詞話本」《金瓶梅》得以傳世。《金瓶梅》原作是「詞話」，這不僅有丁耀亢《續金瓶梅》「凡例四」中的「前集名為詞話」可證，還有明代崇禎二年（1629）西湖碧山臥樵纂輯的《幽怪詩譚》卷首的聽石居士所寫的〈小引〉中的「湯臨川賞《金瓶梅詞話》」可證。最早的《金瓶梅》刻本《金瓶梅詞話》基本上保存了《金瓶梅》原作的面貌，它是以劉承禧手抄本系統為底本刻印的。「崇禎本」《金瓶梅》就是據初刻本《金瓶梅詞話》改寫的，當然改寫者也可能參照過手抄本《金瓶梅》。

但是初刻本《金瓶梅詞話》已經不存，而《新刻金瓶梅詞話》是初刊本《金瓶梅詞話》的翻刻本，它基本上保存了《金瓶梅詞話》的面貌，因此使「詞話本」《金瓶梅》得以傳世。不然的話，我們現在恐怕已經難以見到《金瓶梅》的原貌了。

(六)「蘭陵笑笑生」在中國文學批評史上的地位

自明代中葉以來，通俗小說作家、書籍編輯人、出版商三位一體的人就不算少，余象斗、馮夢龍，乃至現存日本內閣文庫本《金瓶梅》的刻印者、也是《金瓶梅》「廿公跋」的作者的杭州書商魯重民，都是較有代表性的人物。學術界早就有不少人曾經指出過，欣欣子和蘭陵笑笑生可能是一個人，而且我甚至以為《新刻金瓶梅詞話》的刻印者、欣欣子、蘭陵笑笑生，也可能都是一個人。不管這三者是一個人，二個人，還是三個人，為了謹慎起見，我們姑且把他們當作三個人，那麼，這三個人可以說是對《金瓶梅》持相同觀點的三人小集團，欣欣子序則代表了他們對於《金瓶梅》的共同見解。而這小集團的代表或靈魂則是「蘭陵笑笑生」。我上面已經論述過這篇欣欣子序對《金瓶梅》的評價，現在再來作些補充。

眾所周知，《金瓶梅》剛一問世，還在以手抄本方式流傳時，就在當時的文壇上引起了很大的反響。「公安派」的主將袁中郎是第一個給予高度評價的，他在〈與董思白書〉中說：「《金瓶梅》從何處得來？伏枕略觀，雲霞滿紙，勝於枚生〈七發〉多矣。」但可惜語焉不詳。

在刻本《金瓶梅》出現之前，對《金瓶梅》評價最高也最全面的是當時著名的文學批評家謝肇淛的〈金瓶梅跋〉。謝氏說：

> 書凡數百萬言，為卷二十，始末不過數年事耳。其中朝野之政務，官私之晉接，閨闥之媟語，市里之猥談，與夫勢交利合之態，心輸背笑之局，桑中濮上之期，尊罍枕席之語，駔驓之機械意智，粉黛之自媚爭妍，狎客之從臾逢迎，奴台之稽唇淬語，窮極境象，駴意快心。譬之范公摶泥，妍媸老少，人鬼萬殊，不徒肖其貌，且並其神傳之。信稗官之上乘，爐錘之妙手也。其不及《水滸傳》者，以其猥瑣淫媟，無關名理。而或以為過之者，彼猶機軸相放，而此之面目各別，聚有自來，散有自去，讀者意想不到，惟恐易盡。此豈可與褒儒俗士見哉？……有嗤余誨淫者，余不敢知。然溱洧之音，聖人不刪，則亦中郎帳中必不可無之物也。

謝氏不僅對《金瓶梅》的思想深度、藝術成就給予了很高的評價，而且對當時有人把《金瓶梅》視為淫書的觀點也進行了反駁。謝氏的這篇〈金瓶梅跋〉代表了當時對《金瓶梅》評價的最高水準。欣欣子序比謝氏的〈金瓶梅跋〉晚出，它不僅繼承了謝氏的評價，而且又有所超越。這種超越也就是我在上面所說的欣欣子序對「廿公跋」的超越。

欣欣子序對《金瓶梅》的批評達到了一個新的高度，代表了張竹坡《金瓶梅》批評之前的最高水準。因此，欣欣子序在中國小說批評史上是有其應有的地位的。

四、駁論

關於《金瓶梅》的版本，我以為我們現在可以作出如下的結論：

《金瓶梅》共有四種最有代表性的刻本（據崇禎本修改過的「張評本」不計）：初刻本《金瓶梅詞話》，崇禎本《新刻繡像批評金瓶梅》甲系（現以北京大學圖書館藏本為代表），崇禎本《新刻繡像批評金瓶梅》乙系（以日本內閣文庫藏本為代表），《新刻金瓶梅詞話》（現存臺灣故宮博物院本，日本有兩個全本和一個殘本）。

刻印於上述四種《金瓶梅》刻本上的序跋共有三篇，為東吳弄珠客序，廿公跋，欣欣子序。

這三篇序跋的寫作時間為：東吳弄珠客序作於明萬曆四十五年（1617），廿公跋作於明崇禎十四至十六年（1641-1643），欣欣子序作於清初。

這三篇序跋在上述四種《金瓶梅》刻本中的刻印情況為：初刻本《金瓶梅詞話》開端有東吳弄珠客序，這有薛岡《天爵堂文集筆餘》為證；崇禎本《金瓶梅》甲系也在卷端收錄了東吳弄珠客序；崇禎本《金瓶梅》乙系不僅收錄了弄珠客序，又在其前加了廿公跋；《新刻金瓶梅詞話》不僅沿襲了崇禎本乙系，收錄了廿公跋、弄珠客序，又加上了欣欣子序（這是臺灣藏本的順序，日本棲息堂藏本順序不同）。

上述四種《金瓶梅》刻本的序跋出現的順序、分佈以及四種刻本刻印之先後順序昭然若揭，除了初刻本《金瓶梅詞話》有薛岡的記述之外，其餘都有版本上的依據。這才是事實的真相。

但是，二十世紀的中外《金瓶梅》研究者卻不是從事實出發，而是從個人的經驗和推論出發，就斷定《新刻金瓶梅詞話》是萬曆本，以至於我們現在將真相揭出，反而要加以論證，人們甚至很難接受這種事實；而一般沒有研究過《金瓶梅》的人反而容易接受這種事實，這不能不說是中外學術史上的奇怪現象。

對於那些不想或不願意或難於接受上述事實的《金瓶梅》研究者，其實，我們也可以用同樣的方式提出反問：你說《新刻金瓶梅詞話》是萬曆本，到底有什麼證據？你說欣欣子序和廿公跋作於萬曆年間，又有什麼證據？

回答無非如下：(一)鄭振鐸先生是可以信賴的學者，他見過臺灣藏本，他說該刻本為「萬曆間的北方刻本，白綿紙印」。(二)《新刻金瓶梅詞話》比較接近《金瓶梅》的原貌，崇禎本是「詞話本」的改寫本，前者必定早於後者，而不可能相反。

對於這種回答，我也可以給予回答：

鄭振鐸先生固然是值得信賴的學者，又見過藏本，但是日本的長澤規矩也同樣是值得信賴的學者，他也見過日本的藏本，但他說日本慈眼堂藏本是崇禎年間刻本。當然，人們又會說臺灣藏本和日本慈眼堂本雖然同版，但前者先印，後者晚印，因此鄭、長澤氏二人的說法並不矛盾。但是，這種印刷之先後順序，你有證據嗎？對於這種僅憑紙張和對字跡的主觀印象來鑒定版本年代的做法，是要大打折扣的。對此，我在本文後面所附的拙作〈金瓶梅作者考證的重要線索與途徑〉中有所敘述，這裏不再贅言。

關於「詞話本」更接近《金瓶梅》原貌，崇禎本是據「詞話本」改寫的問題，我的回答是崇禎本是據初刻本《金瓶梅》改寫的，《新刻金瓶梅詞話》是初刻本《金瓶梅詞話》的翻刻本。這並非是為了解決這一矛盾而擬想出來一個初刻本《金瓶梅詞話》，而是有充分的依據的：

第一，欣欣子序與《新刻金瓶梅詞話》的一體性。欣欣子序中有「既不出了於心胸」一句，其中的「出」字是「能」字的誤刻。「能」字，也簡作「匕」「巳」「去」，抄手誤作「出」。此種錯誤，《新刻金瓶梅詞話》中頗多，這種相同的錯誤證明了欣欣子序與該刻本的一體性。[13]

第二，崇禎本《金瓶梅》第四回有眉批云：

> 從來首事者每能為局外之談，此寫生手也。較原本徑庭矣。讀者詳之。

第三十回有一眉批云：

> 月娘好心，直根燒香一脈來。後五十三回為俗筆改壞，可笑可恨。不得此元本，幾失本來面目。

這裏的所謂「原本」當指崇禎本的改寫者所據以改寫的初刻本《金瓶梅詞話》，而所謂的「元本」當指手抄本《金瓶梅》。無論是「原本」也好，「元本」也罷，但卻肯定不會是現存的《新刻金瓶梅詞話》。何以見得？因為《新刻金瓶梅詞話》卷端的欣欣子序中已經明言《金瓶梅》的作者是「蘭陵笑笑生」，如果崇禎本的批評者（也就是改寫者）所依據的是《新刻金瓶梅詞話》，那麼他不會對「蘭陵笑笑生」不置一詞。

而且，沈德符與薛岡都見過初刻本《金瓶梅詞話》，也不知道什麼「蘭陵笑笑生」。丁耀亢寫作《續金瓶梅》時，刻本《金瓶梅》已經廣泛流行，這有《續金瓶梅》第一回中的話可證：

> 眼見的這部書反做了導欲宣淫話本。少年文人，家家要買一部，還有傳之閨房，急到淫聲邪語，助起興來，只恨那胡僧藥不得到手，照樣做起。把這做書的一片

13　同註8。

苦心變成拔舌大獄，真是一番罪案！

這種廣泛流布的刻本，當然可能主要是崇禎本《金瓶梅》，但據〈續金瓶梅凡例〉中的「小說類有詩詞，前集名為《詞話》」可知，丁耀亢寫作《續金瓶梅》時所依據的是《金瓶梅詞話》，但卻不會是《新刻金瓶梅詞話》，不然他也不會對這位「蘭陵笑笑生」隻字不提，反而說什麼《金瓶梅》的作者是「前賢」「有位君子」這種沒有邊際的話。

明清之際那麼多與《金瓶梅》有著這樣那樣的關係的人，卻沒有一個人提到「蘭陵笑笑生」，有人說那時隱而不言，《新刻金瓶梅詞話》已經把「蘭陵笑笑生」堂而皇之的印在書的卷端了，有什麼可以隱諱的呢？他們不是不言，而是沒見，因為那時欣欣子序壓根兒就沒有寫出來。

綜上所述，「蘭陵笑笑生」不是《金瓶梅》的作者，說「蘭陵笑笑生」是《金瓶梅》的作者，這不過是三百年前《新刻金瓶梅詞話》刻印者搞的一個大騙局。這是中國文學史上乃至中國文化史上的一個大騙局。現在已經到了徹底揭穿這個大騙局的時候了！揭穿這個大騙局以後，我們的《金瓶梅》研究必將有新的建樹。

伴隨著新世紀的鐘聲，我們的未免處於冷寂狀態的《金瓶梅》研究，必將回開拓出一片新的天地，正是：「山重水複疑無路，柳暗花明又一村」！

五、餘論

當我們論證了現存所謂「萬曆本」《新刻金瓶梅詞話》並非是什麼萬曆本，它其實刻於清初；而蘭陵笑笑生也不是《金瓶梅》的真正作者，只不過是書商搞的一個大騙局之後，那麼我們說熱鬧了二十年的蘭陵笑笑生考證不過是一場大鬧劇，也就不算是誇大其詞了：這場鬧劇是建立在受騙的基礎之上，那主題是荒誕的；而在具體操作過程中又出現了那麼多令人苦笑不得的「硬傷」，正如鬧劇中的插科打諢，更增加了鬧劇的氣氛。

我們現在不是來欣賞或嘲笑這場鬧劇，而要探討這場大鬧劇所產生的深刻的社會文化背景，或導致這場大鬧劇產生的直接的學術根源。

1997 年在山西省大同市舉行的第三屆國際《金瓶梅》學術研討會的大會發言中，有一位朋友在歷數了《金瓶梅》作者考證中所出現的一些令人苦笑不得的「硬傷」之後，作出結論說，「這些事實說明《金瓶梅》研究隊伍的素質太差」。如果這種狀況僅僅限於《金瓶梅》研究隊伍的話，那倒實在是大幸了，因為所謂《金瓶梅》研究隊伍也不過是古代文學研究隊伍中的一小部分人罷了，但可惜的是這種狀況並不限於《金瓶梅》研究隊伍。

目前，在我國「博導」這一名稱已經成了一個人學術水準很高的重要標準了，那就讓我們來舉一位國務院學位辦所公佈的第一批「博導」中的我國著名的文學史專家的例子吧。已故的東北師範大學的博導楊公驥先生是大家都比較熟悉的公認的有較高聲望的文學史專家，楊先生自己一生最重視的論文代表作是他關於漢〈公莫舞〉歌詩的研究，他在自撰的自傳中論文只提了一篇，就是關於〈公莫舞〉研究的。他先在 1950 年 7 月 19 日的《光明日報》上發表了〈漢巾舞歌辭的句讀及研究〉一文，後來又修改增訂為〈西漢歌舞劇巾舞〈公莫舞〉的句讀和研究〉，刊載於《中華文史論叢》1986 年第 1 期上。這兩篇文章在古代文學學界影響很大，不少有名的專著和論文中，都曾加以介紹，有人甚至說楊先生的這一研究成果把中國戲劇腳本產生時間比以往的結論提前了一千多年，有人說楊先生的這一研究成果是戲劇史研究的成功個案。但是，其實楊公冀先生根本就沒有讀懂〈公莫舞〉這篇樂府歌詞。歌詞中有「子」「兒」「母」等字樣，楊先生據此以為這是歌詞中的兩個腳色，依此來分配歌詞，並斷定這是一個分腳色的歌舞劇腳本。其實，歌詞中的「子」「母」不過是並無實在意義的聲辭，不過相當於現代歌詞中的「子兒呀」「呀呼嗨」之類。[14]

而據我所知，在中國目前的整個學術界，古代文學研究和教學隊伍是實力最為雄厚的隊伍之一，這種時出有失水準的「硬傷」狀況，並不僅僅限於古代文學學界。

這種狀況的出現是有著深刻的社會文化背景和學術根源的。

中國文化與文學是有自己的獨特特點的文化與文學。對象決定方法。因此，中國文化與文學也便有自己獨特的學術研究方法。

檢視一部中國古代學術史，就治學方法而論，大抵無非是「漢學」與「宋學」兩種樣式。比較理想的狀態當然是「漢」「宋」並舉，但事實上很難做到。歷史總是在二律背反中前進的。「漢學」發展到極致，則以「宋學」糾其弊；「宋學」發展到極致，則用「漢學」以正之。而乾嘉學派，則無疑是「漢學」的繼承與大發展的代表。

自從十九世紀後期西學東漸以來，特別是二十世紀馬克思主義傳到中國之後，中國的學術方法也發生了根本的變化。人們開始用西方的和馬克思主義的觀點和方法研究中國文化，並且取得了顯著的成績。但是，二十世紀初中期的學者多半是學貫中西的，所以雖然採用了西方的和馬克思主義的方法來治學，但他們國學的根底非常深厚，傳統的治學方法也並未拋棄。所以，他們的文章中，有些觀點或許有誤，但卻較少有失水準的

---

14 詳見拙作〈漢〈巾舞歌詩〉試解〉，載《文史》第 39 輯，1994 年 4 月；〈論〈公莫舞〉非歌舞劇演出腳本〉，載《文藝研究》1999 年第 4 期。

「硬傷」。

但五十年代以後，即建國以後，形勢發生了很大的變化。一方面，我們強調用馬克思主義的觀點和方法作為學術研究的指導思想，這本來是非常正確的。但我們在學術研究的實際操作過程中，只強調馬克思主義的「武器」和指導作用，而不敢提在用馬克思主義作指導的同時，還要豐富和發展馬克思主義，以為這是領袖們的事情，至少以為這是理論界的事情。改革開放以來，西方的各種「新思潮」新觀點新方法，也都在中國學術界風靡過，但也是強調其武器和指導作用，而很少強調在應用的同時還要加以豐富和發展。而在具體的學術研究操作過程中，我們又先入為主，先有觀點，再根據觀點尋找材料，而不是從中國的實際出發。這實在是本末倒置。

而在學術研究的實際操作中，我們的出發點又是用中國的材料來論證西方的理論的正確，而不是把西方的理論作為參照系，從中國的實際出發，總結出新的理論，來豐富和充實整個人類智慧寶庫。在這方面，我們不僅缺乏漢唐人的雄居世界前列的氣魄，甚至連自立於世界之林的勇氣都沒有。我們在學術品格上患了「侏儒症」。

另一方面，由於重視觀點，忽視材料，所以便鄙視基礎研究，忽視基本功的培養。所以，五十年代以後培養的學者，相當一部分人，不僅國學的根底與二三十年代的學者相去甚遠，有些人甚至缺乏「小學」的基本常識。

我以為我們對於學者的要求至少有兩點：第一，要從中國的實際出發；第二，要讀懂原文。這是起碼的學術要求，但我們的實際情況卻與此有很大的差距，這種巨大的反差，正是悲劇形成的原因。

而我們現在的中青年學者中，不少人喜歡採用「宋學」方法治學，用「漢學」方法治學的比較少。用「宋學」又多半缺乏「宋學」那種宏偉氣魄與開創新體系的本事，不乏的是販賣西方貨色的商賈。雖云商賈，又缺少西門慶那樣的大商人的魄力，而不乏李三、黃四，甚至韓道國之類的角色，不敢買下整個西方世界的「金沙」，裝入中國的八卦爐中，燒煉出新的金丹，所以也算不上真正的「宋學家」。《金瓶梅》作者考證原本是「漢學」的營生，操此術者，乾嘉學人可謂達到了極致，至少可說是為我們樹立了光輝的榜樣，但我們卻缺乏乾嘉學人的根底與實事求是的作風，因此那考證便不免捉襟見肘，時露破綻。

由《金瓶梅》作者考證而推及我們的文學史研究與編寫，我以為那情形正十分相似。最近，新編的文學史著作亦不算少，那成就也相當可觀，但多半是用「宋學」方式，以新穎的見解取勝，而少有「漢學」式的突破。比如，像〈孔雀東南飛〉這樣劃時代的名作，幾乎沒有一種新編的文學史不是沿用舊說，即將其視為樂府歌詩，並在此基礎之上再生發議論，殊不知明清學人已經對此提出質疑，以為它不是樂府歌詩，而是一種民間演唱。據筆者考證，實際上〈孔雀東南飛〉不過是文人賦。類似情況正多，用不著一一列舉。這種狀況在其他研究領域也大致如此。

歷史的經驗值得注意，如無「宋學」的導引，「漢學」會迷失方向；而無「漢學」作為根基，則「宋學」勢必流於空泛的議論。「漢」「宋」總是在相互為用中進步。我們現在不少中青年學者喜歡用「宋學」方式治學，而又不能真正建構起中國式的文學評價體系，原因固多，但缺乏「漢學」的根柢，則不能不是原因之一。所以我以為我們現在固然需要「宋學」，但當務之急是要宣導一下「漢學」，這不僅是以其濟「宋學」之窮，而且是使「宋學」得以真正建立起來。我們二十年來的《金瓶梅》作者蘭陵笑笑生考證的鬧劇的最大經驗教訓，不在於我們沒有考證出《金瓶梅》的真正作者，而在於這一過程檢閱出了我們的「漢學」的根柢的薄弱。

二十年《金瓶梅》作者蘭陵笑笑生考證的鬧劇，其意義遠遠超出了《金瓶梅》作者考證本身，超出了《金瓶梅》研究，其中的經驗教訓，不僅適用於整個古典文學研究，而且也適用於整個的中國人文社會科學研究。這就是二十年來的《金瓶梅》作者蘭陵笑笑生考證的鬧劇的真正的價值。而只有真正意識到這種鬧劇的價值，也才有可能停演時代學術的大悲劇！

《金瓶梅》版本與卷帙之謎
——兼致臺灣魏子雲先生

中國《金瓶梅》學會編的《金瓶梅研究》第六輯刊載了我的〈《金瓶梅》卷帙與版本之謎〉一文，著名的《金瓶梅》研究專家臺灣的魏子雲先生在《徐州教育學院學報》2000 年第一期上發表了大作〈關於《金瓶梅詞話》的卷帙〉，對於我的上述拙作提出了批評。魏先生在大作的開頭，在引錄了我所開列的臺灣故宮博物院藏本《新刻金瓶梅詞話》裝訂所反映的《金瓶梅》早期傳抄本的分卷情況的表格之後寫道：

> 桂桐引的這一資料，可算是錯得離譜。竟然把裝訂成一本（一冊）當作「卷帙」，20 本寫作 20 卷。也不仔細察看這部《新刻金瓶梅詞話》，在百回目錄之後，便在第一回的首行，刻有「新刻金瓶梅詞話卷之一」十個字。……
> 遺憾的是，桂桐兄怎的疏忽了未去翻檢這部書的十卷卷帙，是怎麼分的？明明刻的是十回一卷，桂桐竟把裝訂者的 20 本，誤成了每一本即一卷。不但有疏忽之錯，卻也有缺乏版本常識之誤。

我頗疑心魏先生似乎並沒有認真看我的文章，因為：第一，我在開列上述表格之前，就有這樣一段文字：

> 我以為傳抄本《金瓶梅》每卷的回數不等，而且認為 1932 年在山西省發現的《新刻金瓶梅詞話》（現存臺灣）的裝訂情況，基本上或大致上反映了《金瓶梅》傳抄本的分卷情況，即每卷所包含的回數情況。

第二，我在開列上述表格時，有這樣一段說明：

> 此種《新刻金瓶梅詞話》共裝訂成二十冊，每冊大致相當於傳抄本《金瓶梅》的一卷，其每冊所包含的回數情況如下：

第三，我在開列了上述表格之後，又明確地寫道：「現存世的《新刻金瓶梅詞話》本為十卷本，書共一百回，剛好每卷十回……」

第四，關於上述表格，我又曾更為明確地寫道：「按我們上述所開列的《新刻金瓶梅詞話》裝訂所反映的《金瓶梅》早期傳抄本的分卷情況來看……」

因此，我以為上述表格中的「卷」是指傳抄本《金瓶梅》，而不是指《新刻金瓶梅詞話》，我交代得已經夠清楚的了，但魏子雲先生卻說我「錯得離譜」，我不知道我錯在何處。我也並沒有像魏先生所說的「怎的疏忽了去翻檢這部書的十卷卷帙，是怎麼分的？」我不僅在文章中，如上所引，明確地說過這部十卷本《新刻金瓶梅詞話》的分卷情況，而且關於其裝訂情況，因為我沒有機會親自去翻檢該書，而是拜託香港梅節先生代我去翻檢的。梅節先生為此專門給我回了兩封信，因為第一封信抄寫有誤，核實後又寫了第二封信加以更正。梅節先生的兩信俱在，可以做證。

又，關於「卷帙」這一術語，我的用法也不錯，先生翻檢一下商務印書館 1979 年修訂版的《辭源》，就清楚了。

其實，我以為我與先生的根本分歧並不在於我關於《金瓶梅》「卷帙」的敘述，也不在於我關於「卷帙」一詞的用法，而在於我與先生關於《金瓶梅》的版本和作者的認識有較大的分歧。先生對於我的批評，也不限於〈關於金瓶梅詞話的卷帙〉這篇短文。當今年春季，我把我關於《新刻金瓶梅詞話》的刻印時間當為清初，「廿公」跋的作者當為杭州書商魯重民，以及《金瓶梅》作者不可能是「蘭陵笑笑生」等新的見解寫信告知魏先生之後，魏先生不僅在回信中，而且在惠贈給我的已經絕版的《明代金瓶梅史料詮釋》[1]一書的扉頁上，寫下了這樣的意見：

> 兄對廿公及欣欣子二人，另有見解，弟至感興趣。然考據一事，弟尊師傳，必須以歷史為基礎，社會為因素，更須有訓詁方法。未可以己心臆之也。

我衷心感謝魏先生的贈書與教導，先生的用語雖然委婉，但責我之意亦溢於言表矣。

誠如先生所言，先生「那麼許許多多的版本問題之文」，我並沒有完全讀過。先生關於《金瓶梅》的大著據說已有十六種之多，我手頭僅有《金瓶梅詞話注釋》《潘金蓮》《明代金瓶梅史料詮釋》三種，關於先生其餘大著中的主要見解，則是通過近二十年來，大陸出版的一些關於《金瓶梅》研究的論文集和一些雜誌裏所收錄的先生的文章中瞭解的。僅就我所知見的大著和論文而言，先生對於《金瓶梅》研究用力最勤，其貢獻可謂大矣，對我的啟發亦可謂多矣，比如先生先生所考出的馬仲良「榷吳關」的時間是萬曆四十一年，就廓清迷霧，解決了《金瓶梅》版本上的一大懸案，給我留下了極為深刻的印象。

1　魏子雲著，臺灣貫雅文化事業公司 1992 年。

作為先生的晚輩後學，對於先生關於《金瓶梅》研究的評價，到此就可以劃句號了。但先生既然把我當作忘年交，且為了研討的深入，希望我能對於先生的《金瓶梅》研究談點批評意見，我只好遵從了。

「智者千慮，必有一失」。直白地說，我以為先生關於《金瓶梅》研究之失，正集中在如先生所責我的對於若干問題的「以己心臆之」和「訓詁」兩個方面。關於我認為的先生「以己心臆之」的一些見解，容我有機會慢慢與先生交談。我以為先生即在「訓詁」方面，「以己心臆之」者，亦不乏其例，因此這裏就談談「訓詁」方面的問題。僅以先生最近惠贈給我的大著《明代金瓶梅史料詮釋》中的為人們最為熟悉的《新刻金瓶梅詞話》卷首的三篇序跋的詮釋為例，先生的斷句和訓詁就有不少與我的理解大相徑庭，為我所難以接受。

先說〈欣欣子序〉的斷句。序中有云「如離別之機將興憔悴之容必見者所不能免也」，先生斷為：「如離別之機，將興憔悴之容，必見者，所不能免也。」我則主張斷為：「如離別之機將興，憔悴之容必見者，所不能免也。」校勘方面的問題就不談了。

再說〈東吳弄珠客序〉和〈廿公跋〉的訓詁。

序中有云「如諸婦多矣，而獨以潘金蓮、李瓶兒、春梅命名者，亦楚檮杌之意也」。對於「檮杌」一詞，先生注曰：

> 「檮杌」人名，楚國人。是一位人所共知的惡人，是以楚人以「檮杌」這人的名字，作為戒懼而捨惡向善的對象。所以書名以潘金蓮、李瓶兒、春梅三人的名字，各取其一而代之，這也是楚檮杌的意思。

我以為這裏的「楚檮杌」，典出《孟子·離婁下》：「晉之《乘》，楚之《檮杌》，魯之《春秋》，一也。」「檮杌」即今通謂之「史」或「歷史」也。弄珠客認為，《金瓶梅》作者，將潘金蓮、李瓶兒、春梅三人名字各取一字作為書名，是讓人們把該書作歷史看，是所謂「孔子作《春秋》而亂臣賊子懼」之意也。

〈廿公跋〉中的第一句話是：「《金瓶梅傳》，為世廟時一巨公寓言，蓋有所刺也。」

先生是這樣注解此句的：

> 這裏說「為世廟時一巨公寓言」，意思是說《金瓶梅》這部書，傳寫的是「世廟」（嘉靖）時，某一巨公的寓言小說。「為」字讀第四聲，譯成語體應是：「替嘉靖朝某一巨公傳出的寓言（小說）」。

我以為這裏的「為」字應讀第二聲，即語體的「是」或「係」。「為世廟時一巨公寓言」，譯成語體應是：「是嘉靖朝某一巨公所作的小說。」「寓言」即小說，借用《莊子》中的「寓言」來稱「小說」。我與先生理解的不同之處是：先生認為這「世廟時一巨公」是《金瓶梅》一書所描寫的對象，而我則以為這「世廟時一巨公」是指《金瓶梅》一書的作者。我以為先生對於「為世廟時一巨公寓言」的解釋去「廿公」之意千里矣。

魏先生在〈關於金瓶梅詞話的卷帙〉中發問說：「試問桂桐兄，你提出卷帙的十卷、二十卷這個問題，與研究《金瓶梅》的諸多問題，有啥助益呢？我想之再三，想不通，它能關聯到哪些有其相關的問題？」

我的回答是，先生如果能把我關於《金瓶梅》版本與作者的幾篇論文聯繫起來看一下，就會明白的。因為這樣不僅可以瞭解我的主要見解，而且可以見出我的曲折乃至苦痛的思索歷程。這些論文是：〈金瓶梅抄本考〉[2]〈從續金瓶梅看金瓶梅的版本與作者〉[3]〈流播之迷——金瓶梅與余象斗〉[4]〈金瓶梅卷帙與版本之謎〉〈論金瓶梅廿公跋的作者當為魯重民或其友人〉[5]〈二十年來金瓶梅作者考證之檢討〉[6]〈金瓶梅版本與作者新論〉[7]。

關於《金瓶梅》的版本與作者，我的主要見解如下：

1. 手抄本《金瓶梅》只有一個系統，為卷二十，每卷回數不等。

2. 初刻本《金瓶梅》即沈德符所謂「吳中懸之國門」的刻本，卷端只有〈東吳弄珠客序〉，沒有四首〈行香子〉引詞和四貪詞，書名就叫做《金瓶梅詞話》，它是以劉承禧抄本系統為底本刻印的。

3. 「崇禎本」《金瓶梅》有兩大系統，一為每半頁 10 行，每行 22 字，只有〈弄珠客序〉；一為每半頁 11 行，每行 28 字，有〈弄珠客序〉和〈廿公跋〉。就系統論，後者晚於前者，後者以日本內閣文庫藏本為代表，刻於明崇禎十四至十六年，為杭州書商魯重民所刻，〈廿公跋〉即其所作，就作用而言，乃一「告白」，即廣告。

4. 《新刻金瓶梅詞話》（現存三「全本」，一殘本）為初刻本《金瓶梅詞話》的翻刻本，有〈欣欣子序〉〈廿公跋〉〈弄珠客序〉，加上了四引詞與四貪詞，刻印時間為清初。〈欣欣子序〉為此刻所加，所謂《金瓶梅》作者是「蘭陵笑笑生」乃書賈作偽。

5. 《金瓶梅》雖然成書於萬曆間，但作者之於嘉靖間史實十分熟悉，假定作者嘉靖末年為 30 歲，至清順治元年即已 108 歲。欣欣子既云「蘭陵笑笑生」是其友人，年輩當

---

2 載《文學遺產》，1988 年第 3 期。

3 載《吉林大學學報》社科版，1989 年第 2 期。

4 見我的博士論文《論金瓶梅》，存中國社會科學院研究生院。

5 載《煙台師範學院學報》，1999 年第 4 期。

6 載《聊城師範學院學報》，2001 年第 1 期。

7 見我提供給第四屆國際《金瓶梅》學術討論會（山東省五蓮縣，2000 年 10 月）的論文，已收入王平等編《金瓶梅文化研究》，華藝出版社 2000 年。

相仿，但從〈欣欣子序〉的語氣來看，非百歲以上老人所為。「蘭陵笑笑生」不可能是《金瓶梅》作者。

三百多年前，《新刻金瓶梅詞話》的出版者在翻刻《金瓶梅詞話》時，製造了一個騙局，加上了一篇〈欣欣子序〉，言之鑿鑿地說「蘭陵笑笑生」是《金瓶梅》的作者，這其實是當時書商們司空見慣的做法，本不足為怪。但二十世紀，特別是最後二十年的《金瓶梅》版本與作者研究卻因此誤入了歧途。

二十世紀八十年代初，日本學者荒木猛撰寫了一篇題為〈關於新刻繡像批評金瓶梅（內閣文庫藏本）的出版書肆〉的文章，發表在 1983 年 6 月的《東方》上。原來，內閣文庫藏本《新刻繡像批評金瓶梅》，書肆在裝訂時，裝為 20 冊，為了節約紙張，封面沒有用好紙，而使用了該書肆印其他書時的一些廢書頁。荒木猛先生認真地考察了這些廢書頁，從而判定內閣文庫藏本《新刻繡像批評金瓶梅》的出版書坊主人為杭州魯重民，該書刻於崇禎十三年之後，進一步證明了鄭振鐸先生判斷說散本《金瓶梅》為「崇禎本」的眼光之敏銳。1989 年齊魯書社出版了黃霖、王安國編譯的《日本研究金瓶梅論文集》，收錄了荒木猛先生的這篇文章。但似乎並未引起多大的反響。我是通過《日本研究金瓶梅論文集》才讀到該文的。當時亦只是覺得荒木猛先生做學問很細心嚴謹，但其結論亦無更多的價值。

十年之後，即二十世紀末，當我面對《金瓶梅》版本與作者研究中出現的若干問題，試圖對於二十年來的《金瓶梅》版本，特別是作者研究做個總結，因而不得不重新翻閱我所收藏的所有有關資料時，終於發現了荒木猛先生的這篇論文的潛在的價值。

在荒木猛先生論證了內閣文庫藏本《新刻繡像批評金瓶梅》出於杭州魯重民的書坊，刻於崇禎十三年之後的基礎上，我通過對現存崇禎本的分析，認為內閣文庫藏本《新刻繡像批評金瓶梅》才開始出現〈廿公跋〉，因為這才有版本的依據，其餘說法都缺乏版本依據。又通過對魯重民的行事做派的分析，判定〈廿公跋〉即出於其手，寫作時間為崇禎十四至十六年。然後又通過對〈東吳弄珠客序〉〈廿公跋〉〈欣欣子序〉三者之間的內在關係的分析，以及〈欣欣子序〉所流露出來的時間印記，從而判定〈欣欣子序〉晚於〈廿公跋〉。〈廿公跋〉作於崇禎十四至十六年，崇禎十七年也就是清順治元年，〈欣欣子序〉既晚於〈廿公跋〉，其寫作時間已為清初。而〈欣欣子序〉首見於《新刻金瓶梅詞話》，這才有版本上的依據，其餘種種推測均無版本依據。因此，《新刻金瓶梅詞話》必刻於清初。准此，則〈欣欣子序〉乃書賈作偽（當然它在中國文學批評史上自有其價值），「蘭陵笑笑生」不可能是《金瓶梅》的真正作者，不過是《新刻金瓶梅詞話》的編校者，所以明代那麼多《金瓶梅》的知情人、知見者無一人提及也就不奇怪了。至此，三百多年前的這一騙局終於被揭穿了。

當我把這些新的見解寫成論文先後投寄給大陸與臺灣的幾家雜誌時，卻都遭到了冷遇。我又把這些見解與海內外的若干學者交談，似乎仍然是「把吳鉤看了，欄杆拍遍，無人會，登臨意」。

儘管如此，當我回顧我近二十年來關於《金瓶梅》研究中的版本與作者研究時，我仍然覺得「實迷途其未遠，覺今是而昨非」。

當然，是耶，非耶，還是讓歷史去評判吧！

《金瓶梅》版本研究商榷
——兼致梅節先生

梅節先生的〈《金瓶梅詞話》的版本與文本〉（〈《金瓶梅詞話校讀記》序〉）刊於《明清小說研究》2004 年第 1 期，我讀過之後，有些看法，本來想立刻寫出來向梅先生請教，但因為工作與身體的原因，一直未能如願。現在我的身體已經康復，課程也已經結束，有一點空閒，就寫出來，既是向梅節先生請教，同時也向海內外的學者請教。

一、我與梅節先生的相同之處

梅節先生比我大十幾歲，從上個世紀八十年代一起開《金瓶梅》學術研討會相識，到現在快有二十年了，是真正的老朋友了。不僅如此，在中外「金學」界，關於《金瓶梅》的版本問題，只有我與梅節先生的觀點最為接近。我們倆之間最重要的相同之處是：

(一)認為現存所謂「萬曆本」《新刻金瓶梅詞話》（有三種「完本」：一藏臺灣故宮博物院，一藏日本日光山輪王寺慈眼堂，一藏日本德山毛利氏棲息堂；一種殘本存日本京都大學圖書館。此四種《新刻金瓶梅詞話》同一版刻，但刷印時間不同。）晚於日本內閣文庫藏「崇禎」本《新刻繡像批評金瓶梅》。

(二)「崇禎」本（或謂之「說散本」「文人本」）雖然是根據《金瓶梅詞話》本改寫的，但卻不是依據現存本《新刻金瓶梅詞話》改寫的；相反，《新刻金瓶梅詞話》依據日本內閣文庫藏「崇禎」本《新刻繡像批評金瓶梅》校改過。

梅節先生的這種見解形成於上個世紀八十年代的《新刻金瓶梅詞話》校勘過程中。據我所知，他的見解最早公佈在〈《金瓶梅》詞話本與說散本關係考校〉[1]一文中。2002 年 12 月，梅節先生把他的另一篇論文〈新刻金瓶梅詞話後出考〉連同一組《金瓶梅》插圖的影本寄給了我，但那上面注明說「未定稿，歡迎批評，請勿引用」，後來該文刊於北京《燕京學報》新十五期（北京大學出版社，2003 年）。我沒有核對過，不知刊出稿比未

1　吉林大學中國文化研究所編《金瓶梅藝術世界》，吉林大學出版社 1991 年。

定稿改動大小。

我關於《金瓶梅》版本的研究始於上個世紀八十年代後期，那時我就讀於中國社會科學院研究生院，師從蔣和森先生學習研治明清小說，我的博士論文就是《論金瓶梅》。我的博士論文中有〈從《續金瓶梅》看《金瓶梅》的版本與作者〉一節，後來刊於《吉林大學學報》1992 年第 2 期，該文的結論部分中有這樣幾句話：

> 直到清順治十八年（1661）丁耀亢寫《續金瓶梅》時，他還不知道什麼蘭陵笑笑生，還沒有見過《新刻金瓶梅詞話》，這是很值得人們深思的。當然，這有兩種可能，即要麼《新刻金瓶梅詞話》還未問世；要麼已經問世，而丁耀亢沒有見到。但以丁氏與《金瓶梅詞話》的種種關係，以及他的廣泛交遊，如果《新刻金瓶梅詞話》已經問世，而且是萬曆年間刊行的，那麼到丁氏寫《續金瓶梅》時，四十年過去了，丁氏居然毫無所聞，連作者為蘭陵笑笑生這樣重大的問題都一無所知，在情理上似乎也說不過去。在《金瓶梅》的版本與作者的研究中，有一個令人十分難以理解的問題，這就是有明一代與《金瓶梅》發生過這樣那樣的關係的人可謂多矣，但卻從未有一個人涉及到這位蘭陵笑笑生。然而現在論《金瓶梅》版本研究的人，幾乎眾口一詞，說《新刻金瓶梅詞話》是萬曆本，這實在很值得懷疑。

到 1998 年我撰寫〈論《金瓶梅》「廿公跋」的作者為魯重民或其友人〉[2]，撰寫〈金瓶梅作者考證的重要線索與途徑——二十年來金瓶梅作者考證之檢討〉[3]〈《金瓶梅》的版本與作者新論〉[4]〈中國文學史上的大騙局、大鬧劇、大悲劇——《金瓶梅》版本作者研究質疑〉[5]等論文，比較系統全面地闡述了我對於《金瓶梅》版本與作者的看法：現存所謂「萬曆本」《新刻金瓶梅詞話》，實刻於清初；蘭陵笑笑生不是《金瓶梅》作者；說《金瓶梅》作者是蘭陵笑笑生，這不過是三百年前的一位書商製造的一個騙局；蘭陵笑笑生只是《新刻金瓶梅詞話》的編校者。

二、我與梅節先生的不同之處

關於《金瓶梅》的版本問題，我與梅節先生的不同之處如下：

2　載《煙台師範學院學報》，1999 年第 4 期，亦可參見本書。

3　載《聊城師範學院學報》，2001 年第 1 期，亦可參見本書。

4　收入王平、李志剛、張廷興編《金瓶梅文化研究》，華藝出版社 2000 年，亦可參見本書。

5　載《煙台師範學院學報》，2002 年第 2 期，亦可參見本書。

(一)梅節先生認為「萬曆末天啟初刊行的」《金瓶梅》是「文人改編、有丁巳弄珠客序和廿公跋、名為《金瓶梅》的第一代說散本（葉按：即大多數學者所說的「崇禎本」）」；我認為這個《金瓶梅》的初刻本是詞話本，而且所使用的底本就是劉承禧的缺了五十三至五十七回的所謂「全抄本」。詳見拙作〈《金瓶梅》抄本考〉[6]。

(二)梅節先生認為上述這一《金瓶梅》初刻本卷端有丁巳弄珠客序與廿公跋；我認為這一刻本卷端只有弄珠客序，沒有廿公跋。

(三)梅節先生既然認為上述萬曆末天啟初刻本《金瓶梅》卷端有廿公跋，那就是說他認為廿公跋的寫作時間不晚於萬曆末天啟初；而我認為廿公跋的寫作時間為「崇禎」十四至十六年。

(四)梅節先生認為《新刻金瓶梅詞話》刻於明代；我認為它刻於清初。

三、向梅節先生提兩個問題

(一)梅節先生在〈《金瓶梅詞話》的版本與文本〉中反復強調說：「金瓶梅藝人本（葉按：即人們通常所說的「詞話本」）雖然是原典，明代首先刊行的卻是文人改編的說散本（葉按：即人們通常所說的「崇禎本」），明清三百多年流行的也是說散本。」「藝人詞話本雖是母本，文人說散本改編自藝人本，但萬曆末天啟初刊行的是文人改編、有丁巳弄珠客序和廿公跋、名為《金瓶梅》的第一代說散本。」「第一代說散本書名《金瓶梅》，有廿公跋、東吳弄珠客丁巳序，一百回，分為二十卷，有簡單眉批，無諱字，無圖。」我想請問梅節先生：您「說萬曆末天啟初刊行的是文人改編、有丁巳弄珠客序和廿公跋、名為《金瓶梅》的第一代說散本」有什麼依據？

我認為萬曆末天啟初刊行的有丁巳弄珠客序的《金瓶梅》初刻本是《金瓶梅》詞話本，那書名的全稱就叫《金瓶梅詞話》。這至少有如下的依據：

第一，萬曆末天啟初刊行的有丁巳弄珠客序的《金瓶梅》初刻本，就是沈德符在《萬曆野獲編》中所說的「未幾時，而吳中懸之國門矣」的刻本，而且所使用的底本就是劉承禧的缺了五十三至五十七回的所謂「全抄本」。詳見拙作〈《金瓶梅》抄本考〉。魯迅先生曾經依據沈德符的這番話，推論《金瓶梅》初刻本刻於萬曆庚戌（1610），當臺灣的魏子雲先生考證出馬仲良榷吳關的具體時間為萬曆四十一年，則《金瓶梅》初刊本的刻印時間問題已經基本解決。當然說《金瓶梅》初刻本就是沈德符所說的「吳中懸之國門」的本子，並非是我的創見，也不是劉輝創見，早在半個多世紀之前，鄭振鐸先生就

6　載《文學遺產》，1988 年第 4 期。

已經說過了。[7]

第二，薛岡在《天爵堂文集筆餘》中說的也是這個刻本，這只要看看他所見到的《金瓶梅》抄本是文吉士即文在茲的抄本，這也是他將刻本予以比較的抄本就清楚了。

其餘的理由請見拙作〈中國文學史上的大騙局、大鬧劇、大悲劇——《金瓶梅》版本作者研究質疑〉，這裏不再贅述。

(二)梅先生認為初刻本《金瓶梅》（我們姑且不論它是文人本，還是詞話本）的卷端有廿公跋，不知有何證據？

據我所知，說《金瓶梅》初刻本上有弄珠客序，最早的文獻依據是薛岡《天爵堂文集筆餘》卷二中的一段話：

> 往在都門，友人關西文吉士以抄本不全《金瓶梅》見示，餘略覽數回，謂吉士曰：「此雖有為之作，天地間豈容有此一種穢書？當即投秦火。」
>
> 後二十年，友人包岩叟以刻本全書寄敝齋，予得盡覽。初頗鄙嫉，及見荒淫之人皆不得其死，而獨月娘以善終，頗得勸懲之法。但西門慶當受顯戮，不應使之病死。簡端序語有云：「讀《金瓶梅》而生憐憫心者，菩薩也。」序隱姓名，不知何人所作，蓋確論也。

薛岡所說的刻本即《金瓶梅》初刻本，也就是沈德符所謂「未幾時，而吳中懸之國門矣」的刻本。他所說的序就是弄珠客序，而沒有說有廿公跋。據我所知，迄今為止，在現存文獻中，我們還沒有發現有關廿公跋的任何記載，哪怕是片言隻語。梅節先生說初刻本《金瓶梅》上面有廿公跋，也是缺乏版本依據的。廿公跋唯一的版本依據就是日本內閣文庫本系統的「崇禎本」《新刻繡像批評金瓶梅》。

四、廿公跋在《金瓶梅》版本研究中的重要價值

關於「崇禎本」《金瓶梅》的分類，中國大陸學者中上海復旦大學的黃霖先生的標準是依據眉批的字數，將現存「崇禎本」分為二字行本（王孝慈本）、三字行本（內閣、東洋）、四字本（北大、天理、上甲）以及綜合型本（上乙、天圖）四系。我的分類標準是：

> 「崇禎本」《金瓶梅》有兩個子系統，第一個子系統即每半頁 10 行，每行 22 字，無廿公跋的系統，這種子系統以通州王氏藏本為最善、最早，可惜今已不知下落，

7　鄭振鐸〈談《金瓶梅詞話》〉，原載《文學》第一卷第 1 期，1933 年 7 月。

> 現存者當以北京大學圖書館所藏《新刻繡像批評金瓶梅》為代表；第二個子系統，即每半頁 11 行，每行 28 字，有廿公跋的系統，這種系統以日本內閣文庫藏本為代表。[8]

我的「崇禎本」分類標準很明確，即以版式和有無廿公跋作為分類標準。

梅節先生對於「崇禎本」的分類標準與我大致相同，即以版式和有無廿公跋作為分類標準，但他又增加了關於有無插圖以及插圖的幅數的標準。這是以往的「崇禎本」研究中所沒有而為梅節新增加的標準。我以為梅節先生的這一新標準，是非常重要的，是他對於「崇禎本」研究的新貢獻。因為插圖比較直觀，更容易比較出版本的先後。但我卻不能不特別提醒梅節先生注意：「崇禎本」兩個子系統的本子的關係非常複雜，但如果就系統而言，則第一個子系統早於第二個子系統。

既然廿公跋成了分類的重要標準，可見它的重要了。不僅如此，這篇只有 90 餘字的跋語甚至成了我們揭開《金瓶梅》版本之謎的關鍵。

我在拙作〈論《金瓶梅》「廿公跋」的作者當為魯重民或其友人〉[9]一文中有這樣一段話：

> 日本學者荒木猛先生對內閣文庫本《新刻繡像批評金瓶梅》進行了認真考察，得出了令人信服的結論。
>
> 原來，這一刻本裝訂為 20 冊，其封面是用該書肆刻印的別的書的廢書頁折疊起來的，根據這些廢書頁，可以斷定該書肆為杭州魯重民的書肆。
>
> 內閣文庫本《新刻繡像批評金瓶梅》即為魯重民所刻印。而那些用作封面的廢書頁，其中一種是該書肆刻印的《十三經類語》一書的，而《十三經類語》一書的序言的署名落款時間是崇禎十三年（1640）。《新刻繡像批評金瓶梅》當然刻於其後。假定《十三經類語》刻於崇禎十三年，那麼《新刻繡像批評金瓶梅》當刻於崇禎十四到十六年。因為崇禎十七年，也就是清順治元年，而「廿公跋」云「《金瓶梅傳》，為世廟時一巨公寓言」，顯然是明人的口氣，因此《新刻繡像批評金瓶梅》（內閣文庫本）當刻於崇禎十四到十六年，「廿公跋」亦寫於此時。

這一結論非常重要，它不僅揭示了《金瓶梅》三個序跋弄珠客序、廿公跋、欣欣子序的寫作年代，即弄珠客序作於萬曆四十五年，廿公跋作於崇禎十四到十六年，而欣欣子序

---

8 〈中國文學史上的大騙局、大鬧劇、大悲劇——《金瓶梅》版本作者研究質疑〉，載《煙台師範學院學報》，2002 年第 2 期，亦可參見本書。

9 載《煙台師範學院學報》，1999 年第 4 期，亦可參見本書。

則作於清初。

梅節先生對於《金瓶梅》研究的貢獻是多方面的，在《金瓶梅》版本研究方面單單是我在上面所提到的他認為《新刻金瓶梅詞話》晚於日本內閣文庫本《新刻繡像批評金瓶梅》，而且依據內閣文庫本校勘過；在「崇禎本」的分類標準中增加了插圖一項等等，就很值得稱道了。但梅節先生關於《金瓶梅》初刻本是說散本，關於初刻本《金瓶梅》上面有廿公跋的結論是頗值得商榷的，我以為正是因此兩點，梅節先生並沒有將《金瓶梅》各種版本的內在關係真正搞清楚。

拙作〈中國文學史上的大騙局、大鬧劇、大悲劇——《金瓶梅》版本作者研究質疑〉中，有這樣一段話，抄錄如下，以供梅節先生參考與批評：

關於《金瓶梅》的版本，我以為我們現在可以作出如下的結論：

《金瓶梅》共有四種最有代表性的刻本（據崇禎本修改過的「張評本」不計）：初刻本《金瓶梅詞話》，崇禎本《新刻繡像批評金瓶梅》甲系（現以北京大學圖書館藏本為代表），崇禎本《新刻繡像批評金瓶梅》乙系（以日本內閣文庫藏本為代表），《新刻金瓶梅詞話》。

《金瓶梅》刻本上的序跋共有三篇：東吳弄珠客序、廿公跋、欣欣子序。這三篇序跋的寫作時間為：東吳弄珠客序作於明萬曆四十五年（1617），廿公跋作於明崇禎十四到十六年（1641-1643），欣欣子序作於清初。

這三篇序跋在上述四種《金瓶梅》刻本中的刻印情況為：初刻本《金瓶梅詞話》開端有東吳弄珠客序，這有薛岡《天爵堂文集筆餘》為證；崇禎本《金瓶梅》甲系也在卷端收錄了東吳弄珠客序；崇禎本《金瓶梅》乙系不僅收錄了弄珠客序，又在其上加了廿公跋；《新刻金瓶梅詞話》不僅沿襲了崇禎本乙系，收錄了廿公跋、弄珠客序，又加上了欣欣子序（這是臺灣藏本的順序，日本棲息堂本順序不同）。

上述四種《金瓶梅》刻本的序跋出現的順序、分佈以及四種刻本刻印之先後順序昭然若揭，除了初刻本《金瓶梅詞話》有薛岡的記述之外，其餘都有版本上的依據。這才是事實的真相。

《金瓶梅》作者諸說分析

自《金瓶梅》問世以來，約四百年間，人們就一直對該書作者進行著種種的猜想與推測。迄今為止，據江蘇省社科院周鈞韜同志統計，《金瓶梅》作者已有二十三說之多。（詳見周氏〈關於《金瓶梅》作者的二十三說〉，載《江漢論壇》1986年第12期。）對於這些說法，學術界都曾提出過種種駁難，而立論者或沒有或尚不能作出令人完全滿意的解釋，因之使人難以心服。但是，平心而論，這些說法，無論是古人的還是今人的，對於《金瓶梅》作者的研究，無疑具有重要的參考價值，很值得參考者珍視。而本世紀以來，幾乎每一新說的提出，或對舊說的重新論證，都程度不同地對《金瓶梅》作者乃至整個《金瓶梅》研究，起了某種深化作用。

我們曾不止一次地說過，《金瓶梅》作者之確定，現在條件還不成熟。在目前條件下，我們當然主要應從原作出發，即通過內證的揭示來探求作者；但是，對以往已經提供的材料，進行一番認真的分析研究，無疑也是《金瓶梅》作者乃至整個《金瓶梅》研究中的一項重要工作。

我們認為，以往提出的關於《金瓶梅》作者的種種說法，表面上看來，多半似乎是各自獨立甚至互相對立的；但實際上諸說之間，確實存在著這樣那樣的內在聯繫。因此，我們認為，分析一下以往諸說的內在聯繫，找出它們之間的異同，特別是它們的相同之處，對於《金瓶梅》作者乃至整個《金瓶梅》研究，無疑將是有益的、這正是本文的用意所在。下面就試作一下《金瓶梅》作者諸說之分析。

一、《金瓶梅》作者之說已逾三十

要分析《金瓶梅》作者之說，首先需要對以往提出的《金瓶梅》作者說加以審定、羅列。關於《金瓶梅》作者的說法，江蘇省社科院的周鈞韜同志在〈關於《金瓶梅》作者的二十三說〉[1]一文中說：「為研究計，筆者查檢了多種史料，將古人與今人的《金瓶梅》作者之說一一拈出，計得二十三種。」其實，古人今人關於《金瓶梅》作者之說，

1　周鈞韜〈關於《金瓶梅》作者的二十三說〉，江漢論壇，1986年第12期。

即使到周鈞韜同志的文章刊時，亦遠不止二十三說。周鈞韜同志的統計確實很下了一番功夫，但統計並不完全，搜求尚有遺漏，現將筆者所知，略作增補。

根據周鈞韜同志收錄的古人今人關於《金瓶梅》作者之說的標準，至少下列之說可以列入：

(一)「浮浪文人」說。見清王曇《金瓶梅考證》（或謂之《古本金瓶梅考證》）。原文在論證王元美、李卓吾不可能寫《金瓶梅》之後說：「大約明季浪文人之作偽。」

此說黃霖同志在〈《金瓶梅》作者屠隆考〉[2]中亦曾提及，謂之「浮浪子」。

(二)唐荊川仇人說。據蔣瑞藻《小說考證》載《缺名筆記》云：「《金瓶梅》為舊說部中四大奇書之一。相傳出王世貞手，為報復嚴氏之〈督亢圖〉或謂係唐荊川事。荊川任江右巡撫時，有所周內，獄成，罹大辟以死。其子百計求報，而不得間。會荊川解職歸，遍閱奇書，漸歎觀止；乃急草此書，漬砒於紙以進，蓋審知荊川讀書，必逐葉用紙粘舌，以次披覽也。荊川得書後，覽一夜而畢，驀覺舌木強澀，鏡子黑矣，心知被毒，呼其子曰：『人將謀我，我死，非至親不得入吾室。』逾時遂卒，旋有白衣冠者，呼天搶地而至，蒲伏於其子之前，謂曾受大思於荊川，願及未蓋棺前，一親顏色。鑒其誠，許之入，伏屍而哭甚哀。哭已，再拜而出。及驗，則一臂不知所往。始悟來者即著書之人，因其父受繯首之辱，進鴆不足，更殘支體以為報也。二說未知孰是。」

(三)陸炳仇人說。明代屠本畯《山林經濟籍》云：「按《金瓶梅》流傳海內甚少，書帙與《水滸傳》相埒。相傳嘉靖時，有人為陸都督炳誣奏，朝廷籍其家。其人沉冤，托之《金瓶梅》。」

劉輝同志在《金瓶梅成書與版本研究》一書中說：「有明一代，第一個記載《金瓶梅》作者的是屠本畯。……文字雖短，內容卻很豐富，既談到《金瓶梅》的作者，又涉及《金瓶梅》的內容，首次指出《金瓶梅》是一部時事小說。明代記載《金瓶梅》作者的共六家。……其中以屠本畯的說法最有影響。」

(四)陶望齡兄弟說。魏子雲先生在〈從金瓶梅的問世演變推論作者是誰〉中說：「至於陶望齡兄弟，我可不敢斷言不可能了，按陶望齡萬曆十七年（1589）會元，殿試一甲第三，會稽人，曆官國子祭酒。從明史唐文獻傳看，知陶氏亦性情中人。譬如萬曆卅一年（1603）『妖書』事起，輔臣沈一貫傾尚書郭正域，持之急。唐文獻便偕同僚楊道賓、周如砥、陶望齡往見沈氏，問沈一貫是否有意要殺郭正域？陶氏見另一輔臣朱賡也無意救郭，遂正色責以大義，且願棄官與郭正域同死。可想性情之剛正了。有弟奭齡，亦有文名。皆以講學為世知，篤嗜王守仁說。這類性情剛正的人，處於當時那種天子昏於鄭氏

2　黃霖〈《金瓶梅》作者屠隆考〉，《復旦大學學報》，1983年第3期。

宮幃的時期，著小說以諷諫，不無可能。」（轉引自蔡國梁選編之《金瓶梅評注》，灕江出版社。）

(五)丁耀亢、丘志充說。魏子雲先生在上述文章中還說：「謝肇淛的《小草齋文集》，除了證驗袁中郎當年只得《金瓶梅》十之三，間兼且證驗了《玉嬌麗（李）》確有其書。謝氏雖未說明《玉嬌麗》在何處所見或所聞知，卻說曾在『丘諸城』（志充）處得金瓶梅十之五，看來與萬曆《野獲編》說到袁中郎提到金瓶梅續書《玉嬌李》，他後來竟在丘工部志充處讀到此書。得非兩相呼應乎哉！

丘志充（六區）是山東諸城人，萬曆四十一年（1613）進士，論年秩與資望都比謝在杭稚弱多了。但有一點是值得我們今日去繼續探討的，那就是《續金瓶梅》一名《金屋夢》的這部書，作者是山東諸城人丁耀亢，號野鶴。今之文學史已這樣著錄了。雖《金屋夢》的內容並不是沈德符口中的《玉嬌李》，可是《金瓶梅》卻因此與山東諸城發生了淵源。難道丘志充也是他們其中的一夥嗎？」

美國學者馬泰來先生在〈諸城丘家與《金瓶梅》〉[3]一文中說：「丘志充所藏《金瓶梅》和《玉嬌李》的來源，值得探討。他和當時文士似乏交往，二書可能俱得自故里。這就對二書同出一人之手，和作者為山東人的說法，有一定的支持作用。……此外，丘石常（志充子——引者注）和同縣丁耀亢（1599-1669）至交友好，而今人皆以為《續金瓶梅》是丁耀亢所作。《玉嬌麗》和《續金瓶梅》的關係，亦需重新探討。」

(六)湯顯祖說。吳曉鈴先生在〈大陸外的《金瓶梅》熱〉（載《環球》1985 年第 8 期）一文中說：「第七種是美國芝加哥大學教授芮效衛根據《金瓶梅詞話》本正在進行翻譯的英語本，他主張作者是臨川湯顯祖。」

(七)古本《金瓶梅》的作者為蔣劍人。這似乎已為學術界所認可，不必引證材料。

上述七說均在周鈞韜同志〈關於《金瓶梅》作者的二十三說〉一文刊出之前就有，而為他統計時所遺漏，今特增補出，以資研究者參考。

1987 年 5 月 2 日山東省《聊城報》和 5 月 15 日《聊城師院報》報導，聊城師範學院葉桂桐、閻增山同志認為李先芳亦可能為《金瓶梅詞話》之作者。李先芳，字伯承，河南范縣人。生於 1511 年，卒於 1594 年，官至尚寶司少卿。著名文學家，著作等身。關於李先芳與《金瓶梅》之關係，詳見他們編著的《李先芳與金瓶梅》一書，由寧夏人民出版社出版。書中雖然亦未曾推出李先芳作《金瓶梅》之鐵證，但李先芳無疑比以往人們推出的作者更具寫作《金瓶梅》的條件與可能。

又據筆者所知，山西省文聯文學藝術研究室王螢同志多年來一直在探求《金瓶梅》

3　馬泰來〈諸城丘家與《金瓶梅》〉，《中華文史論叢》，1984 年第 3 期。

作者誰屬。據他的考證，《金瓶梅》的作者可能是謝榛。王螢同志關於《金瓶梅》中的臨清方言考，以及《金瓶梅》實以臨清為背景的考證（均已收入本書），很值得注意。

到目前為止，《金瓶梅》作者之說實已逾三十。

二、《金瓶梅》作者諸說分析

上述《金瓶梅》作者諸說之間的聯繫是多維的，複雜的，因此，我們可以從不同的方位、角度、層次予以分類分析。

(一)諸說提出方法之分析

周鈞韜同志說：「以上二十三說大體是三種類型。第一類屬於傳聞，如『嘉靖間大名士說』『盧柟說』等，約六種；第二類屬於推測，如『馮惟敏說』『浙江蘭溪一帶吳儂說』等，約十三種；第三類屬於考證，如『賈三近說』等，約四種。」

周鈞韜同志對於以往《金瓶梅》作者諸說提出方法之分類概栝是基本上符合實際情況的。由於周鈞韜同志文章的宗旨在於臚舉以往關於《金瓶梅》作者的各種說法，以供研究者參考，而不在於對作者諸說進行分析，因之，有些問題他便不便涉及，有些問題也只能作簡要之概括。所以這裏有必要增補兩點內容：

第一，傳聞、推測與考證之關係，我們要對《金瓶梅》作者諸說的提出作方法上的分析，首先便不能不涉及上述三種方法即傳聞、推測與考證之間的關係問題。一般說來，傳聞不同於推測。傳聞根據的是人們的口耳相傳，一般多為當時人的傳說。推測則多根據書中的內容或者內容與某些人的事蹟之類比，它不排除在傳聞的基礎上的推測。考證不同於傳聞和推測，但關於《金瓶梅》作者的所有考證幾乎都曾與傳聞、推測，特別是傳聞相核校。

有的甚至作為考證的出發點。推測實際上就是簡要的考證，考證比推測要詳慎一些。我們之所以要作這種常識性的敘述，目的在於提請人們對於上述三種方法以及由上述三種方法推出的《金瓶梅》作者，不要等量齊觀。當然這並非是說考證得出的結論都比推測、傳聞更可靠。

整體上看來，傳聞多出於明人之口。出於清人之口的傳聞亦有，但較少。清人多推測之辭，今人則多為考證，推測者亦不乏其例。這些後面還要涉及。

第二，周鈞韜同志對《金瓶梅》作者諸說的提出類型之敘述較為概括，且由於行文之需要，不可能對何說屬何種類型一一標出，再加上本來人們對傳聞與推測，乃至考證之界定不盡相同，因之符必要在這裏將何說屬何種類型一一標出，並將周鈞韜同志關於

《金瓶梅》作者 23 說之外的各種說法附入。

1.屬於傳聞的

紹興老儒、金吾戚里門客、嘉靖大名士、世廟巨公、王世貞、王世貞門人、陸炳仇人、荊川仇人、盧楠、某孝廉，計 10 說。

2.屬於推測的

薛應旗、趙南星、李贄、徐渭、馮惟敏、湯顯祖、沈德符父子（及其他文人，包括袁中道、馮夢龍在內）、陶望齡兄弟、丁耀亢與丘志充、李開先崇信者、劉九、吳儂、浮浪文人，計 13 說。

3.屬於考證的

王世貞、李開先、賈三近、屠隆、李先芳、謝榛、民間藝人集體創作，計 7 說。難以列入上述三種類型的提出者有：

蘭陵笑笑生似為偽託；李漁為所謂說散本的作者；蔣劍人為古本的作者。

上述三種類型的提出者有複出者，去其重複，計得 32 說。

(二)作者諸說提出人的時代及其他情況分析

我們將所有提出《金瓶梅》作者說的人按三個時期加以劃分，即明人、清人、現當代人。

1.明人

屠本畯、袁中道、沈德符、謝肇淛、欣欣子、廿公。

明人言及《金瓶梅》作者的共上述六人，他們距《金瓶梅》成書年代最近。六人中除欣欣子、廿公看過《金瓶梅》初刊本，當亦必看到過付刻之抄本外，其餘諸人的情況是：屠本畯見過兩個不完的抄本，謝肇淛亦如之。袁中道、沈德符不僅見到過不完的抄本，擁有完整抄本（其實亦不完整，當缺第五十三至五十七回，詳見拙作〈《金瓶梅》抄本考〉），而沈德符還看到過初刊本，對《金瓶梅》之刊印過程亦較清楚。因此他們關於《金瓶梅》作者的敘述很值得重視，正如不少研究者所指出的那樣，種種跡象表明，他們之中，比如沈德符，似乎有人確知《金瓶梅》的作者是誰，但卻因種種原因而不能或不願意說出，所以一涉及到這個問題，總是閃爍其詞，使人撲朔迷離，難以捉摸。然而我們始終認為，無論是《金瓶梅》作者本人，還是其知情者，雖然這樣那樣地在擺著迷魂陣，但他們實在也似乎並不想，也不可能完完全全一點痕跡也不留下來。因而在從原作出發的基礎上，追蹤上述知情者或其他知情者留下的種種蛛絲馬跡，實在不失為解開《金瓶梅》作者這個千古之謎的一把鑰匙。

上述六位明人對於《金瓶梅》作者的敘說，歸納起來，大概至少有這樣一些共同特點：

(1)除欣欣子序以外，其餘五人均說《金瓶梅》作者是嘉靖時人。欣欣子序沒有明確指出《金瓶梅》作者為嘉靖時人，從其所開列的「前代騷人」及作品中的明代作家作品來看，除《如意傳》《于湖記》兩書尚不能確知作者，難以考定其時代外。作《鍾情麗集》的丘瓊山的卒年似乎最晚。他死於明弘治八年（1495）。欣欣子既稱他為前代人，則似可見出欣欣子一定在他以後的若干年，恰當嘉靖年間，這就與上述五人說法相近，但事情似乎遠沒有這麼簡單。

欣欣子序中提到的周靜軒，大約就是萬曆十九年《新刊校正古本大字音釋三國志通俗演義》內作「詩曰」云云的周靜軒，明末刊本《隋唐演義》中也有他的詩，似乎此人當在明弘治、嘉靖年間，則比丘瓊山年代更後。關於《懷春雅集》的作者盧梅湖之生卒年亦難考知，但萬曆間類書如《風流十傳》《國色天香》《燕居筆記》等皆有《懷春雅集》（見孫楷第先生《日本東京所見小說書目》），則盧之生卒，恐當在嘉靖年間，甚至活到萬曆年間。又欣欣子序似乎當寫在萬曆末年或天啟年間，則其稱上述諸人為「前代騷人」，且云「吾友」笑笑生而不云「故友」笑笑生，則可見其作序之時，《金瓶梅》之作者似仍當活著。這樣一來，《金瓶梅》作者顯係萬曆年間的人。這就未免與上述五人云嘉靖年間人相左。儘管我們對這位蘭陵笑笑生以及欣欣子之名認作是偽託，似很不可信，但仍錄此以備考。

(2)上述六位明人對《金瓶梅》作者的說法不管如何歧異，另有一共同點則是都說《金瓶梅》為一人之所作，不是藝人或民間藝人之集體創作。

主張或認為《金瓶梅》為民間藝人集體創作或為累積型作品的意見發生於本世紀以來，較早提出這種看法的似乎應算馮沅君先生。建國以來，持這種意見的人逐漸多起來，而且其中不少人都是學術界較有影響的專家，如潘開沛、趙景深、徐朔方、劉輝等等。他們推出的論據都有相當的說服力，其立論確有成立之可能。但是，我以為就現存《金瓶梅詞話》本來看，就其整體而言，實際上是並不能或不適於演唱的，無論用聯曲式或詩贊式，都是如此。《金瓶梅詞話》中確實充滿了大量的演唱材料以及韻文，但這個事實並不能掩蓋其終究以散文為主的基本特點，而這大量的占主導地位的散文，是並不適於演說的。這我們只要拿現存的演唱材料中的散文與《金瓶梅詞話》中的散文進行比較，就很清楚了。

在持這種集體創作說的人當中，有人用《金瓶梅詞話》本曾被人多次刪改而成，或是用不同系統的各種抄本拼湊而成來支援己說。無奈這不過是並無根據的臆測。其實抄本與初刊本、與現存萬曆本是基本一致的，而各種抄本之間並無大的區別，只有個別字句上的差異。對此我們在〈《金瓶梅》抄本考〉中已予敘述，在此不贅。關於《金瓶梅》

不是民間藝人集體創作或累積型作品的其他理由，我們在《李先芳與金瓶梅》一書中亦曾敘述過，讀者可以參見，而且我們還將有專文加以更為詳細的論述。

2.清人

清人中關於《金瓶梅》作者的提出者，這裏就不再一一列出。整體上來看，對於《金瓶梅》的作者，清人多推測之詞，似乎都未曾提出足夠的證據。但對《金瓶梅》作者之研究仍不失為重要的參考。不過似乎應當指出一點，清時「苦孝說」成風，這實在有將作者研究引入魔道之嫌。

3.現當代人

現當代關於《金瓶梅》作者的研究者雖亦有若干推測之詞，亦未拿出較為充分的論據，但所據一般較為可信。現當代關於《金瓶梅》作者的考證文章最值得人們注意。其說雖未必能夠成立，但對作者之研究都有重要的參考價值。這方面的材料很多，情況也較為複雜，就不再敘述了。

(三)對以往提出的《金瓶梅》作者之時代分析

1.作者為嘉靖間之大名士者：

嘉清間大名士、世廟巨公、馮惟敏、謝榛、王世貞、薛應旗、李贄、徐渭、李開先、李先芳，計 10 說。

2.作者為嘉靖間人，而非大名士者：

王世貞門人，金吾戚里門客，李開先之崇信者、劉九、紹興老儒、某孝廉、吳儂、盧楠、荊川仇人、陸炳仇人，計 10 說。

3.作者為隆萬間人（或主要活動為萬曆年間者）：

趙南星、賈三近、湯顯祖、屠隆、陶望齡兄弟、沈德符父子以及其他文人（包括馮夢龍）、丁耀亢及丘志充，計 7 說。

4.作者之時代難以確定者：

蘭陵笑笑生、浮浪文人、民間藝人，計 3 說。

5.李漁當算作清人，蔣劍人為清人，計 2 說。

總計 32 說。

通過下述三個問題的研究和考定，作者範圍可大為縮小。

第一、成書過程之研究。

如果確認此書並非民間藝人集體創作，而為文人或書會才人個人創作（不排除如同《紅樓夢》那樣有人補綴完成），則集體創作說方面的作者推測可以排除。

第二、成書年代之確定。

如果確考出《金瓶梅》為嘉靖年間人所作，則其餘隆萬年間諸作者自可排除。若確考出成書年代為萬曆初、中期所作，那麼先於此時間早逝者，自可排除在作者之外。

在成書年代問題上，必然牽扯到成書過程中的另一個方面，即如上面已經說到的抄本與初刊本、現存萬曆詞話本的關係，以及各抄本之間的關係問題。如抄本與初刊本、現存萬曆本之間有重大出入或修改；若抄本有不同系統，曾被作過重大刪改，那成書年代自然難以確定，同樣，作者問題也就更難確定。如上文所提及，這種種猜想實在並無根據，事實完全不是這樣。

據我們現在的初步考證來看，《金瓶梅》成書年代之上限，必不晚於嘉靖末年，而很可能甚至晚於隆慶年間，不早於萬曆六至八年。（詳見拙作〈《金瓶梅》成書年代新線索〉）但作者對嘉靖年間的事情較為熟悉，似不可否認。

第三、考定寫作《金瓶梅》的作者所應具備的種種條件。

建國以來的所有考證《金瓶梅》作者的人，幾乎沒有不力圖從原作出發來尋找內證，並努力探求寫作《金瓶梅》的作者所要具備的條件的。這無疑是非常正確的。這前一種努力的結果，使我們準確地弄清楚了《金瓶梅》中的一些內容的來源，這是《金瓶梅》研究中的重要收穫之一。這後一種努力的結果，使我們對寫作《金瓶梅》的作者所必備之條件有了大體的把握。但在這兩種努力的過程中，亦並非一點問題也沒有的。在前一種努力過程中，不少人似乎在運用這種成果時犯了簡單的三段論推理的毛病，如書中有某人之作品，就斷定該書為誰所作。在後一種努力過程中，不少人對寫作《金瓶梅》的作者所必須具備的條件的把握往往還不夠準確，於是就進行類比。比如大家都已經意識到《金瓶梅》作者是懂音樂的，或者說作者在音樂方面有相當的造詣，但作者懂音樂的程度，或其在音樂上的造詣到底深到何種程度，則並未恰如其分地掌握。造成此種情況的原因除我們對《金瓶梅》一書中的內容還缺乏深入研究之外，重要的原因似乎是我們的搞《金瓶梅》研究的人還缺乏這些方面的專業知識，而具備這種專業知識的人則很少真正涉足《金瓶梅》的研究，這都不能不引起我們的足夠重視。

在關於寫作《金瓶梅》之作者所具備的條件方面，這裏想說兩個問題。第一，關於大名士與非大名士或文人與藝人合作問題。近年來，鑒於《金瓶梅》一書中所顯示的種種矛盾現象，比如若從書中各種舛誤錯亂來看，此書似非大名士大手筆之所作；而從其中的「吐屬不凡」融貫書史成文得心應手以及對朝章典儀等等的熟悉來看，又非大名士、大手筆所不能為，於是人們開始提出可稱為折衷的方案，即《金瓶梅》一書當由大名士與非大名士或文人與藝人合作而成。這自然不無道理，因為它似乎比較合理地解決了上述矛盾。但是持這種折衷說的人似乎忽視了一個重要問題，即一旦上述兩種人合作，則不僅能發揮上述兩種人的長處，亦必將很好地克服上述兩種人的缺點，至少一經文人或大手筆加工，舛誤錯誤自應克服才對。不知持這種意見的同志將如何解釋這新的矛盾現象。

第二，除了上述將文人與藝人合作的說法外，還有一種將文人與藝人絕對對立的說法，如認為《金瓶梅》若為文人個人所創作，就與民間藝人無關；而認為《金瓶梅》為民間藝人所作則必定是集體創作，而不可能是個人創作。我們認為這種將文人和藝人的絕對對立的看法也是片面的。文人與藝人之間，從中國文藝史上來看並非是絕對對立的，二者之間其實並無絕對對立的界限，作家（文人）而通藝，藝人而通文，這樣的事實多得不勝枚舉。

關於《金瓶梅》作者問題，還有一個應當補出的問題是，《金瓶梅》作者之說現已逾三十，但除了那些較為概括性的作者（如大名士、巨公之類）以外，就具體的有名稱的作者而論，範圍是否就這麼大，換言之，《金瓶梅》的作者有無可能是上述作者範圍以外的人呢？儘管現在不少人已對新說之出現抱著一種厭煩心理。這種心理狀態的形成自然不無道理，但有誰敢擔保《金瓶梅》之作者一定是上述圈子中的人呢？學術研究，感情不能取代理智。我們始終認為在《金瓶梅》作者的探求過程中，我們應該把眼光放得更為開闊一些，不要被成說束縛。要之，我們完全可以尋找另外的作者候選人。

(四)已往提出的作者的籍貫分析

上述《金瓶梅》作者之籍貫情況如下：

1.浙人：

紹興老儒、蘭溪一帶之吳儂、屠隆、李漁、沈德符父子、徐渭、陶望齡兄弟。

2.吳人：

王世貞、馮夢龍、薛應旗。

3.山東人：

李開先、賈三近、謝榛、李先芳、劉九、馮惟敏、丘志充、丁耀亢、趙南星（李先芳故居之范縣，原屬山東，1964 年劃歸河南；趙南星原籍之高邑，原屬山東，現劃歸河北）。

4.湖北人：

袁中道兄弟、劉承禧。

5.福建人：

李贄。

6.江西人：

湯顯祖。

7.作者之籍貫難以確定者：

金吾戚里門客、王世貞門人、某孝廉、李開先崇信者、集體創作之民間藝人、蘭陵笑笑生。

考定《金瓶梅》的作者，人們當然不能不重視作者之籍貫，而在作者籍貫問題上，人們主要是從《金瓶梅》的方言以及書中主人公的生活習俗出發。

關於《金瓶梅》的方言問題早在半個世紀以前魯迅先生和吳晗先生就曾指出過，《金瓶梅》用的是山東方言。對此，當然亦早就有人認為過於空泛籠統，但卻並不否認這個結論。近年來對《金瓶梅》方言為山東方言持否定態度的人漸多起來，有人甚至主張必須從山東人的框框中跳出來。其主要理由就是《金瓶梅》中雜有所謂吳方言以及浙江方言（當然其中甚至有些北京方言）。因此關於方言的歸屬問題，爭論得十分激烈。

一部八十萬言的長篇巨制就擺在我們面前，而且其方言特徵十分明顯，這都是不容否認的事實。但是對其方言歸屬，我們卻不能明確回答，這對我們的方言研究簡直是一種挑戰！說明我們的方言研究，確實是比較薄弱的環節。我們在解答《金瓶梅》方言時，不要說語音、語法，就是辭彙，甚至找不到翔實的各地方言的參照物。這就難怪不少解釋《金瓶梅》方言的學者所舉出的僅為某地方言所具有的辭彙，結果在其他地區迄今為止尚大量活著，使人難免不以為解釋者太武斷。當然這也不是沒有客觀原因的，比如不少想研究《金瓶梅》方言的人甚至見不到《金瓶梅》，而真正的搞方言的人也很少甚或沒有涉足《金瓶梅》方言。

關於《金瓶梅》方言問題，我們正在加緊進行，並且已有專門的文章予以敘述，這裏不想多說，只想指出兩點：

第一，《金瓶梅》方言是單一方言，而不是混合方言。第二，從語音上看，《金瓶梅》方言不是吳方言。關於《金瓶梅》方言的確切歸屬，我相信，過不了多久就可以確定。這樣以來，那些不熟悉這種方言的作者便可排除。

關於《金瓶梅》一書中主人公的生活習俗問題的研究，情況正同於方言，至少一點也不比方言方面好。近年來不少《金瓶梅》研究專家十分肯定地說《金瓶梅》中主人公的生活習俗，諸如飲食、日常器具都是南方的。在這方面最為武斷的可能要算臺灣的《金瓶梅》專家魏子雲先生了。

根據我們的研究與考證，我們可以明確地指出魏子雲先生所列舉的那些支撐《金瓶梅》主人公的生活習俗為南方習俗之論點的論據，沒有一條是經得起推敲的。這裏僅舉出幾條重要的加以敘述。《金瓶梅》中的西門慶的主食中時常以大米為主，這在沿運河一帶的北方城市的富貴人家中正是常有的事實。《金瓶梅》中的飲酒習慣，正是十六紀中後葉北方中原一帶，特別是運河兩岸富貴人家飲酒情況的忠實的、不走樣的描述。關於《金瓶梅》中的日用器具，這裏就以被魏先生作為重要證據的馬桶問題為例來加以說明。經過反復的調查核實，現已查明，明中後葉東昌府、臨清一帶是用馬桶的，而且有的就叫馬子。這種習俗一直延續到建國初期，這時婦女出嫁的必備嫁妝之一就是馬桶。我們可以明白地指出，《金瓶梅》中的生活習俗，正是十六世紀中後葉我國北方城市（主要指中原一帶）生活習俗的真實紀錄。

談到已往提出的《金瓶梅》作者的籍貫，我們不能不涉及一下蘭陵問題，儘管《金瓶梅》抄本及初刊本上似乎並沒有欣欣子的序，儘管蘭陵未必一定就是地名。蘭陵作為郡縣，在中國歷史上實在只有兩處，一為現在山東省的嶧縣一帶，一為江蘇武進。魏子雲先生在〈金瓶梅詞話的作者〉一文中提到過關於第三個蘭陵的材料：「據日人所編《漢和辭典》尚記有後魏置之蘭陵，在安徽省境，未考。」和《大漢和詞典》相類，《中國古今地名大字典》也說到這第三個蘭陵，不過云在今河南省境內。對這第三個蘭陵，我們曾作過較詳之考證，確證此第三個蘭陵不復存在。這是上述二種工具書引據的資料有誤所致。史書中有誤的原因有二：一是永、承、丞三字形近易誤；二是中國古有兩個鄫國（或鄫地、鄫邑），一在今山東棗莊附近，二在河南省柘城縣東北。蘭陵以鄫為參照物，故易誤。要之，第三個蘭陵不復存在。

《金瓶梅》作者考證的重要線索與途徑
——二十年來《金瓶梅》作者考證之檢討

十二年前（1987 年），我寫過一篇〈《金瓶梅》作者諸說分析〉的文章，收在由我主編的《金瓶梅作者之謎》（寧夏人民出版社，1988 年 5 月版）一書中，當時被認為可能是《金瓶梅》作者的人數已逾三十。到現在，據說被認為可能是《金瓶梅》作者的人數已逾七十。我的文章印出之後的這十二年中，不斷有友人將其關於《金瓶梅》作者考證的專著、論文惠贈予我，客氣地或禮節性地讓我談點意見；也時而有友人來信問及《金瓶梅》作者考證的進展情況，我對作者考證的新見解等。現將我所瞭解的有關情況、我對二十年來《金瓶梅》作者考證的看法、我認識到的《金瓶梅》作者考證的重要線索與途徑等作一簡要敘述，算作我對這些友人的公開回復，也借此向這些友人與海內外的專家學者請教。而這對於關心《金瓶梅》作者考證的的讀者，或正在進行《金瓶梅》作者考證的同行，或許是有益的。

一、二十年來《金瓶梅》作者考證的回顧

正如我在〈《金瓶梅》作者諸說分析〉一文中所說，關於《金瓶梅》的作者，明代人多傳聞之語，清代人多推測之詞。《金瓶梅》作者的認真考證是本世紀以來，特別是近二十年來的事。

1978 年實行改革開放以後，學術界中的若干禁區開始被打破了。1979 年，《社會科學戰線》雜誌在第 2、3、4 期連續刊載了朱星先生關於《金瓶梅》考證的三篇文章，其中第二篇文章的題目就是〈《金瓶梅》的作者究竟是誰〉。1980 年 10 月，百花文藝出版社出版了朱星先生的《金瓶梅考證》一書。

1979 年第 5 期《復旦大學學報》刊載了黃霖先生的〈《金瓶梅》原本無穢語說質疑——與朱星先生商榷〉。1980 年第 4 期《徐州師院學報》刊載了張遠芬先生的〈新發現的《金瓶梅》研究資料初探——兼與朱星先生商榷〉。1982 年第 3 期《徐州師院學報》又刊載了張遠芬先生的〈《金瓶梅》作者新證〉，並於 1984 年 1 月由齊魯書社出版了他

的《金瓶梅新證》一書，考證《金瓶梅》作者是山東省嶧縣的賈三近。

1983年第3期《復旦大學學報》刊載了黃霖先生的〈《金瓶梅》作者屠隆考〉，考證《金瓶梅》的作者是浙江寧波（鄞縣）的屠隆。人們很快就對《金瓶梅》作者賈三近說、屠隆說發表了自己的見解。與此同時，關於《金瓶梅》作者的新說不斷湧現。《金瓶梅》作者考證的序幕拉開了。而與考證作者的同時，人們也對《金瓶梅》的成書年代、版本、思想、人物、藝術等等展開了全方位的研究，《金瓶梅》研究的熱潮興起了。

到了1987年，也就是我寫〈《金瓶梅》作者諸說分析〉的時候，被認為可能是《金瓶梅》作者的人數已逾三十。這三十多位《金瓶梅》作者候選人包括明、清時代人傳聞、推測的作者在內，真正做過比較認真的考證的有姓名可考的主要有王世貞、李開先、賈三近、屠隆、湯顯祖、梅國楨門客、李先芳、謝榛、劉守（劉九）等人。

王世貞說：關於王世貞作《金瓶梅》的傳說很早，崇信者很多，只是本世紀三十年代吳晗先生提出了較為有力的質疑。迨七十年代末，如上所述，朱星先生又加以論證，而周鈞韜先生又進一步加以闡發。[1]

李開先說：最早由吳曉鈴先生在中國社科院文學所編撰的《中國文學史》的注釋中提出，而卜鍵先生有《金瓶梅作者李開先考》一書。[2]

賈三近說：如上所述，由張遠芬先生提出。

屠隆說：如上所述，由黃霖先生提出，後來又作過續考；臺灣的魏子雲先生，特別是寧波師範學院的鄭閏先生，用力甚勤。

湯顯祖說：由美國學者芮效衛先生提出，有〈湯顯祖作《金瓶梅》考〉。[3]

梅國楨說：由美國學者馬泰來先生提出。[4]

李先芳說：由葉桂桐、閻增山提出，見其所著《李先芳與金瓶梅》。[5]

謝榛說：由王螢、王連洲兄弟提出。[6]

劉守說：由戴鴻森先生提出。[7]

自我的〈《金瓶梅》作者諸說分析〉刊印以後，即1989年以來，除對上述諸說中提

1 周鈞韜《金瓶梅新探》，百花文藝出版社1987年。

2 卜鍵《金瓶梅作者李開先考》，甘肅人民出版社1988年。

3 〔美〕芮效衛〈湯顯祖創作《金瓶梅》考〉，徐朔方編選校閱《金瓶梅西方論文集》，上海古籍出版社1987年。

4 馬泰來〈麻城劉家和《金瓶梅》〉，中華文史論叢，1982年第一輯。

5 葉桂桐、閻增山《李先芳與金瓶梅》，寧夏人民出版社1988年。

6 山東聊城《水滸》《金瓶梅》學會編《金瓶梅作者之謎》，寧夏人民出版社1988年。

7 戴鴻森〈我心目中《金瓶梅詞話》的作者〉，《讀書》，1985年4期。

出的一些作者，有人又不斷提出新的材料加以補充外，又不斷有新的《金瓶梅》作者人選被提出來，這其中有專著、論文刊發且影響較大的，據筆者所知，主要有《金瓶梅》作者王穉登說、馮夢龍說、賈夢龍說、丁惟寧說。

王穉登說：由魯歌、馬征提出。二位有〈《金瓶梅》作者王穉登考〉[8]，內中開列了王穉登作《金瓶梅》的十三條論據，如「王穉登最先有《金瓶梅》抄本，而且是有抄本者之中唯一具有作者資格的人」；「王穉登是古稱『蘭陵』的武進人」，「世傳《金瓶梅》係『嘉靖間大名士』『世廟時一巨公』所作」，「這也合於王穉登的身分」等等。

馮夢龍說：關於馮夢龍作《金瓶梅》的說法提出得較早，而且有多人有所闡述，我所以把這一說法放在這裏加以敘述，是因為 1989 年以後，我又見到了更為認真地對此說加以論述的一文、一書，這就是臺灣朱傳譽先生的〈明清傳播媒介研究——以金瓶梅為例〉[9]一文，陳昌恆先生的《馮夢龍　金瓶梅　張竹坡》[10]一書。

賈夢龍說：由許志強先生提出[11]，認為山東嶧縣人賈夢龍具備寫作《金瓶梅》的條件。

丁惟寧說：由張清吉先生提出[12]，認為《金瓶梅》作者應是山東諸城人，而丁耀亢的父親丁惟寧具有寫作《金瓶梅》的條件。

以上就是二十年來的《金瓶梅》作者考證的大體情況。

二、正確評價二十年來的《金瓶梅》作者考證

二十年來的《金瓶梅》作者考證是由朱星先生開始的，考證的思路或思維方式也是由朱星先生先確定的。

朱星先生在〈《金瓶梅》的作者究竟是誰〉一文中，依據沈德符在《萬曆野獲編》中的那段話，總結了《金瓶梅》作者所必須具備的一些條件（特別是「聞此為嘉靖間大名士」），依此來斷定誰具備這些條件，然後進行考證。

儘管二十年來進行《金瓶梅》作者考證的學者由於各自的學養、經歷、資料條件、治學方法等等很不相同，因此在具體的考證過程中，情況也不盡一致，但從大部分學者的實際操作結果來看，實在並未真正超越朱星先生所確定的思維方式。這種思維方式，

8　魯歌、馬征《金瓶梅及其作者探秘》，華嶽文藝出版社 1989 年。

9　朱傳譽〈明清傳播媒介研究——以金瓶梅為例〉，1989 年徐州國際《金瓶梅》學術討論會論文。

10　陳昌恆《馮夢龍　金瓶梅　張竹坡》，武漢出版社 1994 年。

11　許志強〈《金瓶梅》作者是賈夢龍〉，《新華文摘》，1991 年 3 期。

12　李增坡主編《丁耀亢研究——海峽兩岸丁耀亢學術研討會論文集》，中州古籍出版社 1998 年。

仍然有點先入為主的意思，頗有點胡適先生的「大膽假設，小心求證」的嫌疑。而且在具體的《金瓶梅》作者考證中，出現了下列一些情況：

1. 在考證之前所確定的那些《金瓶梅》作者所必須具備的條件，有些其實是需要進一步論證其是否可靠的，比如所謂「嘉靖間大名士」等。

2. 在材料使用時不僅時有「硬傷」，而且頗多牽強附會之處。

3. 有的研究者甚至根本聽不進不同意見，「自說自話」。

4. 有的研究者所據材料並不充分，卻遽下肯定性結論，不留退路，言之鑿鑿，不可更易。

5. 結果，被論定為《金瓶梅》作者的隊伍越來越長。

因此種種，人們便對《金瓶梅》作者考證頗為懷疑，產生了一種逆反心理，有人甚至對這種考證一概加以否定。

我以為人們對於《金瓶梅》作者考證的這種反映，是完全可以理解的。作為《金瓶梅》作者考證的學者來說，應該借此認真總結自己考證過程中的經驗教訓，儘量減少「硬傷」，少一點牽強附會，既要敢於堅持真理，又要勇於修正錯誤，要敢於不斷地超越自己，使自己不斷進步，不要老停留在原來的水準上。

當然，我也不贊成那種對二十年來的《金瓶梅》作者考證一概否定的看法，實事求是地說，二十年來的《金瓶梅》作者考證，還是很有成績的，這我們只要看一看現在人們對於《金瓶梅》作者的認識較之二十年前有了多大的進步，就很清楚了。儘管在《金瓶梅》作者考證中存在著很多問題，但成績不可抹殺。我認為《金瓶梅》作者考證如上所述，開啟了《金瓶梅》研究的熱潮，帶動或促進了與作者研究直接有關的一些基礎研究，比如關於《金瓶梅》的成書年代、版本、方言、習俗等等的研究。《金瓶梅》作者考證所作出的貢獻已經超越了作者研究的範圍。事實上，幾乎每一個新的《金瓶梅》作者候選人的提出，都為《金瓶梅》研究提供了新的資料，因為每一個新的作者的提出，考證者都要開列出一些「內證」與「外證」。這些作者候選人的確可能與《金瓶梅》的實際作者相去甚遠，你可以不承認考證者的結論，但不應該拒絕接受考證者所提供的新的資料。比如，我在一開始將王螢、王連洲兄弟的關於《金瓶梅》作者為謝榛的論文收入我所主編的《金瓶梅作者之謎》一書中的時候，就不認為謝榛是《金瓶梅》的作者，我認為謝榛可能死於萬曆七年，《金瓶梅》中有謝榛去世以後的事情，但我以為王螢兄弟關於《金瓶梅》中的臨清地名考證，對於《金瓶梅》研究是非常有價值的，因此我還是要將其論文收入書中。其他《金瓶梅》新作者的考證也大體如此，這裏就不一一列舉了。

不僅如此，而且我以為二十年來的《金瓶梅》作者考證，雖然離考出《金瓶梅》的真正作者還相去甚遠，但應該承認我們對於《金瓶梅》的作者的真面目的認識是越來越清楚了。二十年來的《金瓶梅》作者考證，使我們對於哪些是《金瓶梅》作者考證的重要線索，對於這些重要線索應該如何看待，都比二十年前更加清楚了。這對於我們今後的《金瓶梅》作者考證，無疑有著重要的意義。

三、《金瓶梅》作者考證的重要線索

經過二十年來的《金瓶梅》作者考證的實踐，我以為以下線索對於《金瓶梅》作者考證，似乎更為重要，現逐一加以簡要的介紹。

1.沈德符

沈德符不僅擁有《金瓶梅》全抄本，是《金瓶梅》初刊本付刊過程的知情人，而且也應該是《金瓶梅》作者的知情人，他跟當時很多與《金瓶梅》有關係的人都有著這樣那樣的聯繫，因此他的確是《金瓶梅》作者考證的重要線索人物。他在《萬曆野獲編》中的關於《金瓶梅》的那段話，是幾百年來，特別是近二十年來《金瓶梅》作者考證中無人不予注意的，它引導著、範圍著、也限制著《金瓶梅》的作者考證。（對於沈德符的這段話在《金瓶梅》作者考證中的功過，我下邊還要談到。）

2.馮夢龍

我認為馮夢龍寫作《金瓶梅》的可能性很小，但他卻有可能是初刊本《金瓶梅》的刻印人，有可能是將詞話本《金瓶梅》改寫為崇禎本《金瓶梅》的人。他在泰昌版《新平妖傳》的序言中化名隴西張無咎評價《金瓶梅》說：「他如《玉嬌麗》《金瓶梅》，如慧婢作夫人，只會記日用帳簿，全不曾學得處分家政，效《水滸》而窮者也。」但在重印本《新平妖傳》的序言中卻化名楚黃張無咎評價《金瓶梅》說：「他如《玉嬌麗》《金瓶梅》，另闢幽蹊，曲終奏雅。然一方之言，一家之政，可謂奇書，無當巨覽，其《水滸》之亞乎！」這種對於《金瓶梅》評價的前後矛盾，頗有點令人費解。當然，就是這種矛盾，也仍然是重要線索。

又，不少人以為所謂「東吳弄珠客」就是馮夢龍的化名。我現在給大家介紹一條新的線索。通常我們所見到的東吳弄珠客的序言的末尾署名落款是「萬曆丁巳季冬東吳弄珠客漫書於金閶道中」。但已故的葉玉華先生在〈王世貞撰寫世情小說和明刻《金瓶梅詞話》的差別〉[13]一文中，說東吳弄珠客序言末尾的署名落款是「萬曆丁巳季冬東吳弄珠客漫書於金閶道中之劃一廬」，即多了「劃一廬」三個字。葉玉華先生言之鑿鑿，而

---

13 《華東師範大學學報》，1995 年第 1 期。

且對「劃一廬」三個字加以考證，可見其必有所據，但不知其何所據也，可以再作調查。

3.袁無涯

以往人們對於袁無涯與《金瓶梅》的關係不大重視，但據王利器先生在〈《金瓶梅》成書新證〉[14]一文中考證，這個袁無涯跟《金瓶梅》關係十分密切。王利器先生引用了袁小修在《遊居柿錄》中萬曆四十二年（1614）甲寅七月二十三日以後寫的一段話：

> 袁無涯來，以新刻《卓吾批點水滸傳》見遺，予病中草草視之。記萬曆壬辰（1592）夏中，李龍湖方居武昌朱邸，予往訪之，正命僧常志鈔寫此書，逐字批點。……今日偶見此書，諸處與昔無大異，稍有增加耳。……往晤董太史思白，共說諸小說之佳者，思白曰：「近有一小說名《金瓶梅》，極佳。」予私識之。後從中郎真州，見此書之半。……但《水滸》崇之則誨盜，此書誨淫，有名教之思者，何必務為新奇以驚愚而蠹俗乎！

又引用了袁小修當年九月初六日以後寫的一句話：

> 袁無涯作別，覓予詩文入梓。

王利器先生以為袁無涯去見袁小修，目的有二：一是送自己刻印的《水滸傳》給袁小修；二是想從袁小修那裏借《金瓶梅》抄本，以便刻印。但袁小修不同意，未給他。於是袁無涯就又取道麻城，從劉承禧那裏借到《金瓶梅》抄本刻印了。王利器先生以為蘭陵笑笑生就是袁無涯。王利器先生的結論是否確當，人們自可討論。但王利器先生所引用的上述袁小修的話，的確很值得深思。

又，據王利器先生說，《金瓶梅》中用的《水滸》原文是「天都外臣」本，這個本子是百回本，無田、王二傳，但《金瓶梅詞話》開頭就大書特書「那四寇：山東宋江，淮西王慶，河北田虎，江南方臘」，這是因為袁無涯刻了一百二十回本的《忠義水滸全傳》，因之，這回由他訂補的《金瓶梅詞話》，就順水推舟地捎帶一下而為《忠義水滸全傳》張目耳。這是很值得人們深思的。

4.劉承禧

劉承禧是收藏家，手中擁有《金瓶梅》全抄本，又與梅國楨有姻親關係，而如上所述，梅國楨門客被認為有寫作《金瓶梅》的可能，因此，劉承禧實在也是《金瓶梅》作者考證中的重要線索人物。

---

14 杜維沫、劉輝編《金瓶梅研究集》，齊魯書社 1988 年。

5.《新刻金瓶梅詞話》「欣欣子」序、《山中一夕話》「三台山人」序、《遍地金》「哈哈道士」序

現存明清文獻中，已知的述及到「笑笑生」「笑笑先生」的共有四處：除了《新刻金瓶梅詞話》「欣欣子」序、《山中一夕話》「三台山人」序、《遍地金》「哈哈道士」序之外，還有一處，就是《花營錦陣》中。《花營錦陣》刊於 1610 年，是春宮畫冊，共有春宮畫 24 幅，都配有曲詞。其中第 22 幅畫圖所配的是一首〈魚游春水〉詞，署名「笑笑生」。24 首詞署了 24 個作者的名字：桃園主人、風月平章、秦樓客、南國學士、探春客、萬花谷主、風流司馬、忘機子、掌書仙、煙波釣叟、擷芳主人、醉月主人、五湖仙客、留香客、玉樓人、惜花人、方外司馬、俠仙、醉仙、適適生、有情癡、笑笑生、花仙、司花史（吏）。很顯然，這 24 個署名實際上是隨意編造的。這也可以證之於刊於 1606 年的另一種春宮畫冊《風流豔暢圖》，其中也有 24 幅春宮畫圖，也配有詩詞，署名也是如此。因此這裏的「笑笑生」這一名字對於《金瓶梅》作者考證用處不大，可以不去管它。

下面就讓我們來看一看另外的三位「笑笑生」與「笑笑先生」的情況。

《金瓶梅詞話》「欣欣子」序：

> 竊謂蘭陵笑笑生作金瓶梅傳，寄意於時俗，蓋有謂也。……吾友笑笑生為此，爰罄平日所蘊者，著斯傳，凡一百回。其中語句新奇，膾炙人口，無非明人倫，戒淫奔，分淑慝，化善惡。知盛衰消長之機，取報應輪回之事，如在目前始終。如脈絡貫通，如萬系迎風而不亂也。使觀者庶幾可以哂而忘憂也。……此一傳者，雖市井之常談，閨房之碎語，使三尺童子聞之，如飫天漿而拔鯨牙，洞洞然易曉。雖不比古之集，理趣文墨，綽有可觀。……

序末署名為：欣欣子書於明賢里之軒。

《山中一夕話》序：

> ……春光明媚，偶游勾曲，遇笑笑先生於茅山之陽。班荊道故，因出一編，蓋本李卓吾先生所輯《開卷一笑》，刪其陳腐，補其清新，凡宇宙間可喜可笑之事，《齊諧》遊戲之文，無不備載，顏曰《山中一夕話》。予見之不禁鵲喜。……世之論卓吾者，每謂《藏書》不藏，《焚書》不焚，徒災梨棗，詎意《藏書》《焚書》之外，復有如許妙輯。予固知勾曲茅山為洞天福地，此中多異人，人多異書。不謂邂逅得此。此書行世，行看傳誦海宇，膾炙塵寰，笑柄橫生，談鋒日熾，時遊樂國，黼黻太平，不為無補於世。……

末尾署名為：三台山人題於欲靜樓。

《遍地金》序：

> ……《遍地金》者，為笑笑先生之奇文而名也。……笑笑先生胸羅萬卷，筆無纖塵，縱橫古今，椎鑿乾坤，舉凡缺陷世界，不平之事，遺憾之情，發為奇文，登諸梨棗，傳誦宇內，莫不作金石聲。是先生之文，即大地之金也。《補天石》告成，繼以是編，此《遍地金》之所由名耶。行看是書行世，紙貴洛陽，窮谷遐陬，無人不讀先生之文，斯無地不睹先生之金。名曰《遍地金》，誰曰不宜？……

末尾署名為：哈哈道士題於三台山之欲靜樓。

對上述引文稍作比較，我們不難看出，《山中一夕話》與《遍地金》的序言出於同一人之手，這不僅從其對笑笑先生的描述相似、用語的雷同中可以看出，而且從其末尾署名落款均在「欲靜樓」這同一個地方，更可以得到進一步的證明。《山中一夕話》《遍地金》二書的序言中的「笑笑先生」與《新刻金瓶梅詞話》「欣欣子」序中所形容的「蘭陵笑笑生」也非常相似，而且《新刻金瓶梅詞話》中引用了《山中一夕話》中的詩文。因此，《新刻金瓶梅詞話》《山中一夕話》《遍地金》對於我們考證《金瓶梅》的作者，無疑是非常重要的線索。

當然，因為這三種書的刻印時間都沒有真正弄清楚（對此，我下邊還要論述），所以我們在使用這些材料時必須十分謹慎。

6.丘志充

據謝肇淛〈金瓶梅跋〉記載：丘志充擁有《金瓶梅》抄本。又據沈德符《萬曆野獲編》記載：丘志充手中還有《玉嬌麗》一書，而《玉嬌麗》也出於《金瓶梅》作者之手。因此，丘志充不失為《金瓶梅》作者考證的重要線索。

7.丁耀亢

丁耀亢曾從擁有《金瓶梅》抄本的董其昌遊，二人關係十分密切；丁耀亢與擁有《金瓶梅》抄本和《玉嬌麗》抄本的丘志充的兒子丘石常不僅是同鄉，而且情誼非常深厚；丁耀亢又是《續金瓶梅》的作者，因此丁耀亢自然也是考證《金瓶梅》作者的極為重要的線索。

四、《金瓶梅》作者考證的重要途徑與應當注意的問題

(一)從文學流播的角度來考證《金瓶梅》的作者

八十年代中期，我在進行《金瓶梅》作者考證時，走的也基本上是朱星先生所設計的路子，不過也多少有些不同。我的想法是先確定出《金瓶梅》作者所必須具備的條件，再根據這些條件確定出《金瓶梅》作者的候選人，然後再在這些候選人中找出真正的作者。所以，當我與我的朋友閻增山在撰寫《李先芳與金瓶梅》時，只是把李先芳作為一個《金瓶梅》作者的候選人，懷疑李先芳可能是《金瓶梅》的作者，因此，我們的書的名字不叫做《金瓶梅作者李先芳考》，而叫做《李先芳與金瓶梅》。

當《李先芳與金瓶梅》出版以及我撰寫的〈《金瓶梅》作者諸說分析〉刊印時，即1988年夏，我已經意識到這種《金瓶梅》作者的考證的思維方式有很大的局限性，因為不管我們把《金瓶梅》作者的候選人的範圍確定的多麼大，但誰都難以保證《金瓶梅》的作者一定就在這個範圍之中。但到底應該如何進行才好，很不明確，甚至感到有些困惑。這時，我正在北京師大作國內訪問學者，師從鍾敬文、張紫晨兩位先生學習民俗學與民間文學，手頭作的一個題目是民間文學的流播。於是便很自然地想到從文學流播的角度來考證《金瓶梅》的作者。於是，我開始制定研究規劃，首先是翻閱《明版刻綜錄》，然後到北師大、北大、北圖、中央民族大學等圖書館翻閱明代的善本書，一是為了增加點版本知識，二是為了作更為廣泛一點的調查。

不久，即1989年夏，在江蘇的徐州舉行國際《金瓶梅》學術討論會，我也去參加了。臺灣的朱傳譽先生雖然未到會，但卻給大會提交了論文，題目是〈明清傳播媒介研究——以《金瓶梅》為例〉。朱先生也是主張從文學傳播的角度來考察《金瓶梅》的作者，這使我更加堅定了自己的信心。我這一段時間調查研究的結果是以為《山中一夕話》的序言的作者「三台山人」可能是出版商兼通俗文學作家的余象斗（詳見我的博士論文《論金瓶梅》，存中國社會科學院研究生院）。當然，我並沒有說余象斗就是《金瓶梅》的作者，而只是想從余象斗這裏突破，從而進一步追查《金瓶梅》的真正作者。

十年過去了。現在回過頭來認真地想一想，明確地提出要從文學流播的角度來考證《金瓶梅》作者固然是朱傳譽先生，黃霖先生等雖然沒有明確地提出這一問題，但他們的《金瓶梅》作者考證實際上不也是從這種角度來進行的嗎？因此，我們可以說，二十年來的《金瓶梅》作者考證，使我們清楚地意識到，從文學流播的角度來進行《金瓶梅》作者考證，實在是一條重要的途徑。

(二)對現存的文獻資料認真加以考察，對以往的權威說法重新加以審視

二十年來的《金瓶梅》作者考證的實踐，也使我們清醒地意識到，必須對現存的文獻資料認真加以考察，必須對以往的權威說法重新加以審視。現將幾種必須認真考察的重要文獻資料以及必須重新審視的重要權威說法開列出來，並加以簡要地論述。

1.現存所謂「萬曆本」《新刻金瓶梅詞話》的刻印時間與地點不清楚

目前，中外學術界多半稱現在存世的臺灣故宮博物院、日本日光輪王寺慈眼堂、日本德山毛利氏棲息堂、日本京都大學附屬圖書館（二十三回殘本）等處所藏三種全本和一種殘本《新刻金瓶梅詞話》為「萬曆本」《金瓶梅》。其實，這幾種《新刻金瓶梅詞話》是否刻印於明萬曆年間，是頗有疑問的。事實上，這幾種《新刻金瓶梅詞話》的準確刻印時間我們並沒有真正搞清楚。

現在真正搞清楚刻印時間的最早《金瓶梅》版本是崇禎本，崇禎本系統的《金瓶梅》版本中，有的版本可以確考為崇禎年間的刻本。這不僅有刻工的姓名可證，有為了避諱崇禎皇帝朱由檢的名字而將「由」字刻為「繇」字、將「檢」字刻為「簡」字的證據，還有日本學者荒木猛通過對崇禎本《金瓶梅》的封面用紙的考證，從而「判明了崇禎本出版的書坊為杭州魯重民」[15]這樣的確證。

但是所謂「萬曆本」《新刻金瓶梅詞話》，我們卻缺少其刻印時間與地點的確鑿證據：

第一，缺少崇禎本那樣的刻印避諱證據。學術界普遍認為《新刻金瓶梅詞話》在刻印時沒有任何避諱，只有魯歌、馬征二位先生以為該刻本後半部分將「花子由」的「由」字刻為「油」字，這證明其刻於天啟年間（見其所著〈《金瓶梅》及其作者探秘〉）。我以為這種避諱方式比較少見。況且，如果刻印者已經是有意要避諱的話，那麼他應該像崇禎本那樣，連同「校」字一起避諱，但他卻並沒有那樣做。因此，這並不能證明該刻本刻於天啟年間。

第二，學術界普遍認為《新刻金瓶梅詞話》早於崇禎本《金瓶梅》，最為重要的甚至被認為是鐵證的是：北京大學圖書館藏本《新刻繡像批評金瓶梅》第九卷題作「新刻繡像批點金瓶梅詞話卷之九」；日本天理本，天津圖書館本，上海圖書館甲本、乙本第七卷題作「新刻金瓶梅詞話卷之七」；《新刻金瓶梅詞話》刻錯了的地方，崇禎本相沿而錯。但人們卻似乎忽視了一個重要問題，即《新刻金瓶梅詞話》不一定是《金瓶梅》

---

15 荒木猛〈關於《新刻繡像批評金瓶梅》（內閣文庫藏本）的出版書肆〉，黃霖、王國安編譯《日本研究《金瓶梅》論文集》，齊魯書社 1989 年。

的初刻本。如果崇禎本《金瓶梅》早於現存本《新刻金瓶梅詞話》，那不就是崇禎本錯了，而詞話本也相沿而錯了嗎？如果現存詞話本一定早於崇禎本，崇禎本是據現存詞話本改寫而成，那麼，據專家們考證，詞話本第五十三、五十四兩回文字與其前後文字脈絡貫通，風格也較一致，而崇禎本的這兩回卻描寫粗疏，與前後文風格亦不太一致，就崇禎本改寫者所表現出的實際文字水準而言，他既然是據現存詞話本進行改寫，那就肯定不會越改越糟，至少會保留原來詞話本的文字。

第三，《新刻金瓶梅詞話》卷端為「欣欣子」序，序中開頭就明確地說《金瓶梅》的作者是「蘭陵笑笑生」，但明清兩代學者卻沒有一個人提到過這個「蘭陵笑笑生」，也沒有人提到「欣欣子」的這篇序言，包括見到過初刻本《金瓶梅》的薛岡、沈德符，包括明確說明自己是依據詞話本《金瓶梅》為前本作《續金瓶梅》的丁耀亢，包括評點批評《金瓶梅》而曾經對《金瓶梅》作者大發議論的張竹坡，都沒有提到這篇「欣欣子」的序言和什麼「蘭陵笑笑生」。相反，薛岡卻說他見到的初刻本《金瓶梅》的卷端有序，而那序正是東吳弄珠客的序；而為《續金瓶梅》作序的人，其序言中的口氣也是針對東吳弄珠客的，而不是針對欣欣子的序言的。欣欣子的序言來路不明。

第四，據我考證，丁耀亢作《續金瓶梅》時所使用的詞話本《金瓶梅》，卷端不僅沒有欣欣子的序言，就連《新刻金瓶梅詞話》開頭的那四首〈行香子〉引詞、四首「四貪詩」也沒有（詳見拙作〈從《續金瓶梅》看《金瓶梅》的版本與作者〉）。

第五，據鄭振鐸先生說，《新刻金瓶梅詞話》是北方刻本。但如果這個刻本是初刻本，那麼它應當刻於南方的蘇州，而不會是什麼北方刻本。可見，這個《新刻金瓶梅詞話》的刻印地點也不清楚。

總而言之，現存所謂「萬曆本」《新刻金瓶梅詞話》的刻印時間、地點，迄今為止，我們並沒有真正搞清楚。

2.抄本《金瓶梅》、初刊本《金瓶梅》、《新刻金瓶梅詞話》、崇禎本《金瓶梅》之間的關係沒有真正搞清楚

現存《新刻金瓶梅詞話》是否是《金瓶梅》的初刻本？如果還有一種《金瓶梅》初刻本，那麼，抄本《金瓶梅》、初刊本《金瓶梅》、《新刻金瓶梅詞話》、崇禎本《金瓶梅》之間的關係是什麼？很顯然這與《金瓶梅》作者考證有著十分密切的關係。而迄今為止，學術界對這些問題的看法分歧很大。我對這個問題的看法如下：

在現存《新刻金瓶梅詞話》之前有一種《金瓶梅》初刊本，刻於萬曆四十五年或稍後的一二年，它的名稱就叫做《金瓶梅詞話》，是以劉承禧所藏抄本為底本刻印的，但該抄本缺第五十三至五十七回，刻印者補以入刻。崇禎本系統的《金瓶梅》又有兩種子系統，一是每頁 10 行本，無廿公跋；一是每頁 11 行本，有廿公跋。僅就系統而言，前

者早於後者，但其最早刻本都刻於崇禎年間。第一種子系統以初刊本《金瓶梅詞話》為底本，也可能參照過手抄本《金瓶梅》。第二種子系統以第一種子系統為底本，但參照過初刊本《金瓶梅詞話》，甚至手抄本《金瓶梅》。現存《新刻金瓶梅詞話》刻於崇禎本第二種子系統之後，大約在清初才刻成，是以初刊本《金瓶梅詞話》為底本，但也參照過手抄本《金瓶梅》，不僅其五十三、五十四回不同於《金瓶梅詞話》，而且加上了「欣欣子」序，收入了第二種崇禎本《金瓶梅》子系統中的廿公跋，加上了四貪詞和四貪詩，當然還有其他不同。

現存《新刻金瓶梅詞話》刻印較晚，對此，我在寫於 1988 年而刊載於 1989 年第 2 期《吉林大學學報》的〈從《續金瓶梅》看《金瓶梅》的版本與作者〉中就已經表述過。後來見到香港的梅節先生也持此種見解。這種見解所遇到的最為有力的駁難是：如果《新刻金瓶梅詞話》晚於崇禎本系統的《金瓶梅》，那麼，在崇禎本系統的《金瓶梅》中，為什麼會在卷題中出現「金瓶梅詞話」甚至「新刻金瓶梅詞話」這樣的卷題？崇禎本系統的《金瓶梅》中出現「新刻金瓶梅詞話」這樣的卷題，是崇禎本系統《金瓶梅》參照過《新刻金瓶梅詞話》，因而也晚於《新刻金瓶梅詞話》的鐵證！

我也曾一度相信這是鐵證，但後來經過認真比較，才發現其實這並非是鐵證，而只是孤證。崇禎本《金瓶梅》與「詞話本」《金瓶梅》是兩種不同系統的《金瓶梅》，在崇禎本系統的《金瓶梅》卷題中出現「詞話」字樣，這可以說是反常；但在整個崇禎本系統的卷題中都出現過「詞話」，這又成了正常；只有上海圖書館藏本等個別版本卷題中出現「新刻金瓶梅詞話」，則其中的「詞話」二字正常，「新刻」二字也正常，因為整個崇禎本系統都有「新刻」二字，不過是以將「新刻」與「繡像批評」連在一起為正常，而將「新刻」與「金瓶梅詞話」直接相連是反常，是孤證。我以為這個所謂的「鐵證」只不過是這種本子的刻工在刻第七卷卷題時，漏刻了「繡像批評」四個字，即將「新刻繡像批評金瓶梅詞話」刻成了「新刻金瓶梅詞話」。

《新刻金瓶梅詞話》刻成於清初，所以它也就難以流傳。我向來不大贊成臺灣魏子雲先生將《金瓶梅》視為政治影射小說的觀點，但《新刻金瓶梅詞話》刻成於清初，則不管刻印者有意還是無意，它卻的確成了影射政治、譏諷現實的小說了：奸臣誤國，導致了金人（清人）南侵。所以清代崇禎本與「詞話本」《金瓶梅》都不怎麼流傳，只有「第一奇書本」獨領風騷，那是因為「第一奇書本」《金瓶梅》把《金瓶梅》中那些太刺清人眼睛的詞兒都做了修改，比如將「虜患」改為「邊患」，將「夷狄」改為「邊境」，將「匈奴」改為「陰山」，將「突厥」改為「河東」等等。丁耀亢作《續金瓶梅》，正因為書中有這些太刺清人眼睛的詞兒，就坐了一百多天監獄，差一點丟了性命；而後來的刻印者不得不將《續金瓶梅》改為《金屋夢》《隔簾花影》，並像張竹坡一樣，去掉或者改換那些太刺清人眼睛的字眼。瞭解了這些情況，《新刻金瓶梅詞話》的不能廣為流傳，則思過半矣。當然，這是個非常複雜的問題，不是幾句話能講清楚的，筆者將用專文加以論述。

3.《山中一夕話》《遍地金》的刻印時間也未真正搞清楚

黃霖先生考證《金瓶梅》的作者為屠隆，其重要證據就是依據《山中一夕話》與《遍地金》的序言。他認為這兩種書都是明代刻本。他先見到的《山中一夕話》是北京大學圖書館藏本，這個藏本我也見了，但卻著錄為清代刻本。後來他又見到過中山大學圖書館藏本，為石渠閣本，但《中山大學圖書館善本書目》題解定為「清初梅墅石渠閣刻本」，而且在「笑笑先生」前也加上「清」字。據說，這是根據墨色、紙質等來判斷的。除了北京大學圖書館藏本《山中一夕話》之外，我也見到過中央民族大學圖書館所藏的兩種版本的《山中一夕話》，一為民國年間的排印本，價值不大；另一種就是王利器先生著錄過的本子。對於這個本子王先生著錄甚詳，以為是明代刻本，可以參見。[16]中央民族大學圖書館也著錄為明代刻本。有一次，臺灣的魏子雲先生也對我說，《山中一夕話》刻於明天啟年間。

據我所知見，無論是中央民族大學的藏本，還是北京大學的藏本，《山中一夕話》都由兩部分組成，前一部分用的都是《開卷一笑》的舊版，後一部分的內容兩種本子不同。前一部分的《開卷一笑》中，「編校」「校閱」的「校」字均作「較」，這有可能是為了避諱天啟皇帝朱由校的名字。但如果確實是這樣，那麼《開卷一笑》則是天啟刻本，而此時，李卓吾已經死去十八、九年，屠隆也已經死去十五、六年，怎麼可能再編輯這本《開卷一笑》呢？《山中一夕話》是用《開卷一笑》的舊版又加以擴充而成，是否刻於天啟年間，並沒有確鑿的證據。其是否真是明代刻本，還需要加以考察。

為了人們考查方便起見，現提供一點線索：中央民族大學圖書館藏《山中一夕話》扉頁的第二頁在「中央民族大學圖書館藏」印章之下，還有四枚私人印章，當為原藏書人的印章，如果藏書人是得到該書後即加蓋的，似可作為考證該書刻印的時間。這四枚印章有三枚是篆體陽文，為：黃天璽印，玉辛，鶴琴；一枚是篆體陰文，為：少棠。（我用的是拍照的相片，字跡不是太清楚，辨認得不一定準確，可以復審。）

如果說《山中一夕話》的刻印時間還需要進一步考察的話，那麼《遍地金》的刻印時間問題更大。

據說《遍地金》只有大連圖書館有藏本，我沒有見到過。據歐陽健先生著錄，「是書實割裂《五色石》之前半部而成，且即用其印版而篡易之」。而且還說，「回後總評

16　同註 14。

皆刪，而文中夾批仍在。故知所謂笑笑先生『《補天石》先成，繼以是編』乃書坊之假託耳」。[17]

《補天石》北京大學圖書館有藏本，我也未曾寓目，據歐陽健先生介紹說，「此書實割裂《五色石》之後半部而成，且倒易其次第」。[18]

既然《遍地金》與《補天石》都是割裂《五色石》而成書，那麼我們看看《五色石》是怎麼回事。《五色石》八卷，題「筆煉閣編述」，其自序署名為「筆煉閣主人題於白雲深處」。學術界多以為「筆煉閣主人」即清人徐述夔，徐為清康熙乾隆年間人。不過，大連圖書館編輯之《明清小說序跋選》則以為「筆煉閣」似非徐述夔。

丁錫根編輯的《中國歷代小說序跋集》在〈五色石序〉前加了按語，也以為《遍地金》《補天石》為割裂《五色石》而成。

黃霖先生根據《五色石》中的八個故事開頭敘述故事的時間得出結論說：

> 這八個故事有以下幾點可引起我們的注意：一、沒有演述清代的故事。二、講前朝故事時都加以「唐」「宋」「元」朝代名。三、演明代故事均無「明」字而直寫年號。顯然，這是明人的口氣。再檢書中內容，似也無入清的痕跡。故我認為，《遍地金》的作者，也即《山中一夕話》的增訂校閱者，實為明人。（〈《金瓶梅》作者屠隆考〉，《復旦大學學報》1984 年 5 期）

黃霖先生的推論不無道理，但卻缺乏版本依據，而現存版本則與其推論相左。

4.「蘭陵笑笑生」來歷不明

蘭陵笑笑生是我們二十年來的《金瓶梅》作者考證的最主要對象，特別是「蘭陵」二字，甚至成了判斷某人是否具備《金瓶梅》作者資格的重要依據。但這位「蘭陵笑笑生」只出現在《新刻金瓶梅詞話》的「欣欣子」序言之中，而如上所述，《新刻金瓶梅詞話》的刻印時間、地點都還未真正高清楚。明清時期，特別是明末清初那麼些與《金瓶梅》發生密切關係的人，居然沒有一個人提到過，所以我以為這個「蘭陵笑笑生」來歷不明。

5.「大名士」說殊可懷疑

沈德符在談到《金瓶梅》的作者時說「聞此為嘉靖間大名士手筆，指斥時事，如蔡京父子則指分宜，林靈素則指陶仲文，朱則指陸炳，其他各有所屬云」。因為沈德符是《金瓶梅》的知情人，所以他的話具有很大的權威性，我們二十年來的《金瓶梅》作者考

---

17 《中國通俗小說總目提要》，中國文聯出版公司 1990 年。

18 同註 17。

證，幾乎沒有人不奉為圭臬的，可以說毫不誇張地說，「大名士」說影響、圍範、限制、左右了我們的二十年《金瓶梅》作者考證。

但《金瓶梅》作者到底是否具備「大名士」的資格呢？這是殊可懷疑的。

王利器先生在〈《金瓶梅詞話》成書新證〉[19]一文中專門有一節〈《金瓶梅詞話》為嘉靖間大名士手筆辨〉，來考證《金瓶梅》的作者是否是大名士。據王先生考證《金瓶梅》作者不知「蜜脾」為「蜂房」，在引用《水滸》中原有的詩歌時竟改為「蜜甜」，「不僅點金成鐵，而且還走了韻，若此落韻之詩，而云『為大名士手筆』，其誰信之！」又說《金瓶梅》作者「把《水滸傳》之〈鷓鴣天〉詞，妄改為七言律詩，而尚名之曰〈鷓鴣天〉，如果出於『大名士手筆』，不會連詩詞都分不清楚的。並且重出『情深』『深情』『溺愛』『愛閣』等字眼，全然不懂律詩規格。詞不是詞，詩不像詩，如此惡劄，而亦為『大名士手筆』乎？想來沈氏亦不敢置信，故云『聞此』。『聞此』云者，指所聞為不根之談，亦『疑以傳疑』之意云耳。然則《金瓶梅詞話》，當亦出自書會中人之手耳。以此，在書中保存著許多說唱話本的家風，如留文之使用，即其一也。」

我在《金瓶梅》作者考證過程中，也曾一度篤信沈氏的「大名士」說，但細審《金瓶梅詞話》的文字，又頗感疑惑。於是，我在 1990 年、1991 年臨清和長春兩次全國《金瓶梅》討論會上發言說：「我們現在與其這樣爭論《金瓶梅》作者是否是『大名士』，還不如坐下來，認真地考證一下《金瓶梅》作者到底讀過那些書，這樣倒可以判定其是否具備『大名士』的資格。」當然，正如嚴羽所說「詩有別才，非關書也；詩有別趣，非關理也」。通俗小說作家未必是飽學之士，飽學之士未必能寫出優秀的通俗小說。但「大名士」則不然，他必須讀過一定數量和一定品質的書。通過對《金瓶梅》作者所讀書目的考察，可以比較清楚地判定其到底是否是「大名士」。

通過以上敘述，不難看出，我們二十年來的《金瓶梅》作者考證是在怎樣的基礎上進行的。如果僅從作者考證的角度而言，我以為我們實際上可以說是沙上建塔，我們的很多推論正是建立在很不牢固的基礎之上。我們對上述跟《金瓶梅》作者考證密切相關的重大問題尚且未弄清楚，就想得出令人信服的結論，這怎麼可能呢？己之昏昏，豈能使人昭昭？

(三)古典文學研究要引進現代化科技手段

上面我說到與《金瓶梅》研究相關的若干文獻典籍的刻印時間、地點（書坊）與版本情況，我們迄今為止還沒有搞清楚。由於種種原因，這些問題要真正搞清楚，單在文獻

---

19 同註 14。

範圍中搞清楚是很困難的。因此，我在八九年前的臨清全國《金瓶梅》學術討論會上就呼籲，為了解決研究中的一些重要難題，我們應該引進現代化的科技手段。這一想法是這樣產生的：為了弄清《新刻金瓶梅詞話》的刻印時間與書坊，我曾經到北京琉璃廠去向人請教，他們對我說，你把刻本拿給個別老先生看看，或者有可能。但現在這樣的老先生已經不多了，何況你又拿不來版本，怎麼行呢？我又向老師啟功先生請教。我說：「啟先生，明代的書坊，都有自己的寫工，因此各書坊所刻印的書字跡不同，能不能通過現存刻本字跡的比較來判別該書是哪個書坊刻印的？」啟先生笑著說：「我沒有這個本事，恐怕公安局都未必能真正做到。」我又向北京師大化學系的先生請教，我說：「如果把臺灣故宮博物院藏的《新刻金瓶梅詞話》和現存的當時一些書坊刻印的書進行紙張比較，能否準確地判別出它是哪個書坊刻印的？」他說：「判別這本書與另外一些書的用紙是否相同，這對我們來說是很容易的事兒，根本用不著破壞這些書，只要對這些書進行紫外線光譜分析就可以了。」我又向當時國務院自動化辦公系統設計的總工程師請教，問他：「過去各書坊刻書寫工不同，字跡也不同，給你一些書，能否用電腦通過對字跡進行分析，準確地搞清楚某本書是哪個書坊刻印的？」他說：「可以做到，不過這種程式你編不了，而且要有不少的經費，你能弄到嗎？」我辦不到，但他總算給了我一個比較滿意的回答。

十年過去了。現在電腦普及了，玩電腦的人多了，懂電腦的人也多了，大概我的想法有實現的可能了。

(四)努力發掘新資料

凡是參與《金瓶梅》作者考證的人，以及關心這個問題的人，幾乎都認為《金瓶梅》作者的確定還需要靠新資料的發現。但也有人斷言：《金瓶梅》的作者原本就不想讓人知道書的作者是誰，現在四百年過去了，更不可能再有新的資料發現了。這恐怕有點過於悲觀了吧！臺灣的朱傳譽先生說：「沒有公開的明清史料還很多，有待我們繼續努力。」[20]朱先生的話是不錯的。

在國內的《金瓶梅》研究未免處於冷寂的時候，1999 年 4 月 20-22 日，在山東省的臨清市召開了「山東省《金瓶梅》文化委員會成立」大會。山東省諸城市的李增坡、張清吉同志參加了大會。如上所述，諸城與《金瓶梅》關係十分密切，那裏也有人在考證《金瓶梅》的作者，因此與會的同志很想知道他們近來在做些什麼工作。他們說他們正在

20 朱傳譽〈無心插柳〉，周鈞韜、魯歌主編《我與金瓶梅——海峽兩岸學人自述》，成都出版社 1991 年。

努力發掘明清時期的資料，雖然還沒有發現與《金瓶梅》直接有關的資料，但卻發現明末清初與丁耀亢同被稱為「諸城十才子」而詩名遠過於丁氏的李澄中的手稿，另外還有幾種。據他們說，諸城民間仍然有不少明清時期人的資料沒有公開，他們正在努力發掘。

諸城如此，別的地方也是如此。我們應該努力加以發掘！

五、結語：當務之急是倡導一下「漢學」

檢視一部中國古代學術史，就治學方法而論，大抵無非是「漢學」與「宋學」兩種樣式。比較理想的狀態當然是「漢」「宋」並舉，但事實上很難做到。歷史總是在二律背反中前進的。「漢學」發展到極致，則以「宋學」糾其弊；「宋學」發展到極致，則用「漢學」以正之。鑒古可以知今。我們現在的中青年學者多半採用「宋學」方法治學，用「漢學」方法治學的比較少。用「宋學」又多半缺乏「宋學」那種宏偉氣魄與開創新體系的本事，不乏的是販賣西方貨色的商賈。雖云商賈，又缺少西門慶那樣的大商人的魄力，而不乏李三、黃四，甚至韓道國之類的角色，不敢買下整個西方世界的「金沙」，裝入中國的八卦爐中，燒煉出新的金丹，所以也算不上真正的「宋學家」。《金瓶梅》作者考證原本是「漢學」的營生，操此術者，乾嘉學人可謂達到了極致，至少可說是為我們樹立了光輝的榜樣，但我們卻缺乏乾嘉學人的根底與實事求是的作風，多半是空對空導彈，而缺少地對空導彈，因此那考證便不免捉襟見肘，時露破綻。

由《金瓶梅》作者考證而推及我們的文學史研究與編寫，我以為那情形正十分相似。最近，新編的文學史著作亦不算少，那成就也相當可觀，但多半是用「宋學」方式，以新穎的見解取勝，而少有「漢學」式的突破。比如，像〈孔雀東南飛〉這樣劃時代的名作，幾乎沒有一種新編的文學史不是沿用舊說，即將其視為樂府歌詩，並在此基礎之上再生發議論，殊不知明清學人已經對此提出質疑，以為它不是樂府歌詩，而是一種民間演唱。據筆者考證，實際上〈孔雀東南飛〉不過是文人賦。類似情況很多，用不著一一列舉。

歷史的經驗值得注意，如無「宋學」的導引，「漢學」會迷失方向；而無「漢學」作為根基，則「宋學」勢必流於空泛的議論。「漢」「宋」總是在相互為用中進步。我們現在不少中青年學者喜歡用「宋學」方式治學，而又不能真正建構起中國式的文學評價體系，原因固多，但缺乏「漢學」的根柢，則不能不是原因之一。所以我以為我們現在固然需要「宋學」，但當務之急是要倡導一下「漢學」，這不僅是以其濟「宋學」之窮，而且是使「宋學」得以真正建立起來。我們二十年來的《金瓶梅》作者考證的最大經驗教訓，不在於我們沒有考證出《金瓶梅》的真正作者，而在於這一過程檢閱出了我們的「漢學」的根柢的薄弱。

二十年《金瓶梅》作者考證的實踐，其意義遠遠超出了《金瓶梅》作者考證本身，超出了《金瓶梅》研究，其中的經驗教訓，不僅適用於整個古典文學研究，而且也適用於整個的中國人文社會科學研究。這就是二十年來的《金瓶梅》作者考證的真正的價值。

第三編
《金瓶梅》時代背景與主題

新奇的角度與內容：驟變的社會氛圍與作者的主導思想

一、中國社會的歷史性轉折

中國的資產本主義萌芽或胚胎實際上在北宋末年已經出現或萌生，北宋畫家張擇端的《清明上河圖》正是對這一事實的真實寫照。北宋時期豪紳地主以及北宋的各級官府，也有設置絲織作坊的。前者除滿足自己的消費外，也生產一些商品，而且以此為主；後者則完全供皇室貴族和高級官僚的消費之用。這兩類作坊的勞力都是雇募來的，官營作坊中的「募工」都要在手背上刺字；私營作坊則不然。這兩類作坊中的募工，特別是私營作坊的募工，他們受封建性之束縛雖然都很強烈，但實際上已出現了相當於資本主義前期的雇傭生產關係。陶瓷生產、造紙業和印刷業生產方面的情況亦與絲織品生產的情況相仿佛。

馬克思在《資本論》第三卷中說：「商業依賴於城市的發展，城市的發展也要以商業為條件。」北宋的商業和城市，較之唐代，已有明顯的發展。大城市，如兩京，已經突破了坊和市的界限，並且出現了夜市，城市規制和商業經營情況已接近於近代都市。

作為資本主義萌芽在北宋出現的另外兩個重要標誌是：一、紙幣的出現；二、在手工業工人中出現了行會。前者不必多說，後者，即這種行會雖受封建政府、官吏之操縱，但實質上已經有了某種資本主義前期工會的性質；我們絕不能只看到它封建性的方面，也應該而且必須看到它的上述「工會」性質。

更為引人注目的是這時出現的下層知識分子組成的「書會」和由藝人組成的「社會」。它不僅不同於商人的行會，也不完全等同於手工業工人組成的行會。組成「書會」和「社會」的是社會上的一種特殊的生產精神食糧的勞動力。我在〈論文藝的商品化對文藝的巨大影響——試論宋代「瓦肆文藝」在中國文藝史上的地位〉[1]一文中，對文藝在這一時期的商品化傾向作過較為詳細的敘述。這種文藝的商品化傾向的出現，在中國歷史中，特別是中國文藝史中，是很值得重視和認真加以研究的。我以為它實在是這一時期資本主義萌芽出現的重要表現，並從而有力地反證了資本主義萌芽已的確存在。

成吉思汗的馬蹄無情地踐踏了這種自發自生還非常嫩稚的資本主義萌芽。一個社會制度和文化層次遠比漢民族（或中原人民）落後的民族入主中原，使中國的社會進程不可避免地出現了某種逆轉。

但是明代初期，中國的經濟很快得到恢復和發展，到明代中後葉，即《金瓶梅》一書中所述及的嘉、隆、萬時期，資本主義萌芽不僅復蘇，而且有了新的發展。中國封建社會的母體中，已經孕育了資本主義社會的胚胎，中國社會處於重大的轉折時期。

二、明中後期的資本主義萌芽

我們可以從以下幾個方面來看看明代中後葉的我國社會狀況。

(一)商品貨幣經濟迅速發展

明代中後葉，我國的商品貨幣經濟較之北宋末期有了更大的發展，這不僅表現在生產規模的擴大上，也表現在商品貨幣經濟的廣泛程度上。這時紡織手工業作坊主有的「富至數萬金」，有的甚至達到「百萬金」[2]，他們雇用的工人已達數十人、上百人之多。萬曆時期分散在蘇州的「機坊」和「染坊」裏的織工和染工就各有數千人。景德鎮的制瓷業的傭工，「皆聚四方無籍之徒，每日不下數萬人。」[3]徽州的煉鐵業每爐需工四五十人，尤溪的煉鐵業每爐需工達五、七百人。[4]《金瓶梅》中的描寫正與此相當。孟玉樓的前夫楊某的染坊是「見一日常有二三十染的吃飯」（第七回）。陳經濟落魄時，和他一起在冷

---

1 葉桂桐〈論文藝的商品化對文藝的巨大影響——試論宋代「瓦肆文藝」在中國文藝史上的地位〉，《唐前歌舞》，臺灣文津出版社 2013 年。

2 張翰《松窗夢語》卷六〈異聞記〉，沈德符《野獲編》卷二八。

3 光緒《江西通志》：蕭近高〈參內監疏〉。

4 嘉靖《徽州府志》卷七。

鋪內一鋪睡的土作頭兒飛天鬼侯林兒，「近來領著五十名人，在城南水月寺曉月長老那裏做工，起蓋伽藍殿。」（第九十六回）

蘇州的機戶遍佈全城，萬曆時僅嘉興的石門鎮已有二十家大油坊專門榨油生利（康熙《嘉興府志》卷十五〈藝文〉下：賀燦然〈石門鎮彰德亭碑記〉），臨清的磚窯有上百座。（民國《臨清縣誌》）

與商品經濟發展的同時，工商業城鎮也隨之興起和增多。當時工商業發展比較顯著的城市，除去南北兩京之外，江南、東南沿海和運河沿岸等三個地區商業城鎮林立。江南的蘇、松、杭、嘉、湖等五府都有很多商業城鎮，其規模均相當可觀，如蘇州的盛澤鎮、震澤鎮，嘉興的濮院鎮、王江涇鎮，湖州的雙林鎮、菱湖鎮，松江的楓涇鎮、朱涇鎮、朱家角鎮，杭州的唐棲鎮等等。盛澤鎮在明初還是一個只有五六十戶人家的小村，隨著絲綢業的發展，到了明末，已成為擁有人口五萬的大鎮。《金瓶梅》中的人物的活動地點之一的臨清，從南邊的頭閘到北邊的塔灣，綿亙十餘里，已經擁有近五萬戶人家。

這時商品的範圍也大大拓寬，農民和手工業工人所生產的糧食、棉花、生絲、蔗糖、煙草、綢緞、棉布、紙張、染料、木材、銅器、鐵器、瓷器、磚瓦、鹽、麻、茶葉以及其他各種手工藝品都成為主要的商品。

商品經濟的發展還表現在商業的發達上。此時全國出現了數量更多的商人。他們雖然多為小商人，但擁資數萬、數十萬至百萬的大商人亦不在少數。據宋應星估計，萬曆年間「徽商」的資本總額達三千萬兩，每年獲利九百萬兩，比國庫稅收多一倍。（《野議·鹽政議》）謝肇淛說：新安大賈「藏鏹有至百萬者」。（《五雜俎》）

沈思孝說：「平陽、澤、潞，豪商大賈甲天下，數十萬不稱富」（《晉錄》）總觀西門慶所掌握的商業資本約有數萬兩之巨，全部資產（不包括土地莊園和房產在內）有十萬兩左右。這時長途販運是非常普遍的現象。西門慶的父親西門達就曾經「遠走川廣，販賣藥材」。孟玉樓的弟弟孟銳年方二十六歲，就要到「荊州買紙，川廣販香蠟」，計畫「從河南、陝西、漢州走，回來打水路從峽江荊州那條路來，往回七八千里地」（第六十七回）。〈《天工開物》序〉說：「滇南車馬，縱貫遼陽；嶺儌宦商，衡遊薊北。」《李長卿集》卷十九說：「燕、趙、秦、晉、齊、梁、江淮之貨，日夜商販而南，蠻海、閩廣、豫章、楚、甌越、新安之貨，日夜商販而北。」臨清當時的商業也很發達，從頭閘到塔灣，綿亙十餘里，店鋪櫛比，商賈雲集，城市人口在三十萬以上，還不包括大量的流動人口在內。

與此同時，對外貿易空前發達。明朝中葉，在南洋的中國人空前增多，其中僅在呂宋的已多至數萬人。（《明史》卷三二二〈呂宋傳〉）當時與朝鮮、日本、呂宋、暹羅、汶萊、馮嘉施蘭、蘇祿、苗合里、美洛尼、古麻剌朗、彭亨、占城、滿剌加、爪哇、阿普、真臘、三佛齊、渤泥、蘇門答臘、南渤利、柯枝等國都有商業往來。正如萬曆《閩大記》卷十一〈食貨考〉所說：「舟車於直省，流衍廣外夷。」明代中後葉的中國，仍是世界貿易中心之一。

(二)資本主義的雇用生產方式

明中後期，雖然不排除有些雇主還不以銀計價，只是用某種產品或實物來代替貨幣付酬，但手工業和商業主幾乎普遍採用雇工剝削方式。

雇工大致有短工和長工兩類。短工是農閑時出來幫忙的人，但長工的數量無疑空前增多了。隨著商品經濟的發展，作坊或礦場內的內部分工也日漸趨於細密。如蘇州的絲織業中，有車工、紗工、緞工、織工等等；煉鐵業則有「煽者、看者、上礦者、取鉤（礦）砂者、煉生者而各有其任」。分工的細密必然導致工人技藝特長的長進與不同，也必然使有些技術工種不能不必需雇用長工。

在計酬方面亦大致有兩種情況：一為計件工資制，如在湖州等地就有專門替人養蠶、剪桑、繅絲的短工。如養蠶一筐，傭金一兩，繅絲一車，傭金六分。二是計時工資，如繅絲的雇工每日工資六分，剪桑的雇工每日工資二分。這種計時工資《金瓶梅》中也是普遍採用的：生藥鋪付夥計是每月三兩銀子（第九回），溫秀才作西賓，每月三兩束修，「四時禮物不缺」（第六十八回），陳經濟跟侯林兒做建築小工，工價是每天五分銀子（第九十六回）。

工人中有的有家業，有的則無家業，專門靠出賣勞動力為生。他們就是「得業則生，失業則死」，又都「計日受值」，與機戶的關係是「機戶出資，機工出力」的商品貨幣關係，已經從人身依附變自由了。他們是「自食其力之良民」，又是短工，按照明朝政府法令上的規定，「有受值微小工作只計月日者以凡人論」，可知他們在法律上也獲得較自由的地位。[5]《金瓶梅》中孟玉樓的丈夫楊某家的染工，侯林兒手下的工人，就是這種情況。就是長工，如付夥計、韓道國等，對於主人的依附關係也是自由的。

(三)城市居民反礦監稅監鬥爭的出現

明中後葉，在城市中，行會的手工業工人，因為物價之提高，生活困難，紛紛組織起來，向東家要求增加工資。而在宦官征商以後，各大城鎮的市民，不能容忍朝廷的這種橫征暴斂，先後掀起多次規模很大的反礦監、稅監的鬥爭。

萬曆二十七至二十八年（1599-1600），湖廣人民舉行了多次反抗宦官陳奉征商的鬥

5　翦剪伯贊主編《中國史綱要》，第三冊。

爭。蘇州人民反抗孫隆征商。萬曆三十年宦官潘相在江西景德鎮征商，引起了當地窯工的激變。萬曆三十一年，宦官王朝在北京門頭溝征商，一支由窯工和運煤腳夫組成並有部分窯戶參加的隊伍向北京進發，他們在京城內「填街塞路」，舉行大示威，迫使明朝皇帝不得不把王朝撤掉。這種鬥爭在各地此起彼伏，波及範圍比較廣泛，同一時期中，陝西、直隸、福建，以至遼東、雲南等地也紛紛發生。在《金瓶梅》故事發生地的臨清亦有之。萬曆二十七年（1599），天津和臨清稅監馬堂雇流氓惡棍數百人，以徵稅為名搜刮民財，致使臨清工商業者家破大半而激起暴動。臨清「州民萬餘，縱火焚堂署，斃其黨三十七人。」

參加這種反稅監鬥爭的基本群眾是城市的手工業者、小商人、手工業者和城市貧民，其中有很多是流入城市從事傭工、小販的破產農民，一部分居住城鎮的地主兼工商業者、中產以上的商人、作坊主、窯主等等，也參加到鬥爭中，因為他們的利益也因征商而受到一定的損失。這種鬥爭，就性質而言，正是資產階級和手工業工人、城市貧民反對封建統治的鬥爭。這種鬥爭在中國歷史上是空前的。這種鬥爭正是此時資本主義在中國已有了相當的發展的確證。

(四)中國廣大農村的狀況

中國迄今還是一個農業大國。十六世紀中後葉的中國自然更是典型的農業大國。因此要談及這一時期的社會轉變，便不能不涉及到農村或農業方面的狀況。這裏主要指出兩點：第一是土地的高度集中。王公勳戚和地方豪紳瘋狂地兼併土地，大多數農民相繼失掉土地。幾乎在全國各地，絕大部分肥沃的土地，都被王公勳戚和地方豪紳侵占。晉紳富室占田多者至十餘萬畝。而最為突出的是藩王占田，即所謂大批皇莊的出現。最多者有占田三百萬畝者。失掉土地的農民或淪為地主的佃農、雇工和奴婢，也有相當數量的變成流民。這些流民有不少在工商業城鎮發達的同時，進入城鎮，成了雇工或其他手工業者。這實際上是為城鎮工商業的發展提供了大量的勞動力。

第二是由實物地租到貨幣地租轉變的完成。神宗萬曆九年（1581），宰相張居正在全國土地丈量的基礎上，把嘉靖初年已在福建、浙江等地實行的一條鞭法，推廣在全國範圍內實施。無論稅糧、差役，一律改為征銀，差役俱由政府用銀雇人充當。這在中國社會發展史上是具有重大意義的事件，它表明中國封建經濟的剝削方式已從實物地租轉變為貨幣地租。不管張居正的出發點和最終目的何在，這種做法本身都必然導致兩種結果：一是大大地促進了農民乃至整個社會商品貨幣經濟的發，二是大大地減弱了農民對封建國家的人身依附關係。這兩種結果都有利於資本主義商品貨幣經濟的發展。

綜上所述，我們不難看出，明代中後葉，即嘉、隆、萬時期，特別是萬曆時期，無論是城鎮還是廣大農村，商品貨幣經濟空前發展，貨幣的地位空前提高了。金錢成了人們的崇拜物，成了人們追逐的最為重要的東西。這在中國，正是前所未有的歷史性轉折。這種轉折，必然帶來人們的觀念與社會心理意識的巨大變化。

三、社會觀念、社會心理意識、社會風俗的歷史性轉折

(一)人們的社會觀念的重大轉變

社會觀念是一個內涵非常豐富的概念，它包含著很多要素。但我以為其中至為重要的在某種意義甚至可以說起決定作用的要素則不能不是人們的價值觀念。人們的價值觀念是不斷變化演進的，而判別這些變化的主要標誌就是人們評判價值的尺度或標準的變化。明代中後葉，人們的價值觀念發生了巨大的變化，這變化的重要標誌就是人們評價人的價值的標準或尺度發生了重大變化。為了清楚地展示這種變化或者準確地把握這種變化，我們不能不從縱的人們的整個價值尺度或標準的演進史上予以考查，即把這時的人們的價值尺度或標準放在歷史的大座標中進行考查。

一部人類社會的發展史，馬克思早已用一句話把它說穿了，就是人的本質物化或對象化的過程。過程是分為階段的。明中葉以前，中國人的本質物化或對象化的過程，大體上經歷了下述幾個階段：「我在」，「存在」，「保我性靈」。[6]

在這三個階段中，人們所使用的評價人的價值標準或尺度主要有三個方面：一、倫理道德的；二、功業的；三、聲名的。這三個標準或尺度不是絕緣分開的，是有交叉重迭的。倫理的尺度是孔子總結並確立的，實際上是以血緣關係為主，孝是其中的重要方面。道德的尺度與倫理的尺度關係最密，一般說來符合倫理的，也就是道德的；但道德的尺度也不完全等同於倫理的，比如在老、莊那裏就是如此，在孔子那裏道德與倫理才比較一致。倫理道德的尺度主要是衡量與活著的人之間的關係，但也包括對於已經死去的祖先等等的關係在內。功業的尺度既指有利於社會和國家、人民的，所謂建功立業就是，既包括文治，也包括武功。所謂聲名的，也就是名譽的，它雖然往往以前二者為基礎，有了前二者也就可以有聲名，但卻也並非是前二者所能完全涵蓋的，比如曹丕的所謂「蓋文章，經國之大業，不朽之盛事。年壽有時而盡，榮樂止乎其身，二者至之常期，未若文章之無窮。是以古文作者，寄身於翰墨，見意篇籍，不假良史之辭，不托飛馳之勢，而聲名自傳於後」。實際上是用文章（自然包括文學）來創造或追求人生的永久價值。

6　葉桂桐〈中國文學史分期之我見〉，《徐州師院學報》，1988 年第 1 期。

這雖然有功利（所謂「經國之大業」）方面，但似乎亦不無「為文藝而文藝」即為聲名而文藝的成分在內。倫理的、道德的、功業的尺度比較為人所注意，但聲名的，特別是用文學創作來追求人生的永久價值，作為評價人的價值的尺度，則不為一般研究者所注重，其實在中國這種價值尺度也是源遠流長的。比如曹丕之前有「詞賦懸日月」的屈原，接著有「思垂空文以自見」的司馬遷。曹丕之後則有「我志在刪述，垂輝映千春」的李白，有「為人性僻耽佳句，語不驚人死不休」的杜甫，更有「唯留一簡書，泥金泰山頂」的李賀，等等，可謂代不乏人。

但是在明中後葉，伴隨著資本主義萌芽的產生以及貨幣地位的空前提高而形成了一種新的價值觀念，一種新的價值尺度，這就是用金錢來衡量人的價值：一方面用這尺度來衡量自己，一方面也用這尺度去衡量別人。這種情勢在《金瓶梅》中顯示得再清楚不過了。潘金蓮家裏很窮，與大把使金銀的闊太太李瓶兒相比，自感低一頭，因此不得不用別的手段或自己其他方面的優勢來抬高自己的地位。正因為潘金蓮很窮，管賬時便不能不斤斤計較，她沒有錢亂賠，也沒有錢去買弄人心，廣施小恩小惠，所以下人們就覺得她遠不如李瓶兒。王六兒、賁四嫂、宋惠蓮的輸身西門，為的是錢！李瓶兒嫁給西門慶、桂姐的討好西門以及瞞著西門接客，為的也是錢！常時節的老婆是典型的城市貧民，且品行並不錯，但她未有錢買米下鍋時便不免與常時節吵鬧，可一見了銀子，馬上對丈夫無限地尊崇了起來！難怪常時節發自心腑地說道：「孔方兄，孔方兄！我瞧你光閃閃響噹噹的無價之寶，滿身通麻了，恨沒口水咽你下去。」（第五十六回）

最為驚世駭俗的自然是西門慶的那句名言：

> 卻不道天地尚有陰陽，男女自然配合。……咱聞那佛祖西天，也止不過要黃金鋪地；陰司十殿，也要些楮鏹營求。咱只消盡這家私廣為善事，就使強姦了嫦娥，和姦了織女，拐了許飛瓊，盜了西王母的女兒，也不減我潑天富貴。（第五十七回）

金錢使一切傳統的評價人的標準，無論是倫理道德的、功業的、還是聲名的，都黯然失色！什麼偶像，什麼神聖，什麼天堂地獄，皇帝宰相，三墳五典，名教綱常，統統失去了聖潔的靈光，金錢才是最有用的最實際的寶貝！金錢才是衡量人的價值的尺度！

人體的美也是一種價值！這種價值也跟金錢聯繫了起來用金錢這把尺子來衡量。漂亮的女孩子多賣錢！宋惠蓮就因為長得漂亮，就不願意去上灶，西門慶也不讓她上灶。龐春梅就因為長得漂亮，在西門慶家就自視高人一等，也正是因為漂亮，就又格外受到周守備的寵愛。《金瓶梅》中女人的美醜已開始用金錢的標準來衡量。

(二)人們的社會心理的重大轉變

人們的社會觀念制約著人們的社會心理，社會觀念的變化必然帶來社會心理的變化。在社會觀念中，人們的價值觀念既然發生了重大變化，金錢既然成了評價一切的尺度，成了至高無上的法寶，成了人們日逐夜想的追求物，那麼社會心理的變化必然正是如上所說的對金錢的崇拜。

與金錢地位空前提高的同時，即與人們的價值觀念變化的同時，人們對於自身價值的重視與追求也必然空前增強。這種追求不是倫理道德的，不是功業的，也不是聲名的，而是人性的，物欲的，情欲的。這種對自身價值的重視與追求在《金瓶梅》中的婦女身上體現得最為充分。

潘金蓮看不上「恪恪縮縮」的三寸丁谷樹皮武大郎，而愛「緆緆搜搜」的武松；武松不可得，相中了西門慶。潘金蓮的毒死武大郎，無論過去現在，還是將來，在法律上都是並將永遠是一種犯罪行為，但她本人也同樣是不合理的社會不合理的婚姻制度下的犧牲品。《金瓶梅》中的潘金蓮已經大大不同於《水滸傳》中的潘金蓮，她知書識字，不僅會「描鸞刺繡」，有一手好女工；而且會「品竹彈絲，又會一手琵琶」，能唱曲，能寫歌詞。潘金蓮說自己：「是個不戴頭巾的男子漢，叮叮噹當響的婆娘。拳頭上也立得人，胳膊上走得馬，人面上行的人，不是那喂膿血，搠不出來的鱉老婆！」這話並不誇張，潘金蓮雖然未免手毒心狠，但她無疑是個女強人，老實說，無論就能力還是本事，《金瓶梅》中那一大幫婦女，除了宋惠蓮（她也正是潘的影子！）不論外，誰也不是她的對手！她敗在吳月娘手下，並非因為不如吳月娘有能力、有本事，而是時勢使然。在西門慶的一大幫妻妾中，只有她和西門慶才相當。如果說《水滸傳》中的潘金蓮毒殺武大郎主要是因為看不上武大郎，或被稱作淫，那麼《金瓶梅》中的潘金蓮的與武大分手則還因為有些懷才不遇！潘金蓮對自身價值的重視與追求在西門慶家中顯示得十分明顯。《金瓶梅》中的潘金蓮不同於《水滸傳》中的潘金蓮的突出標誌是潘金蓮更懂得自身的價值。《金瓶梅》中的婦女形象中最能顯示這一時代人們的社會心理有著重大轉變的還有李瓶兒、孟玉樓和林太太。

李瓶兒看不上花子虛、蔣竹山，而愛的是西門慶，她說西門慶是治自己的「藥」。這個「藥」字很耐人尋味，就《金瓶梅》一書對李瓶兒的描寫來看，當然這「藥」有治李瓶兒的「欲」的功用，但就二人之感情，特別是李瓶兒死之前前後後二人的感情而言，這「藥」顯然也有滿足「情」的作用。花子虛，蔣竹山雖然不像武大郎那樣恪恪縮縮，但實在比武大郎除了身材稍高些外，也好不到哪裏去，無論就魄力和膽識，還是能力而言，都遠遠不能和西門慶相比。李瓶兒的捨棄花子虛、蔣竹山而奔向西門慶，正是因為她認為西門慶比花子虛、蔣竹山更為合乎自己的理想，有相同的價值觀念。而這正是她對自己的價值重視和追求的反映。

孟玉樓在丈夫小作坊主楊宗錫死去後，想改嫁。她的丈夫的舅舅張四「一心舉保與大街坊尚推官兒子尚舉人為繼室」，媒婆薛嫂則動員她嫁給西門慶做小。按照傳統的觀念，這兩種選擇之間確有懸殊的差別：嫁給尚舉人就是舉人夫人，嫁給西門慶只不過是做一位中藥鋪老闆的第三房小老婆。但孟玉樓自己堅持嫁了西門慶。莊田地主、功名門第，都失去了以往的誘惑力。孟玉樓的嫁給西門慶，不同於潘金蓮和李瓶兒，因為在孟玉樓並不存在所謂的淫行，那麼到底是為什麼呢？作者說「媒妁殷勤說始終，孟姬愛嫁富家翁」。可見這「富家翁」比「斯文詩禮」等更具有吸引力。孟玉樓愛西門慶這位富家翁也是合情合理的，她本來就是一個小作坊主的妻子，她不僅知道西門慶的產業遠遠超過自己的家業，也知道他遠比尚舉人家的家業大得多，而且在再婚之前孟玉樓與西門慶見過面。孟玉樓是一位很有心計的婦女，她看人視事都非常有見地，她無論對什麼事情都有自己的主見。除了產業之外，她當然要將西門慶與前夫楊宗錫各個方面進行比較，她的愛嫁西門慶自然是這種種比較的結果。另外也表現了孟玉樓處事總要按自己的意志、心意去做，這不僅表現在她的自願嫁給西門慶，表現在她在西門慶家中的為人處事，而且更表現在西門慶死後的再改嫁上。對此我們下邊還要談到。

下面我們就來看看《金瓶梅》中以「好風月」著稱的林太太。林太太的消息最初是由妓女鄭愛月透露出來的：

> 王三官娘林太太，今年不上四十歲，生的好不喬樣，描眉畫眼，打扮狐狸也似。他兒子鎮日在院裏，他專在家，只送外賣，假託在個姑姑庵打齋。但去就他，說媒的文嫂兒家落腳。文嫂兒單管與他做牽兒，只說好風月。（第六十八回）

我們再來看看林太太住宿的地方吧：

> 文嫂導引西門慶到後堂，掀開簾櫳，只見裏面燈燭熒煌，正面供養著他祖爺太原節度使邠陽郡王王景崇的影身圖，穿著大紅團就蟒衣玉帶，虎皮校椅坐著觀看兵書，有若關王之像，只是髯鬚短些。迎門朱紅匾上寫著「節義堂」三字，兩壁隸書一聯：「傳家節操同松竹，報國勳功並斗山」。（第六十九回）

西門慶與林太太的風月戰場就是在這背景之下擺開的。

人們把《金瓶梅》僅僅視為一本淫書，自然是不公平的，但也應該承認，在中國古代小說中它是直白地描繪這種淫穢場面比較多的一種，而在這些場面中氣力花得比較大、鋪排得最厲害的恐怕正是西門慶兩戰林太太。在《金瓶梅》中，恐怕只有林太太才是西門慶的真正敵手，作者似乎是這樣來描寫的。但很可惜，這樣一位著名的人物，中外的研究者們，幾乎很少有人認真加以研究，大概以為她的價值不大吧！其實不然，林太太這一形象的塑造有著非同尋常的意義所在。僅就門第而言，《金瓶梅》中的這一大群婦女，就沒有一個抵得過她。潘金蓮、孟玉樓、李瓶兒自不待說，吳月娘亦不過是清河左衛吳千戶的女兒，嫁給了商人西門慶。李瓶兒身分稍微高些，也不過是梁中書的小妾。林太太則不相同，這從以上的介紹已經不難看出。僅此一點就很值得人們深思了！而且妻妾之外，與西門慶發生性關係的人，幾乎無一例外的都是為了「錢」，林太太則大不一樣，她幹的基本上是賠錢的買賣！傳統的倫理道德觀念、功業、聲名、門第、綱常、忠孝、節義、天理都被西門慶與林太太在「節義堂」後，在「傳家節操同松竹，報國勳功並斗山」對聯之下的鏖戰粉碎了！留下的正是赤裸裸的「人欲」！本來，無論到什麼時代，只要人類存在，斷不了有「人欲」，人欲是人的正常的合理的要求，只能疏導，不能斷滅。但宋明理學卻用所謂的「天理」來滅絕人欲，否定的結果是走向了反面，到明中葉簡直可以說到了人欲橫流的地步，自上而下，莫不如此。正常的合理的要求因壓抑而變得畸形，以致使人覺得很多人的心理已經成了變態心理。

(三)時代的風尚習俗的改變

風尚與習俗，不過是人的心理意識的外化或凝聚；反過來，風尚與習俗也必然影響乃至改塑著人們的心理意識。由於商品貨幣經濟的迅速發展，城市的繁榮，人們的價值觀念以及心理意識的轉折變化，必然引起社會風尚及習俗的變化。

對於這一時期社會風俗之變化，吳晗先生在〈《金瓶梅》的著作時代及其社會背景〉一文中引證了兩條很有說服力的材料：

《博平縣誌》卷四〈人道〉六〈民風解〉：

> ……至正德嘉靖間而古風漸渺，而猶存什一於千百焉。……分社村保中無酒肆，亦無遊民。……畏刑罰，怯官府，竊鐵攘雞之訟，不見於公庭。……由嘉靖中葉以抵於今，流風愈趨愈下，慣刃驕吝，互尚荒佚，以歡宴放飲為豁達，以珍味豔色為盛禮。其流至於市井販鬻廝隸走卒，亦多纓帽緗鞋，紗裙細褲，酒廬茶肆，異調新聲，汩汩浸淫，靡焉勿振。甚至嬌聲充溢於鄉曲，別號下延於乞丐。……逐末遊食，相率成風。

崇禎七年刻《鄆城縣志》卷七〈風俗〉：

> 鄆地……稱易治。邇來竟尚奢靡，齊民而士之眼，士人而大夫之官，飲食器用及

> 婚喪遊宴，盡改舊意。貧者亦椎牛擊鮮，合饗群祀，與富者鬥豪華，至倒囊不計焉。若賦役施濟，則毫釐動心。里中無老少，輒習浮薄，見敦厚儉樸者窘且笑之。逐末營利，填衢溢巷，貨雜水陸，淫巧恣異，而重俠少年復聚堂招呼，動以百數，椎擊健訟，武斷雄行。胥隸之徒亦華侈相高，日用服食，擬於市宦。

我們再來看一下介於鄆城、博平之間的濮州的風俗變化情況。李先芳在其萬曆九年完稿的《濮州志》中關於風俗的敘述結束時有一段總述性的話：

> 北山氏曰：予自成童時，睹記郡中多茅屋土壁，縉紳徒步往來城市間，出廓或策蹇驢。相招惟片紙數字，字必親書。坐中無他味，雞黍、蔬菜、杯酒而已，相飲甚歡。其鄰垣高不及肩，男女婚姻不相較避。無親疏，非兄嫂不呼，美食必相喚，患難相扶持也。今也不然，財利相見，雖兄弟，錙銖必形於色。田登百畝，士膺一職，即高冠乘馬，洋洋過閭里不下。且負氣上人，輒攻詰人長短；或乘人之危，相與下石，雖公議不之恤也。此風觀城亦然。至朝城，殊有可觀者。邑有賢者，則眾服而推譽之；有不韙，則群聚而救正之；及陷於事，則極辯而掩護之，有直在其中之意。由御史王公應以忠厚倡之，有今曰也。範士類，惟閉戶自守而已。蓋政由民便，縣長不能自裁，故無苛政，不則僉謀而公訟之。其東南，雜汶、鄆之間，多殷實之家，戶籍所不備，勻攝所不及，以居二三界，得相容隱也。其性悍，其人粗俗，好與魯王孫往來。其地肥，饒木棉，一畝可拾二百斤。有萬畝之家者，其尚奢，樓觀相望，山嶽棋布，服御不衷，騶從如在官者。睚眥一方，或容亡命，人莫敢誰何，有嚴遂、周氏之風。

把這些史志的記載同《金瓶梅》一書相比較，我們無須加一字，二者之關係就一清二楚了。《金瓶梅詞話》第九十二回寫到臨清是這樣的：

> 這臨清閘上，是個熱鬧繁華大馬頭去處，商賈往來，船隻聚會之所，車輛輻輳之地，有三十二條花柳巷，七十二座管弦樓。

對這些花柳巷、管弦樓，書中都有具體細緻的描寫，這兒不去細說。對於《金瓶梅》中真實地描繪到的風尚習俗之巨大變化，本文不能也沒有必要全面系統地予以敘述，這裏僅從兩個方面即衣飾婚俗方面來闡述一下。

關於人們的衣飾方面。社會風俗的變化，在人們的衣飾方面是率先表現出來的，這只要看看今天人們的衣飾變化之迅速，花樣之翻新，也就不難理解了。對於《金瓶梅》中衣飾方面表現出來的風俗上的變化，這裏想從兩個方面加以敘述：一是尚新異，二是

「越禮」。

在《金瓶梅》之前，在中國古代小說中，還沒有一本像《金瓶梅》這樣真實細膩地對人物的服飾做生動的描繪，而又千姿百態，窮奇變化，不落程式俗套。《金瓶梅詞話》對西門慶的妻妾以及春梅等四個大丫頭的衣飾妝扮的描繪是著實花了一番氣力的。不僅隨人物性格之不同，以及地點的不同，衣飾也無窮變化，簡直使你眼花繚亂。限於篇幅這裏就不再煩引。讓我們來看看西門慶的夥計韓道國的妻子王六兒的衣飾打扮：

> 看見王六兒頭上戴作時樣扭心髻兒，羊皮金箍兒；身上穿紫潞綢襖兒，玄色一塊瓦領披袄兒；白挑線裙子下邊，顯著趫趫兩隻金蓮，穿老鴉緞子紗綠鎖線的平底鞋兒。拖的水鬢長長的；紫膛色，不十分搽鉛粉；學個中人打扮，耳邊帶著丁香兒。（第四十二回）

後來得了殺人犯苗青行賄的一百兩贓銀，就：「白日不閑，一夜沒的睡，計較著要打頭面，治簪環，喚裁縫來裁衣服，從新抽銀絲髻。」（第四十八回）那常時節家裏沒有房子住，租了人家的房子交不起房租，受房主的氣，後來得到了西門慶周濟他的十二兩銀子，就馬上到街上給老婆和自家買衣服。給老婆買了「一領青杭絹女襖，一條綠綢裙子，月白雲綢衫兒，紅綾襖子兒，共五件」，「自家也對身買了件鵝黃綾襖兒，丁香色綢直身兒，又有幾件布草衣服」，「共用去六兩五錢銀子」。真所謂「家才擔石，已貿綺羅；積未錙銖，先營珠翠」[7]，「家無擔石之儲，恥穿布素」[8]。

我國封建禮制規定：「衣服有制，宮室有度，人徒有數，喪械器用，皆有等宜。」（《荀子·王制》）這些禮制規定的目的是為了使「貴賤不相愈」，使尊卑貴賤各安其位，這樣就可使封建秩序得以穩定。所以朱元璋說：「貴賤無等，僭禮敗度，此元之所以敗也。」但是《金瓶梅詞話》中的人物的衣飾，是明顯地超越了國家的明令規定。西門慶的白綾襖子上，居然「罩著青緞五彩飛魚蟒衣，張爪舞牙，頭角崢嶸，揚鬚鼓鬣，金碧掩映，蟠在身上」（第七十三回）。按照明代禮制規度，飛魚蟒衣是二品以上大官或錦衣衛堂上官才准許穿的，山東提刑所千戶西門慶僅僅是五品，根本沒有資格穿，這是明顯的越禮行為。

正月十五晚上西門慶的妻妾到獅子街燈市李瓶兒新買的房子看燈賞月，「吳月娘穿著大紅妝花通袄兒，嬌綠緞裙，貂鼠皮袄。李嬌兒、孟玉樓、潘金蓮，都是綠遍地金比甲，頭上珠翠堆盈，鳳釵半卸」。終致引得人們議論紛紛：

---

7 《客座贅語》卷二。

8 《巢林筆記》卷六。

> 須臾，哄圍了一圈人，內中有幾個浮浪子弟，直指著談論。一個說道：「已定是那公侯府位裏出來的宅眷。」一個又猜是：「貴戚皇孫家豔妾來此看燈，不然，如何內家妝束？」是那一個說道：「莫不是院中小娘們兒，是那大人家叫來這裏看燈彈唱。」（第十五回）

由此我們已不難看出西門慶妻妾衣飾之越禮，也不難看出當時衣飾禮制的混亂，公侯宅眷、貴戚皇孫家豔妾與妓院中的小娘們兒，衣飾已經難以分辨。

又，據《明律例》《明會典》等，明初對服裝的顏色限定很嚴，民婦限用紫、綠、桃紅和各種淺淡顏色，對大紅、金繡閃光的錦羅綢緞禁止民婦穿用，違犯者本人、家長和工匠都要治罪。但《金瓶梅詞話》中的婦女，自上而下都有大紅衣服：吳月娘有「大紅妝花通袖袄兒」（見上述引文），李瓶兒有「大紅五彩通袖羅襖兒」（第二十回），潘金蓮、孟玉樓、李嬌兒也都有「大紅五彩通袖妝花錦雞緞子袍兒」（第四十回），丫鬟迎春、玉簫、蘭香也有「大紅緞子織金對衿袄」（第四十一回），而按明代禮制規定，只有官宦人家的貴婦人才能用金珠翠玉作為首飾，但《金瓶梅》中則僕婦、歌妓都是珠翠滿頭。真可謂「禮崩樂壞」，「是可忍孰不可忍」了。

在《金瓶梅》的婚姻習俗中最為惹人注目的不能不是寡婦再嫁。西門慶家中的僕人之再嫁自不待說，就是西門慶的妻妾，除吳月娘而外，都是寡婦再嫁，而且往往不止一次地再嫁，潘金蓮、李嬌兒、孟玉樓、李瓶兒，都是如此。在西門慶的這些小老婆的再嫁中，有兩點非常值得注意：一是丈夫死後不久即再嫁；其二是所謂「初嫁從父母，再嫁由自己」。

孟玉樓是丈夫楊宗錫死了一年多之後，才嫁給西門慶的；西門慶死後也是一年之後才又嫁給李衙內的，這已經算是時間長的了。潘金蓮、李瓶兒都是丈夫死後過了百日就再嫁，李嬌兒則在西門慶死後不久就盜財歸院並再嫁了。而隨便你翻一下明末及清代的地方誌，幾乎無一例外，一長串的節婦烈女的名字、事蹟占了很大的篇幅。《金瓶梅》中的寡婦再嫁，而且丈夫死後不久就再嫁，不剛好與之形成鮮明的對照嗎？

關於「初嫁從父母，再嫁由自己」的口號，不知是什麼時候出現的。《金瓶梅》中的婦女再嫁時幾乎無一例外地用這一口號來反對別人干涉，這是很值得注意的現象。寡婦再嫁，在中國是很不容易的，不要說四百年前，就是新中國成立初期，都不是件易事，它要受到來自各個方面的干涉。我記得新中國成立初期，甚至有寡婦再嫁，抬東西都不准走大門，而且要從牆頭上扔出去的習俗。但早在四百年前，《金瓶梅》中的眾寡婦就已可以隨意再嫁了（潘金蓮除外），可見當時的習俗的重大變化，以及思想的解放程度。

四、明中後葉的主要思想流派

哲學思想無疑是一個時代精神的代表，為了探究《金瓶梅》時代的社會氛圍，便不能不考察當時的所謂時代精神的代表——思想流派。而為此則似乎從有明一代的思想主潮的演進入手是必要的，這樣我們便可更為清楚地把握明代中後葉思想流派的演進軌跡與地位。

明代從朱元璋 1368 年建立統一的政權到成化（1465 年為元年）以前，約近百年時間，朱元璋面對的是一個由於戰亂的破壞，經濟衰敗已經達到了瀕於崩潰的局面。在高度強化中央集權制度的同時，為了恢復和發展生產，朱元璋採取了一系列的經濟改革措施，如鼓勵懇荒、減輕賦稅、興修水利、抑制豪強、恢復工商業和手工業，等等。這些措施的實施，使社會經濟逐漸恢復起來，生產力有了相當的發展和提高。這些措施在後來的永樂、洪熙、宣德年間也繼續得到貫徹。經過近百年的努力，明代的社會經濟出現了繁榮的局面。但是由於明代統治者對文人採取恩威並舉的手段，特別是文字獄的不斷興起，使得明初的思想明顯地處於保守狀態，毫無生氣的「臺閣體」詩文能夠占據文壇的領導地位就足以說明思想文化界的沉悶與保守。程朱理學成了占統治地位的官方哲學。

從成化年間的李東陽開始，在詩歌創作上力主宗法杜甫，作擬古樂府百首，開了前後七子文學復古運動的先河。

弘治年間，以李夢陽、何景明為首的「前七子」的文學復古運動，實際上是一場思想革新運動，是中國早期的「文藝復興」，他們穿起古人的服裝，演出的卻是一齣新戲。嘉靖年間以李攀龍、王世貞為首的「後七子」則把這一思想革新運動推向了新的高潮。這些文學復古派們把一隻眼睛的視線射向古代，標舉「文必秦漢，詩必盛唐」；把另一隻眼睛的目光投向現實的民間文學，空前地抬高民歌與其他民間文藝的地位，提倡戲曲和小說。他們標舉「文必秦漢，詩必盛唐」，實質上是在宣導一種漢唐氣象。漢唐之時，中國是世界上的強國，都城長安都曾經是世界的文化中心之一。國勢強盛，人們的氣度也不凡。魯迅先生說：「遙想漢人多少閎放，新來的動植物，即毫不拘忌，來充裝飾的花紋。唐人也還不算弱，例如漢人的墓前石獸，多是羊、佛、天祿、辟邪，而長安的昭陵上，卻刻著帶箭的駿馬，還有一匹駝鳥，則辦法簡直前無古人。」[9]漢文與盛唐詩，是國勢強盛人們氣度不凡的盛大氣象的表現。

復古派要宣導這種漢唐氣象，不是沒有原因的。除了他們自身（如李夢陽、何景明）雄視一切的氣質以外，客觀原因更為重要。當時明王朝仍是世界的經濟強國。在從 14

9　魯迅〈看鏡有感〉。

世紀、15 世紀以來在全世界範圍中的商品經濟占領世界的大潮中，明王朝也自有人躍躍欲試，企圖雄視天下。從 1405 年到 1433 年，三寶太監鄭和七次下西洋，正是這種企圖的表現。13 世紀馬可・波羅來到中國。15 世紀葡萄牙人進行了一系列企圖征服世界的活動，1557 年侵占中國的澳門。西班牙人開闢了新航線，哥倫布航抵「新大陸」。1624 年，荷蘭侵占臺灣。整個世界的格局在發生著新的變化。復古派宣導漢唐氣象，正是在這種國際國內的大氣候下才出現的。

中國當時的社會，如上所述，雖然重萌了資本主義萌芽，商品經濟也得到某種程度的發展，但與西歐之資本主義生產關係開始在一同占主導地位不同。中國的復古運動也與西方的文藝復興有著本質的差異。西方的文藝復興反對的是中世紀的神權統治，要使人從神的統治威壓下解放出來。中國的復古派則是讓人最終從王權的束縛下解放出來。但它們也並非沒有相似之處，最大的相似之處，正在於強調個人社會價值的人文精神。西方的文藝復興最終是勝利了；中國的復古運動卻終於擱了淺。《明史・李夢陽傳》說：「後世有譏夢陽詩文者，則謂其模擬剽竊，得史遷、少陵之似，而失其真。」復古派標舉「文必秦漢，詩必盛唐」是失敗了。但另一方面，他們抬高民歌與民間文藝地位，提倡戲曲小說，卻取得了勝利。而這後一種文藝，說到家，實則是市民文藝。這種勝利，實在是市民文藝的成功。

復古派的思想革新運動的矛頭，實際上是指向程朱理學。但是他們卻沒有從根本上動搖程朱理學。

從根本上動搖了程朱理學的是由王陽明標舉心學開始的。王陽明最著名的口號是「人人皆可為堯舜」，這就從根本上肯定了人的個人價值。王學發展到李贄，公開跟程朱理學唱反調，充分肯定「物欲」「情欲」的合理合法，宣導「童心說」，在肯定個人價值的基礎上又前進了一大步，即變成追求個性之解放，追求個人人格的獨立。「矯枉必須過正」，李贄的主張正是矯枉過正。在中庸之道畢竟占統治地位的中國，矯枉過正是必然行不通的。中國的資本主義還只是萌芽狀態，在整個社會經濟體系中不占主導地位。隨著晚明資本主義萌芽的再度被壓抑，商業經濟衰敗，李氏之失敗則不可避免。

早從景泰年間的丘濬開始，中由張居正、海瑞、呂坤、謝肇淛、陸儀等在內的一班地主階級思想反思派終於雄踞於思想界，他們重新解釋儒學，他們也反對程朱理學，那是因為他們以為程朱理學背離了儒學。他們一方面尊經，同時又大力提倡子學。他們反對空疏的議論，而主張經世致用的學問。在思想上，他們反對李贄的無限制的肯定物欲、情欲，他們也認為物欲、情欲是合理的，應該肯定，但要有個度，「隨心所欲，不愈矩」（李贄亦強調過要有個度，但比他們走得更遠些）。他們多是當時的臺閣重臣，並非不承認個人的價值與人格，似主張將這個人的價值和人格在經世致用中發揮和顯示。

明後期的徐光治，明清之際的顧炎武、王夫之，也是屬於這一思想體系。徐光啟的重視引用西方科學技術，企圖用西方的科技富國強民之舉，實在是後世洋務運動之先聲；而顧炎武、王夫之反對君主專制的民主精神，實則開了後世康有為、梁啟超資本主義改良的先河。

《金瓶梅》作者生活於嘉、隆、萬時期，作品則完成於萬曆時期，他的思想在體系上正是屬於這反思派一流。不過，他的思想中充滿了矛盾。對此，我們只要看看作者著書的整個宗旨是企圖通過描寫西門慶、潘金蓮等的淫欲無度而導致了悲慘的結局，以此來「戒淫」，但在具體描寫過程中，對這些人物淫蕩行為不免津津樂道，大肆渲染，就不難窺出其中的消息。當然我們說作者屬於「反思派」思想體系，還不僅限於這些方面，另外在對待佛道，對待整個封建社會的上層建築的態度等方面也都有所表現。對此我們在後邊的論述中還要分別加以論述。

《金瓶梅》主題
——《金瓶梅》寫「商」

與《三國演義》的主題（主旨）寫「士」，《水滸傳》的主題（主旨）寫「俠」不同，《金瓶梅》的主題（主旨）是寫「商」，這似乎用不著論證了。

得探討的是《金瓶梅》的主題（主旨）與《三國演義》《水滸傳》的主題（主旨）之間的關係，以及《金瓶梅》的主題（主旨）意義。

一、《金瓶梅》對《水滸傳》的主題（主旨）的反撥

《金瓶梅》雖然以《水滸傳》中第二十三回到第二十六回中的武松的故事為引子，或整體框架，但其主題（主旨）卻與《水滸傳》大不相同。如上所述，《水滸傳》的主題（主旨）是寫「俠」，其中最有代表性的第一流大俠就是武松，《金瓶梅》對《水滸傳》的主題（主旨）加以反撥，它對《水滸傳》中這個第一流的大俠武松進行了否定。

(一)武松能打死景陽崗上的老虎，卻打不死西門慶

在《水滸傳》中，武松不僅打死了景陽崗上的猛虎，而且在獅子樓鬥殺了西門慶。但《金瓶梅》中武松卻打不死西門慶，他打死的是西門慶的替死鬼李外傳。

《金瓶梅》第九回〈西門慶計娶潘金蓮　武都頭誤打李外傳〉：

> 早有人把這件事報與西門慶得知，說武二回來，帶領鄆哥告狀一節。西門慶慌了，卻使心腹家人來保、來旺，身邊袖著銀兩，打點官吏，都買囑了。到次日早辰，武二在廳上指望告稟知縣，催逼拿人。誰想這官人貪圖賄賂，閣下狀子來。……
> 武二道：「既然相公不准所告，且卻有理。」收了狀子下廳來。來到下處，放了鄆哥歸家，不覺仰天長歎一聲，咬牙切齒，口中罵淫婦不絕。
> 武松是何等漢子，怎消洋得這口惡氣！一直走到西門慶生藥店前，要尋西門慶廝打。正見他開鋪子的傅夥計在櫃身裏面，見武二狠狠的走來聲喏，問道：「你大

官人在宅上麼？」傳夥計認的是武二，便道：「不在家了。都頭有甚話說？」武二道：「且請借一步說話。」傳夥計不敢不出來，被武二引到僻靜巷口說話。武二翻過臉來，用手撮住他衣領，睜圓怪眼，說道：「你要死，卻是要活？」傳夥計道：「都頭在上，小人又不曾觸犯了都頭，都頭何故發怒？」武二道：「你若要死，便不要說。若要活時，對我實說。西門慶那廝如今在那裏？我的嫂子被他娶了多少日子？一一說來，我便甘休。」那傳夥計是個小膽的人，見武二發作，慌了手腳，說道：「都頭息怒，小人在他家，每月二兩銀子雇著，小人只開鋪子，並不知他們閑帳。大官人本不在家，剛才和一相知，往獅子街大酒樓上吃酒去了。小人並不敢說謊。」武二聽了此言，方才放了手，大叉步雲飛奔到獅子街來。嚇的傳夥計半日移腳不動。那武二逕奔到獅子街橋下酒樓前。

且說西門慶正和縣中一個皂隸李外傳，專一在府縣前綽攬些公事，往來聽氣兒撰些錢使。若有兩家告狀的，他便賣串兒；或是官吏打點，他便兩下裏打背工。因此縣中就起了他這個渾名，叫做「李外傳」。那日見知縣回出武松狀子，討得這個消息，便來回報西門慶，知道武二告狀不行。一面西門慶讓他在酒樓上飲酒，把五兩銀子送他。正吃酒在熱鬧處，忽然把眼向樓窗下看，只見武松似凶神般從橋下直奔酒樓前來。已知此人來意不善，推更衣，從樓後窗只一跳，順著房山跳下人家後院內去了。

那武二奔到酒樓前，便問酒保：「西門慶在此麼？」酒保道：「西門大官和一相識在樓上吃酒哩。」武二撥步撩衣，飛搶上樓去。只見一個人坐在正面，兩個唱的粉頭坐在兩邊。認的是本縣皂隸李外傳，就知是他來報信，不覺怒從心起，便走近前，指定李外傳罵道：「你這廝，把西門慶藏在那裏去了？」那李外傳見是武二，唬得謊了，半日說不出來。被武二一腳，把桌子踢倒了，碟兒盞兒都打得粉碎。兩個唱的也唬得走不動。武二匹面向李外傳打一拳來。李外傳叫聲阿呀時，便跳起來，立在登子上，樓後窗尋出路，被武二雙提住，隔著樓前窗，倒撞落在當街心裏來，跌得個發昏。下邊酒保見武二行惡，都驚得呆了，誰敢向前。街上兩邊人多住了腳睜眼。武二又氣不捨，奔下樓，見那人已跌得半死，直挺挺在地，只把眼動，於是兜襠又是兩腳，嗚呼哀哉，斷氣身亡。眾人道：「都頭，此人不是西門慶，錯打了他。」武二道：「我問他，如何不說，我所以打他。原來不經打，就死了。」那地方保甲見人死了，又不敢向前捉武二，只得慢慢挨近上來收籠他，那裏肯放鬆；連酒保王鸞，並兩個粉頭包氏、牛氏都拴了，竟投縣衙裏來見知縣。此時哄動了獅子街，鬧了清河縣，街上看的人不計其數，多說：「西門慶不當死，不知走的那裏去了，卻拿這個人來頂缸。」正是：張公吃酒李公醉，桑樹上吃刀柳樹上暴。誰人受用，誰人吃官司，有這等事！有詩為證：

英雄雪恨被刑纏，天公何事黑漫漫？

九泉乾死食毒客，深閨笑殺一金蓮。

畢竟未知後來如何，且聽下回分解。

《金瓶梅》第十回〈武二充配孟州道　妻妾宴賞芙蓉亭〉：

話說武二被地方保甲拿去縣裏見知縣去了。且表西門慶跳下樓窗，順著房山，扒伏在人家院裏藏了。原來是行醫的胡老人家。只見他家使的一個大胖丫頭，走來毛廁裏淨手，蹶著大屁股，猛可見了一個漢子扒伏在院牆下，往前走不迭，大叫：「有賊了！」慌的胡老人急進來，看見認的是西六慶，便道：「大官人且喜：武二尋你不著，把那人打死了，地方拿去縣中見官去了。這一去定是死罪。大官人歸家去無事。」這西門慶拜謝了胡老人，搖擺著來家，一五一十對潘金蓮說。二人拍手喜笑，以為除了患害。婦人叫西門慶上下多使些錢，「務要結果了他，休要放他出來。」西門慶一面差心腹家人來旺兒，遂送了知縣一副金銀酒器，五十兩雪花銀；上下吏典也使了許多錢，只要休輕勘了武二。

武松打不死西門慶，反而受到西門慶的報復，迫害，這種狀況在金錢萬能的時代，西門慶的社會關係又較為複雜的情況之下，是完全可以理解的，是寫實主義的手法。

(二)武松欺騙、虐殺潘金蓮

騙取金蓮：

《水滸傳》中的大俠武松殺潘金蓮時先把眾鄰居召集來作個證見，又請對門原是吏員出身的賣冷酒店的胡正卿來記錄口供，殺得堂堂正正明明白白。但《金瓶梅》中武松殺潘金蓮卻是欺騙潘金蓮，說自己要把潘金蓮娶回家過日子。

第八十七回〈王婆子貪財受報　武都頭殺嫂祭兄〉：

按下一頭，卻說一人。單表武松，自從西門慶墊發孟州牢城充軍之後，多虧小管營施恩看顧。次後施恩與蔣們神爭奪快活林酒店，被蔣門神打傷，央武松出力，反打了將門神一頓。不想蔣門神妹子玉蘭，嫁與張都監為妾，賺武松去，假捏賊情，將武松拷打，轉又發安平寨充軍。這武松走到飛雲浦，又殺了兩個公人；復回身，殺了張都監、蔣門神全家老小，逃躲在施恩家。施恩寫了一封書，皮箱內封了一百兩銀子，教武松到安平寨，與知寨劉高，教看顧他。不想路上聽見太子立東宮，放郊天大赦，武松就遇赦回家，到清河縣下了文書，依舊在縣當差，還做都頭。……

就有人告他說：「西門慶已死，你嫂子出來了，如今還在王婆家，早晚嫁人。」這漢子聽了，舊仇在心，正是踏破鐵鞋無處覓，算來全不費工夫。次日，裹幘穿衣，徑出門來到王婆門首。金蓮正在簾下站著，見武松來，連忙閃入裏間去。武松掀開簾子便問：「王媽媽在家？」那婆子正在磨上掃面，連忙出來應道：「是誰叫老身？」見是武松，道了萬福。武松深深唱喏。婆子道：「武二哥，且喜幾時回家來了？」武松道：「遇赦回家，昨日才到。一向多累媽媽看家，改日相謝。」婆子笑嘻嘻道：「武二哥比舊時保養，鬍子楂兒也有了，且是好身量，在外邊又學得這般知禮。」一面請他上坐，點茶吃了。武松道：「我有一樁事和媽媽說。」婆子道：「有甚事？武二哥只顧說。」武松道：「我聞的人說，西門慶已是死了，我嫂子出來，在你老人家這裏居住。敢煩媽媽對嫂子說，他若不嫁人便罷，若是嫁人，如今迎兒大了，娶得嫂子家去，看管迎兒，早晚招個女婿，一家一計過日子，庶不教人笑話。」婆子初時還不吐口兒，便道：「他是在我這裏，倒不知嫁人不嫁人。」次後聽見武松重謝他，便道：「等我慢慢和他說。」

那婦人在簾內聽見武松言語，要娶他看管迎兒，又見武松在外，出落得長大，身材胖了，比昔時又會說話兒，舊心不改，心下暗道：「這段姻緣，還落在他家手裏。」就等不得王婆叫，他自己出來，向武松道了萬福，說道：「既是叔叔還要奴家去看管迎兒，招女婿成家，可知好哩。」王婆道：「又一件，如今他家大娘子，要一百兩雪花銀子才嫁人。」武松道：「如何要這許多？」王婆道：「西門大官人當初為他使了許多，就打恁個銀人兒也勾了。」武松道：「不打緊，我既要請嫂嫂家去，就使一百兩也罷。另外破五兩銀子，與你老人家。」這婆子聽見，喜歡的屁滾尿流，沒口說：「還是武二哥知禮，這幾年江湖上見的事多，真是好漢。」婦人聽了此言，走到屋裏，又濃點了一盞瓜仁泡茶，雙手遞與武松吃了。婆子問道：「如今他家要發脫的緊，又有三四處官戶人家爭著娶，都回阻了，價錢不對。你這銀子，作速些便好。常言先下米先吃飯，千里姻緣著線牽，休要落在別人手內。」婦人道：「既要娶奴家，叔叔上緊些。」武松便道：「明日就來兌銀子，晚夕請嫂嫂過去。」那王婆還不信武松有這些銀子，胡亂答應去了。

到次日，武松打開皮箱，拿出小管營施恩與知寨劉高那一百兩銀子來，又另外包了五兩碎銀子，走到王婆家，拿天平兌起來。那婆子看見白晃晃擺了一桌銀子，口中不言，心內暗道：「雖是陳經濟許下一百兩，上東京去取，不知幾時到來。仰著合著，我見鐘不打，去打鑄鐘？」又見五兩謝他，連忙收了。拜了又拜，說道：「還是武二哥曉禮，知人甘苦。」武松道：「媽媽收了銀子，今日就請嫂嫂

> 過門。」婆子道：「武二哥且是好急性。門背後放花兒，你等不到晚了？也待我往他大娘那裏交了銀子，才打發他過去。」
>
> 卻表王婆交了銀子到家，下午時，教王潮先把婦人箱籠桌兒送過去。這武松在家中又早收拾停當，打下酒肉，安排下菜蔬。晚上婆子領婦人過門，換了孝，帶著新䯼髻，身穿紅衣服，搭著蓋頭。進門來，見明間內明亮亮點著燈燭，武大靈牌供養在上面，先自有些疑忌，由不的髮似人揪，肉如鉤搭。進入門來，到房中，武松分付迎兒把前門上了拴，後門也頂了。

《金瓶梅》已不同於《水滸傳》，這就是潘金蓮在武大郎死後，就嫁給了西門慶。這時西門慶死了，她因為與陳經濟私通，被吳月娘打發出家門，讓王婆發賣。因此武松作為一個精明的大俠，誘騙潘金蓮回家，雖然已不像《水滸傳》中的武松的作為，但還有情可原的話，那麼武松虐殺潘金蓮，則更有損大俠的形象。

《水滸傳》中武松殺潘金蓮乾淨俐落，但《金瓶梅》中武松殺潘金蓮則是虐殺，試將二者作一比較：

《水滸傳》第二十六回〈鄆哥大鬧授官廳　武松鬥殺西門慶〉：

> 正卿肐瘩瘩抖著道：「小人便寫。」討了些硯水，磨起墨來，胡正卿拿起筆，拂開紙道：「王婆，你實說！」那婆子道：「又不干我事，與我無干！」武松道：「老豬狗，我都知了，你賴那個去！你不說時，我先剮了這個淫婦，後殺你這老狗。」提起刀來，望那婦人臉上便㨪了兩㨪。那婦人慌忙叫道：「叔叔！且饒我。你放我起來，我說便了。」武松一提提起那婆娘，跪在靈床子前。武松喝一聲：「淫婦決說！」
>
> 那婦人驚得魂魄都沒了，只得從實招說：將那時放簾子因打著西門慶起，並做衣裳入馬通姦，一一地說；次後來怎生踢了武大，因何設計下藥，王婆怎地教唆撥置，從頭至尾說了一遍。武松再叫他說，卻叫胡正卿寫了。王婆道：「咬蟲！你先招了，我如何賴得過！只苦了老身！」王婆也只得招認了。把這婆子口詞，也叫胡正卿寫了。從頭至尾都寫在上面。叫他兩個都點指畫了字，就叫四家鄰舍畫了名，也畫了字。叫士兵解答膊來，背剪綁了這老狗，卷了口詞，藏在懷裏。叫士兵取碗酒來，供養在靈床子前，拖過這婦人來跪在靈前，喝那婆子也跪在靈前，武松道：「哥哥靈魂不遠！兄弟武二與你報仇雪恨！」叫士兵把紙錢點著。那婦人見勢不好，卻待要叫，被武松腦揪倒來，兩隻腳踏住他兩隻胳膊，扯開胸脯衣裳。說時遲，那時快，把尖刀去胸前只一剜，口裏銜著刀，雙手去挖開胸脯，摳出心肝五臟，供養在靈前；胳察一刀，便割下那婦人頭來，血流滿地。四家鄰舍

吃了一驚，都掩了臉，見他凶了，又不敢勸，只得隨順他。武松叫士兵去樓上取下一床被來，把婦人頭包了，揩了刀，插在鞘裏，洗了手唱個喏，說道：「有勞高鄰，甚是休怪。且請眾位樓上少坐，待武二便來。」四家鄰舍，都面面相看，不敢不依他，只得都上樓去坐了。武松分付士兵，也教押那婆子上樓去。關了樓門，著兩個士兵在樓下看守。

《金瓶梅》：第八十七回〈王婆子貪財受報　武都頭殺嫂祭兄〉：

武松道：「媽媽，且休得胡說！我武二有句話問你！」只聞颼的一聲響，向衣底掣出一把二尺長刃薄背厚紮刀子來。一隻手籠著刀靶，一隻手按住掩心，便睜圓怪眼，倒豎剛鬚，便道：「婆子休得吃驚！自古冤有頭，債有主，休推睡裏夢裏。我哥哥性命都在你身上！」婆子道：「武二哥，夜晚了，酒醉拿刀弄杖，不是耍處。」武松道：「婆子休胡說，我武二就死也不怕！等我問了這淫婦，慢慢來問你這老豬狗！若動一動步兒，先吃我五七刀子。」一面回過臉來，看著婦人罵道：「你這淫婦聽著！我的哥哥，怎生謀害了，從實說來，我便饒你。」那婦人道：「叔叔如何冷鍋中豆兒炮，好沒道理。你哥哥自害心疼病死了，干我甚事！」說由未了，武松把刀子圪楂的插在桌子上，用左手揪住婦人雲髻，右手匹胸提住，把桌子一腳踢番，碟兒盞兒都打得粉碎。那婦人能有多大氣脈，被這漢子隔桌子輕輕提將過來，拖出外間靈桌子前。

那婆子見勢頭不好，便去奔前門走，前門又上了栓。被武松大叉步趕上，揪番在地，用腰間纏帶解下來，四手四腳捆住，如猿猴獻果一般，便脫身不得，口中只叫：「都頭不消動意，大娘子自做出來，不干我事。」武松道：「老豬狗，我都知道了，你賴那個？你教西門慶那廝墊發我充軍去，今日我怎生又回家了！西門慶那廝卻在那裏？你不說時，先剮了這個淫婦，後殺你這老豬狗！」提起刀來，便望那婦人臉上撇了兩撇。婦人慌忙叫道：「叔叔且饒，放我起來，等我說便了。」武松一提，提起那婆娘，旋剝淨了，跪在靈桌子前。武松喝道：「淫婦快說！」那婦人唬得魂不附體，只得從實招說，將那時收簾子打了西門慶起，並做衣裳入馬通姦，後怎的踢傷武大心窩，王婆怎地教唆下毒，撥置燒化，又怎的娶到家去，一五一十，從頭至尾，說了一遍。王婆聽見，只是暗中叫苦說：「傻才料，你實說了，卻教老身怎的支吾。」這武松一面就靈前一手揪著婦人，一手澆奠了酒，把紙錢點著，說道：「哥哥，你陰魂不遠，今日武松與你報仇雪恨。」

那婦人見勢頭不好，才待大叫。被武松向爐內摑了一把香灰，塞在他口，就叫不出來了。然後劈腦揪番在地。那婦人掙扎，把鬏髻簪環都滾落了。武松恐怕他掙扎，先用油靴只顧踢他肋肢，後用兩隻腳踏他兩隻胳膊，便道：「淫婦，自說你伶俐，不知你心怎麼生著，我試看一看！」一面用手去攤開他胸脯，說時遲，那時快，把刀子去婦人白馥馥心窩內只一剜，剜了個血窟窿，那鮮血就冒出來。那婦人就星眸半閃，兩隻腳只顧登踏。武松口噙著刀子，雙手去斡開他胸脯，撲扢的一聲，把心肝五臟生扯下來，血瀝瀝供養在靈前。後方一刀，割下頭來，血流滿地。迎兒小女在旁看見，唬的只掩了臉。武松這漢子，端的好狠也！可憐這婦人，正是三寸氣在千般用，一日無常萬事休。亡年三十二歲。但見手到處，青春喪命；刀落時，紅粉亡身。七魄悠悠，已赴森羅殿上；三魂渺渺，應歸枉死城中。星眸緊閉，直挺挺屍橫光地下；銀牙半咬，血淋淋頭在一邊離。好似初春大雪壓折金線柳，臘月狂風吹折玉梅花。這婦人嬌媚不知歸何處，芳魂今夜落誰家。古人有詩一首，單悼金蓮死的好苦也：

堪悼金蓮誠可憐，衣服脫去跪靈前。
誰知武二持刀殺，只道西門綁腿頑。
往事堪嗟一場夢，今身不值半文錢。
世間一命還一命，報應分明在眼前。

將《金瓶梅》與《水滸傳》中武松殺潘金蓮的情節稍作比較，我們不難看出，武松在《金瓶梅》比《水滸傳》中多出了如下幾個方面的動作：

1. 旋剝淨了。（即剝光了潘金蓮的衣服）
2. 被武松向爐內撾了一把香灰，塞在他口，就叫不出來了。
3. 武松恐怕他掙扎，先用油靴只顧踢他肋肢。（這很容易使人聯想到武松打虎是用腳踢虎）

無怪《金瓶梅》的作者此時加了一句議論：「武松這漢子，端的好狠也！」

(三)武松如何對待侄女迎兒

《水滸傳》武大郎和潘金蓮根本沒有孩子，但《金瓶梅》不同，武大郎和潘金蓮有一個女兒叫做迎兒。武松送別大赦回到家中首先把迎兒接回家中：

第八十七回〈婆子貪財受報　武都頭殺嫂祭兄〉：

武松來到家中，尋見上鄰二郎，交付迎兒。那時迎兒已長大，十九歲了，收攬來家，一處居住。

這的確是大俠的作派，接下來我們來看武松如何對待這位侄女：

同上回：

> 當下武松殺了婦人，那婆子看見，大叫「殺人了！」武松聽見他叫，向前一刀，也割下頭來，拖過屍著。一邊將婦人心肝五臟，用刀插在樓後房檐下。那時也有初更時分，倒扣迎兒在屋裏。迎兒道：「叔叔，我也害怕。」武松道：「孩兒，我顧不得你了。」武松跳過王婆家來，還要殺他兒子王潮兒。不想王潮兒當不該死，聽見他娘這邊叫，就知武松行凶，推前門不開，叫後門也不應，慌的走去街上叫保甲。那兩鄰明知武松凶惡，誰敢向前。武松跳過牆來，到王婆房內，只見點著燈，房內一人也沒有。一面打開王婆箱籠，就把他衣服撒了一地，那一百兩銀子止交與吳月娘二十兩，還剩了八十五兩，並些釵環首飾，武松一股皆休，都包裹了。提了朴刀，越後牆，趕五更挨出城門，投十字坡張青夫婦地裏躲住，做了頭陀，上梁山為盜去了。正是：
>
> 　　平生不作作皺眉事，世上應無切齒人。
>
> 畢竟未知後來如何，且聽下回分解。

第八十八回〈潘金蓮托夢守御府　吳月娘佈施募緣僧〉：

> 話說武松殺了婦人、王婆，劫去財物，逃上梁山為盜去了。卻表王潮兒街上叫了保甲來，見武松家前後門都不開，又王婆家被劫去財物，房中衣服丟的地下橫三豎四，就知是武松殺死二命，劫取財物而去。未免打開前後門，見血瀝瀝兩個死屍倒在地下，婦人心肝五臟用刀插在後樓房檐下。迎兒倒扣在房中。問其故，只是哭泣。次日早衙，呈報到本縣，殺人凶刀都拿放在面前。本縣新任知縣也姓李，雙名昌期，乃河北真定府棗強縣人氏。聽見殺人公事，即委差當該吏典，拘集兩鄰保甲，並兩家苦主王潮、迎兒，眼同當街，如法檢驗。生前委被武松因忿帶酒，殺潘氏、王婆二命，疊成文案，就委地方保甲瘞埋看守。掛出榜文，四廂差人眼尋，訪拿正犯武松，有人首告者，官給賞銀五十兩。

武松殺了人，官府很快就會來追捕他，他必須儘快離開現場，遠走高飛，在這種情況下不帶走侄女迎兒，是可以理解的，況且迎兒沒有殺人，官府也不會理會她，她也就沒有危險。但武松應該告訴迎兒，今後他打算怎樣來處置這位已經淪為孤兒的侄女。至少作者完全可以用後來武松如何安置了侄女，「此是後話，暫時表過不提」這樣常見的方式加以補敘，但是卻沒有。好一個「孩兒，我顧不得你了。」而且從此再也不顧念這個女兒了。這絕不是《水滸傳》中的武松的說話和作派。《金瓶梅》作者這是真正的佛頭著類，經作者這一改寫，《水滸傳》中堂堂正正，頂天立地的英雄，中國第一流的大俠，在這裏已經失去了英雄的光環，黯然失色了！

二、《金瓶梅》對《三國演義》主題（主旨）的顛覆

如上所述，《三國演義》的主題（主旨）是不遺餘力地把「士」階層的代表人物諸葛亮理想化、神化，通過塑造這樣一個光彩奪目的完美的「士」的代表人物，完成了對「社會良心」的寄託者「士」階層的肯定與讚揚。但《金瓶梅》卻從根本上顛覆了《三國演義》的主題（主旨），把「士」階層當作揭露與批判的對象，深刻地揭示了他們的醜行和骯髒的靈魂。我們這裏且看文中對兩個比較有代表性的人物蔡蘊和宋喬年的描寫：

(一)蔡蘊

蔡蘊，蔡京義子，狀元，秘書名正字，兩淮巡監御史。

第三十六回〈翟謙寄書尋女子　西門慶結交蔡狀元〉：

> 次日，下書人來到，西門慶親自出來，問了備細。又問蔡狀元幾時船到，好預備接他。那人道：「小人來時蔡老爹才辭朝，京中起身。翟爹說：只怕蔡老爹回鄉，一時缺少盤纏，煩老爹這裏多少只顧借與他。寫書去，翟老爹那裏如數補還。」西門慶道：「你多上覆翟爹，隨他要多少，我這裏無不奉命。」說畢，命陳敬濟讓去廂房內管待酒飯。臨去交割回書，又與了他五兩路費。那人拜謝，歡喜出門，長行去了。
>
> 看官聽說：當初安忱取中頭甲，被言官論他是先朝宰相安惇之弟，係黨人子孫，不可以魁多士。徽宗不得已，把蔡蘊擢為第一，做了狀元。投在蔡京門下，做了假子。升秘書省正事，給假省親。
>
> 且說月娘家中使小廝叫了老馮、薛嫂兒並別的媒人來，分咐各處打聽人家有好女子，拿帖兒來說，不在話下。
>
> 一日，西門慶使來保往新河口，打聽蔡狀元船隻，原來就和同榜進士安忱同船。這安進士亦因家貧未續親，東也不成，西也不就，辭朝還家續親，因此二人同船來到新河口。來保拿著西門慶拜帖來到船上見，就送了一分下程，酒面、雞鵝、下飯、鹽醬之類。蔡狀元在東京，翟謙已預先和他說了：「清河縣有老爺門下一個西門千戶，乃是大巨家，富而好禮。亦是老爺抬舉，見做理刑官。你到那裏，他必然厚待。」這蔡狀元牢記在心，見面門慶差人遠來迎接，又饋送如此大禮，心中甚喜。次日就同安進士進城來拜。西門慶已是預備下酒席。因在李知縣衙內吃酒，看見有一起蘇州戲子唱的好，旋叫了四個來答應。
>
> 蔡狀元那日封了一端絹帕、一部書、一雙雲履。安進士亦是書帕二事、四袋芽茶、

> 四柄杭扇。各具宮袍烏紗，先投拜帖進去。西門慶冠冕迎接至廳上，敘禮交拜。獻畢贄儀，然後分賓主而坐。……
>
> 原來安進士杭州人，喜尚南風，見書童兒唱的好，拉著他手兒，兩個一遞一口吃酒。良久，酒闌上來，西門慶陪他復游花園，向捲棚內下棋。令小廝拿兩桌盒，三十樣，都是細巧果菜、鮮物下酒。蔡狀元道：「學生們初會，不當深擾潭府，天色晚了，告辭罷。」西門慶道：「豈有此理。」因問：「二公此回去，還到船上？」蔡狀元道：「暫借門外永福寺寄居。」西門慶道：「如今就門外去也晚了。不如老先生把手下從者止留一二人答應，其餘都分咐回去，明日來接，庶可兩盡其情。」蔡狀元道：「賢公雖是愛客之意，其如過擾何！」當下二人一面分咐手下，都回門外寺裏歇去，明日早拿馬來接。眾人應諾去了，不在話下。
>
> ……
>
> 當日飲至夜分，方才歇息。西門慶藏春塢、翡翠軒兩處俱設床帳，鋪陳綾錦被褥，就派書童、玳安兩個小廝答應。西門慶道了安置，回後邊去了。
>
> 到次日，蔡狀元、安進士跟從人夫轎馬來接。西門慶廳上擺酒伺候，饌飲下飯與腳下人吃。教兩個小廝，方盒捧出禮物。蔡狀元是金緞一端，領絹二端，合香五百，白金一百兩。安進士是色緞一端，領絹一端，合香三百，白金三十兩。蔡狀元固辭再三，說道：「但假十數金足矣，何勞如此太多，又蒙厚貺！」安進士道：「蔡年兄領受，學生不當。」西門慶笑道：「些須微贐，表情而已。老先生榮歸續親，在下此意，少助一茶之需。」於是二人俱席上出來謝道：「此情此德，何日忘之！」一面令家人各收下去，入氈包內。與西門慶相別，說道：「生輩此去，天各一方，暫違台教。不日旋京，倘得寸進，自當圖報。」安進士道：「今日相別，何年再得奉接尊顏？」西門慶道：「學生蝸居屈尊，多有褻慢，幸惟情恕！本當遠送，奈官守在身，先此告過。」送二人到門首，看著上馬而去。正是：博得錦衣歸故里，功名方信是男兒。畢竟未知後來何如，且聽下回分解。

蔡狀元是不會白吃、白唱、白玩、白拿的，他定有辦法報答西門慶的，精明的大商人西門慶是不會白花錢的：

第四十八回〈曾御史參劾提刑官　蔡太師奏行七件事〉：

> 來保道：「俺第一去時，晝夜馬上行去，只五日就趕到京中，可知在他頭裏。俺每回來，見路上一簇響鈴驛馬過，背著黃包袱，插著兩根雉尾、兩面牙旗，怕不就是巡按衙門進送實封才到了。」西門慶道：「到得他的本上的遲，事情就停當了。我只怕去遲了。」來保道：「爹放心，管情沒事。小的不但幹了這件事的，

又打聽得兩樁好事來，報爹知道。」西門慶問道：「端的何事？」來保道：「太師老爺新近條陳了七件事，旨意已是准行。如今老爺親家戶部侍郎韓爺題准事例：在陝西等三邊，開引種鹽；各府州郡縣，設立義倉，官糴糧米。令民間上上之戶，赴倉上米，討倉鈔，派給鹽引支鹽。舊倉鈔七分，新倉鈔三分。咱舊時和喬親家爹，高陽關上納的那三萬糧倉鈔，派三萬鹽引，戶部坐派。倒好趁著蔡老爹巡鹽下場，支種了罷，倒有好些利息。」西門慶聽言，問道：「真個有此事？」來保道：「爹不信，小的抄了個邸報在此。」向書篋中取出來，與西門慶觀看。

不久，這三萬鹽引就到了西門慶的手中：

第五十一回〈月娘聽演金剛科　桂姐躲在西門宅〉：

正說著，只見琴童兒藍布大包袱背進來。月娘問是甚麼。琴童道：「是三萬鹽引。韓夥計和崔本才從關上掛了號來。爹說打發飯與他二人吃，如今兌銀子打包；後日二十一日好日子起身，打發他三個往揚州去。」

(二)宋御史（宋喬年）

宋喬年，字仙民，宰相宋庠的孫子，他的父親宋充國官至大中大夫。宋喬年因父蔭監市易。任職期間，因為和娼女亂搞等原因，丟掉了官職，落拓二十年。

後來，宋喬年的女兒嫁給了蔡京的兒子蔡攸。蔡京當權之後，宋喬年被重新起用。宋徽宗崇寧（1102-1106 年）年間，宋喬年提舉開封縣鎮、府界常平，改提點京西北路刑獄。後賜進士及第，加集賢殿修撰、京畿轉運副使，進顯謨閣待制，都轉運使，改開封尹，以龍圖閣博士知河南府。

宋喬年父子依仗蔡京的權勢，橫行霸道，又與諫官蔡居厚互相勾結，為非作歹。蔡京被罷免了宰相之後，諫議大夫毛注、御史中丞吳執中對宋喬年交相彈劾，宋喬年被貶為保靜軍節度副使，蘄州安置。

蔡京東山再起，宋喬年又官復原職，並被任命為陳州知州。宋喬年卒於政和三年（1113），年 67 歲。宋喬年死後，朝廷賜號「忠文」。《宋史》卷三五六有傳。

《金瓶梅》一書裏有 15 個回目中寫到了宋喬年，他是蔡京的部下，任山東巡按監察御史，與西門慶互相勾結，相互利用。小說裏的宋喬年是一個貪婪、鄙瑣、奸邪的人物，這與歷史上的宋喬年的行狀非常吻合。

《金瓶梅》第四十九回〈西門慶迎請宋巡按　永福寺餞行遇胡僧〉研究比較集中的描寫了宋喬年與西門慶的交往：

再說西門慶在家，一面使韓道國與喬大戶外甥崔本，拿倉鈔早往高陽關戶部韓爺那裏趕著掛號。留下來保家中定下果品，預備大桌面酒席，打聽蔡御史船到。一日，來保打聽得他與巡按宋御史船一同京中起身，都行至東昌府地方，使人來家通報。這裏西門慶就會夏提刑起身。來保從東昌府船上就先見了蔡御史，送了下程。然後，西門慶與夏提刑出郊五十里迎接到新河口——地名百家村。先到蔡御史船上拜見了，備言邀請宋公之事。蔡御史道：「我知道，一定同他到府。」那時，東平胡知府，及合屬州縣方面有司軍衛官員、吏典生員、僧道陰陽，都具連名手本，伺候迎接。帥府周守備、荊都監、張團練，都領人馬披執跟隨，清蹕傳道，雞犬皆隱跡。鼓吹迎接宋巡按進東平府察院，各處官員都見畢，呈遞了文書，安歇一夜。

到次日，只見門吏來報：「巡鹽蔡爺來拜。」宋御史連忙出迎。敘畢禮數，分賓主坐下。獻茶已畢，宋御史便問：「年兄幾時方行？」蔡御史道：「學生還待一二日。」因告說：「清河縣有一相識西門千兵，乃本處巨族，為人清慎，富而好禮，亦是蔡老先生門下，與學生有一面之交。蒙他遠接，學生正要到他府上拜他拜。」宋御史問道：「是那個西門千兵？」蔡御史道：「他如今見是本處提刑千戶，昨日已參見過年兄了。」宋御史令左右取手本來看，見西門慶與夏提刑名字，說道：「此莫非與翟雲峰有親者？」蔡御史道：「就是他。如今見在外面伺候，要央學生奉陪年兄到他家一飯。未審年兄尊意若何？」宋御史道：「學生初到此處，只怕不好去得。」蔡御史道：「年兄怕怎的？既是雲峰分上，你我走走何害？」於是吩咐看轎，就一同起行，一面傳將出來。

……

西門慶知了此消息，與來保、賁四騎快馬先奔來家，預備酒席。門首搭照山彩棚，兩院樂人奏樂，叫海鹽戲並雜耍承應。西門慶遞酒安席已畢，下邊呈獻割道。說不盡肴列珍羞，湯陳桃浪，端的歌舞聲容，食前方丈。兩位轎上跟從人，每位五十瓶酒、五百點心、一百斤熟肉，都領下去。家人、吏書、門子人等，另在廂房中管待，不必細說。當日西門慶這席酒，也費夠千兩金銀。

那宋御史又係江西南昌人，為人浮躁，只坐了沒多大回，聽了一折戲文就起來。慌的西門慶再三固留。蔡御史在旁便說：「年兄無事，再消坐一時，何遽回之太速耶！」宋御史道：「年兄還坐坐，學生還欲到察院中處分些公事。」西門慶早令手下，把兩張桌席連金銀器，已都裝在食盒內，共有二十抬，叫下人夫伺候。宋御史的一張大桌席、兩壇酒、兩牽羊、兩封金絲花、兩匹段紅、一副金台盤、兩把銀執壺、十個銀酒杯、兩個銀折盂、一雙牙箸。蔡御史的也是一般的。都遞上揭帖。宋御史再三辭道：「這個，我學生怎麼敢領？」因看著蔡御史。蔡御史道：「年兄貴治所臨，自然之道，我學生豈敢當之！」西門慶道：「些須微儀，不過侑觴而已，何為見外？」比及二官推讓之次，而桌席已抬送出門矣。宋御史不得已，方令左右收了揭帖，向西門慶致謝說道：「今日初來識荊，既擾盛席，又承厚貺，何以克當？余容圖報不忘也。」因向蔡御史道：「年兄還坐坐，學生告別。」於是作辭起身。西門慶還要遠送，宋御史不肯，急令請回，舉手上轎而去。

第七十四回〈宋御史索求八仙鼎　吳月娘聽宣黃氏卷〉：

卻說西門慶迎接宋御史、安郎中，到廳上敘禮。每人一匹段子、一部書奉賀西門慶，見了桌席齊整，甚是稱謝不盡。一面分賓主坐下，叫上戲子來參見，分付：「等蔡老爹到，用心扮演。」不一時吃了茶，宋御史道：「學生有一事奉瀆四泉：今有巡撫侯石泉老先生，新升太常卿，學生同兩司作東，二十九日借尊府置杯酒奉餞，初二日就起行上京去了，未審四泉允諾否？」西門慶道：「老先生分付，敢不從命。但未知多少桌席？」宋御史道：「學生有分資在此。」即喚書吏上來，氈包內取出布按兩司連他共十二封分資來，每人一兩，共十二兩銀子，要一張大插桌，餘者六桌都是散桌，叫一起戲子。西門慶答應，收了。宋御史又下席作揖致謝。少頃，請去捲棚聚景堂那裏坐的。不一時，鈔關錢主事也到了。三員官會在一處，換了茶，擺棋子下棋。宋御史見西門慶堂庭寬廣，院中幽深，書畫文物，極一時之盛。又見掛著一幅三陽捧日橫批古畫，正面螺鈿屏風，屏風前安著一座八仙捧壽的流金鼎，約數尺高，甚是做得奇巧。見爐內焚著沉檀香，煙從龜鶴鹿口中吐出，只顧近前觀看，誇獎不已，問西門慶：「這付爐鼎造得好。」因向二官說：「我學生寫書與淮安劉年兄那裏，替我稍帶這一付來送蔡老先，還不見到。四泉不知是那裏得來的？」西門慶道：「也是淮上一個人送學生的。」說畢下棋。西門慶分付下邊，看了兩個桌盒，細巧菜蔬，果餡點心上來；一面叫生旦在上唱南曲。宋御史道：「客尚未到，主人先吃得面紅，說不通。」安郎中道：「天寒，飲一杯無礙。」原來宋御史已差公人船上邀蔡知府去了。近午時分，來人回報：「邀請了。在磚廠黃老爹那裏下棋，便來也。」宋御史令起去伺候，一面下棋飲酒。

第七十六回〈孟玉樓解慍吳月娘　西門慶斥逐溫葵軒〉：

卻說前廳宋御史先到了，看了桌席。西門慶陪他在捲棚內坐。宋御史又深謝其爐鼎之事：「學生還當奉價。」西門慶道：「早知我正要奉送公祖，猶恐見卻，豈敢云價。」宋御史道：「這等何以克當。」一面又作揖致謝。西門慶大略可否而答之。次問其有司官員，西門慶道：「卑職自知其本府胡正尹，民望素著；李知縣吏事克勤。其餘不知其詳，不敢妄說。」宋御史問道：「守備周秀曾與執事相交，為人卻也好不好？」西門慶道：「周總兵雖歷練老成，還不如濟州荊都監，青年武舉出身，才勇兼備，公祖倒看他看。」宋御史道：「莫不是都監荊忠？執事何以相熟？」西門慶道：「他與我有一面之交，昨日遞了個手本與我，望乞公祖青盼一二。」宋御史道：「我也久聞他是個好將官。」又問其次者，西門慶道：「卑職還有妻兄吳鎧，見任本衛右所正千戶之職。昨日委管修義倉，例該升指揮，亦望公祖提拔，實卑職之沾恩惠也。」宋御史道：「既是令親，到明日類本之時，不但加升本等職級，我還保舉他見任管事。」西門慶連忙作揖謝了，因把荊都監並吳大舅履歷手本遞上。宋御史看了，即令書吏收執，分付：「到明日類本之時，呈行我看。」那吏典收下去了。西門慶又令左右悄悄遞了三兩銀子與他，不在話下。

(三)清官陳文昭

我們先看看《水滸傳》中對清官陳文昭的描寫：

第二十七回〈母夜叉孟州道賣人肉　武都頭十字坡遇張青〉：

此時哄動了一個陽穀縣。街上看的人不記其數。知縣聽得人來報了，先自駭然。隨即升廳。武松押那王婆在廳前跪下，行凶刀子和兩顆人頭，放在階下。武松跪在左邊，婆子跪在中間，四家鄰舍跪在右邊。武松懷中取出胡正卿寫的口詞，從頭至尾，告說一遍。知縣叫那令史先問了王婆口詞，一般供說。四家鄰舍，指證明白。又喚過何九叔、鄆哥，都取了明白供狀。喚當該仵作行人，委吏一員，把這一干人押到紫石街檢驗了婦人身屍，獅子橋下酒樓前檢驗了西門慶身屍，明白填寫屍單格目，回到縣裏，呈堂立案。知縣叫取長枷，且把武松同這婆子枷了，收在監內。一干平人，寄監在門房裏。

且說縣官念武松是個義氣烈漢，又想他上京去了這一遭，一心要周全他，又尋思他的好處。便喚該吏商議道：「念武松那廝是個有義的漢子，把這人們招狀，從新做過。改作：『武松因祭獻亡兄武大，有嫂不容祭祀，因而相爭。婦人將靈床推倒。救護亡兄神主，與嫂鬥毆，一時殺死。次後西門慶因與本婦通姦，前來強護，因而鬥毆，互相不伏，扭打至獅子橋邊，以致鬥殺身死。』」寫了招解送文書，把一干人審問相同。讀款狀與武松聽了。寫一道申解公文，將這一干人犯解本管東平府，申請發落。這陽穀縣雖然是個小縣分，到有仗義的人。有那上戶之家，都資助武松銀兩。也有送酒食錢米與武松的。武松到下處，將行李寄頓士兵收了，將了十二三兩銀子，與了鄆哥的老爹。武松管下的士兵，大半相送酒肉不迭。當下縣吏領了公文，抱著文卷，並何九叔的銀子、骨殖、招詞、刀仗，帶了一干人犯上路，望東平府來。眾人到得府前，看的人哄動了衙門口。且說府尹陳文昭，聽得報來，隨即升廳。那官人但見：

平生正直，稟性賢明。幼年向雪案攻書，長成向金鑾對策。常懷忠孝之心，每行仁慈之念。戶口增，錢糧辦，黎民稱德滿街衢。詞訟減，盜賊休，父老贊哥喧市井。攀轅截衢，名標青史播千年；勒石鐫碑，聲振黃堂傳萬古。慷慨文章欺李杜，賢良方正勝龔黃。

且說東平府府尹陳文昭，已知這件事了。便叫押過這一干人犯，就當廳先把陽穀縣申文看了，又把各人供狀招款看過，將這一干人一一審錄一遍。把贓物並行凶刀仗封了，發與庫子，收領上庫。將武松的長枷，換了一面輕罪枷枷了，下在牢裏。把這婆子換一面重囚枷釘了，禁在提事都監死囚牢裏收了。喚過縣吏，領了回文，發落何九叔、鄆哥、四家鄰舍這六人，且帶回縣去，寧家聽候。本主西門慶妻子，留在本府羈管聽候。等朝廷明降，方始結斷。那何九叔、鄆哥、四家鄰舍，縣吏領了，自回本縣去了。武松下在牢裏，自有幾個士兵送飯。西門慶妻子，羈管在裏正人家。

且說陳府尹哀憐武松是個有義的烈漢，如常差人看覷他。因此節級牢子，都不要他一文錢，倒把酒食與他吃。陳府尹把這招稿卷宗都改得輕了，申去省院詳審議罪。卻使個心腹人，齎了一對緊要密書，星夜投京師來，替他干辦。那刑部官多有和陳文昭好的，把這件事直稟過了省院官，議下罪犯：「據王婆生情造意，哄誘通姦，立主謀故武大性命，唆使本婦下藥，毒死親夫，又令本婦趕逐武松，不容祭祀親兄，以致殺傷人命。唆令男女，故失人倫，擬合凌遲處死。據武松雖係報兄之仇，鬥殺西門慶姦夫人命，亦則自首，難以釋免。脊杖四十，刺配二千里外。姦夫淫婦，雖該重罪，已死勿論。其餘一干人犯，釋放寧家。文書到日，即便施行。」東平府尹陳文昭看了來文，隨即行移，拘到何九叔、鄆哥並四家鄰舍，和西門慶妻小一干人等，都到廳前聽斷。牢中取出武松，讀了朝廷明降。開了長枷，脊杖四十。上下公人，都看覷他，止有五七下著肉。取一面七斤半鐵葉團頭護身枷釘了，臉上免不得刺了兩行金印，迭配孟州牢城。其餘一干眾人，省諭發落，各放寧家。大牢裏取出王婆，當廳聽命。讀了朝廷明降，寫了犯由牌，畫了伏狀。便把這婆子推上木驢，四道長釘，三條綁索，東平府尹判了一個剮字，擁出長街。兩聲破鼓響，一棒碎鑼鳴，犯由前引，混棍後催，兩把尖刀舉，一朵紙花搖，帶去東平府市心裏，乞了一剮。話裏只說武松帶上行枷，看剮了王婆，有那原舊的上鄰姚二郎，將變賣家私什物的銀兩，交付與武松收受，作別自回去了。當廳押了文帖，著兩個防送公人領了，解赴孟州交割。府尹發落已了。只說武松自與兩個防送公人上路。有那原跟的士兵，付與了行李，亦回本縣去了。

我們再來看看《金瓶梅》中陳文昭：

《金瓶梅》第十回〈武二充配孟州道　妻妾宴賞芙蓉亭〉：

知縣受了西門慶賄賂，到次日早衙升廳，地方保甲押著武二，並酒保、唱的干證人，在廳前跪下。縣主一夜把臉番了，便叫武二：「你這廝昨日虛告，如何不遵法度？今日平白打死了人，有何理說？」武二磕頭告道：「望相公與小人做主。小人本與西門慶執仇廝打。不料撞遇了此人在酒樓上，問道西門慶那裏去了，他不說。小人一時怒起，悞打死了他。」知縣道：「這廝胡說！你豈不認的他是縣中皂隸，想必別有緣故，你不實說。」喝令左右：「與我加起刑來！人是苦蟲，不打不成！」兩邊閃三四個皂隸，役卒抱許多刑具，把武松拖翻，雨點般篦板子打將下來。須臾打了二十板，打得武二口口聲聲叫冤，說道：「小人平日也有與相公用力效勞之處，相公豈不憫念？相公休要苦刑小人！」知縣聽了此言，越發惱了：「你這廝親手打死了人，尚還口強，抵賴那個？」喝令：「與我好生拶起來！」當下拶了武松一拶，敲了五十杖子，教取面長枷帶了，收在監內。一干人寄監在門房裏。內中縣丞佐貳官也有和武二好的，念他是個義烈漢子，有心要周旋他，爭奈多受了西門慶賄賂，粘住了口，做不的張主。又見武松只是聲冤，延挨了幾日。只得朦朧取了供招，喚當該吏典，並仵作、甲、鄰人等，押到獅子街，檢驗李外傳身屍，填寫屍單格目，委的被武松尋問他索討，分錢不均，酒醉怒起，一時鬥毆，拳打腳踢，撞跌身死。左肋、面門、心坎、腎囊，俱有青赤傷痕不等。檢驗明白，回到縣中。一日，做了文書申詳，解送東平府來，詳允發落。

這東平府府尹姓陳，雙名文昭，乃河南人氏，極是個清廉的官。聽的報來，隨即升廳。那官人，但見：

平生正直，稟性賢明。幼年向雪案攻書，長大在金鑾對策。

常懷忠孝之心，每行仁慈之念。戶口增，錢糧辦，黎民稱頌滿街衢；詞訟減，盜賊休，父老讚歌喧市井。攀轅截鐙，名標書史播千年；勒石鐫碑，聲振黃堂傳萬古。正直清廉民父母，賢良方正號青天。

這府尹陳文昭已知這事了，便教押過這一干犯人，就當廳先把清河縣申文看了，又把各人供狀招擬看過。端的上面怎生寫著？文曰：

「東平府清河縣為人命事，呈稱：犯人武松，年二十八歲，係陽穀縣人氏。因有膂力，本縣參做都頭。因公差回還，祭奠亡兄，見嫂潘氏，守孝不滿，擅自嫁人。是松在巷口打聽，不合於獅子街王鸞酒樓上，撞遇先不知名、今知名李外傳，因酒醉索討前借錢三百文，外傳不與；又不合因而鬥毆，互相不伏揪打，踢撞傷重，當時身死。比有娼婦牛氏、包氏見證夕，致被地方保甲捉獲。委官前至屍所，拘集使忤、甲、鄰人等，檢驗明白，取供具結，填圖解繳前來，覆審無異同。擬武松合依鬥毆殺人，不問手足、他物、金刃，律絞。酒保王鸞，並牛氏、包氏，俱供明，無罪。今合行申到案發落，請允施行。政和三年八月　日。知縣李達天。縣丞樂和安。主簿華何祿。

典史夏恭基。司吏錢勞。」

府尹看了一遍，將武松叫過面前跪下，問道：「你如何打死這李外傳？」那武松只是朝上磕頭，告道：「青天老爺，小的到案下得見天日，容小的說，小的敢說。」府尹道：「你只顧說來。」武松道：「小的本為哥哥報仇，因尋西門慶，誤打死此人。」把前情訴告了一遍，「委是小的負屈啣冤，西門慶錢大，禁他不得。但只是個小人哥哥武大，含冤地下，枉了性命。」府尹道：「你不消多言，我已盡知了。」因把司吏錢勞叫來，痛責二十板，說道：「你那知縣，也不待做官，何故這等任情賣法？」於是將一干人眾一一審錄過，用筆將武松供招都改了，因向佐貳官說道：「此人為兄報仇，誤打死這李外傳，也是個有義的烈漢，比故殺平人不同。」一面打開他長枷，換了一面輕罪枷，枷了下在牢裏。一干人等都發回本縣聽候。一面行文書著落清河縣，添提豪惡西門慶，並嫂潘氏，王婆，小廝鄆哥，仵作何九，一同從公根勘明白，奏請施行。武松在東平府監中，人都知道他是屈官司，因此押牢禁子都不要他一文錢，倒把酒食與他吃。

早有人把這件事報到清河縣。西門慶知道了，慌了手腳。陳文昭是個清廉官，不敢來打點他。只得走去央求親家陳宅心腹，並使家人來旺，星夜往東京，下書與楊提督。提督轉央內閣蔡太師；太師又恐怕傷了李知縣名節，連忙齎了一封緊要密書帖兒，特來東平府，下書與陳文昭，免提西門慶、潘氏。這陳文昭原係大理寺寺正，陞東平府府尹，又係蔡太師門生，又見楊提督乃是朝廷面前說得話的官，以此人情兩盡了，只把武松免死，問了個脊杖四十，刺配二千里充軍。況武大已死，屍傷無存，事涉疑似，勿論。其餘一干人犯，釋放甯家。申詳過省院。文書到日，即便施行。

陳文昭從牢中取出武松來，當堂讀了朝廷明降，開了長枷，免不得脊杖四十，取一具七斤半鐵葉團頭枷釘了，臉上刺了兩行金字，迭配孟州牢城。其餘發落已完，當堂府尹押行公文，差兩個防送公人，領了武松解赴孟州交割。當日武松與兩個公人出離東平府，來到本縣家中，將家活多辦賣了，打發那兩個公人路上盤費，央托左鄰姚二郎看管迎兒：「倘遇朝廷恩典，赦放還家，恩有重報，不敢有忘。」那街坊鄰舍上戶人家，見武二是個有義的漢子，不幸遭此刑，平昔與武二好的，都資助他銀兩，也有送酒食錢米的。武二到下處，問士兵要出行李包裹來，即日離了清河縣上路，迤逞往孟州大道而行。正遇著中秋天氣。此這一去，正是：若得苟全癡性命，也甘饑餓過平生。有詩為證：

府尹推詳秉至公，武松垂死又疏通。

今朝刺配牢城去，病草萋萋遇暖風。

這裏武二往孟州充配去了不題。

將《水滸傳》中的陳文昭與《金瓶梅》中的陳文昭稍作比較，無需添加一字，我們就可以看到二者之間本質的區別。蔡蘊、宋喬年、陳文昭都是真實的歷史人物，他們所以被寫進《金瓶梅》，以及他們與《金瓶梅》中的同名人物之間的關係等等，請參見筆者所編著的《金瓶梅人物正傳》（海口，海南出版公司，1991 年 12 月版），這裏不再贅言。

三、結語

從孔子以來的中國「士」階層，作為中國「社會的良心」的承載者，伴隨著中國封建社會的發展興旺與衰落，由以天下為己任（孟子：「故天將降大任於斯人也」），到范仲淹的「先天下之憂而憂，後天下之樂而樂」的憂國憂民，到明清易幟、錢謙益等人因秦淮漢水太涼而不敢赴水殉國，真正是一代不如一代，日漸衰微了。中國古代優秀的長篇小說，作為一個系列，真實而生動地描寫了中國「士」階層的這一發展演變過程：《三國演義》對「士」加以理想化；《水滸傳》已把目光轉向了「俠」；而《金瓶梅》與《西遊記》則對「士」進行了無情的揭露批判和揶揄諷刺；《儒林外史》中的「士」已經迷惘、失落，但不絕望；到了《紅樓夢》則已經完全絕亡了，已經為「無才補天」而痛苦失聲了。（關於《三國演義》《水滸傳》《西遊記》《儒林外史》《紅樓夢》等長篇小說的主題，請參見拙著《中國古代小說戲曲的互動》[1]。）

1 葉桂桐《中國古代小說戲曲的互動》，北京，線裝書局 2011 年。

第四編　《金瓶梅》人物

新時代的潘金蓮

一、《水滸傳》中的潘金蓮

《金瓶梅》中的潘金蓮的直接來源是《水滸傳》，因此關於《水滸傳》中的潘金蓮，便不能不予考察，而且有比較才能有鑒別，將《金瓶梅》中的潘金蓮與《水滸傳》中的潘金蓮相比較，才更易於看清楚潘金蓮這一形象的演變進程。

(一)嘉靖年間的潘金蓮

英雄傳奇《水滸傳》中的潘金蓮，是為更好地表現「絕倫超群」的打虎英雄武松而設置的。《水滸傳》中的武松，是根據宋元以來民間流行的武松故事和金元雜劇中的武松事蹟敷衍而成的。宋羅燁《醉翁談錄》中所載說話人所演說的117種故事名目中，杆棒類裏有《武行者》一種。《大宋宣和遺事》亨集所載天書內已有「行者武松」的稱號。金院本有《打虎豔》，元雜劇有東平人高文秀的《雙獻頭武松大報仇》，紅字李二有《折擔兒武松打虎》和《窄袖兒武松》。但是上述這些關於武松故事的說唱底本（《大宋宣和遺事》除外，內中只有「行者武松」之稱號，而無具體事蹟描寫）和戲劇劇本，今均不存，其中是否已經涉及到潘金蓮這個人物，我們不得而知。就現存文獻資料來看，潘金蓮這一形象，最早見於《水滸傳》。《水滸傳》的成書年代與作者，在學術界迄今仍然是一樁眾說紛紜的公案，這勢必給我們討論潘金蓮這一人物活動的時空和社會氛圍帶來一定的困難，但從社會學批評模式的角度來說，這又是一個不可回避的問題。《水滸傳》的作者或寫定者，無論是歸之於羅貫中，還是施耐庵，但他們的原作，現均已不存於世。我們所見到的《水滸傳》，無論是簡本系統也好，繁本系統也好，其最終成書年代不會早於嘉靖年間，特別是關於武松、潘金蓮的這一部分內容。何以見得？《水滸傳》負責審理武松與潘金蓮一案的東平府尹陳文昭，史有其人。陳文昭《明史》無傳，《明清進士題名碑錄索引》中著錄說：「陳文昭，山東濮州人，明正德九年榜二甲第二十八名進士。」明代嘉靖年間很有影響的文學家李先芳所撰《濮州志》（書成於萬曆九年）中的〈鄉賢志〉曾為鄉人陳文昭立傳，傳云：

> 陳文昭，字明甫，正德癸酉解元，甲戌進士。仕至戶部員外郎。正色立朝，彈劾不避權貴。時閣臣嚴嵩專橫，文昭抗論之，且憤怒欲批其頰，以此下獄。廷臣楊繼盛稔其忠直，疏救得免。

當陳文昭得罪之時，李先芳亦在京居官，因此，他對這位鄉前輩的行事是比較清楚的。《水滸傳》說陳文昭「是個聰察的官」，他「哀憐武松是個仗義的烈漢，時常差人看覷他」，「把這招稿卷宗改得輕了，申去省院詳審議罪；卻使個心腹人，齎了一封緊要密書，星夜投京師來替他干辦。那刑部官有和陳文昭好的，把這件事直稟過了省院官，議下罪犯……」。《水滸傳》中的陳文昭之行事，與現實生活中的陳文昭事蹟鉚榫相符。而陳文昭之被寫進《水滸傳》中當不早於嘉靖年間無疑，因此，我們以為，現存《水滸傳》中的潘金蓮的定形及生活年代，當為嘉靖年間。

(二)屈辱罪惡而又悲慘的短暫人生

《水滸傳》中的潘金蓮，作者只敘到她的出身，而未涉及其家庭狀況。她是一個大戶人家的使女。二十餘歲時，因為她人長得頗有些顏色，那個大戶要纏她，她意下不肯依從，大戶記恨在心，把她硬嫁給三寸丁谷樹皮武大郎。潘金蓮見武大郎身材短矮，人物猥瑣，不會風流，就不守本分，引得一幫奸詐的浮浪子弟來她家薅惱。因此武大郎在清河縣住不牢，就搬到陽穀縣紫石街賃房居住。武松打死猛虎，做了都頭，與嫂嫂潘金蓮相遇。金蓮見武松一表人物，便打起了武松的主意。金蓮勾引武松，可謂煞費了一番苦心，武松卻不理會這一套，罵金蓮不知羞恥，而且「把手指一推，爭些兒把那婦人兒推一交」。武松到東京幹事，金蓮與西門慶邂逅相遇，在王婆的教唆與安排下，入了西門慶的圈套，與西門慶勾搭成姦，並用砒霜毒死了武大郎。潘金蓮還未及嫁給西門慶，武松歸來，將潘金蓮剖腹剜心，喀嚓一刀，割下頭來。

潘金蓮見到武松是在陰曆的十月，時年二十二歲。第二年的陽春三月，就死於武松刀下，這時還不滿二十三歲。多麼短暫的一生！潘金蓮的一生是屈辱的，這不僅表現在她在大戶人家做使女，時時受到大戶的覬覦，整天提心吊膽，而且也表現在她與武大郎結婚以後的生活中。這是一段惡作劇般的婚姻。潘金蓮的一生是罪惡的。她在王婆的教唆主謀下，與王婆、西門慶合夥毒死了善良無辜的武大郎，成了罪人。潘金蓮的一生是悲慘的。她被武松剖腹剜心，割了頭，血流滿地。這在封建社會，甚至在奴隸社會都是慘橫之死。

(三)聰明與才智

潘金蓮不僅人長得漂亮，而且心靈手巧，做得一手好針線。應該說做為一個年輕女子，潘金蓮不乏聰明與才智，這只要看一看勾搭武松的精細安排佈置、對答如流、巧於應付，就不難明白。潘金蓮對自己的聰明才智亦頗自負：「我是個不戴頭巾男子漢，叮叮噹當響的婆娘，拳頭上立得人，胳膊上走得馬，人面上行得人，不是那等搠不出的鱉老婆。」可以想見，如果她在婚姻上是幸福的，遂了心願，夫妻恩愛，家庭和美，那麼她不僅能夠持家，而且在縣城幫助丈夫做點買賣，她必將是個精明能幹的合格的老闆娘。——這種婦女我們近年來見得還少嗎？可惜她處在那樣一個社會，又由於命運的作弄，她把所有的聰明才智都用於追求個人的如意婚姻，但又求之非途，可謂聰明反被聰明誤了。

(四)抗爭與追求

作為一個美貌漂亮，又頗具聰明才智的青春少女，潘金蓮在婚姻與愛情上，有著正當的合理的追求。她是一個並不完全屈從於命運的安排的有個性的女子。在封建社會，作為一個使女養娘，主人來纏她，這雖不能說天經地義，但卻也是那個社會中相當普遍、司空見慣的現象。值得指出的是，在《水滸傳》中的那個潘金蓮的主人——大戶，作者並未明言他的年齡、相貌等等，即他並非如同《金瓶梅》中寫的張大戶那樣，是個年已六旬、鼻滴刺刺的老朽。但是儘管如此，潘金蓮對於主人的糾纏，卻「意下不肯依從」，告到主家婆那裏，表現了她對於幸福美滿婚姻的追求與對命運的抗爭。

潘金蓮硬是被嫁給了武大，但「武大身不滿五尺，面目醜陋，頭腦可笑」，潘金蓮自然不會滿意這樣一種安排，像封建社會中封建教條所規定的那樣，嫁雞隨雞，嫁狗隨狗。潘金蓮的不本分，不恪守婦道，正是她對於命運的作弄與對個人幸福與美滿婚姻的抗爭與追求的表現。她的抗爭與追求，在她勾引武松的過程中表現得最為充分。潘金蓮一見武松，立刻就愛上了他：「那婦人在樓上看了武松這表人物，自心裏尋思道，武松與他（指武大）是嫡親一母兄弟，她又生得這般長大，我嫁得這等一個，也不枉為人一世。你看我那三寸丁谷樹皮，三分像人，七分像鬼，我直恁地晦氣！據著武松，大蟲也吃他打倒了，他必然好氣力。說他又未曾婚娶，何不叫他搬來我家裏住。不想這段姻緣，卻在這裏。」這一段內心獨白所表示出來的對於美滿姻緣的追求，正是一個青春女子的正當而合理的要求，實在無可厚非。金聖歎在「他必然好氣力」之後作夾批道：「便想到他氣力，絕倒。」這是金聖歎從潘金蓮是個淫婦這一結論出發的猜測，結果是猜得不對，違背了作者的願意，也違背了潘金蓮的本意，潘金蓮說「據著武松，大蟲也吃倒打倒了，他必然好氣力」，這是針對清河那一班奸詐浮浪子弟不時來薅惱欺負他們夫妻二人，而想到武松既能把大蟲打倒，自然能夠對付這些地痞流氓。這一點我們從潘金蓮隨後說的另一段話中，就可找到答案：「那婦人道：一言難盡。自從嫁得你哥哥，吃他忒善了，被人欺負，清河縣裏住不得，搬來這裏，若得叔叔這般雄壯，誰敢道個不字。」

潘金蓮對武松是有情的，但得到的武松的回答卻是「休恁地不識羞恥」，武松把手只一推，爭些兒把她推一交。武松睜起眼來道：「武二是個頂天立地、噙齒戴髮男子漢，不是那等敗壞風俗沒人倫的豬狗。嫂嫂休要這般不識廉恥，倘有些風吹草動，武二眼裏認得是嫂嫂，拳頭卻不認得嫂嫂。」潘金蓮費盡機安排的一切，都落得個竹籃子打水一場空。

但是潘金蓮不僅對武松有情，而且想達到自己的目的，所以雖然武松嚴辭拒絕了她的要求，鬧得個臉紅脖粗下不來台，但當武松要到京城幹事，前來與哥嫂辭行時，潘金蓮仍是「餘情不斷。見武松把將酒食來，心中自想到：莫不這廝思量我了，卻又回來？那廝一定強不過，我且慢慢地相問。」然而，潘金蓮實在錯看了武松，她又失敗了。

潘金蓮對武松的追求，是她對命運的抗爭；就是她的投身於西門慶的懷抱，同樣也應視作她對命運的抗爭，對幸福美滿婚姻的追求。當然她同樣是求之非途。

在短智的人生中，潘金蓮一直在執著地追求美滿的婚姻，對命運的不合理安排作著抗爭，但是這一切都最終失敗了。她成了殺人罪犯，她也被人殺了。

(五)淫蕩與犯罪

潘金蓮原來的主人，那個所謂大戶，是個非常陰險奸詐的傢伙。他欲通金蓮而不可得，於是就對潘金蓮施以罪惡的報復，硬將她嫁給武大郎，讓她跟一個面目猥瑣，三分像人，七分似鬼的三寸丁谷樹皮生活在一起，讓她受活寡之苦，悲屈抑鬱之災。這實在是一條非常陰險卑鄙的毒計。潘金蓮對於大戶纏她的抗爭，表面上是勝利了，她跳出了火坑，但等待著她的卻又是這樣一種命運，實際上她又被投放到一個沒有愛情，只有痛苦、抑鬱不歡的新的苦境。以自己這樣的姿色，這樣的聰明才智，而又頗為自負的青春少女，卻不得不與「頭腦混沌」的武大郎生活在一起，她的內心的痛苦是可以想見的。潘金蓮的屈嫁武大郎不是她自己的意願，而是被迫的，這對於她爭強好勝的性格，追求美滿婚姻的夢想，都是沉重的打擊。面對不得不嫁與武大的現實，她只有如下的選擇：第一，死而不從；第二，嫁雞隨雞，嫁犬隨犬，死心踏地、安會守己地與武大過一輩子；

第三，暫嫁武大，以避大戶的糾纏，而在今後的生活中，再去實現自己的追求。潘金蓮瞭解自己的價值與才幹，權衡利弊，她終於選擇了第三條道路。這種選擇是她對命運的抗爭，對於自身幸福的追求。

正是這樣，潘金蓮嫁給武大之後，便開始了自己的追求。武大郎人物猥瑣，身材矮小，而又十分懦弱，「不會風流」，不能滿足於一個充滿活力的青春少婦的性生活的正當要求，潘金蓮開始「偷漢子」了。袁無涯刻本《出像評點忠義水滸全傳》在「愛偷漢子」上作眉批說：「緊接出婆娘的本色來，節拍甚酷，不煩多語。」潘金蓮後來確實日益變得淫蕩起來，但若說淫蕩就是她的「本色」，則未免不公平。

作者既云潘金蓮「為頭的愛偷漢子」，那麼在作者的心意中，潘金蓮此時就已做過偷情苟且的舉動，但是看來潘金蓮對清河縣這一班奸詐的浮浪子弟是並不滿意的，所以她終於跟武大離開清河縣，搬到陽穀縣來住了。——這一點從她後來跟武松的對話，已經顯示了出來。

正在這時，武松出現了。如上所述，潘金蓮一見武松，即鍾情於他，很顯然，在潘金蓮的心目中，武松才是她意想中的戀人和生活伴侶，於是她便不顧一切地開始追求武松。但是遭到了武松的嚴辭拒絕。潘金蓮追求理想婚姻的幻想再一次遭到了沉重的打擊。這在潘金蓮精神上所造成的苦痛和創傷，遠遠地超過了前一次。而正在這連連失敗，心靈的追求屢遭打擊的境況下，西門慶出現了。

西門慶自然也是浮浪之徒，奸詐之輩，他與武松相比，自然有天壤之別，但相對於清河的那一班浮浪弟子，則無疑要高出一頭。當然，同樣西門慶勾搭女人的本事也遠比他們高出一籌。何況又有諳於世故的情場老手王婆這樣一個人來作西門慶的幫手。西門慶把潘金蓮作為色獵的對象，而王婆則把潘金蓮當作賺錢的尤物。兩人結合起來，精心策劃，巧於佈置，潘金蓮終於成了他們的網中之物。

潘金蓮與西門慶勾搭成姦的全部過程，《水滸傳》和《金瓶梅》的描寫雖然大致相同，但也有若干重要的區別。這區別就正主要在於潘金蓮的描寫，《水滸傳》中的潘金蓮叉簾子時失手將叉竿打在西門慶的頭巾上，西門慶不怪，「這婦人見不相怪，便叉手深深地道個萬福，說著：『奴家一時失手，官人疼了。』」王婆出來插話時，潘金蓮又說了句「官人恕奴些個」。但沒有寫潘金蓮如何細看西門慶面目，而西門慶走了以後，也未曾去思念她。王婆與西門慶訂下了十面挨光之計，潘金蓮被騙至王婆茶房，為王婆縫衣，西門慶闖進茶房，潘金蓮也沒有去看西門慶的面目。直到王婆要去買酒時，才這樣寫道：「西門慶這廝一雙眼只看著那婦人，這婆娘一雙眼也偷睃西門慶，見了這表人物，心中倒有七分意了，又低著頭自做生活。」《金瓶梅》中寫潘金蓮失手將竿打了西門慶頭巾之後，卻緊接著寫道：「婦人便慌忙陪笑。把眼看那人，也有二十五六歲年紀，生的十分博浪。頭上戴著纓子帽兒，金玲瓏簪兒，金井玉欄杆圈兒；長腰身穿綠羅褶兒；腳底下細結底陳橋鞋兒，清水布襪兒，腿上勒著兩扇玄色挑絲護膝兒；手裏搖著灑金川扇兒。越顯出張生般的龐兒，潘安的貌兒。可意的人兒，風風流流從簾子下丟與奴個眼色。」西門慶走後，又寫潘金蓮道：「當時婦人見了那人生的風流浮浪，語言甜淨，更加幾分留戀。『倒不如此人姓甚名誰，何處居住？他若沒我情意時，臨走也不回頭七八遍了。不想這段姻，卻在他身上。』卻是在簾下眼巴巴地看不到那人，方才收了簾子，關上大門，歸房去了。」

將《水滸傳》與《金瓶梅》相比較，我們不難看出，在潘金蓮與西門慶勾搭成姦的過程中，《水滸傳》中的潘金蓮態度比較被動，而《金瓶梅》中的潘金蓮則主動得多。

《水滸傳》的作者具體細緻而又生動形象地描寫了潘金蓮這個青春少女由拒絕大戶的糾纏到「偷漢子」，到與西門慶勾搭成姦的淫蕩作風的發生過程，深刻地揭示了在這一過程中，潘金蓮對美滿幸福婚姻追求的屢遭失敗和打擊使他的心理有些變態；而「老豬狗」王婆的教唆則是催化劑。正是在王婆的教唆下，潘金蓮由淫蕩而殺人，由一個清白的少女成了殺人罪犯，而在毒殺武大過程中「跳上床來，騎上武大身上，把手緊緊地按住被角，那裹肯放些鬆寬」的令人髮指的動作，則更充分展示了她的性格的狠毒。潘金蓮殺了武大，她終於也慘死在武松的刀下。潘金蓮的悲劇就這樣收場了。

(六)《水滸傳》作者的新貢獻

《水滸傳》作者的主要貢獻在於在民間傳說和民間演唱的基礎上完成了一部篇帙浩繁的英雄傳奇，塑造了眾多的叱吒風雲的傳奇式英雄。作者設置潘金蓮這樣一個人物，主要是為了更好地表現超群絕倫的傳奇英雄武松頂天立地不為女色所動的所謂凜然正氣，不畏官府和邪惡勢力，為兄長複雜的俠義精神，以及他的諳於世情和處事的精明與幹練。但是因為作者在創造過程中採用了「獅子搏兔亦用全力」的做法，所以潘金蓮這個配襯式人物，也寫得有血有肉，生動傳神，給讀者留下了深刻的印象。潘金蓮這一形象的生動性一點也不比作者曾著力描寫過的梁山英雄中的三位英雄女性地慧星一丈青扈三娘、地陰星母大蟲顧大嫂、地壯星母夜叉孫二娘遜色。這就是作品的實際社會效果。

中國古代小說，如果從其成熟期的唐人傳奇小說算起，中經宋人傳奇，宋元話本，到明文人擬話本，有若干優秀篇章成功地塑造了一系列的古代女性形象，她們的結局多半是喜劇式的，但悲劇式的亦有不少，比如《鶯鶯傳》裏的崔鶯鶯，〈碾玉觀音〉中的璩秀秀，〈杜十娘怒沉百寶箱〉中的杜十娘等等。無論是喜劇還是悲劇人物，作者都付予了他們所塑造的人物以強烈的喜愛與矜憐之情，而《水滸傳》中的潘金蓮卻是一個十惡不赦的殺人罪犯，作者在她身上流露了明顯的憤怒憎惡之情。但在上述的一系列的小說女性人物畫廊中，潘金蓮與眾不同，作者的新貢獻，卻正在於他塑造了這樣一個亙古未有的平凡的女殺人犯的形象，而且作者的高明與絕妙表現在對這一人物並非做簡單地漫畫式地處理，而是具體地真實細緻地描寫了潘金蓮怎樣由一個善良純真的少女變成殺人犯的過程，深刻地令人信服地揭示了這一悲劇形成的主觀的和客觀的社會原因。對於這位淫蕩而罪惡的潘金蓮可以憤怒地咒罵她，但是作為一個文學形象，她卻無疑是非常成功的，具有不可泯滅的社會生命力，以及不可替代性。這一切可能幾乎為作者初料所不及。

二、潘金蓮的家境與出身

一個人的家庭狀況與出身經歷，跟其性格之間有著相當的密切的關係。這裏試圖通過《金瓶梅》與《水滸傳》對潘金蓮家庭狀況與出身經歷的不同描寫來揭示《金瓶梅》中的潘金蓮性格的淵源關係。

(一)潘金蓮的家境

關於潘金蓮的家庭狀況，《水滸傳》中沒有明確交代，只說道：「那清河縣裏有一個大戶人家，有個使女，娘家姓潘，小名喚作金蓮。」《金瓶梅》中則說：「這潘金蓮，卻是南門外潘裁的女兒，排行六姐。因她自幼生得有些顏色，纏得一雙好小腳兒，因此小名金蓮。父親死了，做娘的因度日不過，從九歲賣在王招宣府裏。」這就交代的比較清楚，潘金蓮的家庭出身是城市貧民，其父是小手工業者，家境貧寒，到潘金蓮嫁給西門慶的時候，潘姥姥已經近乎到處乞討為生了。潘姥姥到西門慶府中來，手頭連打發抬轎子的六分銀子轎子錢都拿不出來。她死的時候，棺材是西門慶在世時給她的，沒有發送錢，是潘金蓮給了陳經濟五兩銀子，讓她去發送潘姥姥，打發抬錢。（第八十二回）

潘金蓮本來是爭強好勝，不甘人後的人，但手中無錢難為人。家境的貧寒使她感到屈辱，這屈辱更加激發了她的爭強好勝，爭強好勝需有一定的錢財做後盾，但她又沒有，這又反過來增加了她的屈辱感，屈辱感又時常變為自尊心很強。家境貧寒，對潘金蓮性格特點之形成，起過很大的作用，這在《金瓶梅》中有過多次描寫。金蓮因為沒有錢，曾傷了潘姥姥的心，又落了個不孝的罪名。由此，有的《金瓶梅》研究者就說潘金蓮連對自己的母親都如此心狠，她從來沒有做過一件能顯示她的善行的事，她的良心已泯滅。這其實並不盡符合事實。第五十八回〈乞臘肉磨鏡叟訴冤〉，那位磨鏡叟編造了一通他老伴的不幸的謊言，竟把潘金蓮也瞞過了，情不自禁地動了側隱之心，把潘姥姥捎來的小米兒給了他二升，又送給他兩個醬瓜兒。可見她的良心——作為一個窮苦家庭出身的女人，對窮困人的同情之心——並未完全泯滅。

在西門慶的眾妻妾中，除了陪房出身的孫雪娥之外，潘金蓮是家中最窮困的。吳月娘是千戶的女兒，又是主家婆，西門府中的錢也就是她的錢；李瓶兒的錢財簡直難以計算，孟玉樓僅次於李瓶兒，隨嫁的東西多，手頭也闊得很；就是妓女出身的李嬌兒，身上尚有幾千兩銀子纏頭。在這種形勢之下，為了在日用服飾方面不顯得太寒酸，讓人比下去，她便不得不用各種手段取得西門慶的歡心，並以此求取財物，但經濟之拮据始終惡魔般地隨著她。為了一張撥步床和那張螺細床，她費了多少心事，直到她死後，第九十六回〈春梅遊玩舊家池塘〉時提起此物，還發出無限的慨歎：聽說這張撥步床陪了大姐嫁人走了，春梅眼中不由的酸酸的，口內不言，心下暗道：「想著俺娘，那爭強不伏弱的，問爹要買了這張床。我實承望要回了這張床去，也做他老人家一念兒，不想又與了人去了。」由不的心下慘切。而為了一身皮襖，潘金蓮則不僅招來了一場大災難，大夥拼，甚至把她引向死路。眾妻妾除了孫雪娥，大家都有皮襖，潘金蓮沒有。李瓶兒死了，她想穿李瓶兒生前穿過的那身貂鼠皮皮襖，費了多少口舌和心思。第七十四回寫道：「婦人道：『我有樁事兒央你，依不依？』西門慶道：『怪小淫婦兒，你有甚事說不是。』婦人道：『把李大姐那皮襖拿出來與我穿了罷。明日吃了酒回來，他們都穿著皮襖，只奴沒件兒穿。』西門慶道：『有年時王招宣府中當的皮襖，你穿就是了。』婦人道：『當的我不穿他，你與了李嬌兒去；把李嬌兒那皮襖，卻給雪娥穿，我穿李大姐這皮襖。你今日拿出來與了我，我塞上兩個大紅遍地金鶴袖，襯著白綾襖兒穿，也是我與你做老婆一場，沒曾與了別人。』」西門慶終於答應給了她。但是，吳月娘卻很不高興。月娘問西門慶「開門做什麼？」西門慶說：「六兒他說明日往應二哥家吃酒，沒皮襖，要李大姐那皮襖穿。」被吳月娘瞅了一眼，說道：「你自家把不住自家嘴頭了。他死了，嗔人分散房裏丫頭，相你這等，就沒的話兒說了。他見放皮襖不穿，巴巴兒只要這皮襖穿。早時他死了，你只望這皮襖。他不死，你只好看一眼兒罷了！」

原來，吳月娘也早就在心中算計這件皮襖了。張竹坡在《金瓶梅》第七十四回總評開頭就說：「此回品玉乃寫下回撒潑之由，然實起於一皮襖。」第七十五回總評中則說得更為明確詳細：「皮襖者，瓶兒之衣也，乃月娘金蓮爭之，直將其牆頭二人公同遞物心事說出。……夫財在而月娘有心，金蓮豈無心？乃銀物俱歸上房，而金蓮之不憤可知，其挑月娘、西門不合於瓶兒入門時，蓋有由也。……瓶兒死，金蓮快而月娘亦快。金蓮快吾之色無奪者，月娘快彼之財全入己。故瓶兒著完壽衣而鎖匙已入上房矣，此二人之隱衷也。乃金蓮之隱易知，而月娘之隱難見，今全於皮襖發之。何則？金蓮固曰，他人之財均可得之，而月娘則久已認為己有矣。……今忽以皮襖與金蓮，是凡可取而與之者，皆非我所有也，能不急爭之乎！然而老奸巨滑者，必不肯以此而爭之，則春梅一罵之由，正月娘等之而不得者也。而金蓮又有滿肚不憤，乃一旦而對面，不至於撒潑不止也。寫月娘、金蓮必淘氣而散者，一見西門慶死後，不能容金蓮之故。」

如果說這身皮襖是直接導致潘金蓮與吳月娘反目，西門死後月娘不能容金蓮的原因，那麼潘金蓮的家境貧寒、無依無靠，則更是重要的原因之一。

西門慶死後，眾妻妾中，李瓶兒已死，餘下的人中，吳月娘不僅出身千戶衛，而且有個大哥吳鎧，又名吳有德，書中稱吳大舅，清河縣千戶，升指揮僉事。吳鎧還有個兒子吳舜臣。月娘還有個二哥（吳二舅），還有個大妗子、二妗子，月娘的大姐吳大姨，真是人多勢眾。孟玉樓則有個經商的二哥孟銳，其妻孟二嫂，還有個大嫂，有個玉樓之姐孟大姨。李嬌兒則有院裏媽媽，有侄女桂姐、桂卿、侄兒李銘，有一個麗春院作後盾，連吳月娘也怕他們三分。所以西門慶死後，李嬌兒盜財歸院，吳月娘也只好把李嬌兒「房中衣服首飾箱籠床帳家活盡與他，打發出門，只不與他元宵、繡春兩個丫鬟去」。

在這方面，潘金蓮只能與西門慶已故的元配夫人陳氏陪房孫雪娥為伍了。如上所述，潘金蓮的父親已去世，母親已近於乞討為生，家裏收養了潘金蓮姨家的一個不成氣的十二歲的女孩子。至於那個姨媽，則未出現過。除此之外，便一無所有了。第八十二回潘姥姥死了，潘金蓮已經無家可歸。第八十六回就被吳月娘賣回王婆那裏去了。而且作為潘金蓮嫁入西門府中的媒人與見證人，還說潘金蓮嫁來時「有個箱籠兒，有頂轎兒來，也少不的與他頂轎兒坐了去。」月娘卻說：「箱子與他一個，轎子不容他坐。」到第八十七回，潘金蓮就死在武松的刀下了。很顯然，潘金蓮的悲慘結局也與其家境貧寒、無依無靠，有著一定的關係。

(二)潘金蓮的出身經歷

《金瓶梅》中的潘金蓮和《水滸傳》中的潘金蓮的出身經歷也不盡相同，這就是《金瓶梅》中的潘金蓮在賣給張大戶之前，有一段在王招宣府裏的生活歷史。這段經歷，書中是這樣敘述的：潘金蓮「父親死了，做娘的度日不過，從九歲賣在王招宣府裏，學習彈唱，就會描眉畫眼，傅粉施朱，梳一纏髻兒，著一件扣身衫子，做張做勢，喬模喬樣。況他本性機變伶俐，不過十五，就會描鸞刺繡，品竹彈絲，又會一手琵琶」。

潘金蓮的這段經歷至少有兩點很值得重視：其一是潘金蓮自幼就會描眉畫眼，傅粉施朱，做張做勢，喬模作樣，這就為他後來與張大戶通姦和後來的淫蕩作了有力的鋪墊，使讀者對潘金蓮的作風由輕浮到淫蕩，不感到突兀。其二是將潘金蓮與王招宣府緊緊地聯繫起來。王招宣的孫子王三官是一個典型的紈褲子弟，他與「家中幾個奸詐不級的人」逐日在外嫖酒，與妓女鄭愛月打得火熱。王招宣的兒媳婦林太太則是一個典型的蕩婦，她在與西門慶勾搭上之前，整日描眉畫眼，打扮得狐狸也似的「專在家，只送外賣，假託在姑姑庵兒打齋，但去就她，說媒的文嫂兒家落腳。文嫂兒單管與她做牽頭，只說好風月」。而書中關於林太太與西門慶的兩次淫蕩行為的描寫則更把這個林太太的淫蕩行為展示得淋漓盡致。潘金蓮從小就正是生活在這樣一個環境裏，正所謂「近朱者赤，近墨者黑」，她的性格，她的淫蕩，與此時的六年生活經歷有著直接的內在的關係。對此，張竹坡在〈金瓶梅讀法〉中有一段頗為精采的論述：

> 再至林太太，吾不知作者之用心，有何千萬憤懣而於潘金蓮發之，不但殺之割之，而並其出之處，教習之人，皆欲致之死地而方暢也。何則？王招宣府內，因金蓮舊時賣入學歌學舞之處也。今看其一腔機詐，喪廉寡恥，若云本自天生，則良心為不可必，而性善為不可據也。吾知其自二、三歲時，未必便如此淫蕩也。使當日王招宣家，男敦禮義，女淑貞廉，淫聲不出於口，淫色不見於目，金蓮雖淫蕩，亦必化而為貞女，奈何堂堂招宣，不為天子招服遠人，定揚威德，而一裁縫家九歲女孩至其家，即費許多閒情教其描眉畫眼，弄粉塗朱，且教其做張做致，喬模喬樣。其待小使女如此，則其儀型妻子可知矣。宜乎！三官之不肖荒淫，林氏之蕩閑踰矩也，招宣實教之，夫復何尤。然而招宣教一金蓮，以遺害無窮，身受其害者，前有武大，後有西門，而林氏為招宣還報，固其宜也。吾故曰：「作者蓋深惡金蓮，而並惡及其出身之處，故寫林太太。

關於《金瓶梅》作者之所以設置林太太這樣一個人物，我們當然不會完全贊同張竹坡的看法。這一點我們上面已經說過。但是對於潘金蓮在王招宣家中的這六年生活及其淫蕩性格形成之內在關係，張竹坡已經敏銳地覺察到了，這正是他的高明之處。

(三)潘金蓮與張大戶

《金瓶梅》中潘金蓮對張大戶的態度與二人之關係，也與《水滸傳》中潘金蓮對那個大戶的態度與關係大不相同。如上所述，《水滸傳》中的潘金蓮只是那個大戶的使女，那個大戶要糾纏她，她意下不肯依從，那大戶以此記恨於心，為了報復，才將潘金蓮嫁與武大；而《金瓶梅》中的潘金蓮十五歲被轉賣到張大戶家之後，到十八歲時，被張大戶收用。張大戶所以將潘金蓮嫁給武大，一則因為主家婆吃醋，不能相容；二則潘金蓮雖然名義上嫁了武大，實在仍是張大戶的外室，「武大若挑擔兒出去，大戶候無人，便踅入房中與金蓮廝會，武大雖一時撞見，亦不敢聲言。朝來暮往，如此也有幾時」。一直到張大戶得了陰寒病症，一命嗚呼，方才終了。《金瓶梅》作者是採用移花接木的手法，將《水滸傳》中的潘金蓮與宋元話本〈志誠張主管〉（見《京本通俗小說》第十三卷）的情節併合而成。《金瓶梅》中的潘金蓮與張大戶的苟且關係，正是其在王招宣府中受薰染的直接結果，也為後來潘金蓮與西門慶的淫蕩性格做了鋪墊，很明顯地帶有《金瓶梅》中潘金蓮生活的時代風氣的印記。

另外值得指出的一點是，潘金蓮被轉賣到張大戶家時，是與「樂戶人家女子」白玉蓮同時進門，學習彈唱，潘金蓮與自玉蓮「同房歇臥」。《金瓶梅》中的「樂戶」差不多跟妓院是同義語。這實際上是將潘金蓮說成是妓女了。綜上所述，我們不難看出《金瓶梅》中的潘金蓮與《水滸傳》中的潘金蓮家境出身經歷都有很大不同，而其主導性格的形成，乃至最終結局，都與其家境和出身經歷有著某種內在的因果關係。

三、潘金蓮的文化素養

《金瓶梅詞話》中的潘金蓮與《水滸傳》中的潘金蓮相比較，最大的不同在於其文化素養不同。而這種文化因素，無論在其性格特點的構成中，還是在其性格特點的形成原因中，都至關重要。這裏則正是試圖從這一角度來研究和評述潘金蓮的。

(一)潘金蓮的文化層次

根據種種跡象推斷，《水滸傳》中的潘金蓮似乎還未脫盲，而在《金瓶梅》裏，據潘姥姥親口所講，潘金蓮自七歲始即在余秀才家上過三年女學，「字仿也曾寫過，甚麼詩詞歌賦唱本上字不認的？」（第七十八回）王婆還說她「諸子百家，雙陸象棋，拆牌道字皆通；一筆好寫」。（第三回）而通過我們對有關潘金蓮這方面能力的具體考察，也基本上證實了潘姥姥和王婆的說法是大體符合於金蓮的實際的。《金瓶梅》中的潘金蓮，自幼聰明伶俐，被賣到王招宣府及轉賣與張大戶後，又一直以「習學彈唱」為其主業，她不僅會描鸞刺繡，品竹彈絲，彈得一手好琵琶，也還會吟唱時曲，可謂聲樂、器樂皆通。更應引起我們注意的她也不僅知書識字，而且能寫詩歌，會作曲詞，具有相當不錯的文字感受能力和欣賞水準。

現在我們再來談一下潘金蓮的作品。詩歌方面，小說中有明確交待的是下面這首：「獨步書齋睡未醒，空勞神女下巫雲。襄王自是無情緒，辜負朝朝暮暮情。」此詩是潘金蓮與陳經濟打得火熱之際，金蓮欲火攻心，黃昏時分獨自闖進經濟房中，而此時的陳經濟卻恰恰酒醉未醒時而寫下的，金蓮尋思道，「我若不留下幾個字與他，只說我沒來，等我寫四句詩在壁上，使他知道。」於是取筆就在壁上寫下了如上的四句詩（第八十一回）。有意思的是，潘金蓮此處的所思所想（「我若不留幾個字與他」）與所作所為（「於是取筆在壁土寫了四句詩」），卻全不似一個閨中婦人，倒儼然像一個能書善寫的飽學秀士，不惟才思敏捷，詩句來得相當之快，而且對諸如「襄王」，「神女」之類的典故也相當熟悉，就連神情，動作也頗能給人幾分瀟灑的感覺，至於在內容上於情、於景、於事方面的吻合則更不消說了。曲詞方面，其中的相當一部分（主要是她吟唱的部分）當然難以斷定確係為她所作，這裏面還存在著辯偽或鑒別的問題，但大多數曲詞，既合情又入理，則又是事實。如她嫁給武大郎之後，於無人處所常彈的表達其怨苦情緒的〈山坡羊〉「想當初，姻緣錯配奴，……不是奴自己誇獎，他烏鴉怎配鸞凰對。奴真金子埋在土裏，他是塊高號銅，怎與俺金色比。他本是塊頑石，有甚福抱著我羊脂玉體」云云（第一回），就頗合於作品中所寫潘、武二人的客觀實際。西門慶娶孟玉樓期間，足有一月未踏金蓮之門，潘金蓮門兒倚遍，眼兒望穿，獨彈琵琶所唱的〈綿搭絮〉「當初奴愛你風流，……背親夫，和你偷情。怕甚麼傍人講論，覆水難收！」「誰想你另有了裙釵，氣的奴似醉似癡，斜傍定幃屏故意兒猜。不明白，怎麼丟開？傳書寄柬，你又不來」等等（第八回），也都與前後的情節、事件以及當時的實際情況完全相符。這些作品即使是用他人之酒杯，澆心中之塊壘，援他人之作品，表自己之性情，亦顯示了頗高的欣賞與表現水準。

至於潘金蓮的自作曲詞，根據筆者不完全統計，也至少有五、六支之多（分見第八、十二、八十二、八十三、八十五等回），其中，僅〈寄生草〉這一個曲牌之下就有三支。現僅舉第八十二回中她寄與陳經濟的一支，並略作剖析。曲詞為：「將奴這銀絲帕，並香囊寄與他。當中結下青絲髮。松柏兒要你常牽掛，淚珠兒滴寫相思話。夜深燈照的奴影兒孤，休負了夜深潛等荼䕷架。」聯繫小說中所寫潘與陳自從廂房裏得手後通無忌憚，「一日，四月天氣，潘金蓮將自己袖的一方銀絲汗巾兒，裹著一個玉色挑線香袋兒，裏面裝安息香、排草、玫瑰花瓣兒，並一縷頭髮，又有些松柏兒，一面挑著『松柏長青』，一面是『人面如花』八字，封的停當，要與經濟，不想經濟不在廂房內，遂打窗眼內投進去」，以及晚夕月上時專等其來赴佳期的情節來看，倒是十分符合於作品所寫之實際的。毋庸諱言，其寫作之目的固然是為通情、偷情，但所吟所寫，卻也不僅能夠將「情」傾出，將意訴盡，而且表現得相當「情深意切」。縱觀潘金蓮的所有作品，基本上都具有這樣一種共同的特點。小說第八回曾這樣描寫潘金蓮創作另一支〈寄生草〉時的情狀：「一面走入房中，取過一幅花箋，又拈玉管，款弄羊毛，須臾寫了一首〈寄生草〉。」從「須臾」一詞，似不難見出潘氏才思的敏捷程度。

我們知道，《金瓶梅》一書中，對於前此小說、話本、清曲、戲曲、史書和說唱文學資料的引用，其數量是相當之大的，引文的廣泛程度，幾乎包括了明代文學的全部領域。而對於曲文的大量引用則又可說是該書最重要的特徵之一。《金瓶梅》中的很多詞曲均係引用的他人之作。關於這一點，我國已故學者馮沅君先生、趙景深先生以及美國哈佛大學的韓南教授都已經化氣力作過考證。其實，早在三百年前丁耀亢在《金瓶梅》所寫的《續金瓶梅》書中的〈凡例〉裏邊，就有過「小說類有詩詞，前集名為詞話，多用舊曲」的明確敘說。儘管如此，我們認為，只要作者事實上把這些成文曲詞的創作權歸屬於潘金蓮的名下，而不是他筆下的其他人物，據此我們也就應該將它們視作表明潘金蓮創作水準的作品來看。而且更其重要的是，這些作品又確實符合於小說中潘金蓮這一人物的文化素質和寫作能力，標誌著作品中該人物的寫作才能及其水準，那麼，作者如此編排的事實本身也就具有了意義。

(二)西門府中的「高材生」

有比較才有鑒別。討論過潘金蓮的文化層次與作品之後，我們不妨再按照這同一標準——文化層次的標準，來衡量一下西門慶府中其他人物的文化水準。先說西門慶。這個曾位居提刑千戶之職的堂堂五品武官，就其文化程度而言，雖然尚不至於像曾孝序參本中所言是一個「一丁不識」之輩，但充其量也只不過是一個初識文墨之徒。次看西門慶的其他妻妾。正妻吳月娘，為清河左衛吳千戶之女，比之金蓮、雪娥等人她的家庭出身算是高貴的了，但根據種種跡象推斷，她恐怕並不識字，即便識字也肯定寥寥無幾。小說第五十二回吳月娘先後兩次讓潘金蓮替她看曆書的細節，便足可作為我們這種判斷的證明。六妾李瓶兒是西門慶府中見過大世面的女人，她先與當朝太師的女婿、大名府梁中書家為妾，後來名義上嫁給了花子虛，而實際上是被其叔公霸占著，花太監升廣南鎮守，曾把她帶到廣南，住了半年有餘。但書中對她的文化程度卻幾乎沒有涉及，與吳月娘一樣，她也很有可能在文盲之列。三妾孟玉樓的文化水準，由下面的這段對話也可略見一斑。那是吳月娘與西門慶和好，在酒筵當中潘金蓮慫恿家樂唱了一套〈南石榴花〉「佳期重會」之後的第二天——

> 西門慶向孟玉樓道：「恁一個小淫婦，昨日教丫頭每平白唱『佳期重會』，我就猜是他幹的營生。」玉樓道：「『佳期重會』是怎的說？」西門慶道：「他說吳家的不是正經相會，是私下相會，似燒夜香有意等著我一般。」玉樓道：「六姐他諸般曲兒倒都知道，俺每卻不曉的。」（第二十一回）

吳月娘、李瓶兒、孟玉樓的文化層次尚且如此，至於從「勾欄」中娶來的三妾李嬌兒和原為「房裏出身」，後被西門慶收為第四房妾的孫雪娥的文化層次，就書中描寫來看，也顯然無法和潘金蓮相匹比（詳見〈潘金蓮與孫雪娥〉一章）。再看陳經濟與書童。平心而論，關於陳經濟的文化程度，小說第三回通過西門慶之口已經透露出些許信息，說他當時「十七歲，還上學堂」，寄居丈人家之後，協助夥計們做買賣，「收放寫算皆精。」到後來更是「但凡家中大小事務，出入書柬禮貼，都教他寫」（第二十一回）。至於他和潘金蓮偷情時的以詞達意以及與韓愛姐打得火熱時的傳書寄柬，也無不體現出他的文化程度。所以，我們有足夠的理由斷定，在西門府中，陳經濟的文化層次確實是較高的。當然，在識文斷字文方面，書童恐怕比他又略勝一籌。這有小說四十八回所寫可以為證：西門慶被參，打點禮物去走蔡太師的門子，來保央人抄了份邸報帶回，與西門慶觀看，「因見上面許多字樣，前邊叫了陳經濟來，念與他聽。陳經濟念到中間只要結住了，還有幾個眼生字不認的。旋叫書童兒來念。那書童倒是門子出身，蕩蕩如流水不差，直念到底。」如此看來，這書童也真可稱得上是頗通文墨之人了。不過，倘若論起曲詞創作來，那書童與潘金蓮可就難以同日而語了。

在百回《金瓶梅》中，作者寫到潘金蓮的回目共八十三回，而據筆者的粗略統計，其中直接涉及並反應其文化水準者就有二十回之多（一、三、六、八、十二、十八、二十、二十一、二十七、三十八、三十九、五十二、五十五、七十三、七十八、八十、八十二、八十三、八十五、八十七），占整個小說回目的五分之一。關於潘金蓮的文化程度和技藝水準，上引王婆曾對西門說過的「諸子百家，雙陸象棋，拆牌道字皆通，一筆好寫」之外，並當面說潘金蓮道：「娘子休推老身不知，你詩詞百家曲兒內字樣，你不知全了多少」（第三回）。應伯爵在別人跟前也不止一次地說過：潘金蓮「詩詞歌賦，諸子百家，拆牌道字，雙陸象棋，無不通曉；又會識字，一筆好寫」（第八十回）。二人之言難免有誇張成分，我們固然不可全信，但參之作品實際，倒也大體不錯。技藝方面，投壺、下棋、猜枚、抹牌等等，就不說了。人們多知她琵琶精湛，就連走街串巷常在勾欄中逛的西門慶聽後也是讚不絕口，殊不知她還會彈月琴。關於她的寫作才能上文已經談到，這裏再談她的文學欣賞水準及其文學感受能力。其文學欣賞水準與感受能力之高，可從第七十三回「潘金蓮不憤憶吹簫」一節中的描寫和敘述裏得到印證。那天，眾人為孟玉樓做生日，酒宴中西門慶觸景傷懷，不由憶起李瓶兒。不一時，小優兒走來，月娘順口分付唱一套「比翼成連理」，西門慶則有意叫他們唱一段「憶吹簫」。潘金蓮見唱此詞，就深知西門慶思念李瓶兒之意，所以尚未唱完，即「故意把手放在臉兒上，這點兒那點兒羞他。」酒宴過後，還一再挖苦西門慶：「你的小見識兒，只說人不知道？」並對吳月娘等人申說理由道：「今日孟三姐的好日子，不該唱『憶吹簫』這套離別之詞。」下面這組對話也許更能說明問題：

> 大妗子道：「你姐兒每亂了一這回，我還知因為什麼來。」……玉樓道：「若是我每，誰嗔他唱，俺這六姐姐，平昔曉的曲子裏滋味。」……楊姑娘道：「我的姐姐，原來這等聰明！」月娘道：「他什麼曲兒不知道？但題起頭兒，就知道尾兒，相我，若叫唱老婆和小優兒來，俺每只曉的唱出來就罷了。偏他又說那一段兒唱的不是了，那一句兒唱的差了，又那一節兒稍了。」

通過如上的比較和分析，已可得出我們的結論：在有好幾十號人的西門慶府中，無論是文學的創作水準，還是文學的欣賞能力和感受能力，潘金蓮均可稱得上一流人物，《金瓶梅》世界裏女性角色中文化層次最高的一個。

(三)潘金蓮的文學修養與性格特點之關係

關於潘金蓮性格特徵，先哲與時賢已經做出過種種概括，如爭強好勝、乖巧伶俐、刁鑽機變、「單管咬群兒」、淫蕩、嫉妒、陰險、凶狠……等等，且對這些性格等點的形成原因，諸如時代氛圍、社會風俗的影響，獨特的經歷和遭遇等等做過探討。但筆者認為，她的這些性格特點的形成與她的文化修養之間似乎有著更為密切的內在關係，甚至可以說，她的文化修養較高本身就是其豐富的性格層面的有機組成部分，並對她的其他性格特點起著一定的制約和影響作用，推動和導引了其性格的發展演進歷程，在某種程度上也決定著她在與其他人物爭寵角逐中的獨特表現方式，助成了她爭鬥策略上的講究，保證了她在很多場合下的屢占上風。同時，也正由於她的那份聰明才智幾乎全用之於爭風吃醋的明爭暗鬥，所以才又使她逐漸地有時甚至是急速地向著淫蕩、嫉妒、陰險、凶狠的魔道上滑行，而「因淫而妒」與「因妒而狠」，則又正好清晰地描畫出其自身性格發展的遞進軌跡，且可視為其性格演進史的必然歸宿。

不管人們對潘金蓮的性格特點有著多少種概括，但爭強好勝、淫蕩、凶狠則無疑構成了她的基本性格特徵。下面我們就來深討一下這些基本性格特徵與其文化修養之間的內在關係。

1. 潘金蓮生性好賣弄，處處爭強好勝。不管事體大小，潘金蓮總要占點上風方肯甘休，就連戴朵瑞香花她也要「掐個尖兒」（第二十七回），皮襖她用李瓶兒留下的貂鼠皮襖，主張將招宣府當的給李嬌兒，將李嬌兒的給孫雪娥，等等，等等。而如上所述，她在人面前賣弄最多的則是她的能歌善唱、能言善辯，如她慫恿家樂唱什麼「佳期重會」，巧妙地嘲諷吳月娘，而吳月娘卻渾然不覺，便是很好的一例。概括說來，這種生性好賣弄，愛占上風的性格特點與其文化修養之間的內在關係模式大致如下：她的文化修養上高人一頭的優勢，演變積澱為心理上的高傲自負，心理上的高傲自負則導致其行動上的居高臨下，愛占高枝兒，這種種大出風頭的行為又深刻地反襯了其內心深處的精神狀態，淋漓盡致地表現了她這方面的性格特質。

2. 關於潘金蓮的淫蕩的性格特點，人們已經做出過很多的分析，但將淫蕩與其文化修養結合起來進行論說者則為數不多。其實，二者之間的關係確是相當直接和密切的。潘金蓮先被賣在王招宣府，後又被轉賣給張大戶，而無論在王府還是在張宅，她的主要任務均是「習學彈唱」以供主子欣賞，娛樂的，她所彈唱時曲的基本內容則又不外乎豔情與色情。因為這正是像招宣府這樣的簪纓之家和像張大戶這樣的豪富之門所不可缺少的生活內容。她從九歲被賣，至十七八歲被張大戶收用，其間約有近十年的時間，這一段生活經歷在她三十餘載的人生歷程中確乎不能算短，幾占她整個人生路途的三分之一。她所日日習唱的這些通俗詞曲，如上所言，既然鮮有不涉及男女之情者，甚至是赤裸裸地表現著原始的情欲以及粗俗的淫濫；同時，家主們的言傳身教與所作所為又使她耳聞目睹，這種腐朽的思想與污濁的環境不能不給她以深刻的薰陶和浸染。這種影響與她被西門慶娶進家門之後的生活氛圍以及其自身潛在因素的進一步結合，便導致了其淫蕩性格的生成和發展，並逐漸成為她的主要性格特徵之一。與西門府中其他女性明顯不同的是，她能以詞曲挑逗、引發並刺激對方的情欲，如小說第八十二回，寫她與陳經濟偷情時，二人摟抱在一起，潘氏順口吟唱的〈六娘子〉：「入門來，將奴抱在懷……」，即可作為例證。

3. 潘氏的文化修養影響著其性格的形成，影響著她的行動方式。為了跟西門慶做所謂長遠夫妻，她親自用藥殺了武大。進入西門慶府中，她變得更加凶狠，其手段，方式也更為狡詐、陰險。如她以春梅為馬前卒激打孫雪娥，而自己卻躲在幕後；在迎娶李瓶兒問題上的大耍兩面派手腕，致使西門慶與吳月娘彼此慪氣；因聽唱而借題發揮，挑撥吳、李之間的關係；挑唆西門慶迫害來旺，假西門之手巧妙地除掉情敵宋惠蓮；對生子後的瓶兒的精神上的摧殘、直至終於設毒計害死官哥兒、氣殺李氏……等等，等等。所有這些均讓人足以領教了她的工於心計，而這些計謀的生出以及這些謀劃的最終得逞，則又與她的文化素質高於西門慶府中的其他人有著重要的內在聯繫。她因心懷嫉妒而漸至於決意暗算李瓶兒母子一節，最能夠體現她的文化素養與其狡詐、凶狠性格之間的內在聯繫。潘金蓮與李瓶兒之間的爭鬥，確切地說是潘金蓮對於李瓶兒的頻頻進攻，儘管其內在的原因相當複雜，但有一點卻是非常清楚的，那就是，自從李氏生子之後，西門慶心中的天平已明顯地發生了傾斜，這對一向爭強好勝而嫉妒成性的潘金蓮來說，那是難以忍受的。所以，隨著李氏的日益得寵，潘金蓮也便加快了進攻的頻率與節奏，直至使出了極其歹毒的招數馴養「雪賊」，借刀殺人。對潘金蓮此舉的險惡用心，《金瓶梅》的作者有如下的一段說明和議論：

> 看官聽說：常言道花枝葉下猶藏刺，人心怎保不懷毒？這潘金蓮平日見李瓶兒從有了官哥兒，西門慶百依百隨，要一奉十，每日爭妍競寵，心中常懷嫉妒不平之氣，今日故行此陰謀之事；馴養此貓，必欲唬死其子，使李瓶兒寵衰，教西門慶復親於已，就如昔日屠岸賈養神獒，害趙盾丞相一般。（第五十九回）

關於春秋時晉國權臣屠岸賈陷害趙盾一事的始末，司馬遷在他的《史記》中有過詳細的記載。當然，潘氏此一計謀的生成卻不大可能就是來源於這些史料，儘管在《金瓶梅》中，作者曾借他人之口不止一次地說過潘金蓮「諸子百家皆通」之類的話，潘氏的文化層次也確實明顯地高出當時的一般市民，但說實在的，怕也不會高到如許的程度。況且，《史記趙世家》中也並未有屠岸賈馴養神獒的記載，而用神獒「性最靈異」，能識忠辨奸的謊言來蠱惑靈公並進而達到殘殺賢臣趙盾全家之目的的情節，在元代紀君祥的雜劇《趙氏孤兒》中則有著生動形象的描寫。這種對於戲曲內容的接受，消化乃至於「聰明」的仿效與其自身文化因素之間的密切關係是顯而易見的。於此我們不訪說，她的文化修養方面的優勢已成為她與其他女性相互爭鬥的一種工具和手段。

4. 最後，就連她的悲劇命運，也與她的文化素質有著內在的關聯。其一，憑恃著這種優勢所贏得的在一系列角逐中的每每得手，使她過高地估計了自己，以至於竟公開地向主家婆發動攻勢，結果慘敗於吳月娘手下。在西門慶死後，被吳氏逐出家門，終於做了武松的刀下鬼。這裏所表現出來的過於自信的性格特點，也同樣滋生於她的文化修養較高而又頗為自負的溫床，甚至可以說是其各種性格層面在這一酵母的催發下高度膨脹的必然結果。其二，潘金蓮的一生無疑是悲劇的一生，潘金蓮的悲劇既是性格的悲劇，更是社會悲劇，因為作為社會存在的個體的人，歸根到底，她的一切的性格特點也無不是她所生存的那個特定社會的產物。根據作品的具體描寫我們知道，潘金蓮與李瓶兒關係的明顯惡化，是由李氏生子直接引起的，而由此展開的她們之間的一系列糾紛，一言以蔽之，則是傳宗接代的封建宗法思想觀念的產物；西門慶的眾妻妾之間之所以戰火蜂起，說到底乃是不合理的封建婚姻制度的必然結果，因為一夫多妻制的封建婚姻制度，必定造成眾妻妾間爭風吃醋，你搶我奪的客觀態勢；在與其他女性的明爭暗鬥中，潘金蓮既利用傳統的封建禮教，也利用過與傳統的封建禮教背離的思想。她與孫雪娥雖然同為西門慶之小妾，但孫氏畢竟是「房裏出身」，至於僕婦宋惠蓮則自然又等而下之了，所以與此二人爭鬥得勢，除了有賴於她的文化優勢下的工於心計的因素外，她也沾了封建尊卑等級秩序的光。論才幹和能力，吳月娘當然不是她的對手，但潘金蓮與吳月娘之間的較量，卻最終不得不以潘氏的「含著眼淚兒」向吳氏磕頭、賠不是方告了結，這又充分說明：儘管在當時社會舊肌體上滋生著新因素的萌芽，伴隨著資本主義生產關係的出現，人們的道德觀念、價值取向以及生活方式都發生了極其重要的變化，但是整個社會的性質並未有根本性改變，傳統的封建勢力仍然具有著強大的優勢，尊卑等級觀念依然在很大程度上決定著當時人與之人間的社會關係；同時，潘金蓮身上所體現出來的文化因素等方面的新質，從根本上講也必定為她生活的那個舊的社會所不容，這也不能不說是導致潘金蓮悲劇的最根本的原因之一。

通過上面的分析可以看出，潘金蓮的爭強好勝、淫蕩、凶狠等等性格特點與她的文化修養之間，確實有著極其微妙又相當密切的聯繫。儘管關於《金瓶梅》作者的歸屬問題至今還是一個迷，但可以肯定的是《金瓶梅》的作者既承襲了傳統的封建意識，又接受了新的市民意識，在他筆下的文學形象潘金蓮的身上明顯地有著當時市民階層的文化特徵，應該說是沒什麼問題的。正是由於作者對這一人物所具有的文化素養與思想觀念、道德準則及其生活方式之間內在關係的真實描寫，從而大大豐富和深化了這一人物的性格諸層面，而所有這些性格特點的有機聯繫及其集合，才共同鑄塑了一個完整的潘金蓮——這個在中國小說史上不可多得的多色彩的文學典型。

潘金蓮與西門慶

在《金瓶梅》中，潘金蓮最瞭解西門慶，西門慶也最瞭解潘金蓮。他們二人才是天生的一對老搭檔，他們的思想、性格有若干共同之處，將潘金蓮與西門慶進行比較，我們可以比較全面的瞭解潘金蓮的思想與性格。

一、物欲、情欲的瘋狂追求

潘金蓮與西門慶是物欲、情欲的瘋狂追求者，對此不少研究文章和專著都曾予以分析評價，但綜觀這些分析評價，則似乎論述其共性者為多。這裏主要從潘金蓮、西門慶對物欲、情欲追求上表現出的不同特點進行一些比較。西門慶對物欲的瘋狂追求，主要表現在兩個方面，一是對於財貨的瘋狂追求，他不僅用不同的方式攫取了孟玉樓、李瓶兒和親家陳洪寄存的三大宗錢財，而且通過經商，貪贓枉法，偷稅漏稅，交通官吏，提早取鹽引，偷工減料，合夥做皇上的香蠟生意，放官吏債等各種途徑賺錢，可以說當時能用得上的賺錢的手段他全部都用上了。《金瓶瓶詞話》雖然在西門慶出場時就被介紹為暴發戶，但只不過在縣前開個生藥鋪，這生藥鋪直到他死時資金不過合銀五千兩。但其死時之家產總值大約在十萬兩銀子以上。這才真正稱得上是一個暴發戶。其二是西門慶生活上的極度奢靡。他不僅注意穿戴，更講究吃喝。香港中文大學的孫述宇在《金瓶梅的藝術》中說：「以飲食來說，沒有什麼小說像這本講的這麼多，書中的飲食不但次數多，而且寫得詳細和生動……《水滸傳》裏的飲食嚇唬我們，那些好漢子獨個兒報銷了幾斤肉和半桶酒，確是英雄氣概，《紅樓》的飲食也嚇唬我們，曹雪芹通常並不說吃的是什麼，但他讓我們那麼震攝和充滿了自卑感，開席之時，我們就剩下劉姥姥那麼多的觀察力了，……《金瓶梅》的飲食就只是享受。……就是大作家中，能夠經常採用飲食作創作資料的，恐怕也只有本書作者和狄更斯等少數幾個。」像《金瓶梅》中那樣，一頓宴席就化了上千兩銀子的驚人數字，實在可以說在中國古代小說中創造了記錄。而關於《金瓶梅》中的飲酒，則無論從酒的種類，到飲酒的次數之多之講究之描寫生動具體，同樣是創記錄者。西門慶確實是最講享受的小說人物之一。而潘金蓮的物欲則主要表現在對日常用品的講究，特別是對於服飾無厭足的高標準的追求上。在西門慶的眾妻妾中，潘金蓮是最愛打扮，也最會打扮的一個，也是全書中在這方面的冒尖人物。潘金蓮的這種打扮不僅是物欲追求的表現，也是為其情欲追求服務的，是很能表現其性格特點的，所以這裏有必要著重加以評述。

上面我們已經說過，潘金蓮從九歲時被賣到王招宣府裏時，就學會了「描眉畫眼，傅粉施朱」，嫁給武大後，潘金蓮在家別無事幹，一日三餐吃了飯，打扮光鮮，只在門前簾兒下站著，常把眉目嘲人，雙睛傳意。左右街坊有幾個奸詐浮浪子弟，睃見了武大這個老婆，打扮的油樣，沾風惹草，被這干人在街上撒謎語，往來嘲戲，唱叫：「這一塊好羊肉，如何落在狗口裏。」

西門慶簾下遇金蓮時，書中對潘金蓮的打扮有一段頗有代表性的描寫。這描寫與其性格關係至密，與《水滸傳》中的潘金蓮大為不同，是地道的《金瓶梅》中的潘金蓮：

> 頭上戴著黑油油頭髮䯼髻，口面上緝著皮金，一徑裏踅出香雲一結。周圍小簪兒齊插，六鬢斜插一朵桃花，排草梳兒後押。難描八字灣灣柳葉，襯在腮兩朵桃花。玲瓏墜兒最堪誇，露菜玉酥胸無價。毛青布大袖衫兒，褶兒又短，襯湘裙碾絹綾紗。通花汗巾兒袖中兒邊搭刺，香袋兒身邊低掛，抹胸兒重重紐扣，褲腿兒髒頭垂下。往下看，尖蹻蹻金蓮小腳，雲頭巧緝山牙，老鴉鞋兒白綾高底，步香塵偏襯登踏。紅紗膝褲扣鶯花，行坐處風吹裙褲。口兒裏常噴出異香蘭麝，櫻桃初笑臉生花。人見了魂飛魄散，賣弄殺偏俏的冤家！（第二回）

武大死了，靈牌未燒，潘金蓮早已開始打扮得喬模喬樣，乃致引逗的一般來做佛事的眾和尚一個個迷亂了佛性禪心，「一個個多關不住心猿意馬，都七顛八倒，酥成一塊」。而武大佛事未完，潘金蓮「又早除了孝髻，換上一身豔衣服，在簾裏與西門慶兩個並肩而立。」潘金蓮剛嫁到西門慶家中，就梳妝打扮得令主嫁婆吳月娘「從頭看到腳，風流往下跑；從腳看到頭，風流往上流」，口中不言，心內感歎不已。

列位於西門慶眾妻妾之後，潘金蓮的打扮不僅更加講究，而且出眾。第十五回元夜賞燈火時，書中寫道：「吳月娘穿著大紅妝花通袖襖兒，嬌綠段裙，貂鼠皮襖，李嬌兒、孟玉樓、潘金蓮都是白綾襖兒，藍緞裙。李嬌兒是沉香色遍地金比甲，孟玉樓是綠遍地金比甲，潘金蓮是大紅遍地金比甲，頭上珠翠堆盈，鳳釵半卸，鬢後挑著許多各色燈籠兒。」潘金蓮不僅會打扮，更愛賣弄：「吳月娘看了一回，見樓下人亂，和李嬌兒各歸席上吃酒去了哩，唯有潘金蓮、孟玉樓同兩個唱的，只顧搭伏著樓窗子，往下觀看。那潘金蓮已經把白綾襖袖子摟著，顯他遍地金掏袖兒，露出那十指春蔥來，帶著六個金馬鐙戒指兒，探著半戴身子，口中磕瓜子兒，把磕了的瓜子皮兒都吐下來，落在人身上。」潘金蓮的這番打扮舉動，直逗引的樓下那些浮浪子弟們議論紛紛，有人以為她們是公侯府裏的宅眷，貴戚皇孫家豔妾，甚或院中的小娘兒。

不僅如此，潘金蓮往往還別出心裁，不僅巧縫紅綾睡鞋，用茉莉花抹搓身體，而且還喬妝丫頭以市愛。《金瓶梅詞話》第四十回的回目為「抱孩童瓶兒希寵，妝丫鬟金蓮市愛」。作者把這兩件事放在一起對比著描寫，確實頗具匠心，這就把潘金蓮愛打扮的用心襯托的格外分明。

西門慶死後，潘金蓮與陳經濟通姦事發，被主家婆吳月娘趕出家門，在王婆家裏待賣，但就在這樣狼狽的處境下，她仍然在打扮著：「這潘金蓮次日依舊打粉，喬眉喬眼，在簾下看人，無事坐在炕上，不是描眉畫眼，就是彈弄琵琶。」

直到被武松騙買回家去，大難臨頭，死之將至，潘金蓮也仍不忘打扮：「晚上婆子領婦人進門，換了孝，戴著新䯼髻身穿紅衣服，搭著蓋頭」，儼然一新婦。

潘金蓮的物俗追求，愛打扮妝飾，真可謂至死方休。

再談潘金蓮對情欲的追求。

潘金蓮與西門慶一樣，也是情欲的瘋狂追求者，發洩者。

《金瓶梅》一問世，就曾被冠以淫書的罪名，它因此一直被禁著，而潘金蓮、西門慶無疑是書中兩個最為淫亂的角色，因而研究《金瓶梅》主角，將潘金蓮、西門慶進行對比，則對其中的性描寫，便不能不予涉及。但這實在是個非常複雜棘手的問題，這裏不可能予以全面評述；而關於潘金蓮、西門慶淫亂的實際社會作用的評價，我們將放在後邊進行，這裏先將二人在這方面所表現的不同特點作些簡要的比較。這種比較很顯然有助於我們對作品的理解和對潘金蓮其人性格的把握。

潘金蓮與西門慶的變態性生活及其變態性心態，雖然大致相同，但卻有著不同的表現與特點。首先，西門慶是個男人，是西門慶家庭中至高無上的統治者，又是清河一帶的閻羅大王，五道將軍，氣大財粗，又上通於當朝太師，氣焰熏天，人人怕他三分。因此，不管家內家外，凡清河一帶的婦女，只要有可能，他就可以去勾搭，幾乎不受任何限制和約束，而且可以隨時住到院中或把妓女留住家中，簡直是肆行無忌。

其次，跟西門慶發生性關係的女人，除了極個別的人，比如王招宣府的林太太，都是或希望得到他的寵愛，或在財務上有所要求，而他則是個施主。因此，西門慶在性淫亂過程中沒有任何思想負擔。而有所施予，則為了有所獲得。因而西門慶在性淫亂中往往顯示出一種豺狼似的貪婪和狂風驟雨般暴虐，甚至發展到性虐待，給對方以苦痛而感到最大的滿足與快意。

潘金蓮則不同，她不僅沒有西門慶在家中與社會上的威勢，更缺少必備的錢財，還因為她是個女性，所以她對情欲的追求雖然一點不比西門慶差，但卻要受到種種限制。西門慶與家中的僕人的妻子隨便淫亂則可，而潘金蓮則因為與小廝琴童私通，不僅挨了西門慶的鞭子，而且李桂姐恃寵乘機投井下石，讓西門慶剪來金蓮的一縷頭髮放到自己的腳底下天天踐踏，使金蓮遭受了由生以來的第一次大背時。潘金蓮私愛陳經濟，但在西門慶在世時，二人懾於西門慶之威勢，不能不克制收斂；在西門慶死後，二人通姦被吳月娘得知後，就被逐出西門慶的家門。就是在與西門慶縱欲之時，則不是為了受到西門慶的寵愛，就是時時不忘在錢財方面有求於西門慶。總之，較之西門慶，潘金蓮的淫亂不能不受到很多限制，但其淫欲要求又不在西門慶之下，於是河出潼關，因有太華阻擋而益增其奔猛；風回三峽，因遇巫山阻隔而益增其怒號。因之，潘金蓮在性淫亂過程中，不僅似破堤淮洪，簡直要吞噬一切，而且又往往顯示出變態的失去人格的卑下與猥鄙。

綜觀《金瓶梅》中對於西門慶、潘金蓮這對色情狂的全部描寫，我們不難看出，作者對於同樣淫亂的兩位主角卻採取了不同的態度，他對潘金蓮的譴責遠超過了西門慶。在西門慶，作者以為他的淫欲無度主要是戕害了自己，其亂倫要受到良心與道德的譴責；而潘金蓮的淫欲則不僅是自取滅亡，而且危害了他人，破壞禮義，必得千刀萬剮。大概任何社會中的任何一位稍有理智的人都不會要求作者去為潘金蓮的淫亂罪行進行辯護或施以同情，但作者在此問題上對於西門慶與潘金蓮的不同態度，卻明顯地暴露了其以男子為中心的社會中所慣有的在性生活與性道德方面的男尊女卑的社會意識。

二、西門慶家庭中的「混世魔王」

除了對物欲——金錢、情欲——女色的追求之外，西門慶孜孜以求的是權勢。有人認為西門慶的權勢欲表現並不怎麼強烈，這種看法不符合書中的實際描寫。《金瓶梅詞話》中，西門慶一出場，作者就說他是清河縣一個破落戶財主，從小也是一個浮浪子弟，使得些好拳棒，又會賭博，「近來發跡有錢，專在縣裏管些公事，與人把攬說事過錢，交通官吏，因此滿縣裏人都懼怕他」。因為賄賂當朝太師蔡京，終於得了個副千戶之職。對於得官，西門慶真是欣喜萬分。第三十回中這樣寫道：

> 西門慶看見上面銜著許多印信，朝廷欽依事例，果然他是副千戶之職，不覺歡從額角眉尖出，喜向腮邊笑臉生。便把朝廷明降，拿到一邊與吳月娘眾人觀看，說：「太師老爺抬舉我，升我做金吾衛副千戶，居五品大夫之職。你頂受五花官誥，坐七香車，做了夫人。……吳神仙相我不少紗帽戴，有平地登雲之喜，今日果然不上半月，兩椿喜事都應驗了。」

一闊臉就變，西門慶做了官，便自覺身分不同，乃至忘乎所以。喬大戶來攀親家，他竟然覺得門不當、戶不對了，這樣說道：「既做親也罷了，只是有些不搬陪些。喬家雖如今有這個家事，他只是個縣中大戶，白衣人。你我如今見居著官，又在衙門中管著事。到明日會親，酒席間他戴著小帽，與俺這官戶怎生相處？甚不雅相。」（第四十一回）

升了副千戶，西門慶開始了他的亦官亦商的生涯。他在官任上都幹了些什麼？御史曾孝序在彈劾西門慶時說：「理刑副千戶西門慶：本係市井棍徒，夤緣升職，濫冒武功，菽麥不知，一丁不識。縱妻妾嬉遊街巷，而帷薄為之不情；攜樂婦而酣飲市樓，官箴為之有玷。至於包養韓氏之婦，恣其歡淫，而行檢不修；受苗青夜賂之金，曲為掩飾，而髒跡顯著。」曾孝序所開列的西門慶之罪狀，並無半句虛言。西門慶之劣跡遠遠超過曾御史的參本。西門慶一上任，就不僅貪鄙不職，而且濫施淫威，動不動就要拿拶子拶人，把個清河縣搞得烏煙瘴氣。但西門慶並不滿足，他結交狀元出身的蔡御史和巡按宋喬年，拜當朝太師為義父，更加盡力巴結，終於又升為正千戶。官運享通，手腳通天。真是清河縣名副其實的閻羅大王，五道將軍。

同樣的，潘金蓮除了物欲、情欲的瘋狂追求外，對權勢的追求也表現了與西門慶類似的態度。不過西門慶營求的是封建王朝的官吏，而潘金蓮追逐的是西門慶家庭中的權力與霸主的地位。

首先談管帳之權。

孟玉樓未嫁西門慶之前，西門慶「家中雖是吳月娘大娘子，在正房居住，常有疾病，不管家事，只是人情看往，出門走動。出入銀錢都在唱的李嬌兒手裏」。孟玉樓嫁進來之後，管帳之權歸了孟玉樓。管帳不等於掌握了家庭的財權，但出入銀錢打手中經過，不僅有利可圖，而且一般家中僕人得受其約束。因此潘金蓮便不能不爭管帳權。第七十五回，孟玉樓對西門慶說：「『……明日三十日，我叫小廝米攢帳交與你，隨你交付與六姐，教她管去。也該交她管管兒。卻是她昨日說的：甚麼打緊處，雕佛眼兒便難，等我管』。西門慶道：『你聽那小淫婦兒，他勉強，著緊處，他就慌了。亦發擺過這幾席酒兒，你交與他就是了。』」可見潘金蓮的管帳權是爭來的。關於潘金蓮的管帳情況，我們後邊還要談到。

其次，看一看潘金蓮的爭霸活動。

潘金蓮一進入西門慶家中，這個本來鬧鬧嚷嚷的小天地便被她攪得更加沸反盈天。「潘金蓮在家，恃寵生驕，顛寒作熱，鎮日夜不得寧靜。性極多疑，專一聽籬察壁，尋些頭腦廝鬧。」在西門慶的六位妻妾中她的地位本來排在第五，但她卻想充當霸主，主宰這個天地。對下人，她打罵秋菊，害死宋惠蓮，降服如意兒，就連西門慶的貼身小廝玳安也懼她三分，一日喝醉了酒，酒後吐真言，發牢騷說：「如今六姐死了，這前邊又是他的世界，那個管打掃花園，又說地不乾淨，一清早晨吃他罵的狗血噴了頭。」對同輩小妾，她同孟玉樓結成盟軍，明攻孫雪娥，暗擊李嬌兒，嚇死官哥兒，氣死李瓶兒。對上，西門慶也實在奈何她不得，把個西門慶哄得滴溜轉。李瓶兒死後，她開始把矛頭指向吳月娘，與吳月娘大吵大鬧。西門慶死後，她與吳月娘直接抗衡。她通過與吳月娘的丫頭玉簫的三章約，暗中控制吳月娘的行動，她能言善辯，口似淮洪，計賽蕭河，時常活埋人兒，西門慶府中，上下下的人們，無不懼怕她三分。她的的確確是西門慶府中的一霸，吳月娘稱之為九尾狐狸精轉世，亂世為王。

潘金蓮瘋狂到了極點，她的死期終於來臨，《水滸傳》中的打虎英雄正在等著她。

三、潘金蓮的人生觀

但是潘金蓮是不怕死的，她有自己的人生觀、價值觀，而這人生觀、價值觀又同西門慶如出一轍。《金瓶梅詞話》第五十七回西門慶與吳月娘的那段對話，再充分不過地表達了西門慶的人生觀與價值觀：

> 月娘說道：「哥，你天大的造化！生下孩兒，你又發起善念，廣結良緣，豈不是俺一家兒的福分？只是那善念頭怕他不多，那惡念頭怕他不盡。哥，你日後沒來回沒正經養婆兒，沒搭煞貪財好色的事體，少幹幾樁兒也好，攢下些陰功與那小的子也好。」西門慶笑道：「你的醋話兒又來了。卻不道天地尚有陰陽，男女自然配合。今生偷情的，苟合的，都是前生分定，姻緣簿上注名，今生了還。難道是生剌剌，胡謅亂扯歪斯纏做的？咱聞那佛祖西天，也止不過要黃金鋪地；陰司十殿，也要些楮鏹營求。咱只消盡這家私廣為善事，就使強姦了嫦娥，和奸了織女，拐了許飛瓊，盜了西王母的女兒，也不減我潑天富貴。」

潘金蓮更是生死不怕，比西門慶來得還決斷。第四十九回眾妻妾笑卜龜兒封，金蓮未卜，月娘為之遺憾，金蓮道：「我是不卜他，常言：算的著命，算不著行。想著前日道士打看，說我短命哩，怎的哩，說的人心裏影影的。隨他，明日街死街埋，倒在洋溝裏就是棺材！」

這種生死不顧，縱情享樂的人生觀，當然不是開始於西門慶、潘金蓮，在中國實在有著悠久的歷史淵源。比如，這種思想在《詩經》中就有明白的表述：「湛湛露斯，匪陽不晞。厭厭夜欲，不醉無歸。」[1]「子有衣裳，弗曳弗婁。子有車馬，弗馳弗驅。宛其死矣，他人是愉。」[2]在漢末則有：「驅車上東門，遙望郭北墓。白楊何蕭蕭，松柏夾廣露。下有陳死人，遝遝即長墓。潛寐黃泉下，千載永不寤。浩浩陰陽移，年命如朝露。人生忽如寄，壽無金石固。萬歲更相送，賢聖莫能度。服食求神仙，多為藥所誤。不如飲美酒，被服紈與素。」[3]魏晉六朝，則有：「為欲盡一生之歡，窮當年之樂。唯患腹溢而不得咨口之飲，力疲而不得肆情於色，不遑憂名聲之醜，性命之危也。」[4]但是這種縱欲享樂的思想發展到明代後期，即西門慶、潘金蓮生活的時代，卻又較前有了很大不同。第一，無論是《詩經》中的夜飲貴族，漢的士大夫，魏晉六朝的沒落士族，他們是雖然主張秉燭夜遊，縱情享樂，但在其內心深處，卻總不免時時露出一種對人生無可奈何的悲涼之感，他們的追求歡愉的花飾，是以苦為底色的，因之顯示出一種社會上的多餘的人的心態。然而西門慶與潘金蓮不同，他們自以為是這個世界的主人，他們對物欲情欲的追求，不是消極遁世，而是主動的人生追求，在他們身上明顯地顯示出一種主動進取的姿態。第二，先秦到六朝的享樂主義者們之所以頹廢放蕩，因為他們心目中似乎已經失去了依附。而西門慶、潘金蓮則覺得有恃無恐。西門慶依仗的是其氣大財粗，潘金蓮則憑恃自己的聰明才幹和美麗的姿色。第三，先秦至六朝的悲觀的享樂主義者們在內心深處實在覺得人生已經沒有什麼價值可言，具有一種明顯的失落感；而西門慶、潘金蓮卻以為這種縱情享樂正是商品經濟繁榮、商人市民地位空前提高，及其自身價值的認同的明顯的時代印記。

綜觀我國從先秦到明中後葉的這一大段歷史，我們不難看出，無論是春秋時期、漢末，還是六朝，這種縱情享樂的人生觀，都並非是當時社會思潮的主流，代表著一種沒落的勢力，因此對當時中國社會所起的腐蝕作用是有限的。但明代中後葉則大不相同，它在一段時期中曾氾濫成社會的時代追求，既是當時封建統治者沒落心態的反映，又代表著新興的商人階層的情緒，所以對當時社會，確實有著巨大的破壞性。對於這種破壞性，丁耀亢在其《續金瓶梅》第三十四回中曾經有過十分清醒的分析：

> 有位君子做《金瓶梅》因果，只好在閨房中言語，提醒那淫邪的男女，如何說到縉紳君子上去？不和天下的風俗，有這貞女義夫，畢竟是朝廷的紀綱，用那端人正士。有了紀綱，才有了風俗；有了道義，才有了紀綱；有了風俗，才有了治亂。

---

1 《詩·小雅·湛露》。

2 《詩·唐風·山有樞》。

3 《古詩·驅車上東門》。

4 《列子·楊朱篇》。

> 一層層說到根本上去，叫看書的人知道，這淫風惡俗，從士大夫一點陰邪妒忌中生來，造出個不陰不陽的劫運，自然把「禮義廉恥」四個字，一齊抹倒，沒有廉恥，又說甚麼金瓶梅三個婦女？即如西門慶不過一個光棍，幾個娼婦，有何關係風俗？看到蔡太師受賄推升，白白地做了提刑千戶；又有那蔡狀元、宋御史因財納交，全無官體。自然要綱紀凌夷，國家喪滅，以致金人內犯，二帝北遷。善讀《金瓶梅》的，要看到天下士大夫都有了學西門慶大官人的心，天下婦人都要學金瓶梅的樣，人心那得不壞，天下那得不亡！

但是，由於時代的和階級的局限，丁耀亢只看到了問題的一個方面，即這種物欲、情欲氾濫的社會大潮對社會的破壞性，而沒能也不能看到中國封建社會已經走到盡頭，不可救藥，只有徹底推翻這個社會制度，掃蕩與這個社會制度共生存的封建禮教，一個新社會才能建立。而西門慶、潘金蓮的這種對物欲、情欲的瘋狂追求，實在是人類在一定時期的一種人性異化，它對社會的進步，人的本質完善，當然最終都顯示出一種逆向性。但是惡也是推動歷史進步的動力，物欲、情欲的追求與被肯定，對於被封建生產關係窒息了的生產力的恢復與發展，對於被程朱理學這中世紀的封建僧侶主義扼殺了的人性的復蘇與再生，又無疑有著某種積極的意義。這種醜惡的東西卻是人類前行的歷史過程中，人的本質完善過程中的不可或缺的必然階段。這正如人類由野蠻向文明時期過渡階段的戰爭一樣，它無疑是非人道的，殘酷的，但它卻是人類由野蠻到文明過程中的必經之途。資本主義社會代替封建社會，這無疑是社會的進步，但正如馬克思所說，資本的每一個細胞裏都帶有骯髒的血腥。明代中後期，中國的資本主義萌芽得到發展，如果中國的歷史按照自己的方向正常前行，中國無疑將慢慢地出現資本主義的生產方式。

《金瓶梅》作者的思想，他對西門慶與潘金蓮所持的態度，只有放在當時的社會具體環境中才能看得較為分明。《金瓶梅詞話》作者在塑造西門慶、潘金蓮這兩個典型人物時所表現的主要思想或其全書的創作宗旨則在於戒欲，用張竹坡的話來說，是此書獨罪財色，即罪物欲、情欲的瘋狂追求，但是在具體寫作過程中，在感情上，卻顯示了與上述主旨的矛盾，即作者有意無意地渲染乃至某種程度上流露了對西門慶、潘金蓮的同情，以及對物欲、情欲的情不自禁的欣賞。我們覺得這也並不奇怪，這是因為一方面作者作為一知識分子，受傳統的正統儒家思想的薰染，這在《金瓶梅》中表現得很充分；另一方面，作者身處商品經濟迅猛發展、社會觀念發生了重大變化的社會大潮中，作者本身就受到這種大潮的裹挾，可謂身不由己，思想上便不能不受其影響。但是我們不贊成時下不少研究者以為《金瓶梅詞話》作者是站在王學左派的立場上，或從王學左派觀點出發，來創作《金瓶梅》的結論。我們認為，就《金瓶梅》作者在整體框架上所顯示出的思想來看，作者所持的態度，實在與當時以李贄為代表的王學左派的觀點相左，而與當時以張居正等人所代表的地主階級反思派思想更為接近。但在具體創作過程中，特別是在他著力塑造西門慶、潘金蓮這兩個典型人物身上，顯示了與自己的初衷相悖的觀念，表現了一種矛盾心態。這種矛盾心態不僅如上所述，在處理西門慶、潘金蓮二人的主角地位上有所表現，在處理這兩個人物的結局上也明顯地表現了來。

先看西門慶的結局。在現實的人生當中，雖然作者對西門慶的行事有所譴責，以為其罪惡多端，但卻不讓西門慶死於非命和皇帝的三尺王法，而讓他死於婦人之手。對此，封建禮教觀念較濃重的封建文人早就表示不滿，比如薛岡在《天爵堂筆餘》中就說：「西門慶當受顯戮，不應使之病死。」殊不知作者所以這樣安排西門慶的結局，不僅出於作品情節、人物性格發展的內在邏輯的需要，而且另有深意寓焉，這主要是戒淫，而在西門慶死後，作者曾給西門慶設置了兩種結果，其一是來世「往東京城內，托生富戶沈通為次子——沈鉞去也」，其二是「項帶沉枷，腰繫鐵索」，「原來孝哥兒即是西門慶托生」。這兩種結局顯然自相矛盾。

再說潘金蓮。潘金蓮在現實的人生中死於武松的刀下，作者在書中若干地方曾明白地表述過，潘金蓮實在惡孽深重，確應千刀萬剮，但當武松真的要剮她時，作者卻又明顯地流露出對她的同情：「武松這漢子，端的好狠也！可憐婦人，正是三寸氣在千般用，一日無常萬事休，亡年三十二歲。但見手到處，青春喪命；刀落時，紅粉亡身。七魄悠悠，已赴森羅殿上；三魂渺渺，應歸枉死城中。星眸緊閉，直挺挺死屍橫光地下；銀牙半咬，血淋淋在一邊離。好似初春大雪壓折金錢柳，臘月狂風吹折玉梅花。這婦人嬌媚不知歸何處，芳魂今夜落誰家。古人有詩一首，單悼金蓮死的好苦也。」潘金蓮罪行累累，按說真是死有餘辜，但作者卻讓其死後「往東京城內托生為黎家女」，並沒有讓她真的下地獄。而半個世紀後，丁耀亢在《續金瓶梅》中則不僅讓潘金蓮在地獄中吃了苦頭，而且來世亦不得好報。與丁氏相比，《金瓶梅詞話》作者真可謂是一位大慈大悲的菩薩了。

潘金蓮與孫雪娥

《金瓶梅詞話》真正擺脫《水滸傳》的束縛，發揮作者自己的創作才能，敘述自己的新的故事，是從第九回潘金蓮嫁進西門慶家中開始的。《金瓶梅詞話》是中國第一部以家庭描寫為題材的長篇小說。家庭中眾妻妾之間錯綜複雜、跌宕起伏、一浪高過一浪的矛盾鬥爭，無疑構成了這部小說的主線，而潘金蓮則是一方的代表。潘金蓮與西門慶其他妻妾之間的矛盾鬥爭，第一個回合是她與孫雪娥的較量。

孫雪娥原本是西門慶已故的妻子陳氏從娘家陪嫁過來的丫頭。關於孫雪娥的家境及出身，書中未作介紹。但從書中的描寫來看，她似乎家裏沒什麼人，無家可歸。潘金蓮家中還有個近乎乞討為生的老母親，有個姨媽和未成年的表妹，孫雪娥在這個世界上則連這樣一位親人也沒有了，而且其家中，原本恐怕比潘家還要窮困。在西門慶所有的妻妾中，她是最窮的一個。西門慶因為娶李瓶兒的事和吳月娘鬧了矛盾，後來和好了。孟玉樓提議大家每人五錢銀子湊份子表示祝賀。孫雪娥把吳月娘視為靠山，凡事總要向月娘彙報，按說對孟玉樓的提議，她應該高興，理應痛痛快快地拿出銀子來隨份子，但是孟玉樓向她要錢時，她卻一個錢兒也「不拿出來」。求了半日，只拿出一根銀簪子來，只重三錢七分。「不拿出來」，是《金瓶梅詞話》中的習慣句法，亦即「拿不出來」，並非有錢不拿。所以孫雪娥對孟玉樓所說的「我是沒時運的人，漢子再不進我屋裏來，我哪討銀子？」這是實情話。從其穿戴的遠遠不如西門慶其他妻妾也不難看出其窮困。

孫雪娥不僅窮苦無依，在西門慶眾妻妾中地位也最低下，名為四房，但西門慶府中的人就連下人在內，無一人稱她為四娘。她只能自稱四娘，讓藝伎洪四兒稱她四娘，還遭了潘金蓮的譏笑。她雖為四房，其實只是充當著灶房僕婦的班頭，專管打發各房的飲食，連春節間，吳月娘、李嬌兒、孟玉樓、潘金蓮、李瓶兒等到喬大戶家做客，她都沒有份，只能留下看家。

與潘金蓮相較，孫雪娥雖然被吳神仙譽為「作事機深內重」，卻缺乏金蓮般的聰明才智。她對自己在西門府中的地位是清楚的，但她內心不服，特別是與潘金蓮相比。她以為按常理，她是四房，潘金蓮是五房，排位在她之下，而且她與潘金蓮都是侍女出身，但金蓮害殺過丈夫，罪名昭著，自己則無此種大過失，憑什麼金蓮就敢傲視自己。所以她對金蓮房裏的丫頭春梅到廚房催飯，態度傲慢生硬，她氣不忿，咽不下這口氣，便發作起來，大罵春梅與金蓮。

潘金蓮一進西門慶府中，就發現在眾妻妾中（當時李瓶兒還未娶進來）孫雪娥是地位勢力最薄弱的一個，同樣孫雪娥也可以從潘金蓮是眾妻妾中威勢最低的一個。這樣兩個人之間的矛盾衝突便不可避免了，其實質是關係到各個在整個家庭中的地位之爭，動機相同，不宜輕此薄彼。但是，首先孫雪娥錯誤地估計了形勢，當時潘金蓮正得寵於西門慶，並極立拉攏巴結吳月娘，「指著丫頭，趕著月娘一口一聲的叫『大娘』，快把小意兒貼戀。幾次把月娘喜歡的沒入腳處，稱呼她作『六姐』，衣服首飾揀心愛的與她，吃飲吃茶和她同桌兒一處吃」。這樣，在潘孫鬥爭中，兩位西門慶府中的最高統治者都已站在潘金蓮一邊，金蓮又有自己的心服丫頭春梅作幫手，兩方比較，孫雪娥顯然是勢單力孤。其次，孫雪娥這次與金蓮鬥，也選錯了茬口。此次分付孫雪娥做飯的不是潘金蓮，而是西門慶。再次，孫雪娥用錯了武器，她以為潘金蓮之最大的把柄是害死武大郎，殊不知，西門慶正是潘金蓮的同謀同黨，她以此作為金蓮的把柄，想通過揭這老底來懾服金蓮，這就勢必激起西門慶的怒火。最後是孫雪娥不懂策略，不知進止。而潘金蓮則剛好跟她相反，不僅正確地估計了自己的力量，戰略上又取得西門慶、吳月娘的支持，又聯絡了幫手春梅，茬口選得又好，這樣，不戰而勝負已判，孫雪娥之敗此乃是勢不可免。所以這一戰，雪娥前後被西門慶打了三次：先是踢罵了一頓，復又回來，又打了幾拳，後又「采過雪娥頭髮，盡力拿短棍打了幾下」。孫雪娥可謂一敗塗地。但這都使她從此與潘金蓮勢不兩立，所以作者在總結這一回合的鬥爭時說：「金蓮恃寵仗夫君，倒使雪娥忌怨譭。」

這次勝利在潘金蓮一方，則使其得意忘形，埋伏了危機。

事過不久，潘金蓮與孫雪娥第二個回合的較量又開始了。這一回合的起因是西門慶梳籠李嬌兒的侄女李桂姐，與桂姐打得火熱，住院中而久不歸，潘金蓮欲火難耐，私通孟玉樓帶來的小廝琴童。孫雪娥以為報復的時機已到，便主動出擊。這次戰役，雙方的情勢發生了很大的變化。首先西門慶由第一回合時的支持金蓮轉而為與金蓮對立；其次吳月娘雖不免有意無意暗中偏袒金蓮，但基本上是保持了中立；再次是孫雪娥增加了兩位得力的同盟軍，這就是家中的李嬌兒與院中的李桂姐，而李桂姐此時正在走紅，深得西門慶的寵愛。在策略上，孫雪娥選擇的突破口非常好，金蓮私通小廝，這在封建禮教下，對於婦女來說是最大的罪名，它為西門慶絕對不能容忍。

而潘金蓮一方，則不僅與西門對立，又失了月娘的堅決支持，戰術上又處於被動挨打的地位，所以勝負亦已判矣，金蓮的敗北勢所不免。況且李桂姐又投井下石，緊追不捨，潘金蓮連頭髮都被西門慶剪了去，踏在李桂姐的腳底下，這實在是潘金蓮出師以來失敗得最為慘重的一次。好在潘金蓮使出了殺手鐧，情惑西門，又有心腹春梅和新友軍孟玉樓的鼎力相助，這才稍微穩住了陣腳。

從此，潘、孫雙方各自多了盟軍，在金蓮為孟玉樓；在雪娥為李嬌兒。

潘金蓮與孫雪娥的第三個回合的較量是由宋惠蓮事件引發的。

西門慶姘上了家人來旺的妻子宋惠蓮，潘金蓮為要取得西門慶的歡心，強壓住心中的怒火，對西門慶與宋惠蓮的通姦採取了容忍的態度，並給他們提供了方便。孫雪娥以為機會又來了，她又抓住了潘金蓮的把柄。但此次，孫雪娥就變得滑頭多了，她也採用了借刀殺人的手法，把狀告到自己的情夫——惠蓮的丈夫來旺這裏，企圖讓來旺來報復潘金蓮。但事情的根本起因乃在於西門慶，孫雪娥的報復便不能不把矛頭最終角度指向家庭中至高無上的獨裁者西門慶；而孫雪娥又與來旺有首尾，則事牽於己，所以孫雪不僅把矛頭指錯，又選錯了突破口，用人又不當——來旺算個什麼東西，他有什麼能力來報復潘金蓮？孫雪娥的失敗便成定局，所以經潘金蓮在西門慶面前加以離間，「這西門慶心中大怒，把孫雪娥打了一頓」，雖被吳月娘再三勸了，卻也「拘了他頭面衣服，只教他伴著家人媳婦上灶，不許她見人」。雪娥的地位又一落千丈。

但戰鬥還在繼續。不過雙方的情勢有了新的變化，吳月娘雖然暗中保護過來旺與惠蓮，但態度不積極，孫雪娥的友軍李嬌兒未曾出陣幫忙，而潘金蓮的同盟孟玉樓則不僅出戰，而且態度堅決，必欲置宋惠蓮於死地。在戰術上，則「道高一尺，魔高一丈」，孫雪娥借來旺之刀復仇，潘金蓮則充分利用孫雪娥與宋惠蓮之間的矛盾，借孫雪娥以死來旺之妻宋惠蓮。來旺終於被遞解徐州，宋惠蓮自縊身亡，這就宣告了孫雪娥此戰的徹底失敗。這一戰，孫雪娥失敗得尤為慘重，可謂是搬起石頭砸了自己的腳。

這一回合之後，慘敗的孫雪娥心驚膽顫，生怕西門慶來治她的罪。此次交戰，她對潘金蓮的認識更為深刻了，更知道了潘金蓮的利害，所以此後很長一段時間內，她不僅不敢輕易向潘金蓮挑戰，就連潘金蓮與李瓶兒之間那樣激烈的鬥爭，她沒有機會，也不敢參戰，只能背後在李瓶兒面前發發牢騷。但是，因此她對潘金蓮的怨仇更深入了。她的仇不是不報，而是時候未到，她在等待著時機，用她自己對李瓶兒的話來說就是：「俺每也不言語，每日洗著眼看著她。這個淫婦，到明日還不知怎麼死哩！」

這一天孫雪娥終於盼到了。西門慶死了，潘金蓮的靠山倒了。而早在西門慶活著時，潘金蓮已與主家婆吳月娘翻了臉，而吳月娘正是孫雪娥的領袖，孫雪娥從一開始就總把狀向吳月娘去告。此時潘金蓮不守本分，與女婿陳經濟私通。潘金蓮的心腹春梅又終於被吳月娘打發走了。這時孫雪娥清楚地意識到，報仇的時機到了。於是她開始發起進攻，給吳月娘設計了一條打擊潘金蓮的錦囊妙計：

> 雪娥扶著月娘，待的眾人散去，悄悄在房中對月娘說：「娘也不消生氣，氣得你有些好歹，越發不好了。這小廝因賣了春梅，不得與潘家那淫婦弄手腳，才發出話來。如今一不做，二不休，大姐已是嫁出女，如同賣出田一般，咱顧不得他這

許多。常言養蝦麻得水蠱兒病，只顧教那小廝在家裏做甚麼！明日哄賺進後邊，老實打與他一頓，即時趕離門，教他家去。然後叫將王媽媽了，來是是非人，去是是非者，把那淫婦教他領了去，變賣嫁人，如狗屎臭尿，掠將出去，一天事都沒了。平空留著他在屋裏做甚麼？到明日，沒的把咱們也扯下去了！」月娘道：「你說的也是。」當下計議定了。

不少《金瓶梅》研究者都說孫雪娥愚笨，他們似乎忘記了書中吳神仙冰鑑對《金瓶梅》中人物的概括的準確與預言的靈驗。吳神仙說孫雪娥「作事機深內重」，至此，我們便可看得格外分明。事情的發展完全按著孫雪娥的妙計進行：陳經濟被打，潘金蓮被王婆領走出賣，終於轉到了武松手中，慘死後屍陳當街，幾不得下葬。孫雪娥洗著眼要看到的終於看到了。她自然十分得意。

潘金蓮死了，孫雪娥與潘金蓮的恩怨似乎已結。但實際上卻並非如此。潘金蓮死了，陰魂未散，其心腹知己龐春梅發達了起來。潘金蓮與孫雪娥實在還有第五回合的交戰，不過此次是潘金蓮一方由龐春梅來代替她罷了。

經過幾番周折，孫雪娥終於落到了龐春梅手裏，春梅不僅拿出主子的勢派痛打她，辱罵她，而且把她賣到娼門，讓她成了下等妓女。孫雪娥終於因新情夫張勝被殺，事受牽連，畏春梅治罪而自縊！龐春梅比孫雪娥又更為凶狠地為潘金蓮報了仇，雪了恨！

綜觀同樣出身於窮苦家庭、同樣作過侍女的潘金蓮與孫雪娥之間幾起幾落的爭鬥，我們不難看出，這種幾乎是你死我活的爭鬥產生的根本原因正是社會的產物，是封建社會等級制度及一夫多妻制的必然結果。在潘、孫的爭鬥過程中，二人的性格都得到了較充分的展示。在潘金蓮身上，似乎更多地顯示了明中後葉迅猛發展的商品經濟給人們帶來的企圖衝破封建等級制、鄙視傳統的道德規範和思想觀念的新的思想因素，展示了她好鬥、善於把握形勢、巧於機變的性格後面。由於潘金蓮的文化素養遠遠超過孫雪娥，所以顯得比孫雪娥更加老辣、成熟。而孫雪娥身上則明顯地封建等級制度和傳統的思想觀念似乎更濃重一些。當然她同樣不滿於那個社會、那種出身給她規定的必須遵守的道德教條，而終生都在掙扎著，同命運搏鬥著，她作事算得上機深內重，不過似乎不如潘金蓮老辣。她給讀者的印象比較突出的特點是由於社會地位、周圍環境、個人經歷及文化素養所決定，似乎有點心地狹窄，有點小家子氣。

潘金蓮與孫雪娥似乎鬧到不共戴天，互相成了終生的仇敵。但細論起來，她們都又的確有若干相通的地方。二人的慘死的結局雖不一樣，但都可以互相映襯，乃至轉化。我認為，孫雪娥實在可理解為作者為潘金蓮安派的另一種結局或出路，即潘金蓮即使像孫雪娥那樣生活，她的結局和命運也不會更好，至多得到一個像孫雪娥那樣的結果。

潘金蓮與李嬌兒

在潘金蓮眼裏，西門慶的眾妻妾中，除了孫雪娥，地位最低的就算李嬌兒了。與剛嫁進西門慶府中的潘金蓮相比，李嬌兒有這樣幾個優勢：第一，在眾妻妾中，她的座次是第二，人稱二娘，僅次於主家婆吳月娘，潘金蓮則排在第五位。此時西門慶讓李嬌兒管帳，而且因為吳月娘常有疾病，不管家事，只是人情看往出門走動。「出入銀錢，都在唱的李嬌兒手裏。」當然真正掌握財權的除了西門慶則是吳月娘，不過李嬌兒此時的地位也是可想而知的。第二，李嬌兒嫁給西門慶時，不僅帶來了家具，而且身邊有相當數量的私蓄，就是過去在妓院時得到的纏頭。第三，李嬌兒有娘家麗春院作後盾，有一大幫子幫手，如其侄兒李銘，侄女李桂卿、李桂姐，都常來西門慶家走動，其中特別是李桂姐，色藝雙全，不僅深得西門慶的寵愛，而且又認吳月娘做乾娘，實在是西門慶家中的紅人，又能說會道，頗懂得「關係學」，是李嬌兒的最重要的幫手。

與李嬌兒相比，潘金蓮也有幾點優勢：第一，如上所述，她文化素質較高，能言善辯，辦事幹練，善於機變；就個人才能而言，潘金蓮遠遠超過李嬌兒。第二，潘金蓮長的比李嬌兒漂亮，這一點似無意義，但在那種女子以色事人的環境裏，就有著重要價值了。第三，正因為有上述兩個長處，她比李嬌兒更受到西門慶的寵愛。在性格上，李嬌兒比較軟弱，寡言少語，膽子也較小，所以侄女兒李桂姐說她「忒不長俊」，「是好欺負的」，「鼻子口裏沒些氣兒」，潘金蓮則是個好鬥的鵪鶉，且不顧死活，口若懸河，出口傷人。因此，二人之性格上的特點，在與眾妻妾和下人相處中，就各有利弊。李嬌兒最大的弊端是娼家出身，這在《金瓶梅詞話》那樣淫蕩的世界裏，仍然被一般人視為卑賤。潘金蓮最大的把柄是鴆死過武大，但因為西門慶家庭中的最高統治者西門慶是潘金蓮的同謀人，所以在各方面上人們便不能揭這老底，即使揭，也只能像孫雪娥那樣自討苦吃。但在人們的心目中，在私下裏，則無論是西門慶的妻妾，還是家中奴僕，都仍然以此作為潘金蓮的把柄。因此，似乎可以說，在人們心目中，李嬌兒身上帶有恥辱的娼家標記，潘金蓮的臉上似有無形的罪犯的「金印」。這些，在她們的鬥爭中，都是明裏暗裏起著不小的作用的。

李嬌兒參與了潘金蓮與孫雪娥的第二個回合的大戰，她與孫雪娥聯合起來去向主家婆吳月娘告發潘金蓮私通琴童的亂倫罪行。李嬌兒所以要與孫雪娥串通一氣，直接的原因是潘金蓮在玳安到李家院內去請西門慶回家，挨了西門慶的打之後，潘金蓮大罵了「煙花寨」：「十個九個院中淫婦，和你有甚情實？常言說得好：『船載的金銀，填不滿煙花寨』。金蓮只知說出來，不防路上說話，草裏有人。李嬌兒從玳安自院中來家時分，走來窗下潛聽，見潘金蓮對著吳月娘罵她家千淫婦、萬淫婦，暗暗懷恨在心。從此二人結仇，不在話下。」（第十二回）表面上潘金蓮「惡語傷人六月寒」，實質上是在西門慶家庭中的權力、地位、利益之爭。而潘金蓮此次私通小廝的亂倫行動，可謂犯在人手裏，李嬌兒清醒地意識到，這正是報復和打擊潘金蓮的絕好時機，於是便同孫雪娥結成了同盟。在孫雪娥，此次出擊固然在於報復潘金蓮，當然也是權力、地位之戰，但師出有名。在李嬌兒則是即以金蓮之矛，攻金蓮之盾，煙花寨固然被人認為淫蕩，但卻是公開地光明正大地掛出招牌來接客，而潘金蓮則是鼠竊狗偷，從世俗的觀念出發，那淫蕩之罪正比娼妓來得還重。而潘金蓮之罪行更直接為家中至高無上的主人西門慶所不容，這就從根本上決定了此戰之勝負。而此時李嬌兒的侄女李桂姐卻正又與西門慶打得火熱，用美色、聲藝迷住了西門慶，這實在正是李嬌兒出擊潘金蓮的最好時機。而且又與自己有著直接的利益關係，不能不戰。所以在西門慶鞭打了潘金蓮之後，李桂姐還要投井下石，乘勝追擊，居然讓西門慶把潘金蓮的一大縷頭髮齊生生剪下來，踏到自己的腳下。從那時迷信的觀念出發，潘金蓮便大大地觸了霉頭，背了運，弄得潘金蓮「著了些暗氣，惱在心中，不能回轉，頭疼噁心，飲食不進」，幸虧劉理星予以「回背」，這才有些回轉。實際上是靠了潘金蓮的手腕，抓住了西門慶與李瓶兒私通的「把柄」，與西門慶約法三章，討了西門慶的喜歡，才重有了轉機。當然，如上所述，潘金蓮的心腹春梅和盟友孟玉樓的參戰，也起了相當大的作用。

在潘金蓮與孫雪娥、李嬌兒及其侄女李桂姐的這場爭鬥過程中，潘金蓮明顯地表現出自身中牢固地存在著傳統的封建世俗觀念，這就是鄙視娼家，看不起妓女，即使她已經從了良，這種觀念在西門慶死後，李嬌兒盜財歸院時，有著更為明確的表現。「棄舊迎新為本，趨炎附勢為強」，李桂姐的這句自白說出了娼家的生活準則，所以李嬌兒在西門慶死後的歸院乃至重嫁張二官，實在是正常的現象。但是《金瓶梅詞話》作者在李嬌兒離開西門慶家庭之後卻評論說：「看官聽說：院中唱的，以賣俏為活計，將脂粉作生涯；早辰張風流，晚些李浪子；前門進老子，後門接兒子；棄舊迎新，見錢眼開，自然之理。未到家中，撾打揪撏，燃香燒剪，走死哭嫁；娶到家改志從良，繞君千般貼戀，萬種牢籠，還鎖不住他心猿意馬，不是活時偷食抹嘴，就是死後嚷鬧離門，不拘幾時，還是吃舊鍋粥去了。正是：蛇入筒中曲性在，鳥出籠輕便飛騰。」這很明顯地表現了作者對娼家的傳統的看法。而潘金蓮對此則與作者持同樣的見解，站在同一立場上，所以吳月娘在打發李嬌兒出門後，大哭了一場，潘金蓮勸說道：「姐姐，罷，休煩惱了。常言道：『娶淫婦，養海青，食水不到想海東。』這個都是他當初幹的營生，今日教大姐姐這等惹氣。」其實，在那個金錢主宰一切的道德淪喪的世界裏，一切行動的是非標準既然都是為了賺錢，那麼娼家的出賣肉體，即公開將肉體作為賺錢的本錢，這與潘金蓮、王六兒、宋惠蓮、章四兒、葉五兒等等的獻身西門，以求財物，並沒有本質的不同。潘金蓮實在正大可不必苛責娼妓出身的李嬌兒。而且娼家出賣的是肉體，而在那種社會中，那些出賣靈魂的人，正大有人在。他們實在連娼妓都不如。《金瓶梅》通過對潘金蓮與娼家出身的李嬌兒及其身為妓女的李桂姐之間的矛盾糾葛的描寫，使我們不難看出，潘金蓮的社會地位，實在正等同於娼妓。而潘金蓮在與西門慶的淫亂生活中所表現出來的種種自輕自賤難以訴諸筆端的近於性變態的行為，實在正比娼妓出身的李嬌兒及身為妓女的李桂姐都要下作和卑賤。

潘金蓮與李嬌兒相比，兩人對於金錢財物的孜孜追求、經營的能力、使用的方式，亦有若干相似之處，但李嬌兒則顯然更善於斂財，這一點直接關係到二人的命運和結局的不同，不能不予涉及。

上面我們已經敘述潘金蓮對於金錢財物的瘋狂追求，而李嬌兒對於金錢財物的追求，似乎比潘金蓮更有過之而無不及。李桂姐所直爽地表白過的「院中人家，棄舊迎新為本，趨炎附勢為強」的生活準則的核心目的乃是為了賺錢。李嬌兒嫁給西門慶，作西門慶的小妾，從實質上說，實在並非什麼從良，一則西門慶算不上什麼「良」，二則，李嬌兒的目的不過是「噁一噁浴」。石昌渝同志在《金瓶梅人物譜》中評價李嬌兒嫁給西門慶時說：「李嬌兒在名義上是從了良，實際上她只是改變了妓女的出賣方式，在妓院裏是零售給許多人，從良則是批發給一個人。她賣給西門慶多少錢，小說沒有寫，但她賣給張二官是三百兩銀子，這三百兩就是張二官的包銀。李嬌兒在西門慶家或者在張家，妾婦只是一個較為中聽的名稱，實質上仍是履行著妓女的義務的。」這真可謂是一語中的，既生動又形象地揭示了李嬌兒的所謂「從良」的實質。

李嬌兒對於金錢財物的追求，在她的侄女李桂姐被西門慶梳籠時表現得更為突出。自己是西門慶的二房妾，按說西門慶再來梳籠自己的侄女，這簡直是公開的亂倫。而且李嬌兒未嫁西門慶即曾為西門慶所包占過，之後又嫁了過來，她對於西門慶的為人行事，當然十分清楚，但當西門慶要梳籠李桂姐時，李嬌兒卻表現得異乎尋常的高興：「那李嬌兒聽見要梳籠他家中侄女兒，如何不喜？連忙拿了一錠大元寶付與玳安，拿到院中，打頭面，做衣服，定桌席，吹彈歌舞，花攢錦簇，做三日，飲喜酒。」把李桂姐這樣一個色藝雙全又頗有心計的年輕女子投給西門慶這樣一個人，李嬌兒所以高興，目的十分清楚，這就是為了依靠大樹好乘涼，並且裏外勾結，以便從西門慶家中弄取更多的錢財。為了賺錢，什麼都可以不顧。對此目的，西門慶心裏明白，李桂姐的母親李老虔婆更是直言不諱，所以當西門慶包占了李桂姐，發現李桂姐又接別的客人時，大鬧了麗春院，不僅把吃酒桌子掀倒，碟兒盞兒打得粉碎，而且喝令家僮把李家的門窗戶壁床帳都打碎了。「這時，老虔婆見西門慶打得不像模樣，不慌不忙拄拐而出，說了幾句閒話。西門慶心中越怒起來，指著罵道，有滿庭芳為證：『虔婆你不良，迎新送舊，靠色為娼。巧言詞將咱誑，說短論長。我在你家使勾有黃金千兩，怎禁賣狗懸羊？我罵你句真伎倆媚人狐黨，沖一片假心腸！』虔婆亦答道：『官人聽知：你若不來，我接下別的，一家兒指望他為活計。吃飯穿衣，全憑他供柴糴米。沒來由暴叫如雷，你怪俺全無意。不思量自己，不是你憑媒娶的妻。』」

在賺錢的經營與所使用的手段方面，潘金蓮與李嬌兒正是各有千秋，但統盤看來，則李嬌兒似乎還要高出潘金蓮一籌。

潘金蓮作了管家，掌管銀錢帳，那手段煞是利害、苛薄，對此，第七十七回中寫道：

> 原來潘金蓮自從當家管理銀錢，另頂了一把新等子。每日小廝買進菜蔬來，教拿到跟前，與他瞧過，方數錢與他。他又不數，只教春梅數錢，捉等子。小廝被春梅罵得狗血噴了頭背，出生入死，行動就說落，教西門慶打。以此眾小廝皆互相抱怨，都說：在三娘手裏使錢好，五娘行動沒打不說話。

這也很容易使人想起《紅樓夢》中的王熙鳳。不過鳳姐比潘金蓮更要高明得多了。

李嬌兒在管帳過程中，肯定也做過手腳，不過似乎不如潘金蓮這樣苛薄。家中僕人對李嬌兒、孟玉樓、潘金蓮這三任管家的評價分為三等，最好講話的是孟玉樓，最苛薄的是潘金蓮，李嬌兒居中。李嬌兒的擅於計算，書中有一個絕好的例子。吳月娘與西門慶和好，孟玉樓提議讓眾妻妾每人出五錢銀子湊份子表示慶賀，孟玉樓找李嬌兒拿錢，李嬌兒再三不肯出，後來孟玉樓火了，李嬌兒一看事情不妙，這才不得不拿出銀子來，潘金蓮稱了稱，只有四錢八分，因罵道：「好個奸倭的淫婦！隨問怎的，綁著鬼，也不與人家足數，好歹短幾分。」玉樓道：「只許他家拿黃杆等子稱人的，人問他要，只相打骨禿出來一般。不知教人罵多少！」

李嬌兒賺錢的手段比潘金蓮更為下作的一手是敢於偷竊。西門慶剛一咽氣，月娘臨盆待產，李嬌兒趁慌亂中，暗暗拿了五錠元寶。自此，李嬌兒作內線，李銘作傳遞，麗春院做大本營，李虔婆作總指揮，李桂卿、李桂姐作參謀，偷竊活動開始了。龐春梅在孝堂中，就親眼看見「李嬌兒帳子後遞了一包東西與李銘，塞在腰裏，轉了家去。」

與李嬌兒的鼠竊狗偷相比，潘金蓮則大為不同。她一方面利用管帳苛扣銀錢，另一方面又假撇清，死要面子，生怕人前被人說長道短，為了潘姥姥坐轎子的五錢銀子，弄得老太太老大沒趣。而且潘金蓮雖然有這樣一個近乎乞丐的老媽媽，但基本上是無家無業，弄到一點錢，也都很快揮霍了，當然主要是用於衣飾打扮，手中無甚積蓄，所以當他被吳月娘逐出家門時，幾乎是分文莫名，不然何至於為拿不到一百兩銀子身分錢而終於喪了命呢！

與潘金蓮相比，李嬌兒的結局則顯然好得多了。她偷了些金銀財物不算，又得了家產，這才離開西門慶家，之後又在應伯爵牽線之下，以三百兩銀子的身價嫁給了張二官，又作了二房。所以孟超先生在《金瓶梅人物論》中評價李嬌兒時說：「統前扯後考察，如果說潘金蓮在西門慶生前，占盡了風光，而李嬌兒是在西門慶完蛋之後才顯出她的本領，她是早布好了未來的一著，這樣說，她又比金蓮『高明一籌』了。」所以孟先生稱李嬌兒為西門慶府中的「末代英雄」，在西門慶死後，西門慶諸妾中，「她下手得早，賺了便宜，顯了本領。」

李嬌兒再嫁張二官，價錢是三百兩銀子。應伯爵雖然說潘金蓮比李嬌兒要好，讓張二官「用幾百兩銀子，娶到家中」，但張二官後來聽了春鴻和李嬌兒的話，不娶潘金蓮了。吳月娘打發走潘金蓮，只向王婆要幾十兩銀子。王婆售金蓮，雖以為奇貨可居，索要高價，不過才要到一百兩銀子，潘金蓮之實際身價遠遠不如李嬌兒，這就是鐵一般的事實。因此我們便不難得出結論，潘金蓮與李嬌兒相比，不僅地位等同於妓女，其放蕩行為比娼妓還下賤，其身價遠不如妓女，其結局也遠遠不如娼妓！

這就是現實生活中的潘金蓮！

潘金蓮與李瓶兒

上面我們說過，關於潘金蓮，《水滸傳》作者的貢獻就在於他寫了千古第一個平凡的女殺人犯。

《金瓶梅》的作者則把這個女殺人犯的形象寫得更為凶狠、奸詐，更為生動形象。《水滸傳》中的潘金蓮還只能算個初犯，《金瓶梅》中的潘金蓮則是慣犯，前者只殺了一個武大，後者則害了五人的性命：武大、宋惠蓮、李瓶兒母子、西門慶。潘金蓮在毒死武大時，王婆是主謀，西門慶是幫凶，她只是個行凶者，當武大死時，潘金蓮「揭開被來，見了武大咬牙切齒，七竅流血，怕將起來」，「手腳都軟了，安排不得」，不能不去求王婆來料置武大的屍首。在害死宋惠蓮時，她已經比較鎮定，而且已會借刀殺人了。而在害死李瓶兒母子時，她已是主犯，而且簡直顯得很從容了。她所使用的手段更為陰險狡詐，害死了人，又讓你抓不到把柄。在李瓶兒死前，潘金蓮把李瓶兒當作最強大的對手，她幾乎是用盡渾身的解數來對付這個大敵。因此，潘金蓮與李瓶兒的鬥爭最為激烈，作者所花筆墨也最多，寫得最為細緻、曲折、生動。因而，潘金蓮與李瓶兒的性格特點也都得到了比較充分的展示。

一、西門家族的毀滅者潘金蓮

自從私有制產生以來，有產者最為關心的問題就是這私有財產的如何保護；而遺產繼承問題便很自然成了保護財產不被他人獲得的關鍵性問題。中國封建禮教的條條很多，但卻以孝為本；而作為社會中心或支柱的男子，則不孝有三，以無後為大。說到家，這實際上正是財產權力的承繼問題。《金瓶梅》中，在西門慶的眾妻妾裏，擁有財產最多的，除了吳月娘作為主家婆是整個西門慶家庭這巨大財產的當然擁有者之外，就算得上李瓶兒了，其次才數得著孟玉樓。

李瓶兒所擁有的錢財之總值到底有多少，實在不好計量。現銀子不算，那四口描金箱櫃中的「蟒衣玉帶、帽頂條環、提繫條脫、值錢珍寶玩好之物」也不去細論，單單是從梁中書府中攜出的那一百顆西洋大珠和二兩重的一對鴉青寶石，到底在當時價值多少，又有誰能作出個准價來？我認為，李瓶兒未嫁西門慶之前，西門慶的全部家產的總數絕對沒有李瓶兒的財產總值多，而且相差甚遠。

李瓶兒既然擁有這樣一大筆遺產，自然也遇到一個如何保護和承繼這些財產的至關重要的大問題，它甚至與李瓶兒的身家性命緊密相連。

西門慶是個暴發戶，李瓶兒也是個暴發戶。西門慶是個破落戶變成的暴發戶，李瓶兒則是窮措大變成的暴發戶。關於李瓶兒的家庭出身，或其娘家的家境，《金瓶梅詞話》在李瓶兒嫁進西門慶府中的前前後後都沒有述及。但一向行文縝密的《金瓶梅詞話》作者絕不會忽視這個重要問題，不過作者對於李瓶兒的家境的敘述是放在決定李瓶兒三世的黑書中，一般讀者和研究者容易忽略。第六十二回，關於李瓶兒今世是這樣敘述的：「今世為女人屬羊，稟性柔婉，自幼陰謀之事，父母雙亡，六親無靠，先與人家作妾，受大娘子氣。……」自幼「父母雙亡，六親無靠」這八個大字，既是對其家境的簡明概括，也是說明李瓶兒所以作梁中書的小妾的主要原因。

正因為家境如此，所以李瓶兒沒有讀過書，雖然見過大世面，但文化層次較低，而且稟性柔婉。這樣一個人又六親無靠、無權無勢，在那樣一個競爭激烈的社會中，擁有這樣巨額的財產，要想保得住，可實在不容易。李瓶兒早就認真地思考過這個重大問題。

在《金瓶梅詞話》作者的眼中，李瓶兒也是個淫蕩的女人，因此，李瓶兒所以要嫁西門慶，不能說沒有西門慶能滿足其性欲要求的原因在，這一點，李瓶兒自己也說過：「你是醫奴的藥一般，一經你手，教奴是沒日沒夜只是想你。」——這與李瓶兒的經歷有關，先作梁中書小妾，而梁妻以妒著；後嫁花子虛，實為花太監之寵物。這裏不細說。——但是根本的原因則不在此，而在於李瓶兒以為只有西門慶這樣一個人，才能保住自己的財產。這一點李瓶兒自己也供認不諱。第十四回寫道：

> 婦人便往房裏開箱子，搬出六十錠大元寶，共計三千兩，教西門慶收去，尋人情上下使用。西門慶道：「只消一半足矣，何消用得許多！」婦人道：「多的大官人收去。奴床後邊有四口描金箱櫃，蟒衣玉帶，帽頂條環，提繫條脫，值錢珍寶玩好之物，亦發大官人替我收去，放在大官人那裏，奴用時取去。趁此奴不思個防身之計，信著他，往後過不出好日子來。眼見得三拳敵不過四手，到明日沒得把這些東西兒吃人暗算明奪了去，坑悶得奴三不歸。」

嫁給了地痞惡霸西門慶這樣一個財產保護神，今世的財產保護已不成問題。而在西門慶眾妻妾之中，李瓶兒嫁進來的最晚，卻又第一個早生貴子，這樣，自己死後，自己原有的財產有了繼承人，而且將來西門慶家的全部家產也要由自己的兒子來承繼。母以子貴，自己有了寶貝兒子，在眾妻妾中的地位更是不言而喻了。這時的李瓶兒，就人才，長得漂亮，只有那個滿身風流的潘金蓮才能與之匹敵；論財產，腰纏巨萬；從長遠看，自己又有了兒子，有了依靠，志揚意滿，自以為不僅在西門慶眾妻妾中，乃至普天之下，自己也是最為充實的女人了。

漂亮、有錢、有兒子，李瓶兒的這三大優勢，對於要在西門慶家庭中保持最寵幸的地位的潘金蓮構成了最為嚴重的威脅，嫉妒成性的潘金蓮，自然要來除掉這個大敵了。

大敵當前，經歷曲折、久經沙場而又好鬥的潘金蓮，對敵我雙方的形勢進行了冷靜而全面的分析比較。在李瓶兒的三大優勢中，李瓶兒雖然漂亮、皮膚白皙，深得西門慶的寵愛，但潘金蓮自上而下風流，又有一雙令西門慶陶醉的三寸金蓮，二人相較，正是各有所長，因此這一點對自己威脅不算太嚴重。李瓶兒有錢，這一點潘金蓮無法比擬，但她靠了西門慶之寵幸，事事掐個尖，又有求必應，所以雖然手頭不寬裕，但日用消費也夠可觀的了。而且有一利必有一弊，正因為李瓶兒有錢，這錢財都已入了吳月娘的倉庫，月娘怕得而復失，因此對李瓶兒存著戒心，沒有好感。唯有李瓶兒的這個寶貝兒子，將使瓶兒日益得寵，勢必構成對自己的嚴重威脅，因此這寶貝兒子乃是禍根，必須除掉的。而一旦這尿泡孩子一去，他又是李瓶兒的命根子，則李瓶兒亦將不保，所以除掉這小孽種，便成了潘金蓮戰勝李瓶兒的第一個戰略目標。

潘金蓮的這種戰略是深思熟慮、蓄謀已久的。早在第二十七回李瓶兒與西門慶私語翡翠軒，潘金蓮在翡翠軒隔子外潛聽到李瓶兒已懷臨月孕時，腦子裏就轉開了念頭，所以她一有機會就對李瓶兒進行冷嘲熱諷。孟玉樓讓她到椅子上坐，不要坐那豆青磁涼墩兒，潘金蓮道：「不防事，我老人家不怕冰了胎，怕什麼？」潘金蓮在宴席上只呷冰水，或吃生果子，孟玉樓道：「五姐，你今日怎麼只吃生冷？」潘金蓮說道：「我老人家肚內沒閒事，怕什麼冷糕麼？」羞得李瓶兒在旁臉上紅一塊、白一塊。但是這孩子終於要出生了。在這孩子出生過程中，潘金蓮表演得十分充分。「那潘金蓮見李瓶兒待養孩子，心中未免有幾分氣。在房裏看了回，把孟玉樓拉出來，兩個站在西稍間簷柱兒底下那裏歇涼，一處說話。說道：『耶，噪噪！緊著熱刺刺的擠了一屋子裏人，也不是養孩子，都看著下象膽哩！』」先是嫉妒，「你要看你去，我是不看她。他是有孩子的姐姐，又有時運，人怎得不看他？」接著就誹謗這孩子來路不明，不是西門慶的：「一個後婚老婆，漢子不知見過了多少，也一兩個月才生胎，就認做是咱家孩子。我說：差了！若是八月裏孩兒，還有咱家些影兒，若是六月的，踩小板凳兒糊險道神，還差著一帽頭子裏！失迷了家鄉，那裏尋犢兒去？」繼而又暗藏殺機地罵道：「仰著合著，沒的狗咬尿胞虛喜歡。」李瓶兒的孩子終於呱呱墜地了。「這潘金蓮聽見生下孩子來了，闔家歡喜，亂成一塊，越發怒氣生，走去了房裏，自閉門戶，向床上哭去了。」

從此，潘金蓮對這可憐的孩子就開始直接進攻了。潘金蓮對於這位官哥兒，採取的戰略方針首先是驚。第三十二回寫道：「單表潘金蓮，自從李瓶兒生了孩子，見西門慶常在她房宿歇，於是常懷嫉妒之心，每蓄不平之意。」這一天，西門慶前廳擺酒，時值李瓶兒不在，官哥兒啼哭。這潘金蓮就不顧奶子如意兒的勸阻，抱著官哥兒，一直往後去了。「走到儀門首，一徑把那孩子舉得高高的」。吳月娘一見到就說道：「舉得恁高，只怕唬著他。」果然那孩子到晚上「就有些睡夢中驚哭，半夜發寒潮熱起來。奶子喂他奶，只是哭。」

其次是讓這孩子不得安寧。潘金蓮與李瓶兒住得近，她就用打罵丫頭秋菊來驚吵，「一面罵著又打，打了又罵，打得秋菊殺豬也似地叫。李瓶兒那邊才起來，正看著奶子奶官哥兒，打發睡著了，又唬醒了。」（第四十回）

再次是將孩子扔在無人處不管，結果孩子讓大黑貓給唬著了。第五十二回寫道：「那李瓶兒撇下孩子，交給金蓮看著。」而金蓮意在入洞會陳經濟，於是把孩子放到芭蕉叢下不管，「那小玉和玉樓走到芭蕉叢下，孩子便躺在席上，登手登腳的徑哭。並不知金蓮在哪裏，只見傍邊大黑貓，見人來一滾煙跑了。玉樓道：「他五娘哪裏去了？耶嚛，耶嚛，把孩子丟在這裏，吃貓唬了他了！』吃此一唬，這孩子自進了房裏，只顧呱呱地哭，打冷戰不住。」後來竟至於「兩隻眼不住地反看起來，口裏卷些白沫出來。」可見這一次唬的實在不輕。

最後，潘金蓮拿出絕招，馴養雪獅子貓，專門來對付官哥兒。第五十九回寫道：「卻說潘金蓮房中，養活的一隻白獅子貓兒，渾身純白，只額兒上帶龜背一道黑，名喚『雪裏送碳』，又名『雪獅子』……不是生好意，因李瓶兒官哥兒平昔怕貓，尋常無人處，在房裏用紅絹裹肉，令貓而撾食。……李瓶兒與他穿上紅緞襖兒，安頓在外間炕上，鋪著小褥子兒玩耍。……不料金蓮房中這雪獅子，正蹲在護炕上，看見官哥兒在炕上穿著紅衫兒一動動地玩耍，只當平日喂他肉食一般，猛然望下一跳，撲將官哥兒，身上皆抓破了。只聽那官哥兒呱的一聲，倒咽了一口氣，就不言語了，手腳俱被風搐起來。」這一次，潘金蓮的陰謀得逞，官哥兒終於被唬死了。

如果說潘金蓮害死官哥兒只是出於與李瓶兒爭寵之目的，但官哥兒的死，無論對李瓶兒，還是西門家庭的損失則遠為重大，對於李瓶兒，官哥兒已死，她的財產也就失去了承繼人，她自己命運所繫的財產與兒子一失去，她自身也就難以保全了；而對於西門氏家族，則失去了財產繼承人和傳代接宗者。從傳統的觀念來看，這害死官哥兒，等於使西門慶斷子絕孫，這罪行要更重。潘金蓮，害死了西門慶，害死了官哥兒，是犯了二重罪。潘金蓮真可謂「萬惡不赦」了。

二、「龍狐」與「綿羊」

李瓶兒具有如上所述的三大優勢，因而深得西門慶之寵愛，潘金蓮的敢於與李瓶兒爭鬥，除了要保持自己的寵幸地位，時勢所迫，不得不鬥之外，還因為潘金蓮也清醒地意識到自己有克敵制勝的法寶。首先就才幹而論，她顯然比李瓶兒高出一籌。李瓶兒的文化修養遠比潘金蓮差，所以家中的丫鬟小玉、玉簫等譏諷她，她卻意識不到。其次是潘金蓮看穿了李瓶兒，發現了她的最大弱點，就是稟性柔軟，像一隻綿羊。與瓶兒相比，金蓮的性格則是凶悍、好鬥、善鬥，如狼似虎，吳月娘不就說她是「九尾狐狸精」轉世嗎？李瓶兒的悲劇除了社會的、家庭的種種原因外，又與她的性格之間有關係。在那種弱肉強食的環境裏，弱者總是要吃虧的。因此她的悲劇又同時是性格悲劇。

對於潘金蓮與李瓶兒兩人性格特點的把握與描寫，作者自始至終很有分寸，而且成竹在胸，在構思這兩個人物時就已經作了明確的規定。

《水滸傳》中，西門慶與潘金蓮在王婆茶坊相會，問潘金蓮道：「不敢動問娘子青春多少？」潘金蓮道：「奴家虛度二十三歲。」但是《金瓶梅詞話》在使用這一情節時卻做了改動：「西門慶道：『小人不敢動問娘子青春多少？』婦人應道：『奴家虛度二十五歲，屬龍的，正月初九日丑時生』。西門慶道：『娘子到與家下賤累同庚，也是庚辰，屬龍的。只是娘子月分大七個月，他是八月十五日子時生。』」《金瓶梅詞話》作者將潘金蓮的年歲由二十三歲改為二十五歲，似乎只是為與吳月娘相比，從而暗寓同樣要將金蓮娶回家中，或因其與自己的妻子同庚而有勾情之意。但仔細一想，又不全對，因為吳月娘和潘金蓮都仍然可以同是二十三歲，為什麼偏偏要改作二十五歲？我以為問題的關鍵乃在於《金瓶梅詞話》作者加上了「屬龍的」這一補充說明。而李瓶兒呢？西門慶與李瓶兒初次幽會，西門慶問李瓶兒多少青春，李瓶兒道：「奴屬羊的，今年二十三歲。」潘金蓮與李瓶兒，一個屬龍，一個屬羊，這樣一來，作者改寫潘金蓮年歲的謎底洩漏了：屬相與人物的性格有關。在中國的傳統觀念中，儘管龍被神化為天子或者吉祥的象徵，但其本性則是好鬥。龍為鱗蟲之長，虎為獸中之王，皆善鬥，所以人們常說龍虎相鬥喻鬥爭之激烈。而性最溫順的是綿羊，平日說起人的性格之軟弱則稱為「綿羊之性」。潘金蓮屬龍的，性格也是屬龍的，李瓶兒屬羊的，性格也正是綿羊般的。二人之鬥，正似龍之與綿羊。

面對著潘金蓮如狼似虎的進攻，李瓶兒這隻綿羊只能一味地退縮。對此書中有過多次細緻描寫。

第四十一回，李瓶兒的兒子與喬大戶的孩子結親，潘金蓮氣不憤，指桑罵槐，借打罵秋菊出氣，吵嚷驚嚇官哥兒，「李瓶兒這邊分明聽見指罵的是她，把兩隻手氣的冰涼，忍聲吞氣，敢怒而不敢言，早辰茶水也沒吃，摟著官哥兒在炕上就睡著了。」

李瓶兒的丫頭夏花兒偷了官哥兒玩耍的一錠金子，潘金蓮藉端生事了，誣陷李瓶兒家中的人偷了，說什麼「甕裏走了鱉，左右是他家一窩子，再有誰進他屋裏去！」金子找到了，真相大白，李瓶兒本可理直氣壯地反擊潘金蓮，但她沒有這個膽量，只能在背地裏向妓女吳銀兒訴冤。

第五十二回，潘金蓮把官哥兒放在芭蕉叢下，被大黑貓嚇病了，病得很厲害，李瓶兒也因此著了暗氣，病了。第五十四回任醫官看得十分真切，連西門慶都說：「先生果然如見，實是這樣的。這個小妾，性子極忍耐得。」

潘金蓮明知李瓶兒母子都病了，仍繼續進擊，打狗，打秋菊，吵鬧，連潘姥姥都來勸解，怕金蓮唬了官哥兒。金蓮連潘姥姥都罵了，這「李瓶兒在那邊，只是雙手握著孩子的耳朵，腮頰痛淚，敢怒而不敢言。」

潘金蓮馴養的雪獅子撾了官哥兒，把官哥兒嚇得抽氣不止，命在旦夕，「西門慶連忙走到前邊來看視，見李瓶兒哭得眼紅紅的，問：『孩兒怎的風搐起來？』李瓶兒滿眼落淚，只是不言語。問丫頭，奶子，都不敢說。」

官哥兒死了。「那潘金蓮見孩子沒了，李瓶兒死了生兒，每日抖擻精神，百般地稱快，指著丫頭罵道：『賤淫婦！我只說你日頭常晌午，卻怎的今日也有錯了的時節？你班鳩跌了彈也，嘴答谷了！春凳折了靠背兒，沒的倚了！王婆子賣了磨，推不的了！老鴇子死了粉頭，沒指望了！卻怎的也和我一般？』李瓶兒這邊屋裏，分明聽見，不敢聲言，背地裏只是掉淚，著了這暗氣暗惱，又加之煩惱憂戚，漸漸心神恍亂，夢魂顛倒兒，每日茶飯都減少了。」自此，李瓶兒一蹶不振，直至命歸黃泉。

李瓶兒在潘金蓮進攻面前的步步退縮，忍氣吞聲，很容易使人聯想起她未嫁西門慶之前，在花子虛、蔣竹山面前所顯示的另一番強悍凶狠的性格，第十四回，作者寫道：

> 花子虛打了一場官司，沒分的絲毫，把銀兩、房舍、莊田又沒了，兩箱內三千兩大元寶又不見蹤影，心中甚是焦躁。因向李瓶兒，查算西門慶那邊使用銀兩下落，今剩下多少，還要湊添買房子。反吃婦人整罵了四五日，罵道：「呸！魍魎混沌！你成日放著正事兒不理，在外邊眠花臥柳，不著家，只當被人所算，弄成圈套，拿在牢裏，使將人來對我說，教我尋人情。奴是個女婦人家，大門邊兒也沒走，能走不能走，曉得是什麼？認的何人？哪裏尋人情？渾身是鐵，打得多少釘兒！替你到處求爹爹，告奶奶，甫能尋得人情。平素不種下，急流之中，誰人來管你？多虧了他隔壁西門慶，看日前相交之情，大冷天刮的那黃風黑風，使了家下人往東京去，替你把事兒幹得停停當當的。你今日了畢官司出來，兩腳踏住平川地，

得命思財，瘡好忘痛，來家還向老婆找起後帳兒來了，還說有也沒。你過陰，有你寫來的貼子見在，沒你的手字兒，我擅自拿出你的銀子尋人情、抵盜與人便難了！」花子虛道：「可知是我的貼子來說。實指望還剩下些，咱湊著買房子過日子，往後知數拳兒了。」婦人道：「呸！濁材料，我不好罵你的！你早仔細好來，困頭兒上不算計，圈底兒下卻算計。千也說使多了，萬也說多了。你那三千銀子，能到的哪裏？蔡太師、楊提督好小食腸兒，不是恁大人情囑的話，平白拿了你一場，當官蒿條兒也沒曾打在你這王八身上，好好放出來，教你在家裏恁說嘴。人家不屬你管轄，不是你甚麼著疼的親故，平白怎替你南上北下走跳，使錢救你？你來家該擺席酒兒，請過人來，知謝人一知謝兒；還掃帚掃的人光光的，問人找起後帳兒來了。」幾句連搽帶罵，罵得子虛閉口無言。

這真是一段絕妙的材料。由此我們不難看出李瓶兒性格中凶悍的一面，而且也可看出其不乏口才，簡直可與潘金蓮相匹敵。

對自己的丈夫花子虛，李瓶兒罵且不說，更有狠毒的手段在，「話休饒舌，後來子虛只擯湊了二百五十兩銀子，買了獅子街一所房屋居住。得了這口重氣，剛搬到那裏，不幸害了一場傷寒，從十一月初旬睡倒在床上，就不曾起來。初時李瓶兒還請的大街坊胡太醫來看；後來怕使錢，只挨著，一日兩，兩日三，挨到三十頭，嗚呼哀哉，斷氣身亡。」這與潘金蓮對待武大郎，又多麼相似！

李瓶兒招贅蔣竹山之後，西門慶買通兩個地痞——草裏蛇魯華，過街鼠張勝，邏打了蔣竹山，而且蔣被誣告抓在提刑院，被打得那兩隻腿剌八著走到家，哭哭啼啼哀告李瓶兒，問她要銀子，還與魯華。又被婦人噦在臉上，罵道：「沒羞的王八！你遞什麼銀子在我手裏，問我要銀子？我早知道稱這王八砍了頭是個債樁，就瞎了眼也不嫁你。這中看不中吃的王八！」正在蔣竹山遭此厄難之時，李瓶兒把蔣竹山趕出家門。「臨出家門，婦人還使馮媽媽舀了一錫盆水，趕著潑去，說道：『喜得冤家離眼前。』」這種人走潑水的做法在北方風俗中是只有做得絕的女人才這樣幹的，這一細節把李瓶兒的凶悍的性格層面活托出來。

李瓶兒在潘金蓮面前的軟弱與在花子虛、蔣竹山面前的凶悍形成了鮮明的對比，簡直可說是判若兩人。面對這種矛盾現象，有的讀者和研究者感到困惑，有的則斷言李瓶兒性格前後矛盾，這是作者的敗筆或疏漏。其實不然，這實在正是《金瓶梅詞話》作者的高明之處！社會生活是複雜的，多層面的；人的性格也是複雜的，多色調的。看似矛盾對立、水火不容的性格層面，都能存於同一個人身上。人物性格又是發展變化的，不是靜止不變的，當客觀環境發生變化時，人的性格也會發生變化。這就是生活的真實，文學作品的任務之一就在於揭示和表現這生活的真實。《金瓶梅詞話》之前的長篇小說中，《三國演義》開始寫出了人物性格的複雜性，但缺少發展變化，特別是隨著客觀條件之改變而與之相應的變化。《水滸傳》已開始這樣做了，林冲在上梁山之前的性格的突出特點是逆來順受，但是生活教訓了他，所以在梁山上會有火拼王倫之舉動。但在有些人物身上，這種演進的痕跡看不出來。《金瓶梅詞話》的作者正是繼承並發展了《三國演義》和《水滸傳》的上述優點，而且予以普遍化，不僅寫出了人物性格的複雜性、多色調，而且寫出了人物性格的發展變化。這在李瓶兒性格的描寫上表現得就很充分。作者的高明之處，不僅在於寫了李瓶兒矛盾著的性格層面，寫出了其性格之變化，而且令人信服地揭示了這種變化的現實生活依據。在花子虛、蔣竹山面前凶悍的李瓶兒，未進西門慶家中，在與西門慶私通時，就被潘金蓮發現了，把柄就落在潘金蓮手裏。而且主家婆吳月娘就不同意西門慶娶她。中間她又跟蔣竹山掛剌了一陣子，惹得西門慶很不高興。所以她嫁進西門慶府中時，轎子落在大門首，半日沒個人出去迎接。嫁進後，吳月娘當然很不高興，並因此與西門慶鬧了好一陣子彆扭。她甚至受到了西門慶府中的下人的奚落。西門慶一連三日不到她府中來，到半夜，打發兩個丫鬟睡了，飽哭了一場，可憐走在床上，用腳帶吊頸，懸樑自縊。幸虧發現得早，被人救了過來。而西門慶得知後，心中大怒，教她下床來，脫了衣裳跪著，婦人只顧延挨不脫。被西門慶拖番在床地平上，袖中取出鞭子來，抽了幾鞭子，可見李瓶兒一嫁過來，就吃了閉門羹，下馬威。

這裏是西門府，不僅與花家不同，更與其招贅蔣竹山在自己家裏不同，更為重要的是李瓶兒的對手變了，其對手潘金蓮如狼似虎，口若懸河，天性好鬥，李瓶兒的把柄又落在潘金蓮的手裏，不由她不忍氣吞聲。俗話說：「一物降一物，鹵水點豆腐。」李瓶兒在花子虛、蔣竹山面前也是如狼似虎，但在更為強大的對手潘金蓮面前，則變成了綿羊，這正是生活的真實，潘金蓮難道不是這樣嗎？她一生凶悍，潑辣，放刁，但死前在武松強大的威勢逼迫下，不也軟了嗎？第八十七回中寫道：潘金蓮「慌忙叫道『叔叔，且饒放我起來，等我說便了』。武松喝道：『淫婦快說！』」潘金蓮「嚇得魂不附體，只得從實招說。」這同樣也是生活的真實。

主子可以變奴才，奴才也可以變為主子，虎狼可以變綿羊，綿羊也可以變為虎狼，這就是生活的哲理。《金瓶梅詞話》作者正是深刻地揭示了這生活的哲理。

潘金蓮與李瓶兒，一龍一羊，互相映襯，相輔相成，正是在這種對立之中，兩人的性格特徵都從而凸現了出來，不再是扁平的了。

潘金蓮與孟玉樓

上面，我們在潘金蓮與李瓶兒的對比中，說明李瓶兒的悲劇既是社會悲劇，也有其性格的原因。而在潘金蓮與孟玉樓的交往對比中，我們將看到，潘金蓮的悲劇，同樣如此。

在潘金蓮與眾妻妾的鬥爭中，孟玉樓自始至終都是潘金蓮的同盟軍，但是這一對盟友的性格卻大相徑庭，命運與結局也似有天壤之別。對於潘金蓮，孟玉樓是一面鏡子。

一、潘孟聯盟的結成

在西門慶眾妻妾中，孟玉樓有著特殊的優勢，因此也有著特殊的地位。論人才，她雖然長得似乎不如潘金蓮、李瓶兒那麼漂亮，但也差可媲美。她「生得貌若梨花，腰如楊柳，長挑身材，瓜子臉兒，稀稀多幾點微痲，自是天然俏麗」。有人依據這幾點微痲，斷定她並不美麗，這是誤解，《金瓶梅詞話》作者在描寫孟玉樓時所施用的手法正是中外藝術家慣用的手法。所以作者特用「天然俏麗」來指明。論錢財，她手頭有一大筆財富，「南京撥步床也有兩張。四季衣服，粧花袍兒，插不下手去也有四五隻箱子。珠子箍兒，胡珠環子，金寶石頭面，金鐲銀釧不消說，手裏現銀子她也有上千兩，好三梭布也有三二百筒」。在西門慶眾妻妾中，只有李瓶兒的錢財能超過她。她不像潘金蓮、李瓶兒、孫雪娥那樣無家可歸，無依無靠，她有哥哥、嫂嫂，有一個善於經商的弟弟孟銳，有大姐。她還有一個在傳統的觀念看來的最大的優勢，她雖然也是再醮之婦，但她既不像從丫頭升格的孫雪娥，又不像潘金蓮、李瓶兒那樣有過害死自己丈夫的不光彩歷史，她的丈夫是地道的商人，是真正病死的，在嫁西門慶之前，她既無與西門慶私通的歷史，也無與他人私通的歷史。至於娼家出身的李嬌兒更無法與她相比。她是名副其實的寡婦再嫁。在這一點上，只有以「真材實料」自居的吳月娘才可以勝過她。

孟玉樓最大的優勢還在於她的性格。善卜龜兒卦的老婆婆說她「你為人溫柔和氣，好個性兒。你惱那個人也不知，喜歡那個人也不知，顯不出來。你心地好了去了，雖有小人也拱不動你」。「好了去了」為方言，以普通話釋之即「好得不得了」或「好得不能再好」之意。

如上所述，潘金蓮自有自己的長處，但孟玉樓的上述優勢，潘金蓮則無法與之匹比。潘金蓮與孟玉樓這樣性格迥異的小妾，一前一後進入西門慶府中，為什麼會結成聯盟呢？大凡聯盟，必有共同之處，否則就不可能結成聯盟。潘金蓮與孟玉樓也正有許多共同之處。

第一，她們的打擊目標相同。對上，她們的共同目標是吳月娘；平輩中，她們都要把李瓶兒扯下去，把李嬌兒、孫雪娥躧踐下去。

第二，她們有著共同的利害。潘、孟以同盟方式出征，第一個回合是與李嬌兒、孫雪娥之戰。潘金蓮私通的琴童，是孟玉樓帶來的小廝，李嬌兒、孫雪娥攻擊潘金蓮涉及到琴童，因此也直接牽扯到孟玉樓，使孟丟人顯眼。

第三，她們有共同的思想。如上所述，潘金蓮有著由於受當時的商品經濟迅猛發展的影響而產生的與傳統觀念不同的人生觀念與價值觀念。孟玉樓同樣如此，最典型的例子就是我們上邊提到過的她寧願嫁給氣大財粗的大商人西門慶作小妾，也不願嫁給大街坊尚推官兒子尚舉人為繼室。

第四，她們有共同的情趣與愛好。潘金蓮一嫁進西門府中首先來找潘金蓮玩的是孟玉樓，這是因為只有她們才能玩到一起，只有她們倆才有共同的情趣與愛好。潘金蓮彈得一手好琵琶，也會彈月琴；孟玉樓則彈一手好月琴。二人都會雙陸棋子，都善針指女工；二人都愛風流、愛打扮。西門慶梳籠了李桂姐，被麗春院留住不歸，「丟的家中這些婦人都閒靜，別人猶可，惟有潘金蓮，婦人青春未及三十歲，欲火難禁一丈高，每日和孟玉樓兩個打扮的粉妝玉琢，皓齒朱唇，無一日不走在大門首倚門西望，等到黃昏時分」。（第十二回）潘金蓮在衣飾打扮上追求新奇，孟玉樓一點也不落後，不僅每次在社會上公開露面時總是打扮的燈人兒一般，而且她還有為金蓮所不及的發明創造，這就是改革高底鞋。第二十九回寫潘金蓮、孟玉樓、李瓶兒三人一處坐著作鞋。孟玉樓說道：「六姐，你平日又做平底紅鞋做甚麼？不如高底鞋好看。你若嫌木底響腳，也似我用氈子底卻不好？走著又不響。」孟玉樓這樣一位「腰如楊柳，長挑身材」的女人，再著上自製的高底鞋，當然更有一番風韻。孟玉樓不也很愛打扮，很會打扮嗎？

正因為有著上述若干共同之處，潘孟二人之建立同盟也十分合情合理了。

二、「借刀殺人」與「幕後操縱」

吳神仙說孫雪娥「作事機深內重」，到頭來，在宋惠蓮事件中，反被潘金蓮用借刀殺人之計，拿來做了槍使，潘金蓮比孫雪娥計高一籌，而孟玉樓則比潘金蓮棋高一招，能把潘金蓮當作木偶，她在後邊牽線操縱。西門慶私通宋惠蓮，惠蓮十分得意，連自己的身分都忘掉了。孟玉樓看不上眼。眾妻妾打通牌時，這宋惠蓮指手劃腳，說東道西。孟玉樓惱了，說道：「你這媳婦子，俺每在這裏擲骰兒，插嘴飛舌，有你什麼好處。」「這幾句話把老婆羞的站又站不住，立又立不住，飛紅了面皮，往下去了，正是：誰人汲水得西江水，難洗今朝一面羞。」（第二十三回）

來旺醉謗西門慶，事發，孟玉樓和潘金蓮一樣，也是必欲置來旺媳婦宋惠蓮於死地而後快。但是她不出頭露面，只在幕後活動，挑動潘金蓮出馬征戰。來旺醉謗西門慶，這消息是家人來興兒告訴潘金蓮的，當時孟玉樓正和潘金蓮「一處坐的」。潘金蓮聽到此事後，已怒不可遏，但未想到如何處置，孟玉樓就慫恿就說：「這樁事咱對他爹說好，不對他爹說好？大姐姐不管。倘忽那廝真個安心，咱每不言語，他爹又不知道，一時遭了他手怎的？正是有心算無心，不備怎提備？六姐，你還應該說說，正是為驢扭棍，傷了紫荊樹。」潘金蓮是火藥性子，一點就著，說道：「我若是饒了這奴才，除非是他就下我來。」正是：平生不作皺眉事，世上應無切齒人。有詩為證：「來旺無端醉詈主，甘興懷恨架風波。金蓮聽畢真情話，咬啐銀牙怒氣多」。（第二十五回）正是在孟玉樓的挑動下，潘金蓮將事情越鬧越大，來旺被抓到衙門。西門慶本來打算托人遞貼子放出來旺，宋惠蓮「得了西門慶此話，到後邊對眾丫鬟媳婦，詞色之間，未免輕露。孟樓早已知道，轉來告潘金蓮說：他爹怎的早就晚要放來旺兒出來，另替他娶一個；怎的要買對門喬家房子，把媳婦吊到那裏去，與他三間住；又買個丫頭扶持他，與他編銀絲髻，打頭面，一五一十說了一遍。『就和你我等輩一般，甚麼張致？大姐姐也就不管管兒』。潘金蓮不聽便罷，聽了忿氣滿懷無處著，雙腮紅上更添紅，說道：『真個由他，我就不信了。今日與你說的話，我若教賊奴才淫婦與西門慶作了第七個老婆，我不是喇嘴說，就把潘字吊過來哩！』玉樓道：『漢子沒正條，大的又不管，咱每能走不能飛，到那些兒？』金蓮道：『你也忒不長俊，要這命做甚麼？活一百歲殺肉吃？他若依，我拼著這命，擯兌在他手裏，也不差甚麼』。玉樓笑道：『我是小膽兒，不敢惹他，看你有本事和他纏。』」

孟玉樓的這一番激將，慫恿挑動，更使潘金蓮鐵了心，必欲死惠蓮而後已。來旺終於被遞解徐州，這就決定了宋惠蓮必死之命運，後來金蓮借雪娥之手以殺惠蓮，已是尾聲。在這場驚心動魄的大戰中，孟玉樓運籌帷幄，指揮若定，實立首功。

三、不失分寸與不知進止

潘金蓮平日說話山高水深，出口傷人，毫無顧忌。而孟玉樓則說話十分注意場合，不失分寸，當說則說，當止則止。潘金蓮的有些話本來也是孟玉樓的意思，但她不說，而是三言兩語，把潘金蓮的情緒搧動起來，借金蓮的口出之，而她則不言語。對此種種，《金瓶梅詞話》作者，曾有意地多次將潘孟進行對比。

第三十四回，李瓶兒臨盆之際，潘金蓮、孟玉樓同到李瓶兒處看望。看了一回兒，潘金蓮就拉孟玉樓出來了。蔡老娘接生來了，孟玉樓提議再進屋去，潘金蓮執意不再到場，而且夾算說李瓶兒這孩子不是這個月的，只怕是八月裏的，孟玉樓也心懷叵測的說：「我也只說她是六月時的孩子」。金蓮接著越說越氣，越說越難聽；金蓮道：「一個是大老婆，一個是小老婆，明日兩個對養，十分養不出來，零碎出來也罷。俺每是買了個母雞不下蛋，莫不殺了我不成！」又道：「仰著合養，沒的狗咬尿泡虛喜歡。」玉樓道：「『五姐是甚麼話！』以後見他說話出來有些不防頭腦，只低著頭弄裙子，並不作聲應答。」

第四十一回李瓶兒與喬大戶結親，孟玉樓與潘金蓮對此事不滿，但二人表現不同，說話深淺有別。潘金蓮揭了西門慶的底，被西門慶大罵一通。孟玉樓對潘金蓮說道：「誰教你說話不著個頭頂就說出來，他不罵你罵狗？」金蓮道：「我不好說的，他不是房裏，是大老婆？就是喬家孩子，是房裏生的，還有喬老頭子的些氣兒。你家失迷家鄉，還知是誰家種兒哩！」玉樓聽了一聲沒言語。

我們說孟玉樓說話不失分寸，不單是指她不說過頭的話，還包括該說的話則說，不失根本原則，使人不敢小覷。第七十五回，潘金蓮與吳月娘吵翻，孟玉樓在旁邊解勸。吳月娘說潘金蓮「強汗世界，把攔漢子」，潘金蓮反罵吳月娘「浪」。「吳月娘氣他這兩句話觸在心上，便紫漲了雙腮，說道：『這個我浪了，隨你怎的說，我當初是女兒填房嫁他，不是趁來的老婆。那沒廉恥趁漢精便浪，俺每真材實料不浪？」孟玉樓道：「耶呀耶呀，大娘，你今日怎的這等惱的大發了。連累著俺每，一棒打著好幾個人也……」。

四、善得人心與四面樹敵

在日常舉止中，潘金蓮是八方出擊，四面樹敵；而孟玉樓則處處討好，善得人心。善卜龜兒卦的老婆說孟玉樓「一生上人見喜下欽敬，為夫主寵愛。」這結論一點不錯。

孟玉樓對於西門慶家庭中的形勢，自始至終，比潘金蓮有著更為清醒的認識。她深深懂得這個家中西門慶和吳月娘才是真正的主兒，不僅不能得罪，而且要取悅於他們。因為西門慶娶李瓶兒，吳月娘與西門慶鬧得不可開交好長時間不搭理。第二十四回的回目有「孟玉樓義勸吳月娘」，表面上看孟玉樓的勸說沒有生效，但實際上起了很大作用，於是吳月娘有掃雪烹茶，夜禱之舉，感動了西門慶，二人言歸於好。孟玉樓馬上就出主意，大家湊份子表示祝賀。潘金蓮與吳月娘鬧翻了，作者就在第七十六回讓「孟玉樓解慍吳娘」，使潘、吳和解，這幾次重大的舉動，都不僅討了吳月娘的歡心，而且就連西門慶也對孟玉樓另眼相看。

在同輩中，孟玉樓與單管咬群兒的潘金蓮是盟軍，潘金蓮私僕受辱，與吳月娘翻目等關鍵時刻，都是孟玉樓在西門慶與吳月娘前說了好話，替金蓮解了圍，平了難。孟玉樓和潘金蓮對付李瓶兒也是結盟進行的，不過潘金蓮在明處，孟玉樓在暗處，所以李瓶兒把仇恨集中在潘金蓮身上，直到臨死，對孟玉樓並無怨言。李嬌兒、孫雪娥也把怒火投向潘金蓮，對孟玉樓也只是敬畏，不敢來招惹。李嬌兒的侄女李桂姐雖然看穿了孟玉樓和潘金蓮是一丘之貉：「你看孟家的和潘家的，兩家一似狐狸一，你原鬥的過她了！」但是就連李桂姐也不敢公開和孟玉樓為敵。

管帳是與下人打交道，弄得不好，就要得罪人，所以連西門慶都說：「常言道：當家三年狗也嫌！」但孟玉樓手中有錢，用不著到處斂財，所以她管帳期間，因為比較寬鬆靈活，家人都說她的好話。潘金蓮爭著來管帳，孟玉樓深知潘金蓮的性格，知道她非得罪人不可，仍然讓她管，一則不拒她的情，二則實在也引導她犯錯誤。果然，潘金蓮一管帳就得罪了人。與孟玉樓的八方討好，善收人心不同，潘金蓮四處樹敵，對上得罪了吳月娘，平輩中傷了李瓶兒、李嬌兒、孫雪娥，下人中與秋菊、來招兒兩口子更是結下深仇大恨。冤仇相結，不是不報，時候兒未到。後來不正是秋菊多次向吳月娘告發潘金蓮與陳經濟的罪行，孫雪娥出主意打了陳經濟，潘金蓮終於被逐出家門了嗎？

五、深謀遠慮與不留後路

潘金蓮的處世哲學是不信天、不信命，一往直前，不留退路，結果是應驗了自己的話：街死街埋。而孟玉樓則大不相同，她處事謹慎、深謀遠慮。她搧動潘金蓮在西門慶府中掃蕩群敵，自己卻躲在幕後。設想一下，如果潘金蓮連吳月娘也扳倒了，那麼主家婆的位置也只會落到孟三姐手裏，絕不會落到潘六兒手中。她讓金蓮掃蕩天下，她卻可以穩奪天下。孟玉樓在戰略上真是進可以攻，退可以守。早在清明節寡婦們上墳時，她就與李衙內「兩情四目都有意了」，就想好要嫁李衙內，退路或進路就已選好，但她「不言語」，最終李衙內來求婚，老實的吳月娘還懵在鼓裏，她卻胸有成竹地嫁走了。人們常說「狡兔三窟」，其實老鼠洞更多，這個屬老鼠的孟三兒處處都在留著退路，終於得計，潘金蓮卻終於一窟未營，死無葬身之地。

潘金蓮、李瓶兒、孟玉樓三人之性格，金蓮是鋒芒畢露、凶悍潑辣，面帶殺機；李瓶兒則是軟弱、退縮；孟玉樓則是表面溫柔，軟中有硬，柔中有剛，暗藏殺機，這只要看看她如何致陳經濟於死地就不難明白。潘金蓮是害世，李瓶兒是戀世，孟玉樓是欺世。

害世者想把這個世界毀滅，卻首先毀滅了自己；戀世者對這個世界有著過多的愛戀，結果是玉焚心碎；欺世者卻欺騙了整個金瓶梅世界中的所有的人，包括聰明的潘金蓮、好心的李瓶兒，愚笨的吳月娘，不知死活的陳經濟，欺騙了著名的《金瓶梅》評論家張竹坡。好一個孟三姐，迄今還在騙著世人！

潘金蓮與龐春梅

潘金蓮被吳月娘逐出家門，在王婆家裏等候發賣。這時，陳經濟已經去東京取錢來買她，只是路程較遠，還趕不及；而龐春梅已經讓周守備派大管家周忠和張勝、李安來買她，只是為了與王婆爭閒氣，事情便稍有些耽擱。正在這時，武松來了，金蓮終於落在武松手裏，死在他的刀下。這似乎有些偶然，人們會因為潘金蓮沒弄到一百兩銀子的贖身錢為她婉惜。但即使潘金蓮手頭有這一百兩銀子，或陳經濟買了她，或周守備贖了她，潘金蓮不死於武松的刀下，那麼她的命運將會如何呢？她的心腹知己龐春梅的命運和結局正是潘金蓮的一面鏡子。

一、榮辱與共

春梅說孫雪娥罵潘金蓮縱容西門慶收用了自己二人，「俏成一幫哄漢子」。不管是誰，說潘金蓮縱容西門慶收用了龐春梅，這並不完全符合事實。事實是西門慶甚寵春梅，有意要收用她，潘金蓮只是順水推舟。春梅原本是吳月娘房中的丫頭，正是西門慶把她「叫到金蓮房內，令她服侍金蓮，趕著叫娘」。但說潘、龐二人「俏成一般哄漢子」則不假。自從西門慶收用了龐春梅，潘金蓮與龐春梅就真正成了榮辱與共休戚相關的結合體。從潘金蓮進入西門慶府中在眾妻妾鬥爭的第一個回合開始，龐春梅就成了潘金蓮的得力助手，而且事情的起因正是由龐春梅直接引發的，潘金蓮私通琴童，孫雪娥、李嬌兒發難，西門慶怒打潘金蓮，金蓮處在非常不利的地位，正是孟玉樓與龐春梅之打救，才使金蓮脫險，而關鍵是深受西門慶寵愛的龐春梅，「那春梅撒嬌撒癡，坐在西門慶懷裏說道：『這個，爹你好沒的說！和娘成日唇不離腮，娘肯與那奴才！這個都是人氣不憤俺娘兒們，作做出這樣事來。爹，你也有個主張。好把醜名兒頂在頭上，傳出外邊去好聽？』幾句把西門慶說的一聲不言語，丟了馬鞭子，一面教金蓮起來穿上衣服，分咐秋菊看菜兒，放桌兒吃飯。」（第十二回）

第二十二回「春梅正色罵李銘」，目的則全在替金蓮出氣。對此，張竹坡書前總評評得十分確切：「而於李嬌兒陷金蓮，桂姐要剪髮一恨，輕輕提出，見得蓄恨已久，無緣報復，今乘桂姐破綻敗露，而李銘又適逢其會，遂使拼千年不報之恨，一旦機緣湊巧，此時不報，更等何時，遂一發盡情不遺餘力也。寫怨恨之於人如此，作者因明明一線穿來，而看者止見其寫春梅一面，不知其又暗結金蓮一面。」

第七十五回，「春梅毀罵申二姐」，表面上看來是對著韓道國老婆王六兒，實際上是衝著潘金蓮最強大的對手吳月娘而來的。何以見得？

第一，春梅讓申二姐到前邊原本是去給潘姥姥唱曲聽，申二姐則說要在「這裏唱與大妗奶奶聽」，春梅大罵申二姐正是衝著吳大妗子——月娘的大嫂子而發的。

第二，春梅罵申二姐時，吳大妗子在場。春梅罵申二姐說：「賊遍街搗遍巷的瞎淫婦，你家有恁好大姐，比是你恁有性氣，不出來往人家求衣食，唱與人家聽。趁早兒與我走，再也不要來了！」申二姐道：「我沒的賴在你家？」春梅道：「賴在我家，教小廝把鬢毛都」尋光了你的！」這正是指桑罵槐，一彈打著兩隻鳥，表面上是罵申二姐，暗中則夾帶著罵吳大妗子。所以吳大妗子吃不住了，說道：「你這孩兒，今日怎的這樣兒的，還不往前邊去罷！」但春梅「只顧不動身」，弄得吳大妗子很是下不來台。

第三，春梅還罵道：「俺家本司三院唱的老婆，不知見過多少，稀罕你這個兒！」這矛頭也暗指李桂姐，李桂姐是吳月娘的乾女兒。因為在春梅罵申二姐之前，玉簫到前邊請金蓮時就明言「今日桂姐兒也家去」。

第四，春梅罵完申二姐回到前邊，還是狠狠地向眾人訴說，其中說到昨天申二姐要把鬱大姐掙下來：「鬱大姐道『可不怎的！昨日晚夕，大娘多教我唱小曲兒，他就連忙把琵琶奪過去，他要唱，大娘說：『鬱大姐，你教他先唱，你後唱罷。』」可見春梅對昨天月娘的做法很不滿意。

正因為春梅把矛頭直接指向了吳月娘，所以吳月娘才火冒三丈，大罵金蓮、春梅，於是才有潘金蓮與之火拼。

西門慶死後，陳經濟「弄一得雙」，於是金蓮、春梅、陳經濟三人俏成了一幫，命運緊緊地將他們聯在了一起。因此吳月娘售金蓮，必先逐春梅、後趕陳經濟，去其黨羽，使金蓮孤掌難鳴，不能不就範。春梅與金蓮，主奴二人榮辱與共，一損皆損。

二、心腹知己

潘金蓮的一生是不幸的，是崎嶇坎坷的。在金蓮的一生中，真正跟她作派相似也深知其稟性的是她的老搭檔西門慶。但西門慶是個男子漢，他有更廣闊的活動天地，經商、做官、跑東京，有那麼多的事情需要他去經營，又有那麼多的女人在與她糾纏，他不可能老跟潘金蓮在一起，真正與金蓮朝夕相伴，生死與共的知己則不能不是她的貼身丫頭龐春梅。金蓮死後，春梅安葬金蓮時說金蓮是自己的一個嫡親姐妹。的確，這主奴二人確似一對孿生姐妹。

春梅剛來金蓮房裏時，金蓮確曾「多些零碎事情」，「不湊巧」罵過春梅。但是自從西門慶收用了春梅，潘金蓮卻又委實「自此一力抬舉他起來，不令她上鍋抹灶，只叫她在房中鋪床疊被，遞茶水，衣服首飾揀心愛的與她。」春梅也把金蓮當作知己，深感其知遇之恩。

潘金蓮由於種種原因，特別是其天性好鬥，四面樹敵，得罪的人太多，連她自己的母親潘姥姥都時常埋怨她，真可謂眾叛親離，但春梅則始終比較瞭解她，真誠地為之辯護。第七十八回，潘姥姥因為打發轎子錢的事讓金蓮數落了一通，心裏老大不痛快，春梅卻勸她說：「姥姥，罷！你老人家只知其一，不知其二，俺娘她爭強，不伏弱的性兒。比不得的六娘錢自有，他本等手裏沒錢，你只說他不與你。別人不知道，我知道。想俺爹雖是抄的銀子放在屋裏，俺娘正眼兒也不看他的。若遇著買花兒東西，明管正義問他要，不恁瞞藏背掖的，教人看小了她，他怎麼張著嘴說人！他本沒錢，姥姥怪她，就虧了她。莫不我護她，也要個公道。」

這實在也是肺腑之言！

潘金蓮死了，龐春梅得知消息後，「整哭」了三日，茶飯都不吃。潘金蓮死得很慘，身首異處，屍體在大街上停留了好長時間，不能下葬，從臘月停到第二年正月初旬時節。潘金蓮只能托夢春梅：「忽一晚間，春梅作一夢，恍恍惚惚，夢見金蓮雲鬢蓬鬆，渾身是血，叫道：『龐大姐，我的好姐姐，奴死的好苦也！好容易來見你一面，又被門神把住嗔喝，不敢進來。今仇人武松已是逃走脫了。所有奴的屍首，在街暴露日久，風吹雨灑，雞犬作賤，無人領埋。奴舉眼無親，你若念舊日母子之情，買具棺木，把奴埋在一個去處，奴死在陰司口眼皆閉。』說畢，大哭不止」。金蓮的後事，正是由春梅安置的。

春梅對金蓮是情深意切的，清明時節，春梅在金蓮墳前祭奠，插了香，拜了四拜，說道：「『我的娘，今日龐大姐特來與你燒些紙錢，你好處生天，苦處用錢。早知你死在仇人之手，奴隨向怎的，也娶來府中，和奴做一處。還是奴耽擱了你，悔是已遲了。』說閉，令左右把紙錢燒了，這春梅向前放聲大哭。」

潘金蓮對春梅也自有一番真情。一生苦鬥掙扎著的潘金蓮，毒打秋菊、虐待武大前妻之女迎兒，鴆殺武大，害死宋惠蓮、李瓶兒母子，真可謂心比蛇蠍還毒。她竟然把私生子墜於馬桶，對生母潘姥姥也大為不敬不孝，似乎完全喪失了人的本性。但是事實並非如此，上述事實只是潘金蓮性格的一個方面。潘金蓮對春梅之真情，則剛好表現了這性格中的另一方面。潘金蓮一生中經常大哭大鬧，但這哭有時是假的，只是一個風騷女人的一種特有的慣用的鬥爭方式，是「英雄欺人之舉」。潘金蓮一生自詡為叮噹響的男子漢。作為一個男子漢似的潘金蓮，則又是「男兒有淚不輕彈」。被吳月娘趕出家門不哭，就連潘姥姥死了，也沒怎麼哭過。但這只是「未到傷心處」。潘金蓮一生中真正動情動容之哭，只有三次，第一次是西門慶抛閃她，娶了孟玉樓，玳安把消息告訴了她，她聽了「由不得那裏眼中淚珠兒順著香腮流將下來」；第二次是李瓶兒生了官哥兒，這潘金蓮聽見生下孩子來了，「闔家歡喜，亂成一塊，越發怒氣生，走去了房裏，自閉門戶，向床上哭去了」；第三次是「婦人聽見說領賣春梅，就睜了眼，半日說不出話來，不覺滿眼落淚」。春梅來告別，她又哭，春梅走後，「這金蓮歸進房中，往常有春梅，娘兒兩個相親相熱，說知心話兒，今日她去了，弄得屋裏冷冷落落，甚是孤棲，不覺放聲大哭，有詩為證：耳畔言猶在，於今恩愛分。房中人不見，無語自消魂。」可見這一次是為知己而痛哭，大哭。「人生得一知己足矣」。一生孤立無援的潘金蓮，有龐春梅這麼一個知己，也就夠了。

三、互補互襯

如果說《金瓶梅詞話》作者通過潘金蓮與李瓶兒、孟玉樓等人的對比，主要在於相反相異中互相映襯，使其各自的性格特點更加突出鮮明的話，那麼似乎在潘金蓮與龐春梅的比較中，則主要是在相同相似中互相補充，從而使其各自的性格更加豐滿生動。

假如說潘金蓮性格上的突出特點之一是「驕」的話，那麼龐春梅則是「傲」。驕者，馬高六尺為驕；又野馳；放縱也。驕的這三個義項都適用於金蓮之性格。傲者，慢也，倨也。慢者，一曰不畏也；倨者，一曰不遜，即不順也。不畏不順，用來概括春梅之性格，亦十分切合。龐春梅的家境，作者沒有細說，但吳神仙說她「但乞了這左眼大，早年克父；右眼小，周歲克娘」，可見她從小便無依無靠。她原是通過媒人薛嫂手裏用十六兩銀子買來的。但是小丫頭不僅生性聰慧，喜謔浪；善應對，人又長得漂亮，而且天生一副傲骨。西門慶讓春梅、玉簫、蘭春、迎春四個大丫頭跟著樂工李銘學習樂器，春梅不僅學得快，而且與其他三人相較，最大的不同則是顯得自尊自重，出類拔萃。她雖然身為地位低賤的丫頭，但吳神仙相面說她：「五官端正，骨格清奇，髮細眉濃，稟性要強。神急眼圓，為人急躁，山根不斷，必得貴夫而生子。兩額朝拱，主早年必戴珠冠。行步若飛仙，聲響神清，必益夫而得祿，三九定然封贈。」吳月娘以為吳神仙相面最相不著的正是春梅：「我最不信說她春梅後來戴珠冠，有夫人之分。端的咱家又沒官，哪討珠冠來？就有珠冠，也輪不到她頭上。」但春梅則針鋒相對地說：「常言道：『凡人不可貌相，海水不可斗量。』從來旋的不圓砍的圓。各人裙帶上的衣食，怎麼料得定？莫不長遠只在你家做奴才罷！」春梅對自己的未來充滿自信。雖身為奴才，但不甘願在西門慶家中長做奴才，她也有做主子的雄心。正因為如此，她不畏、不順。她不僅敢於大罵李嬌兒的侄兒李銘，而且敢於大罵申二姐，把矛頭直接指向主家婆吳月娘，吳月娘逐趕她，她不齜垂別淚。吳月娘「教她罄身出去，休要她帶出衣裳去了，」她很不以為然地說：「等奴出去，不與衣裳也罷，自古好男不吃分食飯，好女不穿嫁時衣。」她連吳月娘也不見，「跟定薛嫂，頭也不回，揚長決裂，出大門去了。」態度是那樣斬釘截鐵，昂然而走。

潘金蓮被吳月娘逐趕時，只在西門慶靈前大哭了一場，因為這是她的知心人，亦不落淚，而是大罵，也說「女人不穿嫁時衣，男兒不吃分時飯。」龐春梅是潘金蓮教慣出來的，她深受金蓮之感染，她太像金蓮；同樣，她也時常勸說金蓮，金蓮又深受她的影響，金蓮也很像春梅。這主奴二人是聲與響，形與影。

當然潘金蓮畢竟是潘金蓮，龐春梅畢竟是龐春梅，二人是《金瓶梅詞話》中的兩個各具個性的女性。後來春梅發達身貴，但對吳月娘卻與從前絕然相反，不僅不圖報復，反而顯出謙恭。永福寺吳月娘與龐春梅邂逅相遇，春梅競向吳月娘等人磕頭，吳月娘慚愧地說：「姐姐，你自從出了家門在府中，一響奴多缺禮，沒曾看你，你休怪。」春梅卻謙遜地說：「好奶奶，奴哪裹出身，豈敢說怪。」對此，有的研究者以為春梅前後性格矛盾，有的則以為這說明春梅身上存在著嚴重的封建尊卑等級觀念。這自然都不無道理，但似乎仍還是皮相之見，殊不知傲與遜，表面上是矛盾的兩極，但卻也往往對立而統一於一身。這正是人生的哲理，生活的真實，而作者實在是給龐春梅留地步，因為作者對春梅正像有的研究者所指出的那樣「有很特別的愛惜，愛惜到偏頗的地步。」同時，這也是給吳月娘留地步，因為作者心目中的吳月娘，是不失為一個有缺點的正面人物。而且，如果春梅要處心積慮地像報復孫雪娥一樣報復吳月娘，那麼以一「管理地方河道、軍馬錢糧」的守備將軍夫人，對付一失勢而且眾叛親離之寡婦，真是以石擊卵，月娘死無葬身之地矣，那樣吳月娘豈不成了潘金蓮！《金瓶梅》也就不是《金瓶梅》了，至少作者無法按原計劃寫下去了。況且，讓月娘自慚自愧，與其當年不相信春梅能作夫人相照應，這種羞辱對於吳月娘實在比強硬的打擊來得更無情，使之更為難堪。月娘、吳大妗子以為春梅今已作夫人，今非昔比，該磕頭的是她們自己，那正說明她們心目中的傳統卑尊觀念更重。要之，是春梅為月娘留地步，以此罪月娘而美春梅也。

如果潘金蓮處在龐春梅此時的地位，她將會如何對待吳月娘呢？那可實在很難說，因為金蓮畢竟不等同於春梅。

潘金蓮與龐春梅的另一最大的共同點是「淫」。關於潘金蓮之對淫欲的瘋狂追求，我們在上邊已經敘述過了。春梅之淫，整個說來，在西門慶家中還不那麼露骨。但嫁周守備之後則日漸淫欲無度，實在絲毫也不比金蓮遜色。從周守備，陳經濟，到僕人的兒子周義，可真是「坐家的女兒偷皮匠，逢來的就上」，是「馬回子拜節，來到就是。」

結果生出骨蒸癆病症，最後死在周義身上，正如西門慶之死於金蓮身上。

作者不讓龐春梅死於過街鼠張勝的刀下，而讓她死於淫欲，這正出於作者所謂「戒淫」的寫書宗旨的安排，在《金瓶梅詞話》作者的筆下，大凡婦女而淫則實在是犯了天底下最大的過錯，絕不會有好下場，因此犯了淫之大病的龐春梅，便不會有好結果。龐春梅是潘金蓮的鏡子，假若潘金蓮不死於武松之刀下，那麼她也必將像龐春梅似的死於淫欲，絕不會有更好的結局。

潘金蓮與吳月娘

在西門慶眾妻妾的家庭內部矛盾鬥爭中，基本上可以分為兩大陣營，一方的代表是潘金蓮，其得力的助手是雖然未排在小妾輩中但實際地位遠高於第四房妾孫雪娥之上的龐春梅，孟玉樓表面上依違兩陣兩營之間，但實際上是金蓮的盟友與軍師，基本上站在潘金蓮一邊。吳月娘是另一陣營的主帥，李嬌兒、孫雪娥，甚至為吳月娘不滿的李瓶兒，基本上站在吳月娘一邊。潘金蓮一方比較的同心協力，而吳月娘一方則內部充滿著矛盾，其利益也不完全一致，主要矛盾是主奴之間的。因此在淺層次上，潘金蓮與李嬌兒、孫雪娥、李瓶兒的鬥爭，與她跟吳月娘之間的鬥爭，性質並不完全一樣；而且潘金蓮、李嬌兒、孫雪娥、李瓶兒、孟玉樓與吳月娘之間顯示了上下卑尊的根本性矛盾，因之她們似乎又處在相同的地位，有著某種共同的利害與聯繫，這樣一來，鬥爭就複雜化了，陣營也便不那麼分明。

上面，我們主要敘述了潘金蓮與李嬌兒、孫雪娥、李瓶兒之間的鬥爭。這既是同整體上的吳月娘陣營的鬥爭，更主要的還是她們同輩之間的鬥爭。這種鬥爭無疑是一步步激化著潘金蓮與吳月娘之間的鬥爭。在這些鬥爭中，潘金蓮雖然有過曲折、失敗，但基本上是節節勝利。待李瓶兒死，潘金蓮把矛頭直接指向吳月娘，兩個陣營之間的根本衝突開始了。西門慶死之前，在第七十五回，潘金蓮與吳月娘公開接火，表面上似乎勝負未判，但實際上是潘金蓮失敗了。西門慶死後，潘金蓮終於落在吳月娘的手裏，也最終慘敗在吳月娘手裏，潘金蓮的死與吳月娘有著更為直接的關係。

從整體上看，《金瓶梅》的作者是把吳月娘作為一個有缺陷的正面人物來描寫的，把吳月娘與潘金蓮的鬥爭視為正與邪、善與惡之爭，而這「正」又不是「中正」，邪又不是全邪，善又不是純善，惡又不是盡惡，因此這種所謂正與邪、善與惡之爭也便顯示出一種複雜狀態。正因為這是正與邪、善與惡之爭，所以我們也便更容易看清作者的態度，主要是對人物的最終評判，以及人物性格的深層次的內涵；正因為這種正與邪、善與惡之爭顯示出複雜狀態，人物性格的深層次的複雜狀態也得到了較為充分的顯現。因此，潘、吳之爭，也顯得更為重要，研究潘金蓮便也不能不認真加以考慮。

一、正面人物吳月娘

自《金瓶梅詞話》問世以來，約近四百年間，人們爭論最多的，分歧最大的是吳月娘，康熙年間彭城人張竹坡對吳月娘批評得最為尖刻，他力言作者對吳月娘深為不滿，獨罪月娘，依他的看法，《金瓶梅》中最壞的人不是別人，正是這個吳月娘。早於他的《金瓶梅》批評家李漁與他的看法已自不同，而晚於他的批評家文龍則簡直是有意跟張竹坡唱反調，於吳月娘最甚。憑心而論，張竹坡對吳月娘的批評，確有很多精到之處，而且善於探賾索隱，但卻難免誇張之嫌。一誇張便難免失實。

與對吳月娘的評價緊相關連的是如下幾介重大問題：《金瓶梅》是淫書，是誨淫誨盜之作，還是勸世戒淫之作？《金瓶梅》作者有無理想，書中有無理想的光彩？《金瓶梅》是寫實主義、現實主義，還是自然主義？而對吳月娘的評價又直接關涉到她的真正強大的對手潘金蓮的評價。

張竹坡看出《金瓶梅》作者對吳月娘頗多微詞，這是張氏的重大貢獻。但他沒有真正的理解作者對吳月娘之本意，或整體宗旨，即作者實在把吳月娘作為書中，特別是眾妻妾中的善與正的代表，正是在吳月娘身上，作者更多地表現了自己的理念。

長期以來，至少從《三國演義》問世以來，特別是近幾十年以來，在中國文壇就有一種勢能相當強大的批評模式，這種模式認為，一部文學作品，書中的主要正面人物，必須是作者充分肯定、歌頌的。作者不遺餘力地甚至千方百計地描寫主要正面人物的善行，並因此顯示作者的理想，不贊成甚至不允許過多地描寫正面人物身上存在的缺陷。這種批評模式對人物描寫的態度，概括說來，就是魯訊先生所說的：「寫好的人，簡直一點壞處都沒有；而寫不好的人，又是一點好處都沒有。」[1]在現實生活中，孩子們看文藝作品，常常出現這樣的現象，某某是個好人，某某是個壞人；為好人之勝利鼓掌，為好人之不幸痛苦；對壞人則是斥罵。一旦好人壞人之臉譜不甚清晰，判斷容易失誤，這可就麻煩了。大人們往往譏笑孩子的頭腦簡單，其實，大人又何償不如此。批評家又譏笑這些大人，其實，他們自己又何嘗不如此。

這種批評模式只認為文學作品中的主人翁應從正面體現作者的理想。這種批評模式對於一位高明的作者通過對正面人物的批評，通過對正面人物缺點的描寫來更深刻地顯示作者的理想，很難理解。而《金瓶梅詞話》的作者正是這樣一位高明的作家。

現實生活是複雜的，社會生活中的人也是複雜的。好人一點壞處都沒有，不好的人一點好處也沒有，「其實這在事實是不對的，因為一個人不能事事全好，也不能事事全

1　魯迅〈中國小說的歷史變遷〉。

壞。譬如曹操他在政治上也有他的好處；而劉備、關羽等，也不能說毫無可議，但是作者並不管它，只是任主觀方面寫去，往往成為出乎情理之外的人」[2]。文學家正是現實生活中的人，即使是進步的乃至偉大的作家，在他的身上同樣存在著好處與壞處，存在著新的思想因素的萌芽和因襲著舊的傳統觀念。這在社會處於大動盪、大變革時期或其前夜，表現的更為分明。而作家在選擇現實生活中的人物進行創作，以表現自己的審美理想時，至少可以選擇好人，有缺點的好人，不好不壞的人，甚至壞人。而無論選擇的是什麼樣類型的人物，由於作者世界觀或思想中存在著至少兩種不同的甚至相互對立的思想傾向，在觀照表現上述四種人時則又會同時表現出來，這就必然會顯示出作品思想的複雜性。現實生活中的人是多種多樣的，作家的思想往往甚至不只有新舊或先進落後兩種，可能有幾種不同的思想因素，這樣他表現選擇的現實生活中的人物，從而表達自己的思想時，所可能呈現出的情況就更為複雜了。

《金瓶梅詞話》作者在確定書中女主角潘金蓮以及和她對立的家庭的女主家婆吳月娘的性格特徵時，正是把吳月娘作為一個有明顯缺點的好人，而把潘金蓮作為一個有明顯的優點的壞人。她們之間的對比鬥爭，雖然整體上是好與壞、善與惡、正與邪的對比鬥爭，但卻不是簡單的一對一的單項比較。在吳月娘身上，至少有這樣三種情況：優點、缺點以及某些很難說是優點或缺點的方面，我們可暫稱之為中介方面。同樣，在潘金蓮身上也存在上三個方面的情況，這樣兩個人的對比中就出現了三個數位的二項組合，即每人的三方面的行為都可與對方三個方面的行為比較，可以相比的項目就變為九項。這種九項對比，較之單項對比，就遠為復雜。但這卻正是生活的真實。《金瓶梅詞話》的作者是一個寫實主義者，他的突出特徵正是忠實於現實生活和真實。這樣在吳月娘與潘金蓮的對比描寫中，她們的性格特徵不僅得到較深層次的描寫，而且又是多側面的描寫，人物性格便顯得深刻鮮明，全面豐滿，這兩個人物也不再是扁平的，而是立體化的了。

對於潘金蓮作為一個壞人的典型，她幾乎成了歷史上最壞的平凡女人的典型之一，這一點好像人們歷史來爭議不大；但對吳月娘是否是作者所肯定的正面人物，乃至於作為作者表現自己的理想的主要人物，如上所述，則頗多爭議。香港中文大學的孫述宇先生在《金瓶梅的藝術》一文中寫道：

> 吳月娘肯定不是沒有缺點，可是她明白是很想做好，並以賢妻良母自勉的，說她奸詐，她一定會指天誓日否認。依作者的寫法，她確實比較善良，待人較為寬厚，有同情心，而且，有道德勇氣。比方拿她與孟玉樓相比，玉樓嫁了西門慶後行為

2　同前註。

> 也還規矩，但處處表現出是個自了漢，不肯做為人吃虧的事；月娘則有擔當得多。還有最要緊的一點理由，就是這小說需要個有德向善的人來支持。作者愛把人性中的欲念與其他缺陷戲劇化，把潛在的傾向演成實在的事件，所以全書人欲橫流；但是書寫到這境地時，若再沒有一些向善的「正面人物」，就不能夠產生善惡衝突來表現價值。假使連月娘心裏也沒有道德觀念與力量，西門慶家敗之時，在小說內外都引不起痛苦與同情的了。[3]

我們以為孫先生對吳月娘的評價是基本上符合《金瓶梅詞話》的實際的。

從作者對吳月娘這一人物的主觀規定，或作者在構思這一人物時的整體思考來看，吳月娘無疑是作者所要肯定的正面人物，對此作者在第二十九回〈吳神仙貴賤相人〉與第四十六回〈妻妾笑卜龜兒卦〉中，通過吳神仙與卜卦老婆子的口中曾予以概括說明。這兩回中對於《金梅瓶》中主要人物的性格、命運與結局都作了較為明確的規定，它在全書中的地位，正如《紅樓夢》中第五回太虛幻境中的「賈寶玉神遊太虛境，警幻仙曲演紅樓夢」一樣，吳神仙和卜卦老婆子的話則正是與《紅樓夢》中的金陵十二釵正冊副冊中的曲子相當。吳神仙給月娘的評價是：「『娘子面如滿月，家道興隆；唇若紅蓮，衣食豐足，必得貴而生子；聲響神情，必益夫而發福。請出手來。』月娘從袖中伸出十指春葱來。神仙道：『乾薑之手，女人必將持家；照人之鬢，坤道定領秀氣；這幾樁好處。還有不足之處，休道貧道直說。』……『淚堂黑痣，若無病症必刑夫；眼下皺紋，亦主六親若冰炭。女人端正好容儀，緩步輕如出水龜。行不動塵言有節，無肩定作貴人妻。』」卜龜兒卦老婆子對月娘的判語是：「這位當家的奶奶是戊辰生。戊辰己巳大林木。為人一生有仁義，性格寬洪，心慈好善，看經佈施，廣行方便。一生操持，把家做活，替人頂缸受氣，還不道是。喜怒有常，主下人不足。正是：喜樂起來笑嘻嘻，鬧將起來鬧哄哄。別人睡到日頭半天還未起，你人早在堂前禁傳。梅香洗銚鐺，雖然是一時風火性，轉眼卻無心，就和人說也有，笑也有。只是這疾厄宮上著刑星，常沾些啾唧。吃了你這心好，濟過來了，往後有七十歲活哩。」可見從整體上來說，作者心目中的吳月娘是一位善於持家、容儀端正、言行有節、性格寬厚、心慈好善，能夠擔待的好人。當然也有若干缺限。

3 孫述宇《金瓶梅的藝術》，香港時報出版社，1980年。

二、月娘與金蓮：善與惡的鬥爭

如果說《金瓶梅》作者在構思全書時是把吳月娘為正面人物，作為善行的代表的話，那麼很明顯，他是把潘金蓮當作吳月娘的對立面，作為惡行的代表來規定的。第二十九回，吳神仙對潘金蓮的評語剛好跟吳月娘相對立，而且作過有意識的對比：「神仙抬頭觀看這個婦人，沉吟半日，方才說道：『此位娘子，髮濃鬢重，光斜視以多淫；臉媚眉彎，身不搖而自顫。面上黑痣，必主刑夫；人中短促，終須壽夭。舉止輕浮惟好淫，眼如點漆壞人倫，月下星前長不足，雖居大廈少安心。』」吳月娘是「女人端正好容儀」，潘金蓮是「光斜視」；吳月娘是品行端正，潘金蓮則舉止輕浮；吳月娘是「行不動塵言有節」，潘金蓮則「身不搖而自顫」；吳月娘是「善持家」，潘金蓮是「壞人倫」：吳月娘是「益夫而發福」，潘金蓮則「雖居大廈少安心」，她顯然要傾覆這大廈。同樣第四十六回卜卦之描寫，作者也是有意將金蓮與月娘作對比的。金蓮未卜卦，是用自己的話作為偈語。這次對比著重於善惡，因善惡而連及人的壽夭。

當然形象大於思想，具體描寫遠比抽象的概括更為豐富。文學作品中作者對人物的主觀規定往往與具體描寫不盡一致。那麼就讓我們再來看看書中對潘金蓮、吳月娘的具體描寫，來看看作者對此二人的評判吧。

我們上邊說過，《金瓶梅》一書的一個重要特點就是在回目中把要敘述的主要內容都進行了概括。因此讀者從回目中就可以大概地瞭解某人的作為。在回目中，吳月娘共出現過 16 次。這 16 次的敘述基本上概括了吳月娘一生的主要行事：

第二十回，孟玉樓義勸吳月娘。第二十一回：吳月娘掃雪烹茶。這兩回都敘述因西門慶要娶李瓶兒，吳月娘與西門慶之矛盾及和解。第三十二回：李桂姐拜娘認女，第三十四回，吳月娘留夜李桂姐，寫吳月娘認妓女李桂姐為乾女兒。三十九回：吳月娘聽尼僧說經；第五十一回：月娘聽演金剛科；第七十四回：吳月娘聽宣黃氏卷；第八十四回：吳月娘大鬧碧霞宮；第八十八回：吳月娘誤入永福寺。這些都是寫吳月娘是個虔誠的宗教徒。第四十五回：吳月娘含怒罵玳安；第四十三回：因結親月娘會喬太太；五十三回：吳月娘承歡求子息；第七十六回：孟玉樓解慍吳月娘；第七十九回：吳月娘墓生產子；第九十二回：吳月娘大鬧授官廳。這些是寫吳月娘的其他活動。由上述回目，我們不難看出，吳月娘的行事跟吳神仙與卜卦老婆子的評語相符。

潘金蓮在回目中出現約 30 次，幾乎無不與淫欲、惡行有關。這裏不去詳引。總之潘、吳之善惡對比十分明顯。當然無論是吳月娘還是潘金蓮的有些重要活動，特別是潘、吳之行事，在回目中沒有顯示出來。或者在回目中雖然有所顯示，但過於簡略概括，下面，我們就來看看吳月娘與潘金蓮之間的所謂善與惡的具體鬥爭過程。

吳月娘對潘金蓮有個認識過程，潘金蓮對吳月娘所採取的態度與策略也有個變化過程。這個過程也正是矛盾的演進和解決的過程。這個過程大體上可劃分為四個階段：矛盾的開始、激化、高潮、結局，當然這四個階段不是板式的平行推進，而是螺旋式的，由多個圜圈構成，各個圜圈之間是交叉相接。

矛盾的開始。

潘金蓮剛嫁進西門府中，吳月娘與潘金蓮關係比較好。初次見面，吳月娘對潘金蓮印象很好。第九回寫道：「月娘教丫頭拿個坐兒教他坐，分付丫頭媳婦趕著他叫五娘。」潘金蓮「過三日之後，每日清晨起來，就來房裏與月娘做針指，做鞋腳。凡事不拿強拿，不動強動。指著丫頭，趕著月娘一口一聲只叫大娘，快把小意兒貼戀。幾次把月娘喜歡的沒入腳處，稱呼他做六姐，衣服首飾揀心愛的與她，吃飯吃茶和她同桌兒一處吃。」直到第十二回潘金蓮與琴童私通，月娘仍不相信。吳月娘開始對潘金蓮表現出不滿是從第二十九回開始。孟玉樓幕後挑撥，潘金蓮出面活動，終於遞解來旺，逼死宋惠蓮，又因為潘金蓮丟鞋，西門慶毒打了小鐵棍兒，吳月娘罵潘金蓮說：「如今這一家子亂世為王，九條尾狐狸精出世了，把昏君禍亂的貶子休妻。想著去了的來旺兒小廝，好好的從南邊來了，東一帳，西一帳，說他老婆養著主子，又說他怎的拿刀弄杖，成日做賊哩，養漢哩，生生兒禍弄的打發他出去了，把個媳婦又逼臨的吊死了。如今為一隻鞋子，又這等驚天動地反亂。你的鞋好好穿在腳上，怎教小廝拾了？想必吃醉了，在那花園裏和漢子不知怎的餳成一塊，才吊了鞋。如今沒的遮蓋，拿小廝頂缸，打他這一頓，又不曾為甚麼大事。」這些話是孟玉樓轉告潘金蓮的，看來實在並不是孟玉樓在中間挑撥離間，造謠生事，而是吳月娘的原話。因為這有小鐵棍兒及其父母來旺兩口子三人被打發到獅子街看房子時的「月娘知道，甚惱金蓮，不在話下」可證。吳月娘同情來旺兩口子及其兒子，與金蓮的惡行不同，她是站在善的方面。這兩件事都與月娘無直接關涉，正因為金蓮不善，所以才惱她。

在這一階段中有件事值得指出，這就是潘金蓮曾暗中出擊過吳月娘。吳月娘與西門慶因李瓶兒之事鬧的矛盾和解之後，孟玉樓出主意大家湊份子表示慶賀，宴上潘金蓮分付教唱一套〈南石榴花〉「佳期重會」，諷刺吳月娘掃雪事，西門慶已知其意，所以對孟玉樓說：「她說吳家的不是正經相會，是私下相會，恰似燒夜香有意等著我一般。」（第二十一回）這一招兒，不僅騙過了文化層次較低的吳月娘，連孟玉樓也被蒙在鼓裏。

激化。

吳月娘對潘蓮由不滿到有成見，最終是由李瓶兒身上引起的。潘金蓮與李瓶兒之間的矛盾鬥爭情況，我們上邊已經談過了。吳月娘與李瓶兒雖然從根本上說應是同一陣營，但二人矛盾很深。西門慶娶李瓶兒，潘金蓮是同意的，這自然有其原因。不過，不管目的如何，她的態度很明朗：「可知好哩！奴巴不的騰兩間房兒與她住，只怕別人。你還問聲大姐去。我落得河水不礙船，看大姐怎麼說。」吳月娘態度也很明確，不同意：「你不好娶她的休。他頭一件，孝服不滿；第二件，你當初和她男子漢相交；第三件，你也和他老婆有聯手，買了他房子，收著他寄放的許多東西。常言：機兒不快梭兒快。我聞得人說，他家房族中花大，是個刁徒潑皮的人，倘或一時有些聲口，倒沒的惹蝨子頭上撓。奴說的是好話，趙錢孫李，你依不依隨你。」吳月娘所說的這不宜娶李瓶兒的三個個條件中，第三個「收著她寄放的東西」以及難以言表的妒忌之情是關健。吳月娘想把這一大宗錢財乾沒了。西門慶不聽吳月娘的勸說，執意娶了李瓶兒。李瓶兒進門時，吳月娘連迎接都不去，經了孟玉樓的再三勸說，才勉強出來迎了，但吳月娘因此與西門慶鬧了好長時間的彆扭。吳大妗子曾苦口婆心地勸說吳月娘與西門慶和好，但吳月娘說：「『他有了富貴的姐姐，把俺這窮官兒家丫頭，只當亡故了的算帳。你也不要管他，左右是我，隨他把我怎麼的罷。——賊強人，從幾時這等變心來！』說著月娘就哭了。」（第二十回）

潘金蓮正是利用了吳月娘與李瓶兒之間的矛盾，「背地唆調吳月娘與李瓶兒合氣；對著李瓶兒，又說月娘許多不是，說月娘容不的人」。（第二十回）吳月娘對李瓶兒成見之深，簡直到了令人難以置信的程度。對此，第五十一回有過很細緻精彩的描寫：

> 話說潘金蓮見西門慶拿了淫器包兒，在李瓶兒房裏歇了，足惱了一夜沒睡，懷恨在心。到第二日，打聽西門慶往衙門裏去了，李瓶兒在屋裏梳頭，老早走到後邊，對月娘說：「李瓶兒背地好不說姐姐哩！說姐姐會那等虔婆勢，喬作衙，『別人生日，喬作家管。你漢子吃醉了進我屋裏來，我又不曾在前邊，平白對著人羞我，望我丟臉兒。交我惱了，走到前邊，把他爹到後邊來。落後他怎的也不在後邊？還往我房裏來了。我兩個說了一夜梯己話兒，只有心腸五臟沒曾倒與我罷了！』」這月娘聽了，如何不惱，因向大妗子、孟玉樓說：「果是你昨日也在跟前看著，我又沒曾說她甚麼。小廝交打燈籠進來，我只問了一聲：你爹怎的不進來？小廝倒說往六娘屋裏去了。我便說：你二娘這裏等著，恁沒槽道，卻不進來。論起來，也不傷她，怎的說我是虔婆勢，喬作衙？我是淫婦老婆？我還把她當好人看成，原來知人知面不知心，那裏看人去？乾淨是個綿裏針、肉裏刺的貨，還不知背地在漢子根前架的甚麼舌兒哩。怪道她昨日決烈的就往前走。」

吳月娘要與李瓶兒當面對質，潘金蓮慌的沒口子說道：「姐姐寬恕她罷。常言『大人不責小人過，那個小人沒罪過』。她在屋裏背地調唆漢子，俺每這幾個誰沒吃她排說過。我和他緊隔壁兒，要與她一般見識起來，倒了不成。行動只倚逞著孩子降人。他還說的好話兒哩，說他的孩兒到明日長大了，有恩報恩，有仇報仇，俺們都是餓死的數兒。你還不知道哩！」對於潘金蓮的這種不著邊際的慌言，連吳大妗子都不信，說道：「我的奶奶，那裹有此話？」後來西門大姐把潘金蓮的慌言戳穿，把真相告訴了吳月娘。但直到這時，吳月娘還說：「想必兩個不知怎的有些小節不是，哄不動漢子，走來後邊戳無路兒，沒的拿我墊舌根。我這裹還多著個影兒哩！」直到後來李瓶兒的官哥兒被金蓮放在芭蕉叢下，嚇出了病，而且潘金蓮與孟玉樓譏諷吳月娘自己沒得養去奉承別人，吳月娘惱火得不得了，李瓶兒把孩子嚇病一事告訴吳月娘，月娘只是淡淡地說「你記在心，防了他」，「也沒在則聲」。

吳月娘與李瓶兒之矛盾，直到李瓶兒死，實在也未真正和解。這只要看看李瓶兒死了，西門慶大哭李瓶兒時，吳月娘說的一番話就清楚了：「你看韶刀！哭兩聲兒，丟開手罷了。一個死人身上，也沒個忌諱，就臉撾著臉兒哭，倘忽口裹惡氣撲著你是的。他沒有過好日子，誰過好日子來？人死如燈火，半響時不借。留的住她倒好！各人壽數到了，誰人不打這條路兒來？」（第六十二回）不過，李瓶兒死前的幾句真情話，吳月娘卻很有感觸：「李瓶兒悄悄向月娘哭泣，說道：『娘到明日好生看養著，與她爹做個根蒂兒，休要似奴心粗，吃人暗算了。』月娘道：『姐姐，我知道。』看官聽說：自這一句話，就感觸月娘的心來。後次西門慶死了，金蓮就在家中住不牢者，就是想著李瓶兒臨終這句話。正是：惟有感恩並積恨，千年萬載不成塵。」

綜觀潘金蓮、吳月娘與李瓶兒之間的矛盾鬥爭與複雜關係，我們不難看出，潘金蓮與李瓶兒鬥，是為了爭寵，為了保住自己在西門慶面前的寵幸地位。吳月娘反對西門慶娶李瓶兒，與李瓶兒合氣，這中間雖然與潘金蓮的挑撥離間不無關係，但根本原因有二：其一是怕李瓶兒取代了自己的正室夫人的地位。這一點，如上所述，吳月娘已經從西門慶對李瓶兒之寵愛上有所感觸，瓶兒之俊美，之富有，都是吳月娘無可比擬的，月娘對此是深懷嫉妒而每每述之口端。月娘這種疑懼心裹也並非空谷來風，這從李瓶兒死後請杜中書題名旌，西門慶力主要寫「詔封錦衣西門恭人李氏柩」中也不難窺見其消息。其二是吳月娘是個貪財的人，這一點張竹坡每每指出，不待細說，要之是想乾沒李瓶兒之所有的錢財。因此比較一下潘金蓮與李瓶兒，跟吳月娘與李瓶兒之關係，如果說潘金蓮的行為是惡，那麼吳月娘同樣也不善。這樣潘、吳在對李瓶兒問題上的善惡對比，顯然出現了複雜的情況。

在潘金蓮與吳月娘公開鬧翻之前，早在李瓶兒死前很久，潘、吳之另一重要的行為對比是吳月娘是虔誠的宗教信徒，既信佛，也通道，而潘金蓮則是個毫無宗教信仰，不受任何宗教教義約束的人。從上面我們所開列的《金瓶梅詞話》回目裹吳月娘與宗教的關係中，即已不難看出月娘對宗教之信崇。而潘金蓮正與吳月娘相反，對此書中亦有若干具體而生動的描寫。

第三十九回「吳月娘聽尼僧說經」，開始潘金蓮也在場。但聽了一會，「潘金蓮熬的磕困上來，就往房裏睡去了」。第五十一回「月娘聽演金剛科」，聽姑子唱佛曲，宣念偈子兒，「潘金蓮不住在旁先拉玉樓不動，又扯李瓶兒。又怕月娘說。月娘便道：『李大姐，她叫你，你和她去不是，省的急的她在這裏恁有刮劃沒是處的』。那李瓶兒方才同她出來，被月娘瞅了一眼，說道：『拔了羅蔔地皮寬。交她去了，省的她在這裏跑兔子一般。原不是那聽佛法的人！』」這潘金蓮拉著李瓶兒走出儀門，因說道：「大姐姐她幹這營生！你家又不死人，平白交姑子家中宣起卷來了。都在那裏圍著她怎的？咱每出來走走，就看看大姐在屋裏做甚麼哩。」第七十四回「吳月娘聽宣黃氏卷」，吳月娘特地「使小沙彌請了《黃氏女卷》來宣」，金蓮一意在與西門慶幽會。當時西門慶正宴請宋御史，席一散金蓮「慌忙抽身就往前走了」。在潘金蓮，情欲之發洩，遠比聽這勞什子更為重要。潘金蓮、吳月娘對宗教之態度，恰成鮮明之對比。

但是《金瓶梅詞話》作者對於宗教的態度是極其複雜的。整個看來，他似乎更是儒家之信徒。他對於道家似比佛教態度要好些，但整體上看來她對佛道二教都不那麼恭敬，卻又沒有到排佛反道的地步，對佛道之態度是都有些保留。這種對於宗教的複雜態度，不能不在潘金蓮與吳月娘之宗教信仰方面的善惡對比中顯示出來。對吳月娘之佞佛，一方面是把它作為月娘的一種善行來肯定；另一方面又對月娘之與品行不端的薛、王二姑子往來加以批評，對於月娘之宗教活動十分反感。對此，作者在第七十五回，即吳月娘聽宣《黃氏女卷》之後，開頭就表示過：

> 萬里新墳盡十年，修行莫待鬢毛斑。
> 死生事大宜須覺，地徽時常非等閒。
> 道業未成何所賴，人身一失幾時還。
> 前程暗黑路途險，十二時中自著研。
>
> 此八句，單道這善有善報，惡有惡報，如影隨形，如谷應聲。你道打坐參禪，皆成正果？相這愚夫愚婦在家修行的，豈無成道？禮佛者，取佛之德；念佛者，感佛之恩；看經者，明佛之理；坐禪者，踏佛之境；得悟者正佛之道；非同容易！有多少先作後修，先修後作。有如吳月娘者，雖有此報，平日好善看經，禮佛佈施；不應今此身懷六甲，而聽此經法。人生貧富壽夭賢愚，雖蒙父母受氣成胎中來，還要懷妊之時有所應召。古人妊娠懷孕，不倒坐，不偃臥，不聽淫聲，不視邪色，常玩弄詩書金玉異物，常令瞽者誦古詞，後日生子女，必端正俊美，長大聰慧；此文王胎教之法也。今吳月娘懷孕，不宜令僧尼宣卷，聽其生死輪回之說，

> 後來感得一尊古佛出世，投胎奪舍，日後被其顯化而去，不得承受家緣，蓋可惜哉！

同樣，作者對於潘金之不信奉宗教，也現出矛盾的心理狀態。一方面，作者把潘金蓮之不信佛法作為一種惡行；另一方面，又對潘金蓮的嘲諷挖苦乃至奚落咒罵佛道尼姑的行動表示讚揚。這樣，潘金蓮與吳月娘在宗教方面的善惡對比，便必然呈現出更為複雜的狀態，遠不是善與惡的簡單對比所能概括。

高潮。

潘金蓮與吳月娘公開交戰火拼，矛盾達到高潮，是在第七十五回。事情的引起是由於春梅罵申姐，對此我們在上邊已經敘述過。這是《金瓶梅詞話》中最為精彩的章節之一。在這次公開衝突中，潘金蓮與吳月娘之性格特質，二人之善惡對比，都寫得非常生動傳神。原文雖長點，但頗值得玩味，且便於我們的述說，故此不憚其煩，將最精彩之處引出：

> 當下月娘自知屋裏說話，不防金蓮暗走到明間簾下聽覷多時了，猛可開言說道：「可是大娘說的，我打發了他去，我好把攔漢子！」月娘道：「是我說來，你如今怎麼的我？本等一個漢子，從東京來了，成日只把攔在那前頭，通不來後邊傍個影兒。原來只你是他的老婆，別人不是的他的老婆？行動題起來：『別人不知道，我知道』。就是昨日李桂姐家去了，大妗子問了聲：李桂姐住了一日兒，如何就家去，他姑夫因為甚麼惱他？教我還說：誰知為甚麼惱他。你便就撐著頭兒說：『別人不知道，自我曉的。』你成日守著他，怎麼不曉的！」金蓮道：「他不來往我那屋裏去，我成日莫不拿豬毛繩子套他去不成？那個浪的慌了也怎的？」月娘道：「你不浪的慌，你昨日怎的他在屋裏坐，好好兒的，你恰似強汗世界一般，掀起簾子硬入來叫他前邊去，是怎麼說？漢子頂天立地，吃辛受苦，犯了甚麼罪來，你拿豬毛繩子套他？賤不識高低的貨，俺每倒不言語，只顧趕人不得趕上。一個皮襖兒，你悄悄就問漢子討了，穿在身上，掛口兒也不來後邊題一聲兒。都是這等起來，俺每在這屋裏放小鴨兒，就是狐老院裏也有個甲頭。一個使的丫頭，和他貓鼠同眠，慣的有些摺兒，不管好歹就罵人。倒說著你，嘴頭子不伏個燒埋。」金蓮道：「是我的丫頭也怎的？你每打不是，我也在這裏還多著個影兒哩。皮襖是我問他要來。莫不只為我要皮襖，開門來也拿了幾件衣裳與人，那個你怎的就不說來？丫頭便是我慣了他，我也浪了圖漢子喜歡。像這等的，卻是誰浪？」吳月娘乞她這兩句觸在心上，便紫漲了雙腮，說道：「這個是我浪了，隨你怎的說。我當初是女兒填嫁她，不是趁來的老婆。那沒廉恥趁漢精便浪，俺每真材實料不

> 浪！」被吳大妗子在跟前攔說：「三姑娘，你怎的？快休舒口。」饒勸著，那月娘口裏話紛紛發出來，說道：「你害殺一個，只少我了。」孟玉樓道：「耶呀，耶呀，大娘，你今日怎的這等惱的大發了。連累著俺每，一棒打著好幾個人也。沒見這六姐，你讓大姐一句兒也罷了，只顧打起嘴來了」。大妗子道：「常言道：要打沒好手，廝罵沒好口。不爭你姊妹們攘開，俺每親戚在這裏住著也羞。姑娘，你不依我，想是嗔我在這裏，叫轎子來，我家去罷。」被李嬌兒一面拉住大妗子。那潘金蓮見月娘罵她這等言語，坐在地上就打滾打臉上，自家打幾個嘴巴，頭上鬏髻都撣落一邊，放聲大哭，叫起來說道：「我死了罷，要這命做什麼！你家漢子說條念款說將來，我趁將你家來了？彼時恁的也不難的勾當，等他來家，與了我休書，我去就是了。你趕人不得趕上。」月娘道：「你看就是了，潑腳子貨！別人一句兒還沒說出來，你看他嘴頭子就像淮洪一般。他還打滾兒賴人，莫不等的漢子來家，好老婆，把我別變了就是。放你恁個刁兒，那個怕你麼？」那金蓮道：「你是真材實料的，誰敢辨別你？」月娘越發大怒，說道：「好，不真材實料，我敢在這屋裏養下漢來？」金蓮道：「你不養下漢，誰養下漢來？你就拿主兒來與我！」玉樓見兩個拌的越發不好起來，一面拉起金蓮，「往前邊去吧。」卻說道：「你恁的怪剌剌的，大家都省口些罷了。只顧亂起來，左右是兩句話，教他三位師父笑話。你起來，我送你前邊去罷。」那金蓮只顧不肯起來，被玉樓和玉簫一起扯起來，送她前邊去了。

潘金蓮與吳月娘各自蓄積已久的對於對方的怨恨，都火山爆發一般一骨腦兒噴湧了出來。真是不須加一字，潘、吳二人為權、為財、為爭風吃醋之爭戰都表現得十分鮮明生動，淋漓盡致。但是潘之於吳，誰善？誰惡？誰正？誰邪？是耶？非耶？又有誰能分辨得清楚？

然而這一戰，潘金蓮卻是慘敗了。她不得不陪著笑臉，「插燭也似與月娘磕了四個頭」。潘金蓮的失敗，孟玉樓一語中的：「你我現在簷底下，怎敢不低頭！」

結局。

西門慶死了。吳月娘終於逐了春梅，又趕金蓮。王婆來領賣金蓮，把金蓮挖苦了一番，金蓮表面上對著王婆，實則對著月娘大罵了一番：「你打人休打臉，罵人休揭短！常言『一雞死了一雞鳴』。誰打羅，誰吃飯。誰人常把鐵箍子戴。那個長將席篾兒支著眼。為人還有相逢處，樹葉兒落不到根邊，你休要把人赤手空拳往外攢，是非莫聽小人言！正是女人不穿嫁時衣，男兒不吃分時飯，自有徒牢話歲寒。」

三、潘金蓮：封建等級禮教的犧牲品

吳月娘與潘金蓮之間的善與惡之鬥爭對比之所以出現上述複雜情況，還在於作者沒有把善與惡這兩種道德觀念概念化、抽象化，不像其他一些作家那樣用形象或事例來加以演示，而是溶於人物的言行之中，傾向通過人物的言行自然而然地流露出來。再就是作者不用曲筆，有意把人物美化或醜化，他是按照生活的真實來描寫人物。按照上邊我們提到的那種批評模式，作者在吳月娘這個人物身上，似乎應該體現出更多的善行，甚至把她理想化，這在《金瓶梅詞話》之後的若干中國古代寫家庭矛盾的小說中，比如〈綠牡丹全傳〉〈薛月梅〉等等，都曾經這樣做過。但是《金瓶梅詞話》的作者卻不願意這樣做，他遵循的創作原則不是「詩意」化了的現實主義，而是冷峻的寫實的現實主義。因此遭到了後世若干批評家的譴責與批評。對於作者這種做法的是非功過，人們自然可以有這樣那樣的評價，但是有一點是值得充分肯定的，這就是正由於作者採用了冷峻的寫實的現實主義手法，他筆下的吳月娘與潘金蓮之間的鬥爭以及以他們兩個為代表的封建家庭內部的矛盾鬥爭，真實地反映了那個時代的現狀，這是很值得珍視的。它令人信服地無可爭辯地證明了封建等級制度，一夫多妻制，已經難於維繫和存在，禮崩樂壞，商品經濟的日益繁榮、發展，金錢在社會中的至高無上的地位的確定，已經如同洪水猛獸般衝擊破壞著中世紀的曾被人詩化過的理想王國，在現實生活中已經找不到一個能夠而且善於秉持綱紀的家庭主婦了，主家婆吳月娘已經不可能也沒有能力使這個家庭處於也許本來就不存在的、理想化了的夫賢妻淑、妻妾奴僕和善相處的和諧狀態。這其中的原因是很值得探討的。

首先，作為主家婆的吳月娘，生活在那樣一個時代環境，那樣一個暴發的商人家庭，她本身的思想和行為，由於商品經濟發展的大潮的侵襲與裹挾，而受到很大影響，她不僅不可能如同封建文人所美化的那樣純正賢淑，而且本身就有許多言行與封建禮教教條相背離，比如她的好財，她乾沒李瓶兒的錢財的行為已不合於封建信條，而她企圖吞噬女婿陳經濟家的那一大宗財物的舉動，從封建禮教教條的角度來看，更是背了二重罪名：貪財、不講信義、六親不認。至於她認妓女李桂姐做乾女兒，與三姑六婆往來密切，特別是她與西門慶性生活中所表現的如孟玉樓所揭發的「她爹怎的跪著上房的叫媽媽，上房的又怎的聲喚擺活的。磣死了！相他這等就沒的話說，若是別人，又不知怎的說浪」的醜態，更與封建禮教直接相抵觸。作為正室夫人，作為眾妾的班頭，她既不以身作則，用善行律己，又怎能使眾妾令行禁止，更怎能使丫鬟、僕人奉法？

其次，她家中的最高統治者一家之主的西門慶，以及其眾妾、丫頭、僕人，也已經遠非是封建文人所理想化了的中世紀的人的樣子了。西門慶公開侵占朋友的錢財、妻子，娶孝服不滿的女人，公開地住進妓院，把妓女接到家中來住。在家庭中，除了其女兒西門大姐，他幾乎與家中所有上上下下的女人僕婦淫亂苟且、亂倫敗德。主家婆吳月娘也確曾多次苦口婆心地做過規勸，但對於這樣連王母、嫦娥都想姦淫的主子，不僅不起作用，而且險些連自己正妻的地位也給弄丟。眾妾與丫頭、奴僕，更是一個個烏眼雞似的爭財爭寵，像野狗似的淫蕩亂倫。西門慶活著時尚且如此，西門慶死了後，吳月娘縱然有三頭六臂也難以對付這群野慣了的壓根兒就目無主人的小妾、丫頭、奴僕們，並且使之幾乎眾叛親離，成為孤家寡人。

封建等級禮教，已經大勢已去，任何英雄豪傑也難於挽狂瀾於既倒了。作為吳月娘的對立面的潘金蓮正是這班小妾和丫鬟、奴僕的公開的領袖式的人物，她的一言一行，對封建禮教、三綱五常正是一種破壞。第二十一回，家中吳月娘置酒回席，並為孟玉樓上壽，在宴席上諸人擲骰子猜枚行酒令，潘金蓮邊擲骰子邊說道：「鮑老兒，臨老入花叢，壞了三綱五常，問他個非奸做賊拿。」「果然是個三綱五常」。這顯然是有寓意的，即潘金蓮壞了三綱五常。

潘金蓮在瘋狂地毀壞著這「三綱五常」，但同時頭腦中卻又頑固地保留著、因襲著這封建禮教與等級觀念，她正是用這教條與孫雪娥、李嬌兒相鬥，並正是用這法寶降服過桀傲不馴的宋惠蓮和玉意兒。而吳月娘最終也正是靠了這寶貝把潘金蓮戰勝了。潘金蓮的最終失敗，又同樣無可爭辯地令人信服的證明了，這封建制度、禮教，雖然大勢已去，但百足之蟲，死而不僵，它仍有相當的威力，潘金蓮最終也死在這張網上，真可謂「天網恢恢，疏而不漏」了。

四、小結

對於《水滸傳》和《金瓶梅》中的潘金蓮，我國古代著名的小說評論家，如李贄、金聖歎、李漁、張竹坡、趙文龍等等，都曾給以認真的評說，在這些評說中所闡述的文藝見解，是中國古代小說理論的重要構成部分。現當代的著名文學史家、文學批評家，以及海外的小說評論家，亦曾對潘金蓮這一文學形象進行過認真地分析評價。

在中國民間傳說、民間故事和民間演唱、戲曲中，乃至民間諺語、口語中，關於潘金蓮的故事，亦有相的數量。

明代戲曲家沈璟據《水滸傳》作《義俠記》，其中的潘金蓮已不完全等同於《水滸傳》中的潘金蓮。清代著名小說家曹雪芹《紅樓夢》中的重要人物王熙鳳身上明顯地有著潘金蓮的影子。更為引人注目的是在本世紀二十年代和八十年代這兩個中國思想史上的重要轉折時期，先有劇作家歐陽予倩五幕話劇《潘金蓮》問世，後有川劇改革家魏明倫的荒誕劇《潘金蓮》上演，而且都曾引起過社會上的廣泛注意與批評，而後者甚至可說曾引起過一場軒然大波。近年來，新出現的關於潘金蓮的小說也已有好幾部，港臺作家且已經將潘金蓮搬上銀幕，而對於潘金蓮的評價與爭議也呈現出一種熱烈嚷鬧的局面。

由此種種，我們以為潘金蓮已經不單單是個文學人物，她已經置根於中國社會生活之中，已經滲透到國人的心理意識之中，已經是一種文化現象，在中國文化發展史和心態演進史上留下了明顯的痕跡和印記。數百年來，人們對於潘金蓮，罵也好，翻案也好，同情也好，讚揚也好，都是值得重視的文化現象。

第五編　《金瓶梅》的藝術

新穎的結構

魯迅先生說：「小說亦如詩，至唐代而一變，雖尚不離於搜奇記逸，然敘述宛轉，文辭華豔，與六朝之粗陳梗概者較，演進之跡甚明，而尤顯者乃在是時則始有意為小說。」[1]魯迅先生這裏所說的「小說」是指中國古代文言短篇小說而言。就中國古代長篇小說而言，那麼我以為，至明萬曆年間《金瓶梅詞話》出，長篇小說亦為之一變，這就是文人開始主要依據自己的生活經驗、對社會生活的評價，對現實生活提供的素材，直接進行加工創作，完成一部長篇小說，這與前此的《三國演義》《水滸傳》等所謂「累積型的集體創作」而由文人寫定不同。《金瓶梅詞話》真正開始了文人獨立創作長篇小說的新時代。

由於文人長篇小說所描寫的對象（包括思想內容、人物、情節等等）已不同於以往的長篇小說，所以在表現形式方面，也便必然有新的變革與創造。《金瓶梅詞話》無論在結構、語言、人物描寫，還是表現手法方面，都有不同於以往的長篇小說的新異之處。本編正是想探討這些新異之處。

作為中國文人長篇白話小說成熟的代表的《金瓶梅》在明代中後葉的出現，除與上述種種原因有關外，還與此一時期中國小說技藝的成熟有著直接的關係。

談及中國長篇白話小說技藝的成熟或進步，當然只有從整體小說技藝的演進史的角度，才能看得較為分明。但這裏似乎不必將其源流追溯得太遠，只要從宋元說唱藝術開始也就足夠了；而《金瓶梅》之後，說到古代長篇小說的峰巔《紅樓夢》也就可以了。

小說的技藝包括多種要素，本章只就其中的重要要素之一的結構來作一番考察。

從宋元說唱文學到《紅樓夢》這一段時間內的最有代表性的一些點的敘述與比較來

1　魯迅《中國小說史略》。

顯示其進步情況以及其演進之大致線索，具體說來，就是沿下述路線進行：

宋元說唱文學（小說、講史）到《三國演義》《水滸傳》；《金瓶梅》；《醒世姻緣傳》等；《紅樓夢》。

(一)宋元說唱文學

要將宋元說唱文學之結構與《金瓶梅》的結構進行比較，當然最好是選擇那些與《金瓶梅》直接有牽扯的作品。如上所述，《金瓶梅》中也確實吸取並改造過一些宋元說唱作品從而融合到自身中，構成自己的有機組成部分，但是這些作品除〈刎頸鴛鴦會〉〈志誠張主管〉以及〈五戒禪仙私紅蓮記〉〈新橋市韓五賣春情〉外，實在算不上宋元話本中的名篇。就是上述數篇，除一二篇外也很難說就能代表宋元說唱文學的最高水準。不過，僅就上述作品而言，已經可以看出，宋元說唱作品的短篇在結構上，無論是材料的剪裁、佈局，還是針線，的確比較成熟了。這已是公認的事實，勿庸詳敘。其長篇的說唱雖然已經開始具有將分散的故事、傳說結構成較長篇幅的故事的能力，但就現存作品而言，不要說是《大唐三藏取經詩話》，就是《大宋宣和遺事》《新全相三國志平話》等等，不難看出，那結構長篇的能力，也還比較幼稚、拙笨，基本上還只是以時間或事件的順序為線索來安排材料的，似乎還未進到根據人物性格情節發展的需要來加以安排材料的層次。《大唐三藏取經詩話》只不過是說唱藝人的說唱提要之類的東西，其結構長篇故事的本領實在很差。《大宋宣和遺事》也只不過是個故事梗概，而且很不完整。就是現存元代至治年間建安虞氏所刊的《新全相三國志平話》，雖可說已粗具《三國演義》之規模，但其結構亦只是從故事出發，或剛剛升入以情節為出發點的初期階段，其結構故事的方式基本上只是單線的平直進行方式，而且仍缺乏必要的細節描寫。

(二)《三國演義》和《水滸傳》

談及《三國演義》和《水滸傳》，不能不涉及到版本問題，因為這裏牽扯到後人之加工問題，但這裏卻不願去過多地涉及，只就這兩本書的嘉靖本立論。

《三國演義》是以《新全相三國志平話》為範本，但其結構故事的本領卻遠遠地超過了它。《三國演義》基本上是以情節為基礎來結構全書。但也已經開始注意到人物性格之間的內在聯繫。在情節上，大體說來，它以淝水之戰、赤壁之戰、鄢陵之戰這三個重大的具有決定性的戰役為主要框架，中間不僅附以各種大小戰爭場面，亦添加了許多與此多少有關的其他事件。這三大戰役又各有特點，各有起伏跌宕與高潮，交錯，給人以詼宏變化，神鬼莫測之感。這三大戰役雖然主人翁不完全一致，但主要人物基本貫穿其中，因之也可說已有人物性格上的考慮。較之宋元講史底本，更為突出的當然是添加了若干細節，使其血肉豐富，但又並不給人以蕪雜之感。

文學史家劉大杰先生說，羅本《三國演義》與《三國志平話》的不同之處，最要者有三：

> 一、增加篇幅，改正文字。如三顧茅廬在平話中只一小段，文字拙劣，生趣索然。羅本則肆力鋪寫，長至數倍，狀神寫貌，個性躍然，文字健勁，生動可喜。
>
> 二、削落無稽之談。平話中凡過於荒誕者，一律削去。開卷之因果報應刪去，而以史事直起，即為一例。
>
> 三、增加史料。可用之正史材料，羅氏酌量增入。如何進誅宦官，禰衡罵曹操等。再又加進許多詩詞書表，顯得歷史性更加濃厚。[2]

這是很有道理的。

《三國演義》的線索雖仍是以時間和事件的推進為主，以單線為主，但已有多種線索，互相交錯，因而給人錯落有致，頭緒繁紛之感。較之《三國志平話》等等單線演進，其結構故事本領有了長足的進展。

《水滸傳》較之《三國演義》在結構上又有新的進步。在結構上《水滸傳》基本上是以人物為核心，以情節為基礎，形成若干完整的單元，或稱作環。然後各環之間巧妙連接，形成了一種所謂的鏈式結構。這種鏈式結構自然與原來的民間說唱、戲曲有內在的關係，作者正是首先把這些較為分散的故事，以人物和情節貫穿了起來，形成大小不等的環，然後再將各環連接而成，所以李開先《詞謔》評《水滸傳》說其「委曲詳盡，血脈貫通，《史記》而下，便是此書，且古來無有一事而二十冊者」。這不僅說明了《水滸傳》的規模宏偉，簡直史無前例，而且也道出了其結構上的特點——善於穿插貫通，敘事完整。如楊志的故事中加入了對手晁蓋，隨後又插入了宋江的故事；宋江的故事分散在武松的故事前後，等等。正是這種穿插，不僅使各個環之間的結構緊密相連，而且避免了呆板的單線索推進。

(三)《金瓶梅詞話》

《金瓶梅》在開頭的一些回目中，似乎也有某些如同《水滸傳》中的環。張竹坡所謂「此數回寫金蓮」，此幾回寫瓶兒等等其實就是指的這種情況。而且環與環之間亦用《水滸傳》似的穿插法。比如開頭在潘金蓮的故事中插進孟玉樓的故事，後來展開李瓶兒的故事，因此這些部分明顯地帶著《水滸傳》的連環式的結構的痕跡。但是從整體上看來，

---

2 劉大杰《中國文學發展史》，復旦大學出版社 2006 年。

《金瓶梅》對《水滸傳》在結構上不僅有很大的突破，而且有了質的飛躍。它不僅跨過了《三國演義》的幾條線索貫穿故事的高度，也超越了《水滸傳》的鏈式結構的水準，它可以說是多層次的、多線索的立體式結構。它的線索非常多。如果從人物的角度來看，它至少有這樣幾條線索：(一)以西門慶為主線，構成全書，至少是前八十回的主線；(二)西門慶的妻妾之間的明爭暗鬥，這不僅是全書的重要線索，而且貫穿全書的始終；(三)主僕之間的鬥爭，這也貫穿始終；(四)僕人夥計之間的鬥爭，也是貫穿始終。它是多層次的。比如以西門慶這條線索這例，它至少有三個層次（或側面）：(一)他的發家致富史（包括他的經商史）；(二)他與官吏的交往史（也可說是其政治生涯）；(三)他的生活史（特別是淫亂史）。這些層次與側面之間也是互相勾連，互相影響的。

現在一談起結構，人們很願意使用「網路結構」這個術語來概括優秀文學作品中的人物關係和結構關係。那麼，我以為《金瓶梅》在結構上正是一種網路結構，人物之間的關係確是一種網路關係。這一特點我們可以拿潘金蓮來作例子。

在《金瓶梅》中，完全可以和主人翁西門慶匹敵的是潘金蓮。而且無論就篇幅而論，還是就作者的創作意圖的表露而言，甚至就書名而言，潘金蓮都不能不是《金瓶梅》中的另一位主人翁。《金瓶梅詞話》共一百回，每一回的回目都基本上能概括本回的主要或重要內容。而一百回中，回目中出現潘金蓮（或金蓮）名字的就有二十四回，有兩回是用「淫婦」二字代替潘金蓮的名字的。（西門慶的名字在回目上出現36次）《金瓶梅》作者在小說開頭披露自己的創作意圖時有一段非常精彩的緣起似的文字，很值得注意：

> 說話的如今只愛說這情色二字做什麼？故士矜才則德薄，女衍色則情放。若乃持盈慎滿，則為端士淑女，豈有殺身之禍？今古皆然，貴賤一般。如今這一本書，乃虎中美女，後引出一個風情故事來。一個好色的婦女，因與了破落戶相通，日日追歡，朝朝迷戀。後不免屍橫刀下，命染黃泉，永不得著綺穿羅，再不能施朱敷粉。靜而思之，著甚來由？況這婦人他死有甚事？貪他的，斷送了堂堂六尺之軀；愛他的，丟了潑天宏產業驚了東平府，大鬧了清河縣。端的不知誰家的婦女，誰的妻子，後日乞何人占用，死於何人之手？正是：
>
> 說時華岳山峰歪，
> 道破黃河水逆流。

《金瓶梅》一書確將潘金蓮放在重要的位置。書中上上下下的人物，幾乎沒有不與潘金蓮發生這樣那樣的關係的，潘金蓮與這形形色色的人物之間，構成了多層次、多角度的網狀聯繫。潘金蓮與西門慶之間的關係，不要說其他方面，單就二人爭鬥過程中誰占上風、誰占下風或謂之主動與被動的地位的改換就夠複雜的了。前六回西門慶未娶潘金蓮之前，潘金蓮在矛盾的雙方是處於主動地位的，西門慶是圍繞潘金蓮轉，西門慶總是來就金蓮。但第七回橫空穿插進一回「薛嫂兒說娶孟玉樓，楊姑娘氣罵張四舅」，把個潘金蓮撇閃的如熱鍋上的螞蟻，於是第八回來了個「潘金蓮永夜盼門慶」，潘金蓮的地位由主動轉為被動。被娶進西門慶家之後，第十一回來了個「金蓮激打孫月娥，門慶梳籠李桂姐」。打雪娥造成矛盾，一生都未能解脫；西門慶梳籠李桂姐，自然要冷落潘金蓮。這就為第十二回「潘金蓮私僕受辱，劉理星魘勝貪財」做了鋪墊。此時，潘金蓮完全處於被動地位，而且可謂落到了谷底的地步。但劉理星既然為她魘勝，那就意味著新的轉折已經開始了。後來西門慶夜會李瓶兒，秘密被潘金蓮發現，辮子落在潘金蓮手中，潘金蓮便提出條件要脅西門慶：

> 婦人道：「我不信那蜜口糖舌，既要老娘替你二人周全，要依我三件事。」西門慶道：「不拘幾件，我都依。」
>
> 婦人道：「頭一件，不許你走院裏去。第二件，要依我說話。第三件，你過去和她睡了，來家就要告訴我說，一字不許你瞞我。」西門慶道：「這個不打緊處，都依你便了。」

後來經過幾番周折，西門慶終於將李瓶兒娶進家中，這樣一來瓶兒得寵，金蓮自然又被冷落，漸處於被動地位。但第二十二回「西門慶私淫來旺婦」，第二十三回「金蓮竊聽藏春塢」，又把西門慶的小辮子抓在手裏，金蓮地位又開始處於主動，西門慶最終還是聽信她的話，結果第二十六回便「來旺兒遞解徐州，宋惠蓮含羞自縊」。至此金蓮地位又升到頂點，但西門慶對惠蓮一死之事，實在恨金蓮，且因瓶兒之事，生著她的氣，於是緊接著第二十七回來了個「李瓶兒私語翡翠軒，潘金蓮醉鬧葡萄架」。西門慶惡作劇作弄得潘金蓮差點死去。

第三十回「西門慶生子加官」，子出瓶兒，瓶兒地位自然升高，這也就意味著金蓮地位的下跌，再加上第三十七回「西門慶包占王六兒」，潘金蓮的地位再跌，於是就有第三十八回的「潘金蓮雪夜弄琵琶」。我們只要聽聽潘金蓮的這句話也就清楚她的地位，她的心境了：

> 我著香腮拋下珠淚來，我的苦惱，誰人知道？眼淚打肚裏流罷了正是所謂「得多少腰瘦故知閒事惱，淚痕只為別情濃。」

金蓮的地位還在下跌著，故有第四十四回之「裝丫鬟金蓮市愛」，第四十三回之「為失金西門罵金蓮」。

但李瓶兒病了，兒子死了，李瓶兒也終於死了。潘金蓮的地位也開始回升，於是有

第七十三回之「潘金蓮不憤憶吹簫」。公然與西門慶拌嘴鬥舌。

後來西門慶死了，他的死當然與潘金蓮有些關係。潘金蓮在西門慶家中儘管地位時高時低，但畢竟是得寵於西門慶。西門慶一死，她的地位也就必然大降。隨著她與陳經濟的私情的敗露，終於被賣被殺。

在潘金蓮與西門慶之地位主動與被動之轉化過程中，如上所述，又與潘金蓮與李瓶兒、宋惠蓮、王六兒、吳月娘的關係有關。潘金蓮與李瓶兒之關係不僅直接影響到她與西門慶的關係，也直接牽扯到她與吳月娘的關係。而潘金蓮與吳月娘之間的關係，又直接涉及到龐春梅與吳月娘之間的關係。……總之這裏我們不難看出人們之間關係確是多層次多角度的網路狀關係。

談到從《水滸傳》到《金瓶梅》在小說結構上的進步，很容易使人想起《孽海花》的作者曾樸的一番話：

> 《孽海花》和《儒林外史》雖然同是聯綴多數短篇成長篇的方式，然組織法被此不同。譬如穿珠，《儒林外史》等是直穿的，拿著一根線，穿一顆算一顆，一直穿到底，是一根珠鏈。我是蟠曲迴旋著穿的，時收時放，東交西錯，不離中心，是一朵珠花。譬如植物學說的花序。《儒林外史》等，是上升花序或下降花序。從頭開去，謝一朵，再開一朵，開到末一朵為止。我是花序，從中心幹部一層一層的推展出各種形色來，互相連結，開成一朵球一般的大花。[3]

將曾樸的這段絕妙的文字用於說明從《水滸傳》到《金瓶梅》在結構上的進步是非常恰切的。

《金瓶梅》較之《水滸傳》，在結構上還有兩點值得注意，一是主人翁的問題，一是總綱問題，現在分別加以說明。

中國古代白話長篇小說自《金瓶梅》起，始有一個貫穿始終的主人翁。上邊引過李開先《詞謔》中的一段話，李氏說：「且古來無有一事而二十冊者」，《水滸傳》之一事而二十冊，確實是了不起的創舉。但李氏當時似乎沒有看到過《金瓶梅》抄本，不然會說到不僅一事、而且一人而有二十冊者。《金瓶梅》正是一人而二十冊。當然人們會說，《金瓶梅》一百回，西門慶至前七十九回就死去了，算不得貫穿全書的人物。有人說西門慶雖然死了，但陳經濟可作他的影子，我也並不願意這樣來為《金瓶梅》的作者護短或辯解。對於西門慶的前七十九回就死去，我以為這可以說正是中國小說之一人而二十冊者從此開始，但還未能定型或成熟的標誌。但另一方面，作者恐怕也是有意這樣

3　曾樸〈修改後要說的幾句話〉。

為之，因為只有這樣才能顯示出「樹倒猢孫散」，「熱」極而「冷」的趨勢，才更有利於作者有意要表現的世態炎涼。「所謂愛他的，丟了潑天宏產業」。似乎也只有這樣安排才能「聚有自來，散有自去」[4]，才能顯示出「不啻燈吹火滅，眾依附者亦皆如花落木枯而敗亡。」[5]

一本長篇巨著必得有一總綱，以便綱舉目張。《水滸傳》開頭結尾照應，所以渾然一體。《金瓶梅》也做到了這一點。《金瓶梅》高出於《水滸傳》的地方在於這個綱不僅顯示於開頭結尾，而且中間亦有所顯示。《金瓶梅》第二十九回與第四十六回，已將人物的命運、結局暗示了出來。《金瓶梅詞話》本第二十九回回目是「吳神仙貴賤相人，潘金蓮蘭湯午戰」；第一奇書本將回目改為「吳神仙冰鑒定終身，潘金蓮蘭湯邀午戰。」將「貴賤相人」改為「冰鑒定終身」，可見改編者已經充分意識到此事對全書人物結局的規定性。我們且以西門慶為例來看一看這神仙冰鑒與西門慶命運、結局之不爽。吳神仙相西門慶最細，「先觀貴造，然後觀相尊容」，之後又觀步履，最後又看手相。

觀貴造的結論是：

> 官人貴造，依貧道所講，元命貴旺，八字清奇，非貴則榮之造。但戊土傷官，生在七八月，身忒旺了。幸得壬午日干，丑中有癸水，水火相濟，乃成大器。丙子時，丙合辛生，後來定掌威權之職。一生盛旺，快樂安然，以福遷官，主生貴子。為人一生耿直，幹事無二，喜則和氣春風，怒則迅雷烈火。一生多得妻財，不少紗帽戴。

其中「為人一生耿直，幹事無二」一句很值得注意。《金瓶梅詞話》第五十三回至五十七回原缺，是他人補寫進去的，這幾回中有一重要情節就是西門慶周濟常時節，即寫西門慶「仗義疏財，救人貧難，人人都是讚歎他的。」評論者對此紛紛責難，說這樣一來西門慶的性格前後矛盾了，等等。這五回的敗筆實在太多，西門慶之性格也確有些前後矛盾不一，但西門慶周濟常時節一事，卻實在不能作為論據，西門慶之大手大腳地使用金錢，我們其實在別的回目中也能找到例證，比如為李桂姐之事，派人進京，就化了些錢，替人作東更是耗資千金，等等。當然人們會說這是有用意的。但我們難道不可說其周濟常時節也是有用意的嗎？而且這種性格我們還可在六十二回中找到一重要證據：

4　謝肇淛〈金瓶梅跋〉。

5　滿文譯本《金瓶梅》序。

> 正說著，只見西門慶進來。看見馮媽媽，說道「老馮，你也常來這邊走走，怎的去了就不來？」婆子道：「我的爺，我怎不來，這兩日醃菜的時候，掙兩個錢兒，醃些菜在屋，遇著人家領來的業障，好與他吃。不然，我那討閒錢買菜來與他吃？」西門慶道：「你不對我說，昨日俺莊子上起菜，撥兩三畦與你也夠了。」婆子道：「又敢纏你老人家」。說畢，過那邊屋裏去了。

馮媽媽不過是李瓶兒之外僕，是個媒婆，西門慶就讓她隨便到莊子上撥兩三畦菜。而且馮媽媽說「又敢纏你老人家。」既然是又，可見這種情況不止一次。而常時節是西門慶的朋友，而且除了應伯爵而外，常時節怕是他那一夥朋友中最得意的人了吧？他的周濟常時節也便符合其為人了。而且我們不是正好可以從吳神仙的這幾句概括西門慶為人的話中得到內在的證據嗎？吳晗先生說的好：

> 他是那末慷慨好客，那末輕財仗義？！吳典恩向他借了一百兩銀子，文契寫著每月利行五分。「西門慶取筆把利錢抹了。說道，既然應二哥作保，你明日只還我一百兩本錢就是了。」（詞話本第三十一回）凡要做「土劣」，這種該散漫錢財處便散漫些，正是他們的處世秘訣之一。（〈《金瓶梅》的著作時代及其社會背景〉）

似乎扯的太遠了些，讓我們還是再來看看吳神仙相西門慶的尊容所得的結論吧：

> 「吾觀官人，頭圓項短，定為享福之人；體健筋強，決是英豪之輩；天庭高聳，一生衣祿無虧；地閣方圓，晚歲榮華定取。此幾樁兒好處。還有幾樁不足之處，貧道不敢說。」西門慶道：「仙長但說無妨。」神仙道：「請官人走兩步看。」西門慶真個走了幾步。神仙道：「你行如擺柳，必主傷妻；……若無刑克，必損其身。」

再看看西門慶的手相：

> 神仙道：「智慧生於皮毛，苦樂觀於手足。細軟豐潤，必享福逸祿之人也。兩目雌雄，必主富而多詐；眉抽二尾，一生常自足歡娛；根有三紋，中歲必多耗散；奸門紅紫，一生廣得妻財；黃氣以發於高曠，旬內必定加官；紅色起於三陽，今歲間必生貴子。又有一件不敢說，淚堂豐厚，亦主貪花；谷道亂毛，號為淫抄。且喜得鼻乃財星，驗中年之造化；承漿地閣，管末世之榮枯。
>
> 承漿地閣要豐隆，
> 准乃財星居正中。
> 生平造化皆由命，

相法玄機定不容。」

吳神仙之相西門，確是「冰鑒定終身」。《金瓶梅》三十回以後的西門慶直至其七十九回死去，在這裏不都一清二楚地規定好了嗎？

其他人，如西門慶之妻妾吳月娘、李嬌兒、孟玉樓、潘金蓮、李瓶兒、孫雪娥等，也在這一回定了終身，而且每人都有一首七言詩加以概括。這種做法正是曹雪芹在《紅樓夢》第五回「遊幻境指迷十二釵，飲仙醪曲演紅樓夢」中十二釵詩的樣板，而《金瓶梅》中的這些小詩，作用亦正同於十二釵曲。是的，這些詩較之《紅樓夢》中的十二釵曲未免顯得粗鄙，而且過於直露，但事出初創，且與其整個行文風格有關，不可過於指責、苛求。這幾首短詩，我們即使不標出是為誰所作，而且打亂了次序，但一讀也會知道這是寫的誰。

《金瓶梅》問世後不久，迄至今天，人們對小說中的西門慶，特別是吳月娘、孟玉樓、潘金蓮等人的評價就很不一樣，甚至截然相反，那麼這些小詩不僅可以幫助我們正確評價這些人物，而且可以窺見《金瓶梅詞話》作者對這些人物的評判與態度。

吳神仙之《冰鑒》，第四十六回「鄉里卜龜兒卦兒的老婆子」的「龜兒卦」，不僅規定了《金瓶梅》中的主要人物的命運和結局，而且直接推動了《金瓶梅》情節的發展，它是引導情節前進的路標與燈塔。

西門慶問道「目下如何？」神仙道：「目今流年，日逢破敗五鬼在家炒鬧，此小氣腦，不足為災，都被喜氣臨門沖散了。」

張竹坡在此文旁有旁批說：「又找惠蓮一句。」

我們且來看一看二十九回之前的一些回目。第二十二回是「西門慶私淫來旺婦，春梅正色罵李銘」；第二十三回是「玉簫觀風賽月房，金蓮竊聽藏春塢」；第二十四回是「陳經濟元夜戲嬌姿，惠祥怒罵來旺婦」，第二十五回是「雪娥透露蝶蜂情，來旺醉謗西門慶」；第二十六回是「來旺兒遞解徐州，宋惠蓮含羞自縊」；第二十七回是「李瓶兒私語翡翠軒，潘金蓮醉鬧葡萄架」；第二十八回是「陳經濟因鞋戲金蓮，西門慶怒打鐵棍兒。」從二十二回到二十六回，比較集中地寫了宋惠蓮，二十七回、二十八回仍有此一事件的餘波。因此張竹坡旁批說「又找惠蓮一句」是不錯的，但所謂「五鬼在家炒鬧」，「此小氣惱，不是為災」卻並不指惠蓮，因此張竹坡之旁批是不準確的，我們且不說惠蓮之死與孫雪娥有些直接掛礙，也不說惠蓮父親如何來告狀，我們只要看一看宋惠蓮死前，來旺兒被送提刑院時，月娘的一番話也就清楚了吳月娘對金蓮是有意見的：

月娘當下羞赧而退，回到後邊向玉樓眾人說道：「如今這屋裏亂世為王，九尾狐狸精出世，不知聽信了甚麼人言語，平白把小廝弄出去了。你就賴他做賊，萬物也要個著實才好，拿紙棺材糊人，成個道理？恁沒道理昏君行貨！」

不難看出，吳月娘是知道潘金蓮在這件事情上的作用的，是不滿意乃至很恨潘金蓮的，妻妾之間是有矛盾的，所以這五鬼在家炒鬧，事雖為惠蓮，但實是妻妾之間的矛盾，所以作者才說「都被喜氣臨門沖散了」。

要之，這些相面的用語，實在正是對前面近四十回文字的一個總結。在總結的同時，也為下面的文字開啟先路。

今歲丁未流年，丁壬相合，目下丁火來克。克我者為官為鬼，必主平地登雲之喜，添官進祿之榮。大運見行癸亥，戊土得癸水滋潤，定見發生。目下透出紅鸞天喜，定有熊羆之兆。又命官驛馬臨中，不過七月必見矣。

黃氣出於高曠，旬日必定加官；紅色起於三陽，今歲間必生貴子。

第三十回便是「來保押送生辰擔，西門慶生子加官」。三十四回之後，一直到四十五回，西門慶家裏是很熱鬧了一番，很多情節都在「生子加官」的基礎上展開：第三十一回「琴童藏壺覷玉簫，西門慶開宴吃喜酒」；第三十二回「李桂姐拜娘認女，應伯爵打渾趨時」；第三十三回「陳經濟失鑰罰唱，韓道國縱婦爭風」；第三十四回「書童兒因寵攬事，平安兒含憤戳舌」；第三十五回「西門慶挾恨責平安，書童兒妝旦勸狎客」；第三十六回「翟謙寄書尋女子，西門慶結交蔡狀元」；第三十七回「馮媽媽說嫁韓氏女，西門慶包占王六兒」；第三十八回「西門慶夾打二搗鬼，潘金蓮雪夜弄琵琶」；第三十九回「西門慶玉皇廟打醮，吳月娘聽尼僧說經」；第四十回「抱孩兒瓶兒希寵，裝丫鬟金蓮市愛」；第四十一回「西門慶與喬大戶結親，潘金蓮共李瓶兒鬥氣」；第四十二回「豪家攔門玩煙火，貴客高樓醉賞燈」；第四十三回「為失金西門慶罵金蓮，因結親月娘會喬太太」；第四十四回「吳月娘留宿李桂姐，西門慶醉拶夏花兒」；第四十五回「桂姐央留夏花兒，月娘含怒罵玳安」這十五、六回大書中，除插入王六兒（亦因西門慶生子加官而來趨時）等等之外，主要內容正是與生子加官，以及由此發生的一系列事件。

第四十六回「元夜遊行遇雨雪，妻妾笑卜龜兒卦」，卜龜兒卦與前面的吳神仙相面緊相承接。卜龜兒得到的結果一方面印證吳神仙相面之不誣，一方面也是對其中的主要人物命運、結局的一個補充。在結構上卜卦一方面進一步顯示了後半部分的脈絡，一方面導引出新的情節。

關於顯示後半部分的脈胳，我們可先看三個人；吳月娘、孟玉樓、潘金蓮。先看吳月娘。

> 那老婆把靈龜一擲，轉了一遭兒住了，揭起頭一張卦帖兒上面畫著一個官人和一位娘子在上面坐，其餘都是侍從人，也有坐的，也有立的，守著一庫金銀財寶。老婆道：「這位當家的奶奶是戊辰生，戊辰己巳大林木。為人一生有仁義，性格寬洪心慈好善，看經佈施，廣行方便。一生操持，把家做活，替人頂缸受氣，還不道是。喜怒有常，主下人不足。正是：喜樂起來笑嘻嘻，惱將起來鬧哄哄。別人睡到日頭半天還未起，你人早在堂前禁轉。梅香洗銚鐺，雖是一時風火性，轉眼卻無心，就和人說也有，笑也有。只是這疾厄宮上著刑星，常沾些啾唧。虧你這心好，濟過來了，往後有七十歲活哩。」孟玉樓道：「你看這位奶奶命中有子沒有？」婆子道：「休怪婆子說，兒女宮上有些貴，往後只好招個出家的兒子送老罷了。隨你多少也存不的。」

後來月娘身上的發生的事情，幾乎無一不可在這裏邊找到線索，比如活到七十歲，一個出家的兒子送老等等。

次看孟玉樓。

> 那婆子從新撇了卦帖，把靈龜一卜，轉到命宮上住了。揭起第二張卦帖來。上面畫著一個女人配三個男人：頭一個小帽商旅打扮，第二個穿紅官人，第三個秀才。也守著一庫金銀，左右侍從伏侍。

第一個丈夫就是楊宗錫，第二個便是西門慶，第三個就是李衙內。這就為第九十一回「孟玉樓愛嫁李衙內」做了伏筆。

再看潘金蓮。

潘金蓮沒趕上卜龜兒卦，她的結局和後來的事情是由她自己說出來的，這就是張竹坡所評的「出口成讖」：

> 月娘道：「俺們剛才送大師父出來，卜了這回龜兒卦。你早來一步，也教他與你卜卜兒。」金蓮搖頭兒道：「我是不卜他。常言：算的著，命；算不著，行。想前日道士說短命哩，怎的哩？說的人心裏影影的。隨他明日街死街埋，路死路埋，倒在洋溝裏就是棺材。」

後來第八十六回「王婆子售利嫁金蓮」，第八十七回「武都頭殺嫂祭兄」，第八十八回「潘金蓮托夢守備府」等情節，都在這裏暗示出來。最後讓我們來看看李瓶兒。

> 婆子道：「這奶奶，庚午辛未路旁土。一生榮華富貴，吃也有，穿也有，所招的夫主都是貴人。為人心底有仁義，金銀財帛不計較，人吃了，轉了他的，他喜歡；

不吃他，不轉他，到惱。只是吃了比肩不和的虧，凡事恩將仇報。正是：

比肩刑害亂擾擾，
轉眼無情就放刁；
寧逢虎摘三生路，
休遇人前兩面刀。

奶奶，你休怪我說：你盡好匹紅羅，只可惜尺頭短了些，氣惱上要忍耐些，就是子上也難為。」李瓶兒道：「今已是寄名做了道士。」婆子道：「既出了家，無妨了。又一件，你老人家今年計都星照命，主有血光之災，仔細七八月不見哭聲才好。」

但是計都星照命，七八月哭聲不能避免，血光之災不能逃脫。卜卦婆子這幾句話，有分教：引出了第五十二回「潘金蓮花園看莫菇」驚壞了「官哥兒」，第五十三回「李瓶兒酬願保兒童」，第五十四回「任醫官豪家看病症」幾回大書；終至於第五十九回「西門慶摔死雪獅子，李瓶兒痛苦官哥兒」。兒子一命嗚呼，李瓶兒也難免命赴黃泉。我們只要看一看第五十九回的下述一段文字，就不難看出婆子這一番話的重要：

徐先生將陰陽秘書瞧了一回，說道：「哥兒生於政和丙申六月廿三日申時，卒於政和丁酉八月廿三日申時，月令丁酉，日干壬子，犯天地重喪，本家要忌忌哭聲，親人不忌。」

哭聲未止，緊接著第六十回就「李瓶兒因暗氣惹病」，自此離黃泉日近，終至於應了第二十九回吳神仙的「冰鑒」：

相畢金蓮，西門慶又叫李瓶兒上來，教神仙相一相。神仙觀看這個女人：「皮膚香細，乃富室之女娘；容貌端莊，乃素門之德婦。只是多了眼光如醉，主桑中之約；眉黛靨生，月下之期難定。觀臥蠶明潤而紫色，必產貴兒；體白肩圓，必受夫之寵愛。常遭疾厄，只因根上昏沉；頻遇喜祥；蓋謂福星明潤。此幾樁好處。還有幾樁不足處，娘子可戒之：山根青黑，三九前後定見哭聲；法令細，雞犬之年焉可過？慎之，慎之！」

吳神仙雲遊之人，來去不定，四月裏，往武當山去了。瓶兒病重，只得找真武廟外黃先生：

這黃先生把運算元一打，就說：「這個命辛未年，庚寅月，……今年流年丁酉，比肩用事，歲傷日干，計都星照命，又犯喪門五鬼，災殺作抄。夫計都者，陰晦之星也，其像猶如亂絲而無頭，變異無常。大運逢之，多主暗昧之事，引惹疾病，主正、二、三、七、九月病災有損，小口凶殃，小人所算，口舌是非，主失財物，或是陰人，大可不利。」

第六十二回：

西門慶即令取筆硯，請徐先生批書。徐先生向燈下，問了姓氏，並生辰八字，批將下來：「一故錦衣西門夫人李氏之喪。生於元佑辛未正月十五日午時，卒於政和丁酉九月十七日丑時。今日丙子，月令戊戌，犯天地往亡，煞高一丈，本家忌哭聲，成服後無妨。……」

圍繞著婆子這句話，照應吳神仙冰鑒，又一直寫來，迤邐而行，直到第六十四回「西門慶書房賞雪，李瓶兒夢訴幽情」，才算告一段落。其導引情節之功，連綴結構之妙，誠如張竹坡所說：

然則《金瓶梅》我又何以批之也哉？我喜歡其文洋洋一百回，而千金萬線，同出一絲，又千回萬折，不露一線。……蓋其出之細如牛毛，乃千萬根共具一體，血脈貫通，藏針伏線，千里相牽，少有所見，不禁望洋而退。

關於《金瓶梅》結構上的段落劃分（結構段落之劃分，實際上是個對其整體結構的理解問題），自古以來就見仁見智，很不一致。張竹坡說：

起以玉皇廟，終以永福寺，而一回中已一齊說出，是大關鍵處。先是吳神仙總覽其盛，後是黃真人少扶其衰，末是普淨師一洗其業，是此書大照應處。

大照應處提到吳神仙之「冰鑒」，這實在已經是難能可貴了。唯以黃真人出為大照應處而不及卜卦，是其疏漏之處。有人將《金瓶梅》的結構簡單地分成前後兩部分。也有人將其分成四部分，比如潘開沛先生：

全書至少可分為四個大段落，即五十回以前，五十一回至五十七回、五十八回至八十七回、八十八回。（潘開沛〈金瓶梅的產生和作者〉）

我以為《金瓶梅》從結構上可分為四段。第二十九回以前為一段；第三十回至第四十五回為一段；第四十六回至第七十九回為一段；第八十回至一百回為一段。中間第二十九回之「冰鑒」，第四十六回「卜卦」，第七十九回西門慶病死為三個界碑。

第二十九回以前，可謂寫「聚有自來」，但妻妾之矛盾已開始顯露；第二十九回到

第四十五回寫西門慶「生子加官」事，是蒸蒸日上時期；第四十六回至第七十九回寫西門慶子死妾亡自己也終於暴亡。四十六回以後西門慶的家業雖無大的突破，但仍在上升，不過更深刻的矛盾已經顯露。比如第四十七回就是「王六兒說事圖財，西門慶受贓枉法」，形勢發生了急劇變化。第四十九回「西門慶迎請宋巡按，永福寺餞行遇胡僧」。遇胡僧，得胡藥，埋下了斃命的楔子。接著子死、瓶破。瓶兒死後，各種事情搞得西門慶已經很困乏，又加上兩次為他人作東，更加疲頓。從四十六回至第七十九回若細分還可以李瓶兒之死為界（第六十七回）分為前後兩段。正在困頓之時又與敵手林太太相遇。王六兒、林太太、潘金蓮，很快把西門慶推上絕路。第八十回至一百回是寫「散有自去」。

說到「散有自去」，潘開沛先生以為「從八十八回起，以春梅為主角的以下各回，當是後來別人續作的」。這是至關重大的問題，說《金瓶梅》之結構，及技藝上的進步，不可不予涉及。

這個問題牽扯的面太廣，不可能在這裏廣泛涉及。還是讓我們從幾百年來公認的《金瓶梅》結構上的「大照應處」第二十九回的吳神仙「冰鑒」說起吧。

這次相面，在僕人丫鬟中唯一一個也相了面的就正是這個成了後十幾回大書主角的龐春梅，先看吳神仙之「冰鑒」：

> 大姐相畢，教春梅也上來教神仙相相。神仙睜眼兒見了春梅，年約不上二九，頭戴銀絲雲髻兒，白線桃衫兒，桃紅裙子，藍紗比甲兒，纏手纏腳出來，道了萬福。神仙觀看良久，相道：「此位小姐五官端正，骨格清奇，髮細眉濃，稟性要強，神急眼圓，為人急燥。山根不斷，必得貴夫而生子；兩額朝拱，主早年必戴珠冠。行步若飛仙，聲響神清，必益夫而得祿，三九定然封贈。但吃了這左眼大，早年無父，右眼小，周歲克娘。右口角下這一點黑痣，主常沾啾唧之災，右腮一點黑痣，一生受夫愛敬。
>
> 天庭端正五官平，
> 口若塗朱行步輕。
> 倉庫豐盈財祿厚，
> 一生常得貴人憐。」

把吳神仙之「冰鑒」同《金瓶梅》最後十幾回關於春梅的描寫稍一比較，就不難看出，春梅後來的行事，在這裏幾乎都可找到證據，或謂之在此都已大體規定好了。換句話說，《金瓶梅》最後這以春梅為主角的書，早就在作者的整體構思之中，是全書的重要組成部分。這也不是沒有證據的。其一，作者在吳神仙相面之後，又曾有意識的強調過這一點：

> 西門慶回到後廳，問月娘：「眾人所相何如？」月娘道：「相的也都好，只是三個人相不著。」西門慶道：「那三個相不著？」月娘道：「相李大姐有實疾，到明日生貴子，他見今懷著身孕，這個也罷了。相咱家大姐到明日受磨折，不知怎的磨折？相春梅後來也生貴子，或者你用了他，各人子孫也看不見。我只不信說她後來戴珠冠，有夫人之分，端的咱家又沒官，那討珠冠來？就有珠冠，也輪不到她頭上。」

月娘之不信春梅會有這樣結局，在這兒重提，這是作者的有意強調。

其二，現在看來《金瓶梅》成書不久，即被傳抄，儘管書名有《金瓶梅》《金瓶梅傳》《金瓶梅詞話》，甚至後來版本有不同，但金瓶梅三字相聯則無疑。因此春梅是《金瓶梅》中的重要腳色是無疑的，這在作者的創作構思中就已經是如此的。所以張竹坡說：

> 讀《金瓶》，須看其大間架處。其大間架處，則分金、梅在一處，分瓶兒在一處，又必合金、瓶、梅在前院一處。金、梅合而瓶兒孤，前院近而金、瓶妒，月娘遠而敬濟得以下手也。

《金瓶梅》後二十回，在風格上給人的感覺確與前八十回不十分相同，因此不少人便斷定這後二十回當為他人之續作。我以為即使是他人之續作，但仍不可否認續作的主要內容正是原作者要表達的，是原作整個創作規劃中的有機組成部分。但就語言上以及行文的風格上來看，後二十回與前八十回比較統一，它遠不像五十三到五十七回那樣與其他回目的語言等等相差那麼大。人們說作者寫這後二十回時，筆力不夠了，這倒是很可能的。而且這後二十回，或者像潘開沛先生說的這最後十三回，雖然筆力不足，而且不可否認這後二十回或十三回有不少內容甚至情節都與前邊重複，因之給人以抄襲之感，但是這只是事情的一個方面。事情的另一個方面是這後二十回或十三回寫的還是相當成功的，而且充分顯示了作者是一位大手筆。這一部分在結構上特別值得指出的至少有這樣幾點：

(一)第九十六回「春梅游舊家池館」作者通過春梅舊地重遊來與從前西門慶家的豪華相對比，以顯示現在的破敗，寫其「冷極」，這用意構思相當巧妙。

> 春梅向月娘說：「奶奶，你引我俺娘那邊花園山子下走走。」月娘道：「我的姐姐，還是那咱的山子花園哩！自從你爹下世，沒人收拾他，如今丟搭的破零零的。石頭也倒了，樹木也死了，俺等閒也不去了。」春梅道：「不妨，奴就往俺娘那

> 邊看看去。」這月娘強不過，只得叫小玉拿花園山子門鑰匙，開了門。月娘、大妗子陪春梅到裏邊遊看了半日。但見：
>
> 垣牆欹損，台榭歪斜。兩邊畫壁長青苔，滿地花磚生草。山前怪石遭塌毀，不顯嵯峨；亭內涼床被滲漏，已無框擋。石洞口蛛絲結網，魚池內蝦蟆成群。狐狸常睡臥雲亭，黃鼠往來藏春閣。料想經年人不到，也知盡日有雲來。

張竹坡評說道：「有十九回一賦，理應有此一賦，特特相映。」這實在說得妙。為了顯示作者在結構上的「特特相應」，我們不妨把十九回的那賦也引錄下來，以資讀者對照：

> 吳月娘在家整置了酒肴細果，約同李嬌兒、孟玉樓、孫雪娥、大姐、潘金蓮眾人，開了新花園門遊賞。裏面花木庭台，一望無際，端的好座花園。但見：
>
> 正面丈五高，周圍二十板。當先一座門樓，四下幾間台榭假山真水，翠竹蒼松。高而不尖謂之台，巍而不峻謂之榭。四時賞玩，各有風光：春賞燕遊堂，桃李爭妍；夏賞臨溪館，荷葉鬥彩；秋賞疊翠樓，黃菊舒金；冬賞藏春閣，白梅橫玉。更有那嬌花籠淺徑，芳樹壓雕欄。弄風楊柳縱蛾眉，帶雨海棠陪嫩臉。燕遊堂前，燈光花似開不開；藏春閣後，白銀杏半放不放。湖山側半綻金錢，寶檻邊初生石筍。翩翩紫燕穿簾幕，嚦嚦黃鶯度翠陽。也有那月窗雪洞，也有那水閣風亭。木香棚與荼蘼架相連，千葉桃與三春柳作對。松牆竹徑，曲水方池，映階蕉棕，向日葵榴。遊魚藻內驚人，粉蝶花間對舞。正是：
>
> 芍藥展開菩薩面，荔枝擎出鬼王頭。

這種對比，很容易使人想起《紅樓夢》中的劉姥姥三進大觀園，大概《金瓶梅》在這一點上也開啟了《紅樓夢》作者的思路。當然，我們不能不說《金瓶梅》作者的這種對比寫得還比較簡略，沒有充分展開，不像《紅樓夢》那樣鋪排。

(二)第一百回「韓愛姐湖州尋父，普靜師薦撥群冤」。張竹坡說：「此回為萬壑歸原之海也。」這一回與開頭玉皇廟遙相對應。開頭一回幾乎將所有大小人物敘出，如張竹坡所說：

> 一部一百回，乃於第一回中，如一縷頭髮，千絲萬絲，要在頭上一根繩兒紮住；又如一噴壺水，要在一提起來，即一線一線同時噴出來。

而這一回卻幾乎將所有人物都給以收束。真是起的輕巧，而收的絕妙。普靜師那一段薦撥，雖然帶有濃重的因果報應思想，但在結構上，卻極為簡結明快地幾乎將所有的人都作了結，風格非常老練，非大手筆難以如此。

(三)匆忙中不失從容。是的，《金瓶梅》後二十回，特別是最後十幾回文字，似乎顯得有些匆忙。但是在匆忙之中，亦時常顯出作者的從容。正像是一位老練的演員，雖匆忙退場，但並不忘記向觀眾鞠躬致謝，而不像那些沒有經驗或初次登台的演員，燈光剛暗，幕布還沒落下，就匆匆忙忙向後台跑去。這裏僅以應伯爵與李三、黃四等幾個人物的收束為例。

第九十七回寫道：

> 當下薛嫂兒說了半日話，提著花箱兒，拜辭出門。過了兩日，先來說：「城裏朱千戶家小姐，今年十五歲，也好陪嫁，只是沒了娘的兒了。」春梅嫌小不要。又說：「應伯爵第二個女兒，年二十二歲」。春梅又嫌應伯爵死了，在大爺手內聘嫁，沒甚陪送，也不成。

張竹坡在「應伯爵死了」幾字下批了一個「結」字。把這個從西門慶家出來，又到張家幫閒的篾片的最後結局在此點了一句，看起來輕描淡寫，所包函的內容卻很豐富。第二個女兒二十二歲了，還不能出嫁，而且成了孤兒，要在大爺手內聘嫁，而且至於沒有陪嫁之物，應家的結局，由此已不難想像。

再看李三、黃四等人的收束。

第九十七回還寫到：

> 春梅道：「咱這裏買一個十三四丫頭子，與他房裏使喚，掇桶子倒水方便些。」薛嫂道：「有，我明日帶一個來。」到次日，果然領了一個丫頭說：「是商人黃四家兒子房裏使的丫頭，今年才十三歲。黃四因用下官錢糧，和李三，還有咱家出去的保官兒，都為錢糧捉拿在監裏追贓。監了一年多，家產盡絕，房兒也賣了。李三先死，拿兒子李活監著。咱家保官兒那兒子僧寶兒，如今流落在外，與人家跟馬哩。」春梅道：「是來保？」薛嫂道：「他如今不叫來保，改了名字叫湯保了。」

李三、黃四，還有來保，都是《金瓶梅》中有名的商人，也都是做大買賣的。李三、黃四曾與西門慶合夥經過商，來保則是西門慶家僕人中最為能幹的人物之一，亦善經商。這樣一段文字，看似閒筆，不經意中卻同時收束了三個人物，而且這結果也很令人深思。這裏牽扯到思想方面的評價，不再去細說。

綜上所述，我們已不難看出《金瓶梅》在結構上確實明顯地顯示了中國長篇白話小說作者結構小說的本領已經有了長足的進展。《金瓶梅》這一百回大書，確如張竹坡所說：

一百回是一回，必須放開眼光作一回讀，乃知其起盡處。

一百回不是一日做出，卻是一日一刻創成。人想其創造之時，何以至於創成，便知其內許多起盡，費許多經營，許多穿插裁剪也。

(四)《醒世姻緣傳》與《儒林外史》

在中國長篇言情小說中，從《金瓶梅》到《紅樓夢》之間，影響最大而且與《金瓶梅》有著某種內在聯繫的，恐怕要數西周生的《醒世姻緣傳》了。因此我們將其作為從《金瓶梅》到《紅樓夢》的點，來探求中國小說在結構上或結構小說本領方面的軌跡與進展，是合適的。關於《醒世姻緣傳》與《金瓶梅》之間的關係，在新近由上海古籍出版社再版的《醒世姻緣傳》裏金性堯先生的前言中，有這樣一段話：

> 看了本書後，也容易使人想到《金瓶梅》。兩書的作者都是山東人，都具有「方言文學」的色彩，屬於詞話小說的體系，並皆描寫土豪家庭內部的醜惡生活，因而夾雜不少褻墨，又都在宣揚托生投胎的因果思想。第三回中，珍哥曾說過這樣兩句話：「這可是西門慶家潘金蓮說的『三條腿的蟾希罕，兩條腿的騷老婆要千取萬。』」在《水滸》中的潘金蓮並沒有這話，倒像《金瓶梅》中已成為西門慶之妾的潘金蓮說的，故云「西門慶家」。又如第三十八回提到「步戲」，《金瓶梅》十九回有「雜耍步戲」云云。《金瓶梅》有西門慶、吳月娘服用方藥的情節，《醒世姻緣傳》中也有類似的描寫。《金瓶梅》有「潘金蓮醉鬧葡萄架」的回目，《醒世姻緣傳》第七十九回回目也有「寄姐大鬧葡萄架」字樣。因此，我疑心西周生可能看過《金瓶梅》。這兩者之間有什麼關係，實在值得探討。

這裏不想將《金瓶梅》與《醒世姻緣傳》在結構方面進行全面詳細的比較，而僅就幾個較大的問題略作對照。

《醒世姻緣傳》之後世姻緣，即二十三回以後的章節，較之《金瓶梅》，在結構上有這樣幾點進步：(一)《醒世姻緣傳》沒有《金瓶梅》中那樣的一些與情節人物關係不特別密切的戲曲、時調引文，因而使結構顯得更加緊湊。(二)它在結構上不像《金瓶梅》那樣前後矛盾、重複，時露破綻，它顯得比較嚴密，很少疏漏。

但是與《金瓶梅》相比，《醒世姻緣》在結構上也有遠不如《金瓶梅》的地方，這裏只談三個方面。

(一)《金瓶梅》基本上有貫穿全書的中心人物，因而全書渾然一體。《醒世姻緣傳》則分成兩大部分，前二十二回為前世姻緣，寫晁源；後邊二十三回以後寫的是今世姻緣，寫狄希陳。不能說晁、狄二人性格之間沒有統一的基礎，但前後實可視為兩個故事，遠不如《金瓶梅》那樣通貫。一本大書，應有貫穿始終的主人公，這在現代人看來，似乎是個不成問題的，或極簡單的常識性問題。但在中國白話長篇小說的演進史上，卻是經過長時間的探索與努力，才最後解決、明確了的。這個問題在《金瓶梅》中基本處於解決，但不徹底，到《紅樓夢》才真正徹底地解決了。正是在這一點，《醒世姻緣傳》較之《金瓶梅》反而顯示了某種退步。

（二）《醒世姻緣傳》場面遠不如《金瓶梅》宏大，作者雖極善騰挪跌宕之功，但卻似乎缺少《金瓶梅》作者那種縱橫捭闔，大起大落的風格。

（三）《金瓶梅》雖然縱橫捭闔，大起大落，但前後中間自有關聯、照應，比如我在上邊所說的第二十九回與四十六回的「冰鑒」與「卜龜兒卦」就是。《醒世姻緣傳》結構緊湊，但因無《金瓶梅》這種大起大落，因此也就不能提供在這種大起大落中如何穿插照應的經驗。

《儒林外史》。

從《金瓶梅》到《紅樓夢》這一大段時間內，中國最著名的古典小說，恐怕無疑應是吳敬梓的《儒林外史》。它的成績與在文學史上的地位是不可動搖的，它在技巧上的成熟，特別是諷刺藝術的運用方面，簡直是空前絕後的。但是作為長篇小說，在結構上，它是顯示了明顯的缺點，它不僅沒有沿著《金瓶梅》開創的道路前進，發揚光大，反而顯示了某種退步，它在結構上很像《水滸傳》。所以魯迅先生說：

> 全書無主幹，僅驅使各種人物，行列而來，事與其來俱起，亦與其去俱訖，雖云長篇，頗同短制。（《中國小說史略》）

這的是確論。

(五)《紅樓夢》

在中國長篇白話小說的演變史上，在結構方面，或者說在結構長篇小說的本領能力面，真正繼承了《金瓶梅》的成果並發揚光大之的是曹雪芹的《紅樓夢》。對於《紅樓夢》的結構方面的特點，人們研究的已經不算少了，這裏不想、也不必過多地涉及，而且也不可能將《金瓶梅》與《紅樓夢》在結構方面進行全面系統的對比，這裏亦僅就幾個重要問題，作一簡略地敘述，以顯現《金瓶梅》在中國長篇白話小說史的座標上的位置。

毫無疑問，曹雪芹的《紅樓夢》受過《金瓶梅》的影響。這一點我們不僅可以從二書中找到內在的充分的證據，而且曹雪芹的朋友脂硯齋在《脂硯齋重評石頭記》中明白地說到過這種關係：

> 寫個個皆到，全無安逸之筆，深得《金瓶》壼奧。——庚辰本第十三回「賈珍笑問價值幾何」一段眉批

> 此段與《金瓶梅》內西門慶、應伯爵在李桂姐家飲酒一回對看，不知孰家生動活潑。——甲戌本節第二十八回「薛蟠說酒令」一段眉批

> 奇極之文，極趣之文。《金瓶梅》中有云「把忘八的臉打綠了」，已奇之至，此云「剩忘八」，豈不更奇。（己卯本作「極奇」，餘同。）——庚辰本第六十六回「只怕連貓兒狗兒都不乾淨，我不做這剩王八」句批

業師張俊先生說：「壼奧者，寶中深邃之處也。意思就是說，《紅樓夢》學《金瓶梅》學到了家。這深知《紅樓夢》創作底細的話。我們從一些脂評的內容和口氣可以看出，脂硯齋同曹雪芹關係極為密切，感情非常深摯。他不僅熟悉曹雪芹的家世生平、思想性格，而且洞知《紅樓夢》中所敘寫的人物環境和語言，並親自參與了小說的創作和修改。由於有這樣一層關係，因此，脂硯齋的上述看法就格外值得重視。」[6]對《紅樓夢》與《金瓶梅》之間的內在關係，古今論述者正多，這裏不去一一援引。

關於《金瓶梅》在結構上對《紅樓夢》的影響，張俊先生在〈試論《紅樓夢》與《金瓶梅》〉中亦有過精闢的見解，他說：

> 從結構方法上說，《金瓶梅》有以下三個特點，對後世的一些小說影響較大。
>
> 第一，它所寫的西門慶家庭裏大大小小的生活事件，雖然千頭萬緒，但意脈連貫，情節之間，蹊徑相通，互為因果，形成有機聯繫，因而，全書顯得緊湊嚴密，渾然一體；不像《水滸》故事那樣有相對的獨立性。這對揭示人物性格的發展變化很有作用。
>
> 第二，故事的編織，主次分明，和諧均衡。全書始終以西門慶一家的興衰榮枯為主幹，來組織材料，展開矛盾；許多別的故事，都作為主幹的組成部分，互相烘托地存在著。而這些故事，同書中幾個主要人物的活動，相互制約，即從各個方面揭示了西門慶家中的複雜的社會關係和人物活動的具體環境，深化了主題；也呈現出一幅幅姿態紛繁的生活畫面，使整部作品的佈局跌宕騰挪，此起彼伏。
>
> 第三，作者常用某一小物件，來連結故事或轉換情節。如：因潘金蓮丟了一隻紅

6 張俊〈試論《紅樓夢》與《金瓶梅》〉，載《金瓶梅研究》，復旦大學出版社 1984 年。

花繡鞋，結果圍繞找鞋、拾鞋、送鞋、剁鞋等線索，層層擴展，貫穿起陳經濟因鞋戲金蓮、西門慶怒打鐵棍兒，以及秋菊受罰、來旺兒被攆等一系列生活場面。古人云：「看文字須要看他轉換及過接處。」（《修辭鑒衡》引《麗澤文說》）《金瓶梅》的這些描寫，行文雖不免粗疏，但其轉換和過節處亦頗覺自然，入情入理。《金瓶梅》的情節安排和結構方法，都對《紅樓夢》有直接的積極的影響。[7]

張先生接著就具體地敘述了《金瓶梅》對《紅樓夢》的這些影響，以及《紅樓夢》在這些方面對《金瓶梅》的發展與突破，這裏不再詳引。

關於《金瓶梅》在結構上結構小說的本領方面對《紅樓夢》的影響，除了張先生說到的這些以外，我想談這樣幾點。

(一)關於貫穿全書的主人翁的設置問題。這一點我在上面已經說過了。

(二)《金瓶梅》在結構上顯得粗疏，雖然是大手筆，大家作風，規模宏偉，氣象萬千，還時露破綻或前後自相矛盾等等，《醒世姻緣傳》已經克服了這些毛病，到《紅樓夢》則更加謹嚴，簡直是天衣無縫。

(三)在整體結構上，或在敘述方式上，如上所述，《金瓶梅》中有說述人身分、萬能的敘述人以及作者自我存在，而《紅樓夢》中則更多了一層，這就是知情人——石頭。這就使得《紅樓夢》的敘述故事變得更為複雜，也更為可信。對此，孟昭連同志已作過較詳細的敘述，這裏也不再多說。[8]

(四)關於《金瓶梅》中的大量引用戲文、時調和其他說唱材料問題。這個問題因為直接牽扯到《金瓶梅》結構方面的問題，而且人們很少認真加以敘述，所以我想說得稍為詳細一些。讓我們也從歷史發展的角度來看看這個問題吧！

我在上邊已經反復說過中國長篇白話小說起源於民間說唱。而民間說唱藝術是講究穿插敷衍，講究「曰得詞，念得詩，說得話，使得砌」。所謂穿插敷衍，實質上就是增加細節，增加書外書。《金瓶梅》中抄引的〈五戒禪師私紅蓮記〉以及各種「寶卷」等就屬穿插敷衍。所謂「曰（白）得詞，念得詩」就是指說唱藝術中往往有不少詩、詞，有些是作者自己撰寫的，有些則是抄引來的。有些是揭示人物性格的，有些是描寫環境的。所謂「說得話，使得砌」，就是要善於穿插敷衍，而且善於插科打諢。關於說話中抄引現成詩句的例子，〈崔待詔生死冤家〉（宋人小說題作〈碾玉觀音〉）開頭或叫做入話部分就引了很多。先是寫孟春景致的〈鷓鴣天〉，又是〈仲春詞〉，黃夫人的〈季春詞〉、

7 張俊〈試論《紅樓夢》與《金瓶梅》〉，載《金瓶梅研究》，復旦大學出版社 1984 年。

8 孟昭連〈《紅樓夢》的多重敘事成分〉，載《文學遺產》1988 年第 1 期。

王荊公的詩，蘇東坡、秦少游、邵堯夫、曾兩府、朱希真等人的詩，蘇小小的〈蝶戀花〉詞，王岩叟的一詩等等。這些詩詞，自然不能說與故事本身一點關係沒有，但關係實實在在不是太密。

使砌的如話本〈宋四公大鬧禁魂張〉中亦有一段：

> 如今再說一個富家，安分守己，並不惹事生非；只為一點慳吝未除，便弄出非常大事，變做一段有笑聲的小說。這富家姓甚名誰？聽我道來：這富家姓張名富，家住東京開封府，積祖開質庫有名，喚做張員外。這張員外有件毛病，要去那（以下使砌）：
>
> 蝨子背上抽筋，鷺鷥腿上割股，古佛臉上剝金，黑豆皮上刮漆，痰唾留著點燈，捋松將來炒菜。這個員外平日發下四條大願：
>
> 一願衣裳不破，二願吃食不消，
>
> 三願拾得物事，四願夜夢鬼交。
>
> 是個一文不使的真苦人。他還地上拾得一文錢，把來磨做鏡兒，捍做磬兒，掐做鋸兒，叫聲「我兒」，做個嘴兒，放入篋兒。（使砌至此）人見他一文不使，起他一個異名，喚做「禁魂」張員外。

我們上邊引來的都是已經經過文人加工改寫刪汰過的話本，已經很難完全見出原來說書人大量引用詩詞戲文以及插入其他故事、使砌等等的原樣。因為很明顯這些引來的詩詞及使砌都已與故事或人物性格有著比較密切的關係了。但說書人在實際演唱中則完全不是這樣的。我小時候，聽鄰村一位姓呂的盲藝人說鼓書講《繡鞋記》（當地老百姓一般不叫這名稱，而叫做《王定保借當》），那情節大體上與山東省呂劇團演出的《王定保借當》差不多。但這位藝人和他愛人一起，從剛剛收完小麥，點種秋玉米，農民稍閒散了點開始說這部書，每天晚上說幾個小時，一直說了三個多月，從點種秋玉米開始直到該收秋玉米了，又該種小麥了，所謂三秋大忙季節到了，但還未說完，因為三秋大忙，不得不停下來，說等到冬天閒散了再來說。這位盲藝人跟我有著若干層關係，是我義兄的鄰居，也是我的一位遠親的師父，而且給我們一家人都算過命的，而且直到我讀大學本科回家探家時還見過他，所以印象特別深。我記得當時我是每天都去聽他說書，但時常聽著聽著就睡著了。我很討厭他的情節進展的過於緩慢，幾乎每個晚上說一個「叉」（當地老百姓這樣來稱呼他的書外書）就把時間占完了。現在回想起來，那位盲藝人（我還聽過當地另外的盲藝人說書，情況與他相似）實在是把很多與主旨有些瓜葛，但卻未必關係十分密切的書外書塞在故事中。而據人們說，這位盲藝人的書並非是他的杜撰，而是他從師傅那裏學來的，而且是一句一句學來的。可見這種情況，在實際的說唱中比較普遍。

這種情況，即引用一些與情節關係不十分密切的詩詞、戲曲歌詞、以及笑話、書外書等等情況，在《金瓶梅》中仍留有痕跡。所以，「崇本」（或稱為說散本）《金瓶梅》便將這些唱詞與他人之作的一部分予以刪削、刊落。對這種刪削與刊落情況，劉輝同志作過認真地統計，其情況大致如下：

《詞話》本	說散本
詩 170 首	刊略 70 首　改寫 6 首　另加三首
詞曲（包括小令、小曲）	
112 支	刊落 59 支
套曲 23 套	刊落 15 套
贊賦 83 首	刊落 33 首刪節 15 首
回末韻文 64 首	刊落 36 首改寫 4 首另加 2 首
俚俗韻文 4 首	全部刊落
曲藝（有唱詞者）8 處	全部刊落
其他韻文 13 處刊落 6 處	

這裏面不包括僅引唱一首云云，未錄全曲者，凡三十種三十三見。至於寫到演唱戲文、雜劇，除海鹽子弟演唱《玉環記》第六齣保留外，一概刪去。[9]

對於這種刪削與刊落的結果，劉輝同志說的也極好：

> 總之，經過刪削與刊落後的說散本，面目大為改觀。民間說唱氣息沖淡了；不必要的枝蔓，砍掉了；無關緊要的人物也略去了，如三十七回有關趙嫂丈夫的一節文字；一些無味的擺設、功能表，如三十四回翡翠軒的描寫、藥單（八十五回）和「一路寫得活見鬼」（張竹坡語）的符書、表白，都作了整頁或整段的刪削。使故事情發展更為緊湊，行文更為整潔，更加符合小說的美學要求。[10]

但是不應否認，較之民間的實際演唱，《金瓶梅詞話》在這個方面也有了很大的進步，這就是它所引用的若干詩、詞、寶卷以及那些使砌等等，有些確實不僅對故事情節有重要價值，而且對塑造人物形象，起了不可或缺的重大作用。比如我們上邊說過的第七十三回「潘金蓮不憤憶吹簫」，其中西門慶就是通過點唱此曲來抒發自己對李瓶兒的懷念之情。至於其中潘金蓮，乃至陳經濟所唱的若干時調，比較恰切的表現了他們的心情，

9　劉輝《金瓶梅成書與版本研究》，遼寧人民出版社 1986 年。

10　同前註。

那就更不待說了。

與「崇本」之將《金瓶梅詞話》中的引用詩、詞或他人之作刪削、刊落相似，《醒世姻緣傳》的作者西周生在寫作此書時，已經很少引用已有的詩、詞或他人之作了，而且相對說來，詩詞數量也大為減少。較之《金瓶梅詞話》，《醒世姻緣傳》可以說是進入了另一個境地。

但《紅樓夢》作者曹雪芹，則與《醒世姻緣傳》的作者西周生大不一樣，他酷愛詩詞，所以一部《紅樓夢》幾乎每章每回都寫滿了詩詞，不過這些詩詞已經不是引用成文或他人之作，而主要是作者創作的，當然這與《紅樓夢》中的人物特點不同於《金瓶梅》、《醒世姻緣傳》有關。《紅樓夢》中的這些詩、詞，甚至一些使砌似的笑話，從情節的角度來看，無疑使情節的進展變得緩慢，從結構而言則顯得繁冗蕪雜，但從表現人物性格、揭示人物內心世界而言，則是非常必要的了。這較之《金瓶梅》與《醒世姻緣傳》，不能不是一種進步。我們可以說熔詩、詞等等於小說，又那樣合情入理，不可或缺，正是在曹雪芹手中才成熟的。就中國古代小說的特點而言，這一點非常重要。因為這些詩詞的使用，不僅使小說可唱可誦可讀，而且增加了濃重的抒情氣氛。《紅樓夢》是中國古典小說難以逾越的典範，到《紅樓夢》，中國古典長篇小說完全成熟了。

論《金瓶梅》在
中國小說人物語言演進史上的貢獻

一、中國古代小說人物語言的演進過程

從宏觀的歷史演進的角度來看，我以為中國古代小說人物的語言大致上主要經歷過四次較大的轉折：一、從書面語到口語的轉折，這一轉折是由宋元說話藝術完成的。二、從間接引語到直接引語的轉折，這一轉折始於唐人傳奇，到宋元話本基本完成，到元末明初長篇小說成熟又有了進一步的發展。三、人物對話的增多，這一轉折是在元末明初的長篇小說中最終完成的。四、人物語言的方言化，開始於《金瓶梅詞話》，《醒世姻緣傳》繼之，《紅樓夢》既有所承襲，也有所變化。清末出現了《海上花列傳》等著名的吳語小說。

二、小說人物對話的增多與戲劇之影響

從現代敘事學的角度來看，中國古代戲劇中的賓白，可以分為三種類型：戲劇中人物的獨白；戲劇中人物的旁白；戲劇中人物的對白。從這些賓白的作用或關係而言，則大致上可以分為兩類：人物獨白與旁白是與觀眾發生關係的，人物的對白則主要是與戲劇中的其他人物發生關係的。在這兩類人物賓白中，人物獨白與旁白的主要作用是解說與交代情節等等（當然也有表現劇中人物心理的，但比較少）；人物的對白則主要是揭示人物之間的關係的，它不僅要符合特定人的特定性格，而且要符合特定的語言環境，因此這種人物對白，也最能展現人物性格，對於刻畫與塑造人物形象有著特別重大的作用。

中國戲劇首先是用人物來表演故事的，後來也逐漸發展到以刻畫塑造人物為主。無論是那一種情況，因為戲劇是表演藝術，演員要在舞台上演出，除了獨角戲之外，戲劇中總要有其他人物，人物與人物之間要發生某種關係，這就必然要有對話。當這些戲劇被小說吸納到自己的肌體中的時候，這些人物對話自然也被吸收到小說之中了。《三國

演義》《水滸傳》《西遊記》這些所謂群眾累積型的集體創作，最後由文人寫定的作品，在最後成書時，都曾經吸納過很多戲劇，因此必然會導致小說中人物對話的增多。後來由文人獨立創作的作品也承襲了這一優秀傳統，因為這對於刻畫與塑造人物有著重要的作用。這個問題比較容易理解，不再多說，而著重談談小說人物語言的方言化問題。

三、小說語言的方言化與戲劇之影響

中華民族歷史悠久，區域廣大，封建社會十分漫長，交通不發達，因而形成了若干方言。這些方言，在北方人聽南方方言時，非常難懂，簡直跟聽外語一樣。但在一般情況下，人們在交流過程中都是使用方言的，而方言不僅僅是語言現象，而且包括了文化的很多方面，換句話說，地方性文化是用方言創造的，人們通常實際上生活在方言文化的氛圍之中。因此文學作品，特別是像小說這樣需要也可能全方位的描寫人物的文學樣式，在記敘人物的真實生活面貌的時候，只有連同其所使用的方言一起記敘下來，才會讓人感到更真實，更生動形象。這種情況，我們從當代影視文學中，電影、電視演員在表演毛澤東、周恩來、鄧小平、蔣介石等歷史人物時也喜歡使用方言的現象，就不難理解。其實，對於這個問題，早在兩千多年前的司馬遷就已經意識到了，所以他在《史記・陳涉列傳》中就使用了當時的楚國方言「夥侈！」因此，在文學中使用方言也便是十分自然的事情了。那麼中國古代文學中究竟那一種文學樣式首先使用方言的呢？小說又是什麼時候使用方言的呢？這原因又是什麼呢？

對於這個問題，我以為我們應該首先回顧一下中國文學中的方言使用的歷史，因為只有把小說人物語言引入方言這一現象放在歷史的座標中，才能看得更為分明。

先說詩歌。《詩經》是中國古代的第一部詩歌總集，它雖然收錄了十五國風，但使用的語言是雅言，即當時比較通行的語言。《楚辭》中的詩歌雖然用了個別的方言辭彙，但基本上還是通行的語言。漢魏六朝的詩歌也是如此。隋唐以後，實行科舉考試，詩歌是考試科目之一，詩的押韻與平仄都是依據官方制定的韻書。所以中國的詩歌，在文人一方，基本上不用方言。

再看作為通俗小說的直接源頭的說話藝術。關於說話藝術，我想從唐代談起。唐代的說話藝術是否使用方言，典籍中似乎沒有明確的記載，但我們似乎可以從有關的記載中加以考知。晚唐段成式的《酉陽雜俎續集》卷四〈貶誤〉中記載了這樣一段趣聞：

> 予太和末因弟生日觀雜戲，有市人小說，呼扁鵲作褊鵲，字上聲。予令任道升字正之。市人言：「二十年前嘗於上都齋會設此，有一秀才甚賞某呼扁字與褊同聲，

云世人皆誤。」

市人小說家，呼扁鵲作褊鵲，字上聲，當為用了鄉音，即方言，段成式要予以糾正，那麼可見這位市人小說家其餘的字用的不是方言，而是採用當時比較通行的語言。

我們再來看看宋代的說話藝術。《西湖老人繁勝錄》卷二十〈小說講經史〉中說：

> 講史書者，謂講說《通鑒》、漢唐歷代書史文傳，興廢爭戰之事，有戴書生、周進士、張小娘子、宋小娘子、邱機山、徐宣教；又有王六大夫，元系御前供話，為幕士請給講，諸史俱通，於咸淳年間，敷演〈復華篇〉及中興名將傳，聽者紛紛，蓋講得字真不俗，記問淵源甚廣耳。

所謂「字真不俗」，即不用鄉音方言。可見宋代的說話藝術用的是官話或當時的通用語言。

最後，我們來看看中國的戲劇。唐戲弄已經有說白，但說白是否用方言，不太清楚。但宋代的戲劇似乎已經開始有用方言的了。《都城記勝·瓦舍眾伎》中說：

> 雜扮或名雜旺，又名紐元子，又名技和，乃雜劇之散段。在京師時，村人罕得入城，遂撰此端，多是借裝為山東河北村人，以資笑。今之打和鼓、撚梢子、散耍皆是也。

既然是有意裝為山東河北「村人」，那說白自當用山東河北方言。其實，這種做法一直沿用到今天。

徐渭《南詞敘錄》云：

> 凡唱，最忌鄉音。吳人不辨清、親、侵三韻，淞江支、朱、知，金陵街、該，生、僧，揚州百、卜，常州卓、作，中、宗，皆先正之而後唱可也。

可見吳地人所唱曲中是有鄉音的。

顧起元《客座贅語》云：「弋陽則錯用鄉語，四方士客喜聞之；海鹽多用官話，兩京人用之。」可見弋陽腔在演出時是用方言的。

由此可見，在中國的文學藝術中，公開採用方言的是戲劇。

又，孫楷第《中國通俗小說書目》記載：

> 錢塘漁隱濟顛禪師語錄一卷　存　明隆慶刊本。（日本內閣文庫）題「仁和沈孟　敘述」。按：田汝成《西湖遊覽志餘》引平話有《濟顛》，云近世擬作。此沈氏編

次本，雖演以俚語，似尚非話本。[1]

《錢塘漁隱濟顛禪師語錄》筆者未見，其是否平話，不可知。況且，其成書是否在《金瓶梅》前，亦不可知。《金瓶梅》人物語言是否受到它的啟迪，更不可知。

我以為《金瓶梅》人物語言的採用方言主要是受戲劇的影響。一，戲劇中採用山東方言已經有此傳統，而《金瓶梅》中的主要人物為山東人，所以也採用山東方言。二，《金瓶梅》在寫法上的突出特點是寫實，既然所寫人物主要是山東人，為了逼真，所以人物語言用山東方言。三，為了塑造刻畫人物性格，人物的語言不僅要準確的達意，而且要連其聲情口吻也一併寫出，這樣才更為生動形象。

總而言之，《金瓶梅》人物語言採用方言，這是作者的偉大創舉，它標誌著中國古代長篇小說人物語言已經達到了一個新的階段。這一偉大創舉，在其後的中國長篇小說創作中產生了巨大的影響。稍後的《醒世姻緣傳》的人物語言也採用了山東方言。這種影響一直及於《紅樓夢》。《紅樓夢》的人物語言也採用了方言，不過不是山東方言。正如「脂硯齋」所說，曹雪芹是「深得金瓶壼奧」的，在小說人物語言方面，他不僅學習《金瓶梅》，人物語言採用了方言，而且又有新的創造，即連人物語言中的缺陷也寫了出來，從而使人物形象更加生動形象逼真。《紅樓夢》第二十回寫賈寶玉正在和林黛玉說話，史湘雲走來笑道：「二哥哥，你們天天一處頑，我好容易來了，也不理我一理兒。」黛玉笑道：「偏是咬舌子愛說話，連個二哥哥也叫不出來，只是愛哥哥愛哥哥的。回來趕圍棋兒，又該你麼愛三四五了。」

關於小說人物引入方言對於表現人物的重大意義，我以為我們還可以從《水滸傳》與《金瓶梅詞話》中內容相同部分的比較中獲得更為直接的感性印象。

《金瓶梅詞話》是從第九回〈西門慶計娶潘金蓮　武都頭誤打李外傳〉才開始擺脫《水滸傳》故事的束縛，來真正展開自己的故事的，在語言的運用方面也大致如此。因此我們要研究《金瓶梅詞話》的人物語言，也理應從其第九回及以後入手進行，這些故事及語言才更有自己的特色，也最有代表性。但正因為《金瓶梅詞話》中的這些故事內容是作家的創作，所以與《水滸傳》也就缺乏了可比性。為了更有可比性，我們只好選取《金瓶梅詞話》與《水滸傳》中內容相同的東西來進行比較。這種兩書相同的內容除了《金瓶梅詞話》開頭的幾回與八十七回之外，中間也多少有一點，但不夠典型，我們現在就把《金瓶梅詞話》開頭幾回與八十七回中與《水滸傳》中內容相同的東西作些比較。

其實，《金瓶梅詞話》不僅人物語言採用了方言，其敘述或敘事語言也大量使用了

1　孫楷第《中國通俗小說書目》，人民文學出版社 1982 年。

方言。我們可以先舉出其開頭與八十七回中的兩段敘事性語言與《水滸傳》進行比較。

《金瓶梅詞話》第一回：

> 卻說武松到縣前客店內，收拾行李鋪蓋，交士兵挑了，引到哥家。那婦人見了，強如拾了金寶一般歡喜，旋打掃一間房，與武松安頓停當。武松分付士兵回去，當晚就在哥家宿歇。

《水滸傳》第二十四回：

> 武松謝了，收拾行李鋪蓋，有那新制的衣服並前者賞賜的物件，叫個士兵挑了，武松引到哥哥家裏。那婦人見了，卻比半夜裏拾金寶一般歡喜，堆下笑來。武大叫個木匠就樓下整了一間房，鋪下一張床，裏面放一條桌子，安兩個杌子，一個火爐。武松先把行李安頓了，分付士兵回去，當晚就歌嫂家裏歇臥。

《水滸傳》的語言基本上是北方官話，但由於書中的主要故事發生在山東，人物亦以山東人居多，所以作者在語言方面有意識地用了些山東方言，因此《水滸傳》的語言已經具有山東、河南一帶的方言的色彩；但《金瓶梅詞話》中的山東方言的色彩更為濃郁。上面對比的這段文字，內容大致相同，不過《金瓶梅詞話》將打掃拾掇房子的主體由《水滸傳》中的武大改為潘金蓮了，這樣改動的用意顯然是要突出潘金蓮期盼、歡喜、急切的心情，這我們且不去說它。這裏只想指出一點，這段話中《金瓶梅詞話》用了一個典型的方言辭彙「旋」，這個「旋」字就把潘金蓮的上述複雜心情合盤托出，較之《水滸傳》的語言更為明快而富有表現力。

《金瓶梅詞話》第八十七回：

> 那婆子見頭勢不好，便去奔前門走，前門又上了拴。被武松大扠步趕上，揪番在地，用腰間纏帶解下來，四手四腳捆住，如猿猴獻果一般。便脫身不得……

《水滸傳》第二十六回：「那婆子只要脫身脫不得……」

在這段文字中《金瓶梅詞話》用了一個比較典型的方言辭彙「頭勢」，而《水滸傳》則為「勢頭」。而其中「四手四腳捆住，如猿猴獻果一般」，是非常生動形象的比喻。這一比喻對於一般讀者是需要作些解釋的：所謂「四手四腳捆住」，是說把兩隻手和兩隻腳即四肢捆在一起；「如猿猴獻果一般」，是比喻王婆此時被捆的樣子，如同猿猴獻果，因為猿猴獻果是兩隻「手」和兩隻腳同時捧著果子即四肢同時捧著。這一比喻把武松對於王婆的憤怒情緒，以及獅子搏兔的情勢表現得淋漓盡致。但在風格上又很有特色，即在殺人見血的緊張氣氛中又顯示了一種從容，特別是一種幽默，顯示了作者語言極為辛辣的諷刺藝術特色。

從這兩段敘事性話語的比較中，我們已經不難看出《金瓶梅詞話》使用方言所達到的藝術效果了。下面我們來進一步看看《金瓶梅詞話》人物語言的方言化的情況。我們仍然將《水滸傳》與《金瓶梅詞話》進行對比。

《水滸傳》中潘金蓮的語言或話語比較有代表性的我們可以舉出三段，並把這三段話語同《金瓶梅詞話》加以比較：（說明：《水滸傳》中有而《金瓶梅詞話》中沒有的字加「（　）」；《金瓶梅詞話》中有而《水滸傳》中沒有的字加「〔　〕」，以示區別。）

《水滸傳》第二十四回：

> 武大道：「他搬了去，須吃別人笑話。」那婦人道：「混沌魍魎！他來調戲我，到不吃別人笑！你要便自和他道話，我卻做不的這樣人。你還了我一紙休書來，你自留他便是了。」

《金瓶梅詞話》第一回：

> 武大道：「他搬了去，須（吃）乞別人笑話。」（那）婦人〔罵〕道：「混沌魍魎！他來調戲我，倒不（吃）乞別人笑！你要便自和他（道話）〔過去〕，我卻做不的這樣人。你（還）〔與〕了我一紙休書（來），你自留他便是了。」

《水滸傳》第二十四回：

> 武大趕出來叫道：「二哥，做什麼便搬了去？」武松道：「哥哥不要問，說起來裝你的幌子。你只由我自去便了。」武大那裏敢再問備細，由武松搬了去。那婦人在裏面喃喃呐呐的罵道：「卻也好！只道說是親難轉債。人只道這一個親兄弟做都頭，怎地養活了哥嫂，卻不知反來嚼咬人。正是：『花木瓜，空好看。』你搬了去，到謝天謝地，且得冤家離眼前。」

《金瓶梅詞話》第一回：

> 武大趕出來叫道：「二哥，做什麼便搬了去？」武松道：「哥哥不要問，說起來裝你的幌子。（你）只由我自去便了。」武大那裏（敢再）〔再敢〕問備細，由武松搬了〔出〕去。那婦人在裏面喃喃呐呐（的）罵道：「卻也好！只道（說）是親難轉債。人（只）〔自知〕道（這）一個親兄弟做都頭，怎地養活了哥嫂，卻不知反來嚼咬人。正是：『花木瓜，空好看。』（你）搬了去，（倒）〔到〕謝天（謝）地，且得冤家離眼前。」

《水滸傳》第二十四回：

那婦人聽了這話，被武松說了這一篇，一點紅從耳朵邊起，紫漲了面皮，指著武大便罵道：「你這個醃臢混沌，有什麼言語在外人處說來欺負老娘！我是一個不戴頭巾男子漢，叮叮噹噹響的婆娘，拳頭上立得人，胳膊上走的馬，人面上行的人。不是那等搠不出的鱉老婆。自從嫁了武大，真個螻蟻也不敢入屋裏來，有什麼籬笆不牢，犬兒鑽得入來？你胡言亂語，一句句都要下落，丟下磚頭瓦兒，一個也要著地。」武松笑道：「若得嫂嫂這般做主，最好。只要心口相應，卻不要心頭不似口頭。既然如此，武二都記得嫂嫂說的話了，請飲過此杯。」那婦人推開酒盞，一直跑下樓來，走到半胡梯上發話道：「你既是聰明伶俐，恰不道長嫂為母！我當初嫁武大時，曾不聽得說有什麼阿叔。那裏走得來，是親不是親，便要做喬家公。自是老娘晦氣了，鳥撞著許多事！」

《金瓶梅詞話》第二回：

那婦人聽了這〔幾句〕話，（被武松說了這一篇），一點紅從耳（朵邊）〔畔〕起，〔須臾〕紫（漲）〔強〕了面皮，指著武大（便）罵道：「你這個（醃臢）混沌〔東西〕，有（什麼）〔甚〕言語在（外）〔別〕人處說來欺負老娘！我是（一）個不戴頭巾男子漢，叮叮噹噹響的婆娘，拳頭〔也〕上立得人，胳膊上走的馬，人面上行的人。不是那（等）〔腲膿血〕搠不出（的）〔來〕鱉老婆。自從嫁了武大，真個螻蟻（也）不敢入屋裏來，有什麼籬笆不牢，犬兒鑽得入來？你胡言亂語，一句句都要下落，丟下磚〔塊〕（頭瓦）兒，一個〔個〕也要著地。」武松笑道：「若得嫂嫂這般做主，最好。只要心口相應，卻不要心頭不似口頭。既然如此，〔我〕武（二）〔松〕都記得嫂嫂說的話了，請（飲）過此杯。」那婦人〔一手〕推開酒盞，一直跑下樓來，走到半胡梯上發話道：「你既是聰明伶俐，恰不道長嫂為母！我當初嫁武大時，（曾不）〔不曾〕聽得說有（什麼）〔甚〕（阿）〔小〕叔。那裏走得來，是親不是親，便要做喬家公。自是老娘晦氣了，鳥撞著〔這〕許多〔鳥〕事！」

上面是《金瓶梅詞話》受《水滸傳》之束縛，還沒有展開自己的故事充分顯示出自己的風格和特點的認為語言使用情況，現在我們再來看看《水滸傳》的情節進入到《金瓶梅詞話》充分發揮了自己的風格與特點中情況：

《水滸傳》第二十四回：

（武松）回過臉來看著婦人罵道：

「你那淫婦聽著！你把我的哥哥性命怎地謀害了？從實招了，我便饒你。」

那婦人道：

「叔叔，你好沒道理！你哥哥自害心疼病死了，干我甚事！」

《金瓶梅詞話》第八十七回：

（武松）一面回過臉來，看著婦人罵道：「你（那）〔這〕淫婦聽著！（你把）我的哥哥（性命）怎（地）〔生〕謀害了？從實（招）〔說〕（了）〔來〕，我便饒你。」那婦人道：「叔叔，〔如何冷鍋中豆兒炮〕，（你）好沒道理！你哥哥自害心疼病死了，干我甚事！」

更為生動形象的是王婆的語言，《水滸傳》第二十四回：

（武松）叫一個士兵後面燙酒，兩個士兵門前安排桌凳，又有兩個前後把門。武松自分付定了，便叫：

「嫂嫂來待客，我去請來。」

先請隔壁王婆。那婆子道：

「不消生受，教都頭作謝。」

武松道：

「多多相擾了乾娘，自有個道理。先備一杯菜酒，休得推故。」

那婆子取了招兒，收拾了門戶，從後頭走過來。武松道：

「嫂嫂坐主位，乾娘對席。」

婆子已知道西門慶回話了，放心著吃酒。兩個都心裏道：「看他怎地！」

…………

武松看著王婆喝道：

「兀那老豬狗聽著！我的哥哥這個性命都在你的身上，慢慢地卻問你！」

…………

王婆道：

「咬蟲！你先招了，我如何賴得過？只苦了老身。」

《金瓶梅詞話》第八十七回：

進入門來，到房中，武松分付迎兒把前門上了拴，後門也頂了。王婆見了，說道：

「武二哥，我去罷，家裏沒人。」

武松道：

「媽媽請進房裏吃盞酒。」

武松教迎兒拿菜蔬擺在桌上，須臾燙上酒來，請婦人和王婆吃酒。那武松也不讓，把酒斟上，一連吃了四五碗酒。婆子見他吃得惡，便道：

「武二哥，老身酒勾了，放我去，你兩口兒自在吃盞兒罷。」

武松道：

「媽媽且休得胡說！我武二有句話問你！」

只聞颼的一聲響，想衣底掣出一把二尺長刀薄背厚背紮刀子來，一隻手按住掩心，便睜圓怪眼，倒豎剛鬚，便道：

「婆子休得吃驚！自古冤有頭，債有主，休推睡裏夢裏，我哥哥性命都在你身上！」

婆子道：

「武二哥，夜晚了，酒醉拿刀弄杖，不是耍處。」

武松道：

「婆子，休胡說，我武二就死也不怕！等我問了這淫婦，慢慢來問你這老豬狗。若動一動步兒，身上先吃我五七刀子。」

…………

王婆聽見，只是暗暗地叫苦說：

「傻材料，你實說了，卻教老身怎的支吾！」

上面對比的是《水滸傳》和《金瓶梅詞話》相同的情節，後者為了與前者相照應，便不能不受到一定的束縛，下面，我們再來看看《水滸傳》中沒有，屬於《金瓶梅詞話》作者空無依傍、獨出機杼的創作中的情況。《水滸傳》武松還沒有被發配就先殺了潘金蓮，之後在獅子樓鬥殺了西門慶；而在《金瓶梅詞話》中，則武松並沒有殺西門慶，反而被西門慶買通關節，發配孟州牢城充軍，被大赦之後回家，「到清河下了文書，依舊在縣當差，還做都頭」，得知西門慶已死，潘金蓮在王婆家待嫁，武松假說要買回潘金蓮。這當然是《水滸傳》中沒有的情節，但畢竟還有些瓜葛，我們就來看看《金瓶梅詞話》作者的處理：

到次日，武松打開皮箱，拿出小管營施恩與知寨劉高那衣包兩銀子來，又另外包了五兩碎銀子，走到王婆家，拿天平兌起來。那婆子看見白晃晃擺了一桌銀子，口中不言，心內暗道：「雖是陳經濟許下一百兩，上東京去取，不知幾時到來。仰著合著，我見鐘不打，卻打鑄鐘？」又見五兩謝他，連忙收了，拜了又拜，說道：「還是武二哥曉禮，知人甘苦。」武松道：「媽媽收了銀子，今日就請嫂嫂過門。」婆子道：「武二哥且是好急性，門背後放花兒，你等不到晚了。也待我

> 往他大娘子那裏交了銀子，才打發他過去。」又道：「你今日帽兒光光，晚夕做個新郎。」那武松緊著心中不自在，那婆子不知好歹，又奚落他。打發武松出門，自己尋思：「他家大娘子自交我發脫，又沒和我則定價錢。我今胡亂與他一二拾兩因數，滿纂的就是了，綁著鬼，也落他多一半養家。」一面把銀鑿下二十兩銀子，往月娘家裏交割明白。月娘問：「什麼人家娶了去了？」王婆道：「兔兒沿山跑，還來歸舊窩。嫁了他小叔，還吃舊鍋裏粥去了。」

通過上面的對比，我們不難看出，儘管《水滸傳》的語言，特別是人物語言，已經口語化了，而且帶有濃郁的方言色彩，但僅以其中的片段故事為框架而創作的《金瓶梅詞話》不僅在口語方面，而且在方言的使用方面有了新的更大的突破。而且，這種突破的層次性極為分明：《金瓶梅詞話》第一回受《水滸傳》影響較大，但無論敘事語言還是人物語言已經有了變化；當類似的情節在《金瓶梅詞話》已經擺脫《水滸傳》影響而顯現出自己獨特的風格的第八十七回時，人物語言的方言化更為濃郁了；而當《水滸傳》中已有的人物進入《金瓶梅詞話》，寫出《水滸傳》沒有的故事內容的時候，人物語言的口語化、方言化的程度更大大地增強了。當然，上述這三種情況，畢竟還受到了《水滸傳》的有形與無形的影響，還不能完全充分地顯示《金瓶梅詞話》自身的突出特點，還不能真正代表其風格與特點。那些真正能代表《金瓶梅詞話》自己獨特特點的是作者空無依傍，獨出機杼創作的篇章，比如其第七十五回〈春梅毀罵申二姐　玉簫訴言潘金蓮〉中，潘金蓮與吳月娘對罵、潘金蓮撒潑那一場面，那才叫生動形象呢！二人所用的語言都是地地道道的方言土語，是一種原生狀態的語言，犀利潑辣，表現力是那樣的強烈，豐富，而又充滿激情，真可謂是古今文學中少有的精彩篇章！

還有一點似乎值得特別指出，這就是我們現在是通過文本來閱讀小說的，而方言的辭彙固然很重要，也能夠顯示出方言的特點，但方言最大的特點是語音，或者說語音才最能反映出一種方言的突出特點。但我們通過文本來閱讀小說，則恰恰失去了或者說體會不到其語音方面的特點了。

綜上所述，我們已經不難看出，《金瓶梅詞話》把方言引入小說的語言之中，特別是人物語言之中，對於人物形象的刻畫與塑造，起到了多麼巨大的作用。

附　錄

一、葉桂桐小傳

教授。男，1945 年 9 月生，漢族，山東省萊洲市人，1969 年畢業於北京師範大學中文系。1987-1989 年在北京師範大學作國內訪問學者，師從鍾敬文、張紫晨先生學習民俗學與民間文藝學。後入中國社會科學院，師從蔣和森先生學習研治明清小說，獲文學博士學位。原為魯東大學教授，魯東大學膠東文化研究院研究員。現為山東外事翻譯學院特聘教授，學科帶頭人。其研究領域為中國傳統文化，主要研究方向為中國古代詩歌與中國古代小說。其博士論文為《論金瓶梅》，指導導師是蔣和森先生，答辯委員會主席是鄧紹基先生，論文評閱人是劉世德先生。2005 年 7 月由中州古籍出版社出版。其另有代表性專著：《中國詩律學》《中國古代小說概論》《中國古代小說戲曲詩歌的互動》《唐前歌舞》。其公開發表的學術論文近百篇，其代表作〈論《公莫舞》非演出劇本腳本考〉刊於《文藝研究》1999 年第 6 期，該論文獲 2000 年山東省優秀社科論文一等獎。

二、葉桂桐《金瓶梅》研究專著、編著、論文目錄

(一)專著

1. 李先芳與《金瓶梅》——《金瓶梅》考論，第二輯，銀川：寧夏人民出版社 1988 年。
2. 論《金瓶梅》，鄭州：河南古籍出版社 2005 年。

(二)編著

1. 《金瓶梅》作者之謎——《金瓶梅》考論，第一輯，銀川：寧夏人民出版社 1988 年。
2. 《金瓶梅》的傳說，海口：南海出版公司 1990 年。
3. 《金瓶梅》的傳說（之二），海口：南海出版公司 1990 年。
4. 《金瓶梅》人物正傳，海口：南海出版公司 1991 年。

(三)論文

1. 《金瓶梅》作者諸說分析
   《金瓶梅》作者之謎——《金瓶梅》考論，第 1 輯，銀川：寧夏人民出版社 1988 年。
2. 《金瓶梅》抄本考
   文學遺產，1988 年第 3 期。
3. 《金瓶梅》成書年代新線索
   北京師範大學學報，1988 年第 4 期。
4. 從《續金瓶梅》看《金瓶梅》的版本與作者
   吉林大學學報，1989 年第 2 期。
5. 論《金瓶梅》「廿公跋」的作者當為魯重民或其友人
   煙台師範學院學報，1999 年第 4 期。
6. 《金瓶梅》作者考證的重要線索與途徑——二十年來《金瓶梅》作者考證之檢討
   聊城師範學院學報，2001 年第 1 期。
7. 論潘金蓮之一：潘金蓮與西門慶
   保定學院學報，2001 年第 1 期。
8. 中國文學史上的大騙局、大鬧劇、大悲劇——《金瓶梅》版本作者研究質疑
   煙台師範學院學報，2002 年第 1 期。
9. 關於《金瓶梅》的版本與作者問題——兼致臺灣魏子雲先生

保定師範專科學校學報，2005 年第 3 期。

10. 《金瓶梅》版本研究商榷——兼致梅節先生
明清小說研究，2007 年第 3 期。

11. 關於《金瓶梅》作者，明代人都說了些什麼
第九屆國際《金瓶梅》學術研討會論文集，2013 年，山東省五蓮縣。

後　記

關於我與《金瓶梅》研究的關係，我在我的博士論文《論金瓶梅》中，曾經做過敘述，現引錄如下：

> 談到我與《金瓶梅》研究的關係，老實說，我自以為我的貢獻首先在於我曾於1987年夏在山東組建了「山東聊城《水滸》《金瓶梅》研究學會」。由於學會諸同仁的共同努力，我們在《金瓶梅》方言研究，文化地理背景研究，作者研究，主題思想研究，書中歷史人物研究等方面，都曾取得過令海內外的學者注目的成果。我們的學會在《金瓶梅》研究學界曾有過相當的影響，這是誰也抹煞不了的歷史事實。

作為學會的會長，我負責組織學術研究工作，我曾為學會的學術研究工作制定過一個較為詳明的系統工程規劃。我為《金瓶梅作者之謎》（《金瓶梅考論專輯》）撰寫的〈金瓶梅考論說明〉就是這個系統工程規劃的綱領。學會的學術研究基本上是按照這個系統工程規劃進行的。

談到我本人的《金瓶梅》研究，那麼我的這篇博士論文就正是我的研究成果的的重要組成部分。

我的研究是從「基礎研究」開始的，因為我以為《金瓶梅》的「基礎研究」比較薄弱，而這卻正是深入研究必不可缺的基礎工作。在《金瓶梅》「基礎研究」方面，我的貢獻大致有如下幾個方面：

一、關於《金瓶梅》成書年代問題。我用比較確鑿的材料論證《金瓶梅》成書於明萬曆九至二十年（西元1581-1592年）之間。其中我所提供的材料比吳晗先生提供的材料更加具體，而且比吳晗先生所說的成書於「萬曆中期」的說法更加具體、明確。其中有些材料，是我首先介紹到《金瓶梅》研究中來的。

二、關於《金瓶梅》的版本問題。第一，我通過對現存典籍的綜合考查，基本上弄清了當時各種抄本之間的內在關係，較早地得出了《金瓶梅》不存在所謂的「內容上有較大差異」的「南方抄本」與「北方抄本」；第二，現存《新刻金瓶梅詞話》並非初刊本，也不是「萬曆本」，它是初刊本的翻刻本，大約刻於清朝初年；第三，《金瓶梅詞話》使用的是劉承禧系統的抄本；第四，《新刻金瓶梅詞話》即現存的所謂「萬曆本」詞話與崇禎本《金瓶梅》關係很複雜，不單純是「父子」或姊妹關係，大致說來，崇禎本作者在改寫時參照過初刊本《金瓶梅詞話》，乃至手抄本。第五，關於《金瓶梅》的欣欣子序、廿公跋、東吳弄珠客序，以往的研究者普遍認為其寫作年代都是萬曆年間。我則認為只有東吳弄珠客寫於萬曆年間；廿公跋寫於崇禎十四至十六年，作者是魯重民；欣欣子序則寫於清初。這些見解在《金瓶梅》版本研究史上，具有界碑意義。

三、關於作者問題。這是《金瓶梅》研究中的熱門話題，也是一個較為聚訟紛紜、比較混亂、令不少學者搖頭厭煩的問題。這雖然有客觀原因，但從根本上說，我以為是不少研究者的研究方法不夠科學。其思路大致是：根據典籍記載先定出作者必須具備的若干條件，以此推論出作者，再找材料加以論證。1988 年以後，我對這種方法進行了總結並予以摒棄，我為《金瓶梅》作者研究提出了一種新的途徑：即從文學的傳播過程來探求作者。

四、我對《金瓶梅》中的宋明歷史人物的考證，對於人們深入研究《金瓶梅》提供了方便。其中有些材料是我首先介紹到《金瓶梅》研究學界中來的；有些材料，很有價值，比如陳文昭、宋喬年等人的材料。

關於《金瓶梅》一書的思想、人物及藝術特色的研究，我的見解主要有下列幾點：

一、我對《金瓶梅》所描寫的社會風俗，結合中國風俗史，進行了比較全面的考查，主要見解在本書第二編的三、四兩章中。

1.《金瓶梅》作者把書中人物的活動地點即所謂「清河」，設置在黃河與運河的交叉處，是有較深的用意的，這就把人物放在黃河文化與運河文化的大背景之上了。

2. 從文化史的角度來看，《金瓶梅》確實堪稱為十六世紀中國的風俗畫卷，民間傳說把它與張擇端的《清明上河圖》聯繫在一起，《金瓶梅》與《清明上河圖》確實都是中國封建時代的有代表性的社會風俗畫卷，不過表現的物質手段不同罷了。

二、關於《金瓶梅》的思想及藝術特色的研究，我主要是從中國小說史乃至中國文化史的角度來考察《金瓶梅》的價值與地位的。

三、關於《金瓶梅》一書中的主要人物形象的研究，特別是關於潘金蓮這一人物形象的研究，是有自己比較系統的見解的。

這次應臺灣學生書局之約，作《葉桂桐《金瓶梅》研究精選集》，翻閱舊作，往日《金瓶梅》研究過程中的若干人事、情景，便不時地在腦海中湧現出來，其中值得提及的人物、情事不少，現在只簡要敘述幾樁如下：

一、關於「山東聊城《水滸》《金瓶梅》研究學會」

這個學會是當時中國大陸組建最早的《金瓶梅》研究學會，學會雖然叫做「山東聊城《水滸》《金瓶梅》研究學會」，其實學會的會員不僅有當時在聊城地區工作的同志，也有在外地工作的同志，比如山東省社會科學院的張鴻魁先生、山東師範大學的董紹克先生，在山西省太原市工作的畫家王螢先生，河北省清河市的趙傑先生等等。後來，臨清市、清河市又各自組建了分會。

二、關於「山東聊城《水滸》《金瓶梅》研究學會」的會員

「山東聊城《水滸》《金瓶梅》研究學會」的會員除了自己寫作有關論文的學者類型的人物之外，也有一些地方政府領導同志，特別值得提及的是當時聊城地區政協主席許繼善先生、臨清市城管大隊的領導張榮楷先生，他們都曾經為中國大陸多次召開的國際、國內《金瓶梅》學術研討會做出過重要貢獻。這倆位先生都已經仙逝，但他們為《金瓶梅》研究所作出過的重要貢獻，卻值得我們永遠銘記。

三、關於「山東聊城《水滸》《金瓶梅》研究學會」的顧問

「山東聊城《水滸》《金瓶梅》研究學會」當時曾經聘請過兩位學術顧問：一位是中國社會科學院的吳曉鈴先生，一位是人民文學出版社的杜維沫先生。

杜維沫先生對於「山東聊城《水滸》《金瓶梅》研究學會」學術研究的指導，從他為我所主編的《金瓶梅作者之謎——金瓶梅考論第一輯》一書（寧夏人民出版社，1988 年 5 月）所撰寫的〈序言〉中就不難看出。關於吳曉鈴先生對於「山東聊城《水滸》《金瓶梅》研究學會」學術研究的指導，最重要的是關於《金瓶梅》的方言研究，其意見可稱得上是經典性的論述。對此，我曾經在國際與國內《金瓶梅》學術研討會上都口頭敘述過，但似乎並沒有引起人們足夠的重視，為此，我特意用文字把它記敘在這裏。

1987 年 7 月至 1992 年春，我先是在北京師範大學作國內訪問學者，師從鍾敬文、張紫晨二位學習民間文學與民俗學，接著就到中國社會科學院師從蔣和森先生學習研治明清小說，大部分時間都住在北京，因此到吳曉鈴先生府上去拜見先生比較方便。關於《金瓶梅》的方言研究，我與吳曉鈴先生認真交談過三次，其中有一次，聊城大學的劉忠光先生、郝明朝先生也在場。我曾經把吳曉鈴先生關於《金瓶梅》方言研究的意見作過如下的總結：

吳曉鈴先生充分肯定了張鴻魁先生的《金瓶梅》方言研究從語音入手的論文。之後，又反復敘述過如下的意見：

一、語言有三個要素，語音、辭彙、語法。這三個方面，在《金瓶梅》方言研究中都要做。但是，如果要從方言的角度來判定《金瓶梅》作者的籍貫，在語言的這三個要素中，首先，最重要的是語音。因為《金瓶梅》作者只要一念《金瓶梅》，我們馬上就可以判斷出它的籍貫。但是，《金瓶梅》的語音研究，一定要準確的作出其語音系統，然後再進行歷史地理語音系統比較，這樣才可以。《金瓶梅》語音系統，用以對比的歷史地理語音系統，做起來都很困難。

二、除了語音，在語言的三個要素中，比較固定、變化比較慢的是語法。

三、辭彙在語言的三個要素中，是最活躍的，一個辭彙，要準確判定其所屬地域，比較麻煩，「說有容易，說無難」，因此單從辭彙的角度來判定《金瓶梅》作者的籍貫，最不可靠。

當年「山東聊城《水滸》《金瓶梅》研究學會」的《金瓶梅》方言研究，正是根據吳曉鈴先生的意見來進行的。

葉桂桐

2014 年 11 月 4 日於山東外事翻譯學院威海校區

國家圖書館出版品預行編目資料

葉桂桐《金瓶梅》研究精選集

葉桂桐著. – 初版. – 臺北市：臺灣學生，2015.06
面；公分（金學叢書第 2 輯；第 13 冊）

ISBN 978-957-15-1662-2 (精裝)

1. 金瓶梅 2. 研究考訂

857.48 104008052

葉桂桐《金瓶梅》研究精選集

著作者：葉桂桐
主編：吳敢、胡衍南、霍現俊
出版者：臺灣學生書局有限公司
發行人：楊雲龍
發行所：臺灣學生書局有限公司
臺北市和平東路一段七十五巷十一號
郵政劃撥帳號：00024668
電話：(02)23928185
傳眞：(02)23928105
E-mail：student.book@msa.hinet.net
http://www.studentbook.com.tw

定價：精裝 30 冊不分售 新臺幣 45000 元

二〇一五年六月初版

ISBN 978-957-15-1662-2 (本冊)
ISBN 978-957-15-1680-6 (全套)

金學叢書 第二輯

1. 徐朔方 孫秋克《金瓶梅》研究精選集
2. 甯宗一《金瓶梅》研究精選集
3. 傅憎享 楊國玉《金瓶梅》研究精選集
4. 周中明《金瓶梅》研究精選集
5. 王汝梅《金瓶梅》研究精選集
6. 劉輝《金瓶梅》研究精選集
7. 張遠芬《金瓶梅》研究精選集
8. 周鈞韜《金瓶梅》研究精選集
9. 魯歌《金瓶梅》研究精選集
10. 馮子禮《金瓶梅》研究精選集
11. 黃霖《金瓶梅》研究精選集
12. 吳敢《金瓶梅》研究精選集
13. 葉桂桐《金瓶梅》研究精選集
14. 張鴻魁《金瓶梅》研究精選集
15. 陳昌恆《金瓶梅》研究精選集
16. 石鐘揚《金瓶梅》研究精選集
17. 王　平 趙興勤《金瓶梅》研究精選集
18. 李時人《金瓶梅》研究精選集
19. 孟昭連《金瓶梅》研究精選集
20. 陳東有《金瓶梅》研究精選集
21. 卜鍵《金瓶梅》研究精選集
22. 何香久《金瓶梅》研究精選集
23. 許建平《金瓶梅》研究精選集
24. 張進德《金瓶梅》研究精選集
25. 霍現俊《金瓶梅》研究精選集
26. 曾慶雨《金瓶梅》研究精選集
27. 潘承玉《金瓶梅》研究精選集
28. 洪濤《金瓶梅》研究精選集
29. 金學索引（上編）——吳敢編著
30. 金學索引（下編）——吳敢編著